L'ANGE DE LA MORT

UN THRILLER POLICIER BRITANNIQUE

LES ENQUÊTES DU SERGENT DÉTECTIVE TOMEK BOWEN
TOME 6

JACK PROBYN

CLIFF EDGE PRESS

eBook ISBN format numérique: 978-1-80520-155-7

ISBN format numérique: 978-1-80520-156-4

Première édition

Visitez le site web de Jack Probyn à www.jackprobynbooks.com.

À PROPOS DU LIVRE

Chaque ange mérite ses ailes...

Lorsque l'hôtesse de l'air Angelica Whitaker est portée disparue après une soirée dans l'une des boîtes de nuit les plus populaires de Southend, l'affaire est confiée au DS Tomek Bowen pour la première fois de sa carrière.

Dès le début de l'enquête, les soupçons se portent sur l'homme avec qui elle a dansé au club, mais lorsque son corps est retrouvé plus tard dans une église, posé comme un ange, ces mêmes soupçons commencent à s'orienter vers un tueur calculateur, composé et sadique.

Mais à mesure que l'enquête progresse et que Tomek plonge plus profondément dans la vie de la victime, il devient évident que les suspects ne manquent pas, et que chacun cache ses secrets — certains plus que d'autres...

CHAPITRE
UN

Son corps ondulait et se balançait au rythme de la musique, ses hanches tournant avec élégance, ses épaules se mouvant librement, sa tête se laissant aller tandis que les substances chimiques circulaient dans son sang. Elle avait fermé les yeux pour se perdre complètement, pour ne faire qu'un avec les ondes sonores. Elle passait les doigts d'une main dans ses cheveux alors que chaque battement de la basse lourde traversait son corps.

Autour d'elle, les yeux toujours fermés, elle entendait le bruit des gens, des dizaines, des centaines de personnes, qui criaient, qui hurlaient dans le visage les uns des autres pour tenter de discuter, de flirter et, avec un peu de chance, de baiser avant la fin de la soirée.

Quelques-uns l'avaient déjà abordée, ivres, l'haleine chargée d'alcool, l'odeur de leur après-rasage appliqué généreusement lui obstruant la gorge, tous espérant tenter leur chance. Et il y en avait eu quelques-uns qui avaient suscité son intérêt, avec qui elle avait parlé plus de trente secondes avant de leur tourner inévitablement le dos pour continuer à danser. Pour ces rares élus, la chance leur avait souri. À moitié, cela dit, car elle s'était contentée de leur donner son numéro. S'ils voulaient plus, ils devraient faire davantage d'efforts. Ils devaient le mériter.

Elle continuait de danser, de se balancer, son corps et ses muscles se détendaient, succombant à la transe dans laquelle la musique l'avait plongée. Tout cela était un art, une discipline qu'elle avait apprise. Au cours des derniers mois, elle avait appris à vraiment se lâcher, à se libérer des contraintes et des angoisses qu'elle s'imposait, à entrer dans un état différent, presque éthéré et hors du corps.

Soudain, au milieu de la piste de danse, elle prit conscience de son envie de boire, de reconstituer une partie du liquide qu'elle éliminait constamment en urinant et en transpirant, et tenant fermement son verre, les yeux toujours fermés, elle leva le bras vers sa bouche. Cela lui semblait être un prolongement de son corps, comme si quelqu'un faisait le mouvement pour elle, et pendant quelques instants, ses lèvres cherchèrent la paille, sa langue sortant de sa bouche comme la tête d'une tortue émergeant de sa carapace. Une seconde plus tard, elle sentit la paille s'insérer dans sa bouche. Elle ouvrit les yeux et vit un homme debout juste devant elle, guidant la paille de ses doigts, un sourire chaleureux sur le visage. Elle le reconnaissait vaguement. James ? Ashton ? Percy ? Ou un autre prénom bizarre ? C'était l'un d'eux. Revenu pour un deuxième round. Faisant les efforts nécessaires, essayant vraiment de quitter la boîte avec plus que son numéro de portable qui bloquerait automatiquement tout appel ou message dans les douze heures.

L'homme se pencha vers elle, posant une main sur sa taille. Ce faisant, elle sentit une bouffée d'après-rasage fraîchement appliqué, épais, étouffant, mais l'un des plus agréables, des plus tolérables. Peut-être l'avait-il appliqué dans les toilettes où le préposé lui avait fait payer une fortune. Elle se demanda lequel il avait choisi : Armani, Yves Saint Laurent, Dolce & Gabbana, Boss ? Elle les connaissait tous, mais celui-ci lui échappait, bien que sa reconnaissance persiste quelque part au fond de son esprit.

— Je peux t'offrir un autre verre ? cria-t-il, ses mots à peine audibles.

Avant qu'elle ne puisse répondre, elle sentit une autre main sur elle. Cette fois, c'était celle de son amie, Elodie, qui lui attrapait le bras et l'éloignait. Elle rejoignit son trio d'amies un instant plus tard.

— Pourquoi t'as fait ça ? demanda-t-elle, surprise d'entendre à quel point ses mots étaient pâteux.

— Il essayait de mettre quelque chose dans ton verre tout à l'heure, répondit Elodie, se penchant vers son oreille. Je l'ai envoyé chier quand il t'a acheté le premier. J'ai demandé au barman de le remplacer.

Elle baissa les yeux sur son verre, se demandant si elle verrait une indication qu'il avait été drogué, mais se rappela ensuite ce qu'Elodie venait de lui dire, qu'elle regardait le mauvais verre.

— Je te l'ai dit, tu dois faire plus attention, la réprimanda Elodie en posant une main sur ses hanches. Tu dois être plus vigilante, ma fille.

Elle repoussa la main de son amie d'un geste dédaigneux, puis reporta son attention sur l'homme, qui s'attardait timidement à la périphérie du groupe, dansant, traînant les pieds à contretemps de la musique, faisant semblant de ne rien entendre de leur conversation, bien que son langage corporel suggérât qu'il avait tout entendu. Puis elle se dirigea vers lui en traînant les pieds, ses jambes et ses genoux vacillant. Elle était restée trop longtemps sur ses talons. À moins que ce ne soit l'alcool qui coulait dans ses veines. Elle ne savait pas combien elle en avait bu, mais elle était assez expérimentée pour savoir qu'elle contrôlait encore son corps et ses facultés. Et alors qu'elle s'approchait de l'homme, elle lui tendit son verre à tenir un moment, puis fit descendre sa jupe le long de ses cuisses jusqu'à un niveau convenable. Une fois satisfaite, elle reprit son verre, lui tourna le dos et commença à danser contre lui, ondulant, leurs corps séparés par moins d'un centimètre, se rapprochant progressivement jusqu'à ce qu'elle sente son entrejambe contre ses fesses. Elle pouvait sentir la chaleur et la puanteur de son haleine sur sa nuque. Elle sentait aussi son hésitation, une brève pause pendant qu'il attendait de poser ses mains sur son corps. D'abord, une sur sa taille, puis l'autre autour de sa poitrine, comme si elle était sa possession, son trophée pour la soirée. Il l'avait revendiquée, et elle était heureuse de le laisser croire qu'il l'avait fait.

Laisse-le penser que la chance lui souriait.

Alors qu'ils dansaient, elle commençait à sentir son pénis semi-érigé qui la pressait plus fort, la tâtant comme un enfant qui essaierait de réveiller un chien endormi. Il pouvait tâter et toucher autant qu'il le voulait, mais elle avait décidé que ce chien resterait endormi.

Elle établit un contact visuel avec ses amies, profitant du confort et de la sécurité de son nouveau compagnon. Parfois, il essayait de l'embrasser dans le cou, et même de tenter sa chance sur les lèvres, mais à chaque fois elle se retirait, continuant de le taquiner. Une revanche pour avoir essayé de droguer son verre. Elle savait ce que ses amies devaient penser en ce moment : qu'elle était stupide, imprudente, qu'elle n'était pas en contrôle et ne savait pas dans quel danger elle se mettait. Mais si, elle le savait parfaitement. Elle avait vécu bien pire. Dans l'absolu, danser avec un homme dans une boîte de nuit était insignifiant comparé à ce qu'elle avait vu, traversé, vécu. Ses amies n'étaient pas prêtes à entendre ça.

Peut-être un jour. Mais pas maintenant, pas quand sa meilleure amie surveillait ses moindres mouvements, essayant de rassembler le courage d'intervenir.

Elle et son nouveau compagnon restèrent ainsi pendant les dix minutes suivantes, leurs corps enlacés, chacun appréciant ce moment pour des raisons très différentes. Jusqu'à ce que, finalement, après en avoir vu assez, Elodie lui dise qu'il était temps de partir. Elles avaient un Uber qui les attendait dehors et elles ne voulaient pas le manquer.

Alors qu'on l'éloignait, l'homme, qui était maintenant plus affamé que jamais, la poursuivit, la suivit comme un enfant, tenant sa main vers la sortie.

— Laisse-la tranquille ! cria Elodie au visage de l'homme, essayant de les séparer.

— Je peux venir avec vous ? demanda-t-il.

Le ton de sa voix était plus que plein d'espoir, presque suppliant.

— Va te faire foutre, répondit Elodie.

— Et si tu venais chez moi ?

Le désespoir imprégnait ses mots. Sa dernière tentative pour avoir de la chance.

Elle décida alors de lui tendre la perche.

— Tu as mon numéro, dit-elle, tandis qu'on l'entraînait hors de la boîte. Envoie-moi un message.

Alors que la portière du taxi se refermait derrière elle, elle vit l'homme plonger la main dans sa poche et sortir son téléphone.

CHAPITRE
DEUX

Même dans un sommeil profond, elle est belle. Douce, élégante, angélique. Ses paupières frémissent doucement tandis que ses yeux bougent en dessous, seul signe de vie dans son corps autrement inerte. Même les mouvements de sa poitrine sont à peine perceptibles sous sa robe noire moulante.

Je m'accroupis à côté d'elle, les pieds à plat sur la surface, mes genoux formant un angle de quarante-cinq degrés, les coudes serrés contre mes hanches, penché en avant, mon oreille flottant au-dessus de sa bouche et de son nez, écoutant les plus faibles murmures de respiration qui caressent ma joue. Puis je fais glisser le bout de mon index sur son cou, partant du côté opposé et revenant vers moi, sentant le cartilage et les os bouger en dessous. Je m'arrête quand je sens le pouls, la seule chose qui la maintient en vie, faisant circuler le sang d'une partie de son corps à l'autre. Faible, mais régulier, rythmique. Dans le silence, il s'amplifie, couvrant le bruit de ma respiration, le bruit de la rue en contrebas.

Boum-boum.

Boum-boum.

Boum-boum.

Il suffirait d'une entaille de la lame, d'une lacération profonde dans la veine, dans ce tunnel de vie, pour que tout ce sang magnifique et parfait se répande hors de son corps.

Mais pas encore. Il y a des choses que je dois faire d'abord. Des choses que je dois expérimenter. Avant de passer à la prochaine étape de notre temps ensemble, je veux graver dans ma mémoire une dernière image mentale d'elle dans cet état. Sale, souillée, impure - comme une putain. Tout cela devra changer. Je dois la ramener à son état angélique.

Je m'éloigne de son corps et la retourne sur le ventre. L'arrière de sa robe est fermé par une fermeture éclair, l'ourlet s'enfonce dans sa chair. Mais elle n'a presque pas de graisse corporelle, donc rien ne déborde sur les côtés. Lentement, j'abaisse la robe jusqu'au bas de son dos jusqu'à ce qu'elle devienne assez lâche pour l'en libérer. Des mouvements délicats et doux sont nécessaires. Rien de trop brusque, trop drastique. Le temps, plus que tout, est primordial. Je veux savourer ce moment, m'y complaire, m'en souvenir pour le reste de ma vie.

Une fois que j'ai soigneusement retiré la robe de son corps, la pliant proprement en un petit carré et la plaçant à côté de ses chaussures à talons hauts, j'observe sa silhouette. Ce soir, elle a choisi de ne pas porter de soutien-gorge et de tout dévoiler. Mais je suis content de voir qu'elle porte encore une culotte - fine, en dentelle, presque rien - qu'elle a gardé un peu de dignité au moins. Je retire ce qui reste de ses vêtements et les place à côté de la robe. Maintenant, elle est complètement nue, rayonnante sous les lumières. Je me délecte de la vue de sa silhouette menue, parfaitement formée et proportionnée aux bons endroits. Ses seins penchent d'un côté et maintenant je peux voir les mouvements de sa poitrine qui monte et descend. Tout chez elle est parfait. Ses ongles de pieds, ses pieds, ses mollets fins, ses cuisses minces, sa vulve, les deux pôles de ses os de hanches qui ressortent, son petit nombril bien rangé, jusqu'à sa cage thoracique visible et ses clavicules. Tout est exposé. Et tout est pour moi.

Mais ce n'est pas parfait-parfait.

Il y a quelques petits défauts, quelques imperfections mineures. Comme les poils de deux jours sur ses jambes et ses aisselles. Comme la petite touffe de poils sur son pubis. Les épais poils noirs sur ses avant-bras dont elle a toujours été complexée. Jusqu'aux fins poils blancs qui se sont formés sur son cou et sa lèvre supérieure. Le vernis écaillé sur ses ongles de doigts et d'orteils qui a désespérément besoin d'être remplacé. Le mascara appliqué avec négligence qui doit être enlevé. Ce ne sont que des imperfections et des irritants qui diminuent sa beauté.

Il reste encore beaucoup de travail à faire avant qu'elle ne puisse devenir l'ange qu'elle était destinée à être.

Heureusement, il y a beaucoup de temps.

CHAPITRE
TROIS

Tomek savourait sa deuxième bière de la soirée, ouvrant et fermant la bouche pour en apprécier le goût. Ce soir, il essayait une nouvelle bière. Une sorte d'IPA hipster à la saveur fruitée, fabriquée avec amour et selon une éthique d'entreprise admirable mais naïve qui plantait un arbre à chaque commande. Malgré son attitude snob envers tout ce qui n'était pas une Heineken ou une Guinness, il devait admettre qu'il l'aimait bien. Il avait légèrement élargi ses horizons, et il appréciait cette expérience. Mais il ne voulait pas s'emballer et essayer tout ce qui figurait sur la carte ; s'il avait commandé cette bière écologique, c'était uniquement parce qu'Abigail la lui avait recommandée. C'était sa soirée spéciale à elle, et il ne voulait pas la contrarier. À tel point qu'il avait réservé l'établissement qu'elle avait demandé, bu la bière qu'elle avait recommandée, et porté la tenue qu'elle avait choisie pour lui. Son plan initial comprenait une chemise élégante à rayures bleues et roses avec un pantalon chino crème, ce à quoi elle avait répondu : « Tu ne vas certainement pas sortir habillé comme ça. » À son grand désarroi ; ce n'était pas comme s'il n'avait pas acheté cette tenue spécialement, comme s'il n'y avait pas réfléchi. Il y avait une demi-heure passée chez M&S qu'il ne récupérerait jamais.

Finalement, elle avait opté pour un simple t-shirt blanc sous un pull à col montant. C'était affreux et ça grattait, et il se sentait comme un imbécile — un imbécile *uber* — assis là au milieu du restaurant, l'air de sortir tout droit des années quatre-vingt. Mais c'était sa soirée spéciale, et il ne voulait rien dire.

Après avoir posé sa bière sur la table, il se frotta le cou du doigt pour apaiser les démangeaisons et tourna son attention vers Kasia. Ce soir, elle avait mis son plus beau jean et un petit chemisier en satin, accompagnés d'une couche complète de maquillage. Elle était en train d'envoyer un message à quelqu'un, probablement une amie, et était absorbée par son appareil depuis dix bonnes minutes.

— Comment s'est passée l'école aujourd'hui, Kash ? demanda-t-il.

— Pas mal.

Comme toujours. Sinon c'était « bien ». Le vocabulaire d'une adolescente traversant une période tumultueuse et tourmentée. Tomek pensait qu'il avait probablement été aussi opaque qu'elle à cet âge.

— Quels cours as-tu eus ?

— Les habituels.

— Super. Lesquels ?

Elle finit d'envoyer son message — ou son Snapchat, ou Facebook, ou Instagram, ou TikTok, peu importe ce qu'elle utilisait — avant de lui accorder toute son attention.

— Euh... maths, chimie, biologie, physique et sport.

— Wow. C'est une journée chargée. Surtout avec toutes ces matières barbantes.

Maintenant il comprenait pourquoi elle n'était pas d'humeur à en discuter.

— Ouais.

Tomek sentait qu'il n'obtiendrait rien de plus d'elle quoi qu'il fasse, alors il abandonna. Abigail, sa petite amie depuis quatre semaines, décida que c'était le moment d'intervenir.

— Ton père me dit que tu aimerais ouvrir un café un jour.

Kasia retourna à son téléphone. — Ouais. Un jour. Peut-être.

— Je trouve que c'est une excellente idée. Mais ça demande beaucoup de travail. Tu penses être à la hauteur du défi ?

Plus de réponses monosyllabiques. Plus de regards fixés sur son téléphone.

— Je pense que tu en es capable, poursuivit Abigail, tenant le pied de son verre de vin entre ses doigts, faisant tourner la base du verre avec son autre main. Si jamais tu as besoin d'aide pour rédiger un business plan, je suis là pour toi !

Kasia releva lentement la tête. Tomek pouvait lire sur son visage ce qu'elle pensait — « Tu ne seras peut-être plus là quand j'en serai à ce stade de ma vie » — mais heureusement, elle ne le dit pas. À la place, elle répondit par une phrase hachée : — Ouais. D'accord. Peut-être. Puis elle reporta son attention sur le miroir noir dans sa main.

Avant que Tomek ne puisse intervenir, les plats arrivèrent. Souris d'agneau avec sauce aux prunes, pommes de terre sautées et légumes frits pour lui. Wellington de bœuf servi avec oignons et truffe dans un jus au vin rouge pour Abigail. Et un burger de poulet avec frites pour Kasia. L'aliment de base de toute adolescente traversant sa phase difficile. Tomek ne se souvenait pas d'avoir traversé la sienne, mais il avait entendu Nick raconter des histoires similaires à propos de ses trois enfants. Refusant de manger parce qu'ils n'avaient pas faim, détestant la vue, l'odeur et le goût de tout ce qui était sain, optant toujours pour l'option la plus grasse et la plus calorique du menu, se rabattant sur des nuggets de poulet surgelés et des frites à chaque repas de la semaine. À cet âge, cependant, comme c'était le cas pour Kasia, cela ne les affectait pas ; grâce à leur métabolisme hypersonique et à leur mouvement constant à l'école et lors des activités extrascolaires, ils étaient constamment en mouvement, faisant constamment quelque chose, brûlant les graisses. Même ainsi, Tomek avait décidé de garder un œil attentif sur la situation. La préoccupation avec elle était que cela pourrait évoluer vers un trouble alimentaire, un complexe. Elle avait traversé tellement d'épreuves ces derniers mois qu'il mentirait s'il disait qu'il n'était pas inquiet des pressions sociétales auxquelles elle était soumise à l'école. Et comme elle ne s'ouvrait pas à lui à ce sujet, tout ce qu'il pouvait faire était de laisser ses pensées s'emballer.

Mais ce soir n'était pas à propos de Kasia. C'était à propos d'Abigail, de sa grande soirée, de sa raison de célébrer.

À côté de lui, Kasia tendit la main vers son couteau et sa fourchette, sans aucun égard pour l'étiquette. Tomek l'arrêta. Il leva son verre, puis attendit que les filles fassent de même.

— À Abigail, dit-il, en levant son verre un peu plus haut, la nouvelle rédactrice en chef du *Southend Echo*. À Abigail.

— À Abigail... dit Kasia sans enthousiasme.

— À moi, ajouta Abigail avec la suffisance de quelqu'un dont l'ego était actuellement à son apogée.

Normalement, ce type de comportement aurait agacé Tomek. Mais pas ce soir. C'était sa soirée spéciale, et elle le méritait. Elle avait fourni tellement d'efforts ces derniers mois qu'il était agréable de voir enfin cela porter ses fruits. Il y a quelques semaines, le rédacteur en chef fondateur du *Southend Echo*, l'un des journaux les plus importants et les plus populaires de l'Essex, avait été arrêté pour trafic sexuel. Lui, ainsi qu'une poignée d'autres membres de l'élite politique de Southend, s'étaient retrouvés du mauvais côté d'une enquête criminelle qui avait affecté des dizaines de vies. Par conséquent, le poste de rédacteur en chef était devenu disponible. Au début, c'était un poste que personne ne voulait, comme s'il était souillé par le comportement de l'ancien rédacteur, son odeur imprégnée dans le tissu de son siège, ses empreintes partout sur les meubles, une tache indélébile. Mais Abigail avait eu l'idée brillante, et le courage qui allait avec, de postuler pour le poste. Un soir, elle avait pris Tomek à part et lui avait expliqué pourquoi elle convenait pour ce travail. Un mini-entretien. À la fin, il lui avait conseillé de tenter sa chance, qu'elle n'avait rien à perdre. Dans son esprit, elle était la personne idéale pour le poste, même s'il n'était pas celui qu'elle devait convaincre. Cette responsabilité incombait au conseil d'administration du journal, et s'en était suivie une longue procédure pour élaborer un plan sur trois, six, neuf et douze mois sur la façon dont elle allait stimuler les revenus et améliorer la réputation de l'entreprise. Si les entreprises locales ne voulaient pas faire de la publicité chez eux, alors il n'y aurait pas d'argent qui rentrerait. S'il n'y avait pas d'argent, il n'y avait pas d'emplois, pas de collègues. Finalement, le conseil d'administration avait apprécié son plan et lui avait offert le poste.

— Quelle est la première chose sur ta liste de tâches en tant que nouvelle rédactrice en chef ? demanda Tomek en commençant à attaquer son repas.

— Je dois licencier Sami et Khalid.

— Aïe.

— Ouais. On me jette vraiment dans le grand bain.

Pas aussi profond que leur *situation quand ils découvriront qu'ils ne peuvent pas payer leur loyer le mois prochain.*

— Plutôt toi que moi, dit-il.

— Mais regarde le bon côté des choses, toi et moi allons travailler beaucoup plus étroitement. Beaucoup plus de services rendus...

— Beurk ! Kasia laissa tomber son couteau et sa fourchette sur la table. Pas encore ça ! J'en ai assez de vous entendre parler comme si vous étiez dans un film porno !

— Comment sais-tu ce qu'est le porno ? demanda Tomek, la regardant d'un air suspicieux.

— On en a déjà parlé ! Je connais ces choses-là ! Et je ne veux plus en parler ! Elle retira sa serviette de ses genoux et la jeta sur la table, puis se leva de sa chaise, le bruit du bois raclant la céramique résonnant dans tout le restaurant.

— Où vas-tu ?

— Aux toilettes, si ça te *convient* ?

Tomek la laissa partir sans répondre. Le restaurant où ils se trouvaient était bien trop élégant pour qu'ils créent une scène. Haut de gamme, luxueux, et avec une addition à l'avenant. Quand elle fut hors de portée d'oreille, il reporta son attention sur son repas.

— Peut-être vaut-il mieux laisser tomber ce sujet de conversation, dit Abigail.

— Pourquoi ?

— Parce que ça n'en vaut pas la peine. C'est déjà du passé. On en a déjà parlé. Laisse tomber.

Tomek jeta un coup d'œil vers la porte des toilettes, s'assurant qu'elle ne revenait pas de sitôt.

— Qu'est-ce que tu voulais dire par nous frotter l'un contre l'autre ?

— Je n'ai jamais rien dit à propos de nous frotter l'un contre l'autre, répondit Abigail. Tu sors mes paroles de leur contexte, et je n'apprécie pas ça. Je parlais de nous, toi et moi, le journal et la police.

Bien sûr. Évidemment. L'influence, voilà de quoi il s'agissait. Elle voudrait utiliser son pouvoir en tant que rédactrice en chef du journal pour lui soutirer des informations sur la dernière affaire. Bien qu'il admît que cela s'était produit par le passé, cela s'était fait sans que la dynamique de pouvoir entre eux ne change. Avant, ils étaient sur un pied d'égalité. Ils l'avaient tous deux fait pour faire avancer leurs carrières respectives. Maintenant, avec la différence entre eux, cela changerait sans aucun doute. C'était impossible que ce ne soit pas le cas.

Tomek jeta un nouveau coup d'œil à la porte des toilettes. Elle s'était ouverte, et Kasia revenait vers eux d'un pas nonchalant, prenant son temps.

Avant qu'elle n'atteigne la table, Abigail se pencha en avant et baissa la voix.

— Cela dit, si tu voulais qu'on se frotte l'un contre l'autre ce soir, je ne m'y opposerais pas.

C'était sa soirée spéciale, après tout.

CHAPITRE
QUATRE

La pluie me fouette le visage si violemment qu'elle m'entre dans les yeux et me force à cligner des paupières. J'essaie de l'essuyer, mais c'est inutile. Mes cheveux sont trempés, mon pantalon colle à mes cuisses, et mes chaussettes sont en train de s'imbiber malgré mes chaussures d'école censées être imperméables. Mais je l'ignore et je continue. L'adrénaline circule dans mes veines comme une drogue puissante et violente.

L'adrénaline et la peur.

Teintées d'une pointe d'anxiété.

Je suis en retard. Et Michał m'attend. Mon frère Michał. Mon grand frère, plus costaud, plus fort, qui me bat toujours au bras de fer ou dans nos bagarres.

Je viens de traverser la route. De l'autre côté, à une centaine de mètres, je peux voir les gamins devant l'épicerie. Ils sont là comme d'habitude, à traîner, accrochés aux guidons de leurs vélos, ouvrant leurs boissons énergisantes et leurs magazines pornos. Je crois même que l'un d'eux sort une cigarette du paquet, ce petit crétin. Il se croit probablement le gamin le plus dur qui ait jamais foulé cette planète. S'il savait à quel point il n'est qu'un putain d'abruti.

Les ignorant, je reporte mon attention sur le parc. Quelques centaines de mètres plus loin, sur la droite. La même entrée que j'ai franchie des dizaines, des centaines de fois avant et après l'école — et des milliers de fois depuis. À l'extérieur de l'entrée, un unique et solitaire réverbère, gris métallique et rouillé, couvert de pisse de chien, sa faible lumière au sodium se déversant sur le sol. Mais aucun de ses rayons n'est assez fort pour pénétrer dans le parc. Il est enveloppé par les ténèbres. Une obscurité épaisse, collante, menaçante qui me rappelle les nuits en Pologne, pendant les coupures d'électricité.

Je m'arrête brusquement devant le parc. Sur le sol, une petite flaque de boue s'est formée. Plus d'un mètre de large et un mètre de long. Au centre se trouve une grille métallique, couverte de rouille, sa peinture s'écaillant. Je m'y accroche avec mes mains et, utilisant la pointe de mes pieds, je me propulse dans les airs au-dessus de la flaque. J'évite de justesse la boue, mais mes efforts sont vains. Tout l'endroit est putain de sale et couvert de boue partout. J'aurais aussi bien pu me rouler dedans avant d'entrer ; ça n'aurait pas fait de différence.

Je regarde mes chaussures quand je l'entends. Le bruit, venant de ma droite. Les gémissements, les grognements, les ricanements. Je regarde, mais je ne peux rien voir, juste le contour de l'aire de jeux. Les balançoires, le toboggan, la balançoire à bascule et le manège. Et les silhouettes qui s'y tiennent.

Puis je commence à me concentrer, à affiner mon regard. Le bruit des pneus roulant sur le goudron s'estompe progressivement, et le son de la pluie frappant la boue commence à s'atténuer, jusqu'à ce que tout ce que je puisse entendre soit le son de ma respiration. Laborieuse après la course que je viens de faire.

Lentement, percevant ce qui se trouve devant moi, je baisse un peu le regard et vois le corps allongé dans les débris, recroquevillé en tas. Mon frère. Michał. Puis je lève les yeux, et dans l'obscurité, je peux voir son tueur, ses yeux, jaunes et perçants comme ceux d'un chat. Nathan Burrows, debout au-dessus de Michał.

Mais il y a un problème.

C'est juste lui.

Seul.

Personne d'autre.

Juste Nathan et Michał. Un tueur, une victime.

J'essaie de bouger, mais je suis figé sur place. Quelque chose me retient.

Comme si quelqu'un avait enroulé ses bras autour de mes épaules et me maintenait là, comme la fois où papa m'avait fait un câlin d'ours pour m'empêcher de courir après Dawid dans le jardin. Même si j'étais plus petit que lui, de quelques centimètres seulement, j'étais toujours prêt à lui rendre la pareille.

Tout comme maintenant.

Je suis remonté. J'ai besoin de savoir ce qui est arrivé à Michał. J'ai besoin de savoir pourquoi il ne bouge pas.

Finalement, après dix, vingt secondes, je sens les contraintes commencer à se relâcher, leur emprise se desserrer. Et je fais un pas en avant. Je m'approche.

Un pas devient deux.

Deux devient trois.

Et avant que je ne m'en rende compte, je cours, je sprinte, je me précipite vers Nathan Burrows. Dès que ce petit enfoiré me voit arriver, il se retourne et s'enfuit en courant. Mais cette fois je le poursuis. Je le suis jusqu'à l'arrière de l'aire de jeux, à travers une petite allée bordée de buissons. Des briques et des gravats provenant des travaux de construction qui ont lieu à proximité jonchent le sol. Des dais de ronces et de lianes pendent d'en haut. Le bruit de ses pas, suivi de près par les miens, résonne dans le sentier. Au bout, une lueur au sodium douce, terne, pathétique. Sinon, nous sommes enveloppés dans l'obscurité, comptant sur la capacité de nos yeux à voir à travers tout cela, à discerner les formes floues.

Mais Nathan est plus rapide que moi. Il prend de l'avance. Je n'ai aucune chance. Cinq, six ans de plus que moi.

À la fin de l'allée, il tourne à gauche. Avant d'y arriver, je trébuche, mon pied s'accrochant à une dalle retournée ou un morceau de pierre, mon corps faisant un vol plané, détruisant ma lunch box et ma bouteille d'eau dans le processus. Mais je me fiche de tout ça. Je dois le suivre. Je dois le pourchasser.

Après m'être remis sur pied, je titube jusqu'au bout de l'allée, sentant la douleur enfler dans mon genou et mes mains. Ce n'est rien comparé à la douleur que Michał a ressentie, me dis-je. Mais le temps que j'arrive au réverbère, Nathan Burrows est parti, disparu, évanoui dans la pénombre de la rue.

Je ne mets pas longtemps à penser à Michał, alors je fais demi-tour et je me dirige vers lui. Pendant un moment, j'aimerais ne pas l'avoir fait. J'aurais préféré rester où j'étais. J'aurais aimé ne pas avoir quitté l'école.

J'aurais aimé ne pas être en retard en premier lieu.

Il est allongé là sur le sol, manteau enlevé, chaussures jetées, pantalon baissé jusqu'aux genoux, sac jeté sur le côté, son contenu renversé et éparpillé sur le goudron. Mes yeux se déplacent du haut de son corps vers le bas. De larges morceaux de son crâne manquent, et ses épais cheveux blonds sont devenus poisseux de couleur cramoisie, les morceaux blancs de sa matière cérébrale et osseuse exposés luisant humidement dans la faible lumière. Ses yeux — ses putains d'yeux — ont été défoncés avec des briques et de l'acide de batterie versé dedans. Les preuves en sont visibles sur son visage et dans le pli de son menton. Deux d'entre elles, cabossées là où elles avaient été fendues par une pierre ou une brique.

La moitié supérieure de son corps a été épargnée. Ce n'est que lorsque j'arrive à sa partie inférieure que j'ai envie de vomir. Son pénis — quelque chose que je n'ai jamais vu auparavant, sauf quand nous partagions des bains ensemble quand nous étions tout petits — a été haché, mutilé avec un couteau. Le sang continue de s'en écouler comme si c'était la dernière partie de lui qui était vivante.

Les larmes commencent à monter dans mes yeux tandis que je regarde mon frère mort, les images de son corps s'incrustant lentement dans mon esprit, ouvertes à trente années de tourment et d'interprétation. Je veux détourner le regard. Je sais que je devrais, mais je ne peux pas. Quelque chose, comme les bras de mon père autour de moi dans le jardin, me force à rester, à regarder. À m'imprégner de la dette que j'ai envers lui. À absorber les cauchemars et la culpabilité qui, je le sais, me hanteront pour le reste de ma vie.

J'étais trop tard.

J'aurais pu le sauver.

J'aurais dû le sauver.

CHAPITRE
CINQ

Tomek retira la couverture et balança ses jambes hors du lit. Sur la table de chevet à côté de sa tête se trouvait son téléphone, branché et en charge. Il le toucha du doigt, vit qu'il était un peu moins de quatre heures du matin, et le débrancha. Somnolent, bâillant et se grattant l'aisselle, il se dirigea vers son armoire de l'autre côté de la chambre. Abigail dormait profondément, les doux sons de sa respiration (on ne pouvait jamais appeler ça ronfler, *jamais* ; elle refusait d'admettre qu'elle le faisait et ce depuis toujours) s'échappant par ses narines. Elle paraissait si paisible quand elle dormait, mais il savait qu'elle pouvait se réveiller à tout moment. Elle avait le sommeil le plus léger qu'il connaisse. Les mouvements subtils étaient importants.

Plantant fermement ses deux pieds sur la moquette, aux endroits dépourvus de lattes grinçantes, Tomek pinça la poignée entre ses doigts et l'ouvrit délicatement. De temps à autre – à vingt degrés, quarante, quatre-vingts – les charnières hurlaient. À chaque fois, il jetait un coup d'œil vers Abigail, mais elle restait endormie, indifférente aux bruits. L'armoire IKEA était un désordre total : au moins une douzaine de paires de chaussures jetées au fond jouaient leur propre partie de Jenga ; slips et chaussettes étaient fourrés pêle-mêle dans un petit compartiment ; trop de cintres et de vêtements pour la tringle qui traversait le haut. Mais ce qu'il cherchait se trouvait dans le compartiment supérieur, fermement enfoncé au fond. Il l'y avait mis à l'abri des regards indiscrets d'Abigail et de Kasia. Il fouilla à l'intérieur et en sortit l'objet. Puis il l'emporta dans le salon, en prenant soin de ne marcher sur aucune latte grinçante. À la table de la salle à manger, il tira une chaise et s'assit, posant l'objet sur la surface.

C'était une fine enveloppe : une lettre de la prison de Wakefield, une lettre de Nathan Burrows. Elle était arrivée ce matin, pendant son jour de congé, alors que Kasia était à l'école. Il l'avait tenue pendant dix minutes, la fixant, se demandant s'il devait l'ouvrir, les mots de la première lettre qu'il avait reçue tournant dans son esprit. Finalement, il l'avait laissée. Ça ne valait pas la peine de gâcher la grande soirée d'Abigail. Il ne voulait pas être distrait. Mais après le cauchemar qu'il venait de faire...

Il était certain qu'il y avait un lien : le second tueur, celui qui était enfermé dans le cerveau de Tomek depuis cet après-midi trente ans auparavant, avait été absent de son cauchemar. Exactement comme Nathan l'avait prédit.

Il n'y avait personne d'autre là-bas, Tomek. Je l'ai tué tout seul. Tu l'as imaginé depuis le début.

Tomek inspira profondément avant de retourner la lettre et de l'ouvrir avec son pouce. Dès qu'elle fut sortie de l'enveloppe, il retint son souffle et se mit immédiatement à la lire :

Cher Tomek,

Veuillez axepté mes excuzes pour le retard. J'ai été occupé ici à Wakefield. Ils ont ouvert un nouveau cours de dévelopement des affaires et j'ai assisté à quelques-uns d'entre eux pour essayer d'apprendre sur les affaires. Mais j'ai du mal avec les documents à lire. J'apprends lentement, et j'espère que vous pouvez me pardonné. S'il vous plaît, soyez patient. J'ai mon compagnon de cellule qui m'aide, mais parfois il est tout aussi mauvais.

Enfin, comment allez-vous ? Comment va Kasia ? Comment va Abigail ? J'ai vu aux nouvelles sa promotion. S'il vous plaît, dites-lui que je la félicite. Je parie qu'elle est très contente et fière. Vous devriez l'être aussi.

La dernière fois, j'avais l'intention de vous demander comment vont vos parents ? Comment se portent-ils ? S'ils souhaitent me rendre visite, ils sont les bienvenus. Je ne vais nulle part ! Peut-être pourriez-vous tous en faire une belle sortie familiale. N'oubliez pas d'inviter Dawid aussi. Est-ce que Dawid vous a déjà dit qu'il est venu me voir une fois ? C'était il y a de nombreuses années maintenant. Nous avons parlé, nous avons discuté. Il y avait des choses qu'il voulait savoir, alors je lui ai dit. Ne vous inquiétez pas, je lui ai dit la même chose qu'à vous. Que je suis désolé de dire que j'ai tué Michał seul. Il n'y avait personne d'autre avec moi. Parfois, je pense que ce serait mieux s'il y avait quelqu'un, vous savez ? Pour que je puisse partager une partie de la culpabilité que je ressens pour ce que j'ai fait à votre frère, mais je n'aurai jamais ce luxe. Je suis désolé que vous ayez pensé cela pendant si longtemps. Ça a dû être si douloureux pour vous tout ce temps. Je veux me racheter auprès de vous. C'est pourquoi je voulais ouvrir le dialogue. Veuillez répondre. J'espère que vous pourrez trouver le temps. Je sais que vous êtes un homme occupé, mais ce serait bien de vous parler à nouveau. Si jamais vous souhaitez parler au téléphone, car cela peut être beaucoup plus facile, je viens d'avoir un nouveau numéro - ne le dites pas aux gardiens ! Ha ha ! Je l'ai mis au dos de cette lettre pour vous. S'il vous plaît, ne le perdez pas. Votre voix me manque et j'aimerais l'entendre à nouveau.

Je pense à vous.

NB

Sous les initiales de Nathan figurait une signature, et effectivement, au verso se trouvait un numéro de portable. Onze chiffres, écrits de la manière la plus nette possible pour éviter toute confusion, toute possibilité que Tomek entre le mauvais numéro dans son téléphone.

Enfoiré.

Enfoiréenfoiréenfoiréenfoiréenfoiré.

Tant de pensées, tant d'émotions s'agitaient dans sa tête. Il se sentit soudain malade, un nœud profond se serrant dans son estomac (et ce n'était pas la nourriture). Puis la sensation disparut presque aussi vite qu'elle était apparue, et il fut accueilli par un vieil ami : la rage. La même émotion qu'il avait ressentie en lisant la première lettre. Il avait voulu sauter dans le document et étrangler Nathan pendant qu'il l'écrivait. Il avait voulu lui arracher les yeux et y verser de l'acide de batterie. Il voulait obtenir réparation pour les atrocités qu'il avait faites à son frère.

Cela lui rappela quelque chose.

L'autre.

Dawid.

Ce petit connard, qui rendait visite à Nathan sans le dire à personne. De quoi avaient-ils discuté ? Qu'avait demandé Dawid à Nathan ? Et pourquoi l'avait-il caché à tout le monde pendant toutes ces années ? S'était-il attendu à ce que personne ne le découvre jamais ?

Tomek eut soudain l'envie de décrocher le téléphone et de le lui demander, de connaître les réponses à ces questions et à bien d'autres. Mais il était trop tôt, encore nuit noire dehors. Cela devrait attendre, une conversation pour un autre jour.

Il regarda à nouveau la lettre, la relisant une fois de plus. Trois choses l'inquiétaient : premièrement, la rencontre secrète de Dawid avec Nathan Burrows, deuxièmement, comment Nathan avait su pour la promotion d'Abigail alors que la nouvelle n'avait été annoncée que la semaine précédente, et troisièmement, qu'il commençait à croire Nathan. Il envisageait sérieusement la possibilité qu'il n'y ait pas eu d'autre tueur, qu'il l'avait imaginé cet après-midi-là et pendant les trente années qui avaient suivi.

Il ferma les yeux et repensa au cauchemar qu'il venait de faire ; il avait été si vif, si viscéral. C'était l'un des cauchemars les plus clairs dont il se souvenait. Et pourtant, était-ce la vérité ? Quelle part était réelle, quelle part était une fiction créée par son cerveau et son subconscient ? Tout ce temps, il avait imaginé un second tueur sur les lieux. Mais peut-être y avait-il une raison pour laquelle il n'avait jamais pu voir le visage clairement. Peut-être y avait-il une raison pour laquelle la police n'avait jamais trouvé de second tueur ou de preuves suggérant que quelqu'un d'autre avait été présent. Et si l'esprit fracturé et fragile de Tomek l'avait inventé, littéralement un produit de son imagination, une forme inoffensive et générique que son cerveau avait déformée et manipulée pour en faire un personnage ? C'était une question avec laquelle il avait lutté d'innombrables fois au fil des ans, et maintenant son dernier cauchemar, le plus clair à ce jour, le tirait dans l'autre direction. Loin de son identité.

Et le nom, Charlie, ce nom qu'il avait entendu une fois durant un cauchemar et qui avait ravivé son espoir - et si cela aussi était faux ? Plus récemment, c'était une question avec laquelle il avait essayé de lutter, une question en laquelle il avait un peu moins foi, simplement parce que c'était le même nom que quelqu'un qui avait été impliqué dans une enquête pour meurtre à l'époque, et il s'était convaincu que c'était son subconscient qui l'appelait. Pourquoi, après trente ans, un nom lui viendrait-il tout à coup ? Cela n'avait aucun sens. Il savait que le cerveau fonctionnait de façon mystérieuse, mais pas à ce point. Il y avait généralement quelque chose derrière ce qui se passait.

Il commençait à penser que rien de tout cela n'avait été réel.

Au moment où il allait déchirer le papier en deux, il entendit un bruit ; la porte du salon qui s'ouvrait en grinçant, suivie du bruit d'ongles grattant sur le bois. Tomek pivota si vite qu'il sentit sa colonne vertébrale céder sous la pression.

— Que... Qu'est-ce que tu fais debout ? demanda-t-il à Abigail, dont la tête apparaissait dans l'entrebâillement de la porte.

— J'avais froid. Je ne te sentais plus à côté de moi.

— Alors tu t'es réveillée ?

— Je n'avais plus mon nounours à câliner.

Tomek grimaça.

— Je reviens tout de suite. Donne-moi juste une minute.

— Qu'est-ce que tu fais ? demanda-t-elle.

— J'écris dans mon journal.

Ce n'était pas un mensonge complet. Mais ce n'était pas non plus toute la vérité. Pour l'instant, il ne voulait pas qu'elle sache. Non pas parce qu'il ne lui faisait pas confiance avec cette information, mais parce qu'il ne voulait pas qu'elle panique à l'idée que Nathan Burrows, un meurtrier purgeant une peine à perpétuité, connaisse des détails intimes sur elle.

— Tu as encore fait un cauchemar ? Elle s'approcha prudemment et posa une main réconfortante sur son dos.

— Oui.

— Un mauvais ?

— Non, mentit-il. Mais il était plus déroutant que les autres.

— Tu pourras m'en parler plus tard. Pour l'instant, il faut que tu retournes te coucher. Tu te lèves tôt demain matin.

CHAPITRE
SIX

Tomek ne parvint pas à réprimer un bâillement en quittant la salle d'audience. Sa nuit fragmentée et décousue l'avait laissé fatigué et léthargique, comme s'il était redevenu adolescent, avec cette envie de rester au lit jusqu'à midi. C'était sa troisième visite au tribunal de la Couronne de Southend en trois jours. Il y assistait en tant que témoin concernant le meurtre d'un homme sur Two Tree Island, une petite zone de marais salants située à Leigh-on-Sea. La victime, Reece Cartwright, avait été frappée à l'arrière du crâne et laissée pour morte par le témoin oculaire même qui prétendait l'avoir découverte. Selon ses aveux, survenus peu après que l'équipe ait retrouvé l'arme du crime dissimulée dans les broussailles à proximité, la victime avait arrêté le tueur au milieu du chemin et commencé à le harceler, ivre et sous l'emprise d'une autre substance. Lorsque les avances de la victime n'avaient pas cessé, le cycliste l'avait frappée à la tête pour le dissuader, mais l'avait en fait tuée. Un simple acte de légitime défense s'était transformé en enquête pour meurtre et ce qui allait bientôt devenir un emprisonnement. La question que le jury devait maintenant trancher était de savoir s'il s'agissait d'un meurtre ou d'un homicide involontaire. Tomek, avec toutes ses années d'expérience, pressentait que l'homme serait reconnu coupable d'homicide involontaire. Non seulement il n'existait aucune preuve suggérant que les deux hommes étaient entrés en contact avant ce moment fatidique, mais la nature du meurtre laissait penser qu'il s'agissait d'un accident, un coup mal maîtrisé qui avait mal tourné. C'était une fin malheureuse pour un homme qui, selon ses amis et sa famille, traversait l'une des périodes les plus difficiles de sa vie.

L'avantage d'assister à un procès au tribunal, c'était qu'il se trouvait à seulement trente secondes du bureau. Ainsi, en moins d'une minute, il était de retour au quartier général de la brigade criminelle, se dirigeant vers la salle des enquêtes. Une fois arrivé, il se rendit directement dans la cuisine et commença à préparer un café. DCI Cleaves, le chef de l'équipe, avait récemment réussi à trouver suffisamment d'argent dans le budget pour acheter une machine à café automatique haut de gamme, équipée d'une interface numérique, d'une capacité de vingt litres de grains de café et de finitions élégantes, qui nécessitait l'intervention d'un technicien de l'entreprise qui l'avait vendue pour la nettoyer et l'entretenir tous les quinze jours. En résumé, c'était l'une des plus belles choses que Tomek ait jamais vues, à peine différente des machines à café sophistiquées et extravagantes qu'on voyait chez Starbucks ou Caffè Nero. Mais en mieux. Pas besoin de faire mousser le lait ou de nettoyer les jets d'eau après chaque utilisation — la machine faisait tout pour vous. Peu après son arrivée, il y avait eu une effervescence, une excitation fébrile, et des files de collègues s'étaient formées, chacun attendant impatiemment de l'utiliser. À quelques occasions, Tomek avait été contraint d'intervenir et de les séparer, se plaçant entre eux pour éviter une altercation avant qu'elle ne devienne laide, puis à la fin, de passer devant tout le monde. Malgré ses deux semaines d'existence, la fascination de l'équipe pour la machine à café ne s'était pas estompée, et il y avait toujours une file d'attente devant lui à son retour. DC Nadia Chakrabarti, responsable de la saisie et du suivi HOLMES de l'équipe, chargée de gérer les tâches de chacun pendant les diverses enquêtes qu'ils menaient à tout moment, était en train de placer sa tasse sous la buse, quand Tomek demanda : « Tu as besoin d'aide, Nads ? »

— Je suis enceinte, répliqua-t-elle. Pas une putain d'invalide.

Huit mois, pour être précis. Sur le point d'exploser. Bien au-delà de son congé maternité. Divers membres de l'équipe, y compris les RH, lui avaient suggéré de profiter du temps avant l'arrivée du bébé pour se détendre, pour se poser un peu, mais elle avait répondu qu'elle ne voulait pas s'ennuyer, qu'elle ne voulait pas rester à la maison à ne rien faire toute la journée sauf attendre le moment venu, pas alors qu'il y avait encore une montagne de travail à faire. Une montagne de travail qui, malgré son intelligence, incluait maintenant d'apprendre à utiliser correctement la machine à café ; Tomek la regarda se débattre pendant quelques instants alors qu'elle plaçait une main sur son ventre tandis que l'autre cherchait le bon bouton à presser.

— Tu es sûre que tu n'as pas besoin d'aide ? Encore le cerveau en compote ?

Elle souffla, se retourna et lui lança un regard noir.

— Si tu mentionnes encore une fois le cerveau en compote, je t'éclate la tête pour que ce soit *toi* qui sois en compote.

— Déjà à moitié fait, ma vieille. Je crois que mes parents et mes frères ont déjà fait la plupart du boulot à ta place.

Encore un souffle, encore un regard noir. Tomek n'y prêta guère attention, puis se glissa devant trois membres du personnel de soutien civil, s'excusant d'un chuchotement poli comme le font les Britanniques, et s'arrêta à côté de Nadia. Des cris et des huées s'élevèrent derrière lui.

— Elle est enceinte ! J'aide juste quelqu'un dans le besoin.

— C'est toi qui vas être dans le besoin si tu continues, dit-elle, puis elle regarda à nouveau les boutons.

— Décision difficile, dit-il, choisir la même chose que d'habitude.

L'expression sur son visage suggérait qu'elle voulait le gifler, mais qu'elle n'en avait pas l'énergie. Au lieu de cela, elle laissa échapper un long soupir et relâcha la tension dans son corps. « D'accord. Fais-le toi. Un chocolat chaud, s'il te plaît. »

— Un chocolat chaud et un flat white qui arrivent ! annonça-t-il sous un nouveau chœur de gémissements et de cris. Il se tourna vers la foule. « Hé ! Aucun de vous n'était prêt à aider cette femme *enceinte*. Il est normal que j'en tire ma juste récompense. »

— Tu es vraiment un martyr, Tomek, railla Nadia. C'est étonnant qu'on ne t'ait pas encore fait chevalier ou donné un CBE, ou un autre de ces trucs.

Montrant la foule derrière lui, il dit : « Je le fais pour mes fans. Je ne le fais pas pour moi. »

— Pff ! Et moi j'ai le corps de Kim Kardashian.

En quelques instants, le chocolat chaud de Nadia était prêt, et alors qu'il s'apprêtait à le lui tendre, il plaça sa propre tasse sous la buse et appuya sur le bouton pour sa boisson. Lorsqu'il se retourna vers Nadia, il la trouva en train de le regarder, perplexe, les yeux aussi grands que le bord de sa tasse. Puis il regarda le sol. Elle avait laissé tomber la boisson par terre, renversant le contenu sur les carreaux, brisant la tasse.

Mais ce n'était pas le seul liquide qu'il voyait. Son pantalon, ses cuisses, étaient assombris.

— Nads... ?

— Je crois que je viens de perdre les eaux.

CHAPITRE
SEPT

Tomek avait été totalement inutile, s'agitant comme un pigeon sous cocaïne, bousculant les membres de l'équipe et provoquant des accidents lorsqu'ils heurtaient les armoires et se cognaient les poignets contre les poignées des tiroirs. Mais le pire, c'était quand il s'était mis à hurler. Ses ordres – du moins, c'est ce qu'ils étaient pour lui – n'étaient rien d'autre que des cris incohérents, du genre qu'on pourrait entendre d'un phoque échoué appelant à l'aide. C'était un cauchemar, et à un moment donné, Nadia s'était arrêtée au milieu du bureau, l'avait saisi par les épaules, lui avait giflé la joue, puis lui avait dit calmement et de façon cohérente de « t'asseoir, de fermer ta gueule, et de respirer ». C'était elle qui aurait dû paniquer, perdre la tête, pas Tomek. Pour lui, c'était une épreuve terrifiante. Donnez-lui un tueur en série ou une course-poursuite à grande vitesse – que ce soit en voiture ou à pied – n'importe quel jour de la semaine, et il serait aussi calme que possible, mais ça... ça ressemblait à la première rencontre avec une fille ; il ne pouvait pas parler correctement, il ne pouvait pas s'arrêter de transpirer, et il était certain qu'il y avait aussi un peu d'urine.

C'était donc une énorme surprise quand Nadia lui avait accordé la permission de la conduire à l'hôpital. Dans une situation comme celle-ci, avait-elle dit, où elle devait s'y rendre le plus vite possible, c'était le *seul* moment où elle lui faisait confiance pour faire quoi que ce soit concernant sa grossesse (même si ce serait techniquement la dernière chose qu'il pourrait faire, à part accoucher le bébé ; il décida de ne pas le mentionner). Au lieu de cela, Tomek avait hoché la tête distraitement, incertain, une douzaine de pensées, d'images et de scénarios défilant dans sa tête alors qu'il était assis là, dans le bureau, écoutant sa voix et suivant ses exercices de respiration. Mais toute cette anxiété et ce doute disparurent dès qu'il sentit les sièges rigides en cuir de la voiture de service envelopper son corps.

Après avoir mis le moteur en marche, il se tourna vers elle et dit : « Nadia, c'est un honneur pour moi de te conduire dans cette heure critique. »

Haletante, le visage crispé par la douleur, elle s'était tournée vers lui, avait découvert ses dents et lui avait crié au visage : « Conduis ! Ou je le fais moi-même, putain ! »

Pour Tomek, ce n'était pas une option, alors il avait foncé à travers la circulation, grillé quelques feux rouges (il facturerait plus tard les amendes au mari de Nadia) et dérapé jusqu'à l'arrêt devant les urgences de l'hôpital de Southend. Là, il avait réquisitionné un fauteuil roulant dans un couloir et, se sentant comme Jack Reacher se frayant un chemin dans une ville sans laisser de prisonniers derrière lui, Tomek avait chargé à travers les couloirs et l'avait fait examiner aussi vite que possible.

Sharif, le mari de Nadia, était arrivé une demi-heure plus tard. À ce moment-là, le bébé était bien en route, et Nadia avait été envoyée dans l'une des chambres le long d'un des nombreux couloirs. L'homme était paniqué et exaspéré, et Tomek avait fait de son mieux pour apaiser ses craintes et le calmer, mais comme lui-même n'avait pas exactement été le symbole de la relaxation, il n'y avait eu aucune conviction dans ce qu'il avait dit à Sharif de faire. La dernière image qu'il avait eue de l'homme, avant qu'il ne coure dans la salle d'accouchement, était un regard de choc et de peur sur son visage, comme si la réalisation de ce qui allait se passer dans les trente prochaines minutes – et les trente prochaines années de sa vie – lui était soudainement apparue.

Tomek avait décidé de rester. Non pas parce qu'il voulait voir le bébé, mais parce qu'il avait été tellement submergé par tout cela que la soudaine vague d'émotions qu'il avait ressentie au bureau était revenue, le clouant sur place. Pour une raison inexplicable, il se sentait touché par la naissance du bébé, et alors qu'il attendait, il décida que c'était une piste de réflexion qu'il ne voulait pas explorer tout de suite. Ou peut-être jamais.

Un enfant suffisait, merci bien.

Un peu plus d'une heure plus tard, Sharif revint dans la salle d'attente, en traversant les portes à toute vitesse. Dès qu'il vit Tomek, il s'arrêta.

— Qu'est-ce que tu fais encore ici ? demanda Sharif avant de s'adresser à sa propre famille, qui s'était glissée dans la salle d'attente pendant l'accouchement.

Tomek se leva de son siège et joignit les mains. « Comment va-t-elle ? Comment va le bébé ? »

— Bien. Ils vont tous les deux bien. La mère et le fils sont en bonne santé et heureux.

La nouvelle fut accueillie par un chœur d'acclamations des familles de Nadia et de Sharif. On se serra les mains, les corps s'enlacèrent. C'était une expérience agréable, merveilleuse et un spectacle qui amena un sourire sur le visage de Tomek. Puis il réalisa qu'il était l'intrus et qu'il n'avait aucune raison d'être là.

— Je vais transmettre la nouvelle à l'équipe, dit-il doucement à Sharif en s'apprêtant à partir.

Juste au moment où il allait ouvrir la porte, Sharif le rappela et lui demanda s'il aimerait voir le bébé avant de devoir partir. Oui, avait répondu Tomek sans réfléchir. Mais alors qu'il déambulait dans le couloir, s'approchant de plus en plus du nouveau-né, Tomek commença à comprendre ce que Sharif avait ressenti. Un nœud s'était formé dans son estomac, une boule dans sa gorge. Les lumières des couloirs semblaient s'assombrir, et les murs semblaient se refermer sur lui, comme s'il était dans un film d'horreur. Mais dès que Sharif lui ouvrit la porte, tout cela disparut, et la pièce fut remplie d'une lueur brillante qui accentuait même les couleurs les plus ternes.

Tomek n'avait pas assisté à la naissance de Kasia. Notamment, parce qu'il n'en avait rien su. Il ne l'avait pas vue naître. Il ne l'avait pas tenue dans ses bras pour la première fois. Il n'avait rien vécu de tout cela. Il en allait de même pour les treize premières années de sa vie. Mais ici, maintenant, il le vivait par procuration.

Nadia, vêtue d'une blouse d'hôpital, était assise haute dans le lit, berçant le bébé.

— Tomek, dit-elle, regardant tour à tour Sharif et lui, tu es encore là ?

— Je... je suis désolé. Je ne pouvais pas me résoudre à repartir. Pas avant de savoir comment tout s'était passé. Comment va-t-il ?

— Parfait. Adorable. Aucun problème du tout.

Tomek s'approcha d'elle avec précaution, de peur que tout mouvement brusque ne perturbe le bébé paisible et reposant. Lorsqu'il atteignit le chevet de Nadia, il se pencha pour inspecter le bébé. La petite chose était nichée dans une couverture, à l'exception de son visage surmonté d'une fine tête de cheveux et de quelques sécrétions corporelles qui séchaient encore sur son front. Ses yeux étaient plissés et ses petites lèvres bougeaient rapidement.

— Celui-là va être un bavard, garantit Tomek. Vous avez un nom ?

— Pas encore.

— Que dirais-tu de "Tomek" ?

— Pourquoi ferions-nous ça ?

— Parce que sans moi, tu ne lui aurais pas donné naissance – pas ici, en tout cas.

Sharif et Nadia échangèrent un regard.

— Tu plaisantes ?

Tomek était incapable de détourner son regard du bébé. « J'ai l'impression d'avoir fait partie de sa naissance. J'ai l'impression d'avoir eu *quelque chose* à y voir. »

Ils échangèrent un autre regard.

— Oui, dit-elle. Tu as raison. C'était cinquante pour cent moi. Quarante-neuf pour cent Sharif. Et un pour cent toi pour m'avoir fait passer les portes. Nous n'aurions vraiment pas pu faire ça sans toi. Entre nous trois, nous avons eu un bébé. Félicitations.

Tomek était si submergé de joie qu'il ne prêta aucune attention à la pique de Nadia.

— Mais je ne pense pas que nous allons appeler notre bébé Tomek, dit-elle, plus sévèrement cette fois.

— Pourquoi pas ?

— Parce que si *tu* es un exemple à suivre... Je ne veux tout simplement pas de ces tracas.

Tomek comprit cela, apprécia sa franchise. « Combien pèse-t-il ? »

— Quatre kilos trois cents grammes, répondit Sharif.

— Bon sang, Nads. Qu'est-ce que tu lui as donné à manger ?

— Un régime strict de cuisses de grenouilles, de caviar et de champignons. Qu'est-ce que tu crois ?

C'est alors que Tomek vit Nadia dans sa beauté la plus pure, la plus vulnérable. Ses cheveux et son visage étaient couverts de sueur, et les cernes sous ses yeux semblaient prêtes à être enregistrées pour un vol en première classe vers l'autre bout du monde. Pourtant, elle semblait rayonner d'une certaine manière, comme si elle contenait toute la joie du monde, capturée dans son expression et son sourire. Tomek ne savait pas ce qui se passait dans son esprit – était-ce ça, avoir envie d'avoir un enfant ? – mais il n'aimait pas cette sensation.

— Ce sera lui qui te poussera à travers les portes de l'hôpital la prochaine fois, dit-il. Mais à ce moment-là, tu seras malade et infirme.

Le rayonnement sur son visage diminua légèrement. « Je suis peut-être sous beaucoup de médicaments et d'analgésiques en ce moment, Tomek, mais je *vais* t'étrangler si tu dis une chose de plus qui pourrait me contrarier. Et ne pense pas que je ne le ferai pas juste parce que tu es mon supérieur... »

Tomek porta une main à sa tête en un simulacre de salut. « Oui, Capitaine. Compris, Capitaine. Et sur ce, je vous laisse tranquilles. »

Il n'y eut aucune objection de la part de Sharif ou de Nadia. Et il ne pouvait pas leur en vouloir. Il avait déjà dépassé les limites de leur hospitalité, et la dernière chose qu'ils voulaient pendant qu'ils partageaient ce précieux moment ensemble, c'était lui qui traînait dans les parages, leur rappelant sa contribution d'un pour cent au jour le plus heureux de leur vie. Un pour cent dont il essaierait de ne pas trop se vanter dans les jours à venir.

Avant de partir, il embrassa Nadia sur la joue, caressa le front du petit bonhomme, puis serra la main de Sharif.

Alors qu'il arrivait à la porte, Nadia le rappela.

— Tomek ?

— Oui...

— Si tu racontes à qui que ce soit au commissariat à quel point j'ai l'air mal en point, je mettrai le feu à tout ce que tu aimes.

CHAPITRE
HUIT

Tomek n'avait pas pu reprendre son souffle depuis près de vingt minutes. À peine avait-il franchi les portes de la salle des incidents majeurs qu'il s'était retrouvé entouré par ses collègues, le harcelant et le bombardant d'une douzaine de questions à la seconde. Ils étaient comme une meute affamée de hyènes, désespérés, et Tomek était clairement leur proie, et l'information qu'ils voulaient représentait la chair sur ses os. Il commençait à comprendre ce que ressentaient les célébrités traquées par les paparazzi, avec presque chaque aspect de leur vie scruté à la loupe. Ses collègues, Rachel et Martin en particulier, avaient exigé des comptes-rendus minute par minute. Les trois mots, « Et après ? Et après ? Et après ? » avaient été promus sur la liste des expressions bannies du bureau. Il ne voulait plus entendre, voir, ou même penser à ces mots pendant longtemps.

Après avoir rassasié la foule affamée avec son histoire légèrement embellie (faisant passer le un pour cent à un acceptable quatre ou cinq), il se dirigea vers son bureau. Il avait à peine posé sa main sur le dossier de sa chaise quand il entendit l'inspectrice Victoria Orange l'appeler de l'autre côté du bureau.

Soupirant profondément, Tomek prit un moment pour se ressaisir avant de se diriger vers elle.

— Si je dois expliquer ce qui s'est passé encore une fois, je dépose ma démission, lui dit-il.

Elle planait dans l'encadrement de la porte, les bras croisés sur sa poitrine. Elle portait un pantalon élégant et une chemise fleurie orange vif qui illuminait la pièce.

— Je suis déjà au courant, dit-elle.

— Comment ? tenta-t-il de masquer sa surprise et son léger dégoût dans sa voix, mais sans succès.

— Sharif, répondit-elle. Il m'a appelée de l'hôpital pour me dire que la mère et le fils se portaient bien.

— Donc tu savais, mais tu n'as rien voulu dire au reste de l'équipe ?

— Pas quand je savais à quel point ils te dévoreraient vivant à ton retour. Je dois avouer que c'était assez divertissant à regarder.

Tomek lui lança un regard noir.

— Quoi qu'il en soit, entre. Il y a quelque chose que tu pourrais vouloir entendre.

Lorsque Tomek franchit le seuil de son bureau, il fut frappé au visage par un mur d'air froid. Pour une raison incompréhensible, elle avait allumé son climatiseur en plein mois de mars, alors qu'il faisait encore moins de dix degrés dehors, et ce depuis plusieurs semaines. Il ferma la porte derrière lui et resta en suspens, en équilibre sur son pied gauche.

— Qu'est-ce que j'ai fait ?

— C'est dommage que ce soit ta première réaction, mais je ne peux pas mentir, même moi je suis surprise de ne pas t'avoir convoqué pour un quelconque écart ou pour ton comportement malheureux.

— Ça doit être sérieux alors.

— Tout à fait le contraire. Victoria contourna son bureau et s'assit, dégageant ses cheveux de son champ de vision. Ce matin, pendant ton absence, une femme est venue. Une femme nommée Rose Whitaker, avec le reste de sa famille. Ils sont venus signaler une disparition.

— D'accord. Il se prépara à ce qui allait suivre, craignant le pire, bien qu'il sût d'après le contexte de la conversation jusqu'à présent que, tout bien considéré, ce ne serait probablement pas le cas.

— Pas besoin d'avoir l'air aussi effrayé. Je ne vais pas te virer.

— Tu ne pourrais pas même si tu le voulais, dit Tomek avec défiance. Seul mon pote, Nick, peut le faire.

Victoria secoua la tête.

— Maintenant, je commence à avoir des doutes. Peut-être que ce n'était pas une si bonne idée, après tout.

Tomek tira la chaise en face d'elle et s'assit.

— Non, non. Je suis tout ouïe. Balance, ma grande.

Le pistolet imaginaire qu'il pointa vers elle n'eut pas l'effet escompté. Elle soupira lourdement par les narines, et se pencha en avant, posant ses coudes sur le bureau.

— J'allais te nommer SIO dans cette enquête.

— Moi ?

— Oui.

— *Moi ?*

— Oui. Es-tu sourd ?

— Pourquoi ?

— Parce que tu t'es répété deux fois maintenant.

— Non, je voulais dire pourquoi moi ?

— Tu recommences. Tu continues à répéter le mot « moi ».

Tomek ouvrit la bouche pour la corriger, mais il vit alors le sourire suffisant sur son visage, et comprit. Il simula un rire.

— Je vois. Tu essaies d'être drôle.

— Un avant-goût de ta propre médecine. Je suis sûre que tu aurais fait la même chose si les rôles avaient été inversés.

Tomek choisit de ne pas répondre à cela parce qu'elle avait parfaitement raison.

— Je pense que tu as mérité la chance de gérer une enquête comme celle-ci par toi-même. Tu seras SIO, et cela signifie gérer tout ce qui va avec. Nick et moi avons décidé qu'il était temps. Mais nous garderons un œil attentif sur toi, pour nous assurer que tu ne déconnes pas avec le budget et tout ça.

— Budget ? Les yeux de Tomek s'illuminèrent. Je peux jouer avec tout cet argent ?

— Putain de merde, murmura-t-elle en secouant la tête. Dans quoi me suis-je fourrée. Je...

Elle s'arrêta dès qu'elle vit le sourire suffisant maintenant sur son visage.

— Touché, Bowen. Touché. Mais tu n'en auras pas beaucoup, ça je peux te le dire gratuitement. Et je ne peux te donner qu'une équipe réduite aussi.

— Pourquoi ?

— Parce qu'il y a d'autres responsabilités. Il se passe trop de choses en ce moment pour te donner une équipe complète.

— D'accord. Qui est-ce que j'ai ?

— C'est ton choix.

— Combien ?

— Deux... trois au maximum.

Tomek n'eut même pas besoin de réfléchir. Les noms apparurent instantanément dans sa tête.

— Chey et Rachel.

— Tu ne veux pas y réfléchir ?

Tomek sentit la réticence dans sa voix.

— J'ai pris ma décision. Je veux Chey et Rachel, s'il te plaît.

Comme s'ils étaient des joueurs dans une draft NFL.

Elle soupira lentement, essayant de ne pas laisser paraître qu'elle était mécontente de la décision.

— Très bien. Tu peux les avoir. Maintenant sors d'ici. La famille t'attend en bas dans la salle de réunion numéro un.

CHAPITRE
NEUF

Tomek avait l'impression d'être un professeur en retard à une réunion parents-professeurs avec l'élève le plus brillant de l'école. Lorsqu'il entra dans la pièce, la famille Whitaker leva les yeux vers lui, profondément mécontente, comme s'ils l'attendaient depuis des heures et se demandaient à quoi servait l'argent de leurs impôts.

En entrant, il posa un carnet sur la table et se présenta à la famille. Ils étaient trois au total. Rose Whitaker, une femme dans la trentaine qui semblait avoir pris ses conseils de mode auprès de Kate Middleton et des divers tabloïds qui documentaient chacune de ses tenues, à l'exception des nombreux bijoux qu'elle portait. Ses doigts étaient couverts de bagues serties de diamants, un bracelet à chaque poignet, un grand collier avec un pendentif en forme de cœur qui se balançait entre les boutons de sa chemise, et une paire de boucles d'oreilles que Tomek trouvait beaucoup plus discrètes que le reste de l'ensemble. Tomek préférait ne pas estimer combien tout cela avait coûté, car cela représentait probablement plus que ce qu'il possédait sur tous ses comptes bancaires, et comme sa journée se déroulait si bien jusqu'à présent, il ne voulait pas qu'elle soit assombrie de quelque façon que ce soit.

Il découvrit rapidement que l'accompagnaient les beaux-parents de Rose, Daphne et Roy Whitaker, un couple dans la cinquantaine avancée qui donnait l'impression d'être marié depuis trente ans, dont seules certaines années avaient été agréables. Eux aussi semblaient porter plus que ce que Tomek possédait, mais sous forme de vêtements de créateurs. Bizarrement, le regard de Tomek fut attiré par les boutons de manchette de l'homme : une paire d'avions commerciaux bleus et rouges incrustés de diamants. Roy Whitaker avait l'air d'un homme plutôt décontracté mais capable de changer d'attitude à tout moment, et peu de personnes apprécieraient ce changement. Daphne Whitaker, quant à elle, se tenait droite, les lèvres pincées, avec une expression de jugement silencieux sur le visage. Tomek eut l'impression qu'elle était la maîtresse muette de la famille qui les contrôlait tous d'un simple mouvement de tête ou d'un plissement des yeux.

— Alors... commença Tomek, se sentant soudain légèrement intimidé par eux tous. Je comprends que vous souhaitiez signaler une disparition ?

— Oui, répondit Roy en posant une main sur les genoux de sa femme. Notre fille, Angelica.

Tomek nota le nom.

— C'est notre précieux petit ange, poursuivit Roy.

— J'en suis certain. Quand l'avez-vous vue pour la dernière fois ?

— Nous ne l'avons pas vue ces derniers jours, répondit Daphne, d'une voix mince et mesurée.

— Et vous pensez qu'elle est portée disparue depuis tout ce temps ?

— Non. Cette fois, la question fut répondue par Rose, qui se penchait en avant sur son siège. Elle regarda Roy et Daphne avant de continuer, presque comme si elle cherchait leur approbation. Je l'ai vue pour la dernière fois hier après-midi. Elle travaille pour moi dans ma bijouterie sur Leigh Broadway.

Cela expliquait la quantité éblouissante de diamants sur chaque partie de son corps. Et maintenant qu'elle le mentionnait, il remarqua les bijoux sur ses beaux-parents. Le fait qu'ils leur aient probablement tous été offerts au fil des ans les rendait moins impressionnants à ses yeux.

— Vous possédez Whitaker's, juste à côté de Tangerine, sur Broadway ? demanda-t-il.

Rose hocha la tête, son visage s'emplissant de fierté. — Coupable comme accusée.

— Ah, sympa. Je l'ai vue, je passe souvent devant, mais je n'y suis jamais entré. J'ai toujours été un peu rebuté par les...

— Par les prix ?

Tomek devint timide. — Oui. Et par le fait que, jusqu'à récemment, je n'avais personne à qui acheter des cadeaux.

Mais maintenant qu'Abigail était entrée dans sa vie, qu'elle venait d'obtenir sa grande promotion, et qu'elle aurait bientôt son anniversaire dans les deux prochaines semaines... il devrait peut-être changer ses habitudes.

— Ce n'est pas *si* cher, expliqua Rose. Nous répondons à toutes sortes de budgets. Vous devriez venir un jour, et si vous pouvez nous aider à retrouver Angelica, je serais heureuse de vous accorder la même remise que j'ai donnée au reste de la famille.

Angelica.

Le nom apparut dans son esprit en lettres rouge vif.

— Angelica. D'accord. Où en étions-nous ? Il consulta ses notes. Vous étiez en train d'expliquer pourquoi vous avez été la dernière personne à voir Angelica...

— Parce qu'elle travaille pour moi, expliqua Rose, en lissant une mèche de cheveux derrière son oreille. Elle travaille avec moi pendant la basse saison.

— Basse saison ?

— Pendant les mois d'hiver, quand ils n'ont pas autant besoin d'elle. C'est une hôtesse de l'air. Pour TUI.

Tomek nota l'information dans son carnet.

— Une hôtesse de l'air ?

— Oui, répondit Roy avec une certaine fierté. Elle était incroyablement douée pour son travail, mais avec des compagnies comme celle-là, leurs mois les plus chargés sont en été, donc logiquement, quand les choses se calment, ils n'ont pas besoin d'autant de personnel et doivent les laisser partir. Ce n'est pas un revenu totalement fiable, et cela signifie que pendant six mois de l'année elle est sans emploi et a besoin d'un travail, mais nous avons la chance d'avoir Rose dans la famille qui est assez gentille pour lui donner un emploi le reste de l'année. Nous avons essayé au fil des ans de la convaincre de changer d'entreprise, de passer à un secteur plus... respectable et sûr dans l'industrie...

— ...mais la concurrence pour ces postes est si féroce que seule une poignée de personnes est sélectionnée chaque année, comme je peux en témoigner, ajouta Daphne. En disant cela, son dos se redressa, et ses pattes d'oie disparurent tandis que son expression était remplacée par de l'autosatisfaction.

Rose se pencha en avant et désigna sa belle-mère. Pour le bénéfice de Tomek, elle expliqua : — Daphne a été hôtesse de l'air pour BA toute sa carrière, et Roy était pilote.

— C'est comme ça que nous nous sommes rencontrés, ajouta Roy.

Les yeux de Tomek tombèrent sur les boutons de manchette de l'homme, qu'il frottait distraitement de ses doigts.

— Bien sûr, nous aurions adoré qu'elle rejoigne la tradition familiale, en quelque sorte, et qu'elle rejoigne l'équipe de BA - j'ai même contacté quelques-uns de mes anciens collègues pour voir s'ils pouvaient mettre un mot pour elle ou la faire remonter sur la liste - mais elle a refusé. Elle a dit qu'elle voulait faire les choses à sa façon.

Tomek se souvint d'une conversation qu'il avait eue avec Kasia quelques semaines auparavant. Ils étaient dans un café, profitant d'un petit-déjeuner et d'un café, quand Tomek avait plaisanté sur ses pouvoirs de déduction et sur l'idée qu'elle devienne policière. Elle lui avait alors répondu catégoriquement non, et que son rêve était d'ouvrir un jour un café. Tomek n'y voyait aucun problème. C'était sa vie. Elle était libre de faire ses propres choix - dans la limite du raisonnable, bien sûr - et si elle devait faire des erreurs en chemin, il serait toujours là pour elle. Mais pour la famille Whitaker, Tomek sentait que ce n'était pas pareil. Il sentait qu'ils avaient eu beaucoup de disputes au sujet des choix d'Angelica, et qu'elle avait constamment eu l'impression de ne pas être à la hauteur des attentes de ses parents. Tomek ne voulait pas avoir le même genre de relation avec sa fille.

— Pouvez-vous me dire ce qui s'est passé la dernière fois que vous avez vu Angelica ? demanda Tomek, en dirigeant la question vers Rose.

— Bien sûr, dit-elle en brossant un bout de peluche de sa jupe pour qu'elle paraisse presque immaculée, comme neuve. Nous travaillions dans la boutique. C'était une journée calme, comme les derniers jours, alors je lui ai dit qu'elle pouvait partir quelques minutes plus tôt. Elle devait sortir hier soir, et elle voulait se préparer. De plus, il n'y a pas grand-chose à faire pour moi à la fin, de toute façon. La partie la plus longue consiste à retirer tous les bijoux des vitrines et à les mettre dans le coffre-fort.

Tomek acquiesça, mais tout cela ne l'intéressait pas. Il demanda où Angelica devait aller la veille au soir.

— Sortir avec un groupe d'amis.

— Combien étaient-ils ?

— Quatre au total, y compris Angelica.

— Connaissez-vous leurs noms ?

— Seulement les prénoms. Ce serait bizarre si elle parlait d'eux par leurs noms complets, vous ne croyez pas ?

— Tout à fait. Vous a-t-elle dit comment elle les connaît ?

— Du travail. Ce sont toutes des hôtesses de l'air, répondit-elle. Elles se sont toutes rencontrées chez TUI, mais je crois qu'elle a dit quelque chose sur le fait qu'elles travaillent maintenant toutes pour des compagnies différentes. Elles ont été séparées au fil des ans, mais elles ont toutes réussi à rester en contact les unes avec les autres - si je ne me trompe pas, l'une d'entre elles pourrait être une amie d'école également. Elle se tourna vers Roy et Daphne. Elodie... je crois que c'était son nom. Est-ce que ça vous dit quelque chose ?

Leurs expressions restèrent vides. Ils se regardèrent l'un l'autre, puis secouèrent lentement la tête. On voyait clairement qu'ils en savaient très peu sur la vie de leur fille, qu'ils l'avaient peut-être rejetée pour ses choix, et que Rose était, parmi les trois, celle qui la connaissait le mieux.

— Ce n'est pas un problème, poursuivit Tomek. Je suis sûr que nous pourrons les trouver d'une façon ou d'une autre. Vous a-t-elle dit où elles allaient ?

— À la boîte de nuit Memo à Southend. Vous la connaissez ?

— Je suis peut-être vieux, mais pas à ce point. J'ai aussi arrêté quelques personnes à l'extérieur, donc je la connais assez bien.

Bien que l'intérieur du club ait pu changer un peu depuis la dernière visite de Tomek, il était presque certain que le type de clientèle masculine qui le fréquentait n'avait pas changé.

— Quand vous lui avez dit au revoir hier soir, comment semblait-elle ? En colère ? Contrariée ? Excitée ?

— Excitée, à cent pour cent. Elle avait vraiment hâte de voir ses amies. Elle a dit qu'elle n'était pas sortie depuis longtemps, que c'était leur dernier hourra avant que la saison ne recommence.

Acquiesçant, Tomek continua à griffonner dans son carnet.

— Et quand avez-vous remarqué que quelque chose n'allait pas ? Je suppose quand elle ne s'est pas présentée au travail ce matin ?

— Exactement.

— A-t-elle déjà fait quelque chose de ce genre auparavant ? A-t-elle déjà appelé pour se déclarer malade, est-elle arrivée en retard ?

Ces dernières minutes, Tomek avait dirigé ses questions vers Rose, ignorant complètement les parents d'Angelica comme s'ils n'étaient même pas là, et du coin de l'œil, il vit Roy frémir de profonde frustration.

— Notre petit ange est une personne très respectable, ponctuelle et agréable. Elle n'aurait pas simplement appelé pour se dire malade ou s'enfuir sans une véritable raison. Ce n'est pas comme si elle faisait la grasse matinée – nous avons vérifié chez elle, et elle n'y est pas. Non, quelque chose lui est arrivé et nous exigeons de savoir quoi. Nous avons besoin de votre aide pour la retrouver.

Cela avait répondu à l'une des prochaines questions de Tomek : si quelqu'un était allé à son domicile pour vérifier qu'elle n'y était pas. Mais cela ne répondait toujours pas à sa question initiale. Il se tourna vers Rose, attendant qu'elle réponde.

— Elle a... désolée, Roy... elle a été en retard quelques fois, après des soirées, mais ce n'a jamais été *trop* grave – vingt, trente minutes par-ci, par-là. Quarante-cinq *maximum*. Elle n'a jamais abusé comme aujourd'hui. Elle ne m'a jamais donné de raison de m'inquiéter quant à l'endroit où elle pourrait être. Ce matin, je crois que j'ai essayé son portable une cinquantaine de fois, et elle n'a pas répondu. D'habitude, elle est collée à ce foutu appareil. C'est à ce moment-là que j'ai compris que quelque chose n'allait pas, comme Roy l'a dit. C'est pourquoi nous sommes ici.

— Je comprends, dit Tomek. Donc vous diriez que c'est inhabituel de sa part ?

— Oui.

— Quel genre de personne est-elle lors d'une soirée ? Ou en général ?

— En quoi est-ce important ? demanda Daphne.

— Eh bien... Tomek fit une pause. Si elle est sortie en boîte avec des amis, et qu'elle a parlé à quelqu'un au bar, elle est peut-être rentrée avec cette personne.

— Oh, non. Non, non, non. Pas notre Angelica. C'est l'âme de la fête, oui. Très extravertie, toujours en train de parler aux gens, toujours avec un sourire sur le visage – ça fait partie du travail, ça s'incruste en vous – mais elle n'est pas *facile*.

— Personne n'insinue qu'elle l'est, Madame Whitaker.

Daphne frappa son mari sur le bras. — Dis-le-lui, Roy. Il se trompe à propos de notre Angelica.

Roy baissa les yeux vers ses genoux, fit tourner son bouton de manchette en forme d'avion plusieurs fois, l'envoyant dans une spirale descendante, avant de répondre. — Absolument, dit-il, bien que l'intonation de sa voix contredise son choix de mots. Notre fille était une sainte... elle était un ange.

— Attendez que Johnny soit de retour, ajouta Daphne, en commençant à agiter son doigt vers Tomek, comme s'il était celui vers qui elle devait diriger sa colère et sa frustration. Il pourra vous dire tout ce qu'il faut savoir sur elle. Il vous dira la même chose que nous.

— Qui est Johnny ? demanda Tomek en haussant les épaules. Sa patience commençait à s'épuiser.

— Le frère d'Angelica, mon mari, répondit Rose.

— Où est-il maintenant ?

— Absent pour le travail. Dublin. Il est en route pour rentrer cet après-midi. Il a réussi à obtenir un vol anticipé pour l'aéroport de Southend après que je lui ai dit ce qui s'est passé.

Tomek lui offrit un sourire reconnaissant. Des trois, elle était celle qui voulait le plus aider, qui était prête à être honnête au sujet d'Angelica et de ce qui aurait pu lui arriver. Tandis que ses parents étaient aveuglés par leur propre relation avec leur fille. Tomek savait sur quel membre de la famille il s'appuierait pour obtenir des informations à l'avenir. À la fin de la réunion, il les informa des prochaines étapes : qu'ils enverraient une équipe à son domicile ; qu'ils surveilleraient son téléphone ; et qu'ils parleraient avec ses amis et toute personne de la veille. Mais plus important encore, il leur dit qu'il les tiendrait au courant. Ils seraient informés selon le besoin de savoir, et en tant que SIO, lui seul choisirait les informations qu'ils avaient besoin de connaître.

CHAPITRE
DIX

Tomek accepta la tasse de café avec gratitude et la posa délicatement sur son genou. Il n'en avait pas vraiment envie, mais l'avait acceptée par politesse. Des deux, c'était la personne qu'il venait rencontrer qui en avait le plus besoin. Les premiers mots d'Elodie Locket avaient été : « Putain, j'ai une de ces gueules de bois. » Et ça se voyait : le visage défait, les vaisseaux sanguins éclatés dans ses yeux par manque de sommeil, les cheveux en bataille, le teint blafard à cause de la déshydratation. Et si cela ne suffisait pas, la jeune femme de vingt-neuf ans portait encore le maquillage de la veille, pâteux et coulé. Il préférait ne pas imaginer l'état de son oreiller, bien qu'en arrière-plan, il entendît le bruit d'une machine à laver en plein cycle et supposait qu'elle avait déjà pris les devants.

Elodie était vêtue d'un pyjama Primark fantaisie orné de fraises et de bananes, avec un châle tricoté autour d'elle. Elle vivait en colocation avec deux autres filles et un homme, qui leur avaient tous permis d'utiliser le salon pour leur discussion. L'endroit donnait à Tomek l'impression d'être dans une résidence étudiante, avec les marques sur les murs, la caisse de recyclage jaune remplie de bouteilles de vodka et de bière vides, et les moisissures dans les coins et sur les murs dont aucun d'entre eux n'avait pris la peine de s'occuper. La maison était dans un état lamentable, mais Elodie, en revanche, ne l'était pas. Sous la gueule de bois et le maquillage pâteux, elle semblait bien soignée, et à en juger par sa façon de se tenir au bord du canapé et de s'envelopper dans son châle, elle essayait d'éviter au maximum tout contact avec le mobilier et l'atmosphère. Tomek eut l'impression qu'elle ne voulait pas être là, tout comme lui. Et il était prêt à parier que sa chambre était la plus propre de toutes.

— Je suis ici pour vous parler de votre amie, Angelica Whitaker, commença-t-il en posant son café par terre. Alors qu'il sortait son stylo et son calepin, il vit un insecte ramper vers la tasse depuis le dessous du canapé, tel un des jouets de *Toy Story*, tapi dans l'ombre.

— Angelica ? Que lui est-il arrivé ?

— Elle ne s'est pas présentée ce matin au travail chez sa belle-sœur. Sa famille a signalé sa disparition. Je voudrais simplement vous poser quelques questions sur hier soir, et sur votre relation avec Angelica. Ainsi que tout ce que vous pourriez me dire que vous jugeriez important.

Pendant qu'il parlait, Elodie porta la main à sa bouche et commença à respirer lourdement, sa petite silhouette se soulevant à chaque respiration.

— Oh mon Dieu. Elle a disparu ?

— Nous essayons de ne pas tirer de conclusions hâtives, répondit-il. Dans la plupart des cas comme celui-ci, la personne en question réapparaît généralement à un moment donné, saine et sauve, peut-être un peu confuse.

— Mais vous ne pensez pas que ce soit le cas pour Angelica, n'est-ce pas ?

Pour l'instant, Tomek ne savait pas quoi penser.

— Qu'est-ce qui vous fait dire ça ?

— Parce que vous me parlez. À cause de la nuit dernière. Vous pensez que quelque chose a pu... Et puis elle éclata en sanglots, son corps tremblant et convulsant – et pas parce que le chauffage était coupé dans la maison. Tomek bondit du canapé et se précipita vers la salle de bain, regrettant immédiatement son geste. Il arracha le rouleau de papier toilette de son support et revint en hâte, le lui tendant, s'excusant de ne pas savoir où se trouvaient les véritables mouchoirs.

— Il n'y en a pas, dit-elle en reniflant.

Une minute ou deux passèrent tandis qu'Elodie pleurait dans le papier, étalant les larmes et le maquillage sur son visage. Quand elle eut terminé, elle ressemblait à une version féminine du Joker ; des taches noires de la taille d'oranges entouraient ses yeux, et des traces de rouge à lèvres qu'il n'avait pas remarquées auparavant maculaient ses joues. Il commençait à douter qu'elle soit aussi soignée qu'il l'avait cru initialement. Quand elle retrouva enfin son calme, elle se pencha en avant, appuyant ses coudes sur ses genoux, fixant le papier toilette dans ses mains, jouant avec, le déchirant entre ses doigts.

— Parlez-moi de la nuit dernière, dit doucement Tomek. Prenez tout le temps dont vous avez besoin.

— Que... que voulez-vous savoir ?

— Tout. Commencez par le début.

Avant de le faire, elle renifla pour dégager sa morve de son nez, s'éclaircit la gorge et s'assit bien droite, composée.

— Allez, El, se dit-elle. Allez. Tu peux le faire. Elle secoua la tête, se gifla légèrement les joues à deux reprises, puis soudain son visage devint impassible, comme si elle était devenue une autre personne. Les tremblements s'étaient arrêtés, la respiration rapide, les larmes, les reniflements – elle avait même cessé de jouer avec le papier toilette. Quelque part dans son cerveau, elle avait actionné un interrupteur et était maintenant l'incarnation du calme et de la détermination. — Nous l'avions prévu depuis longtemps. C'est l'une de nos traditions. Juste avant le début de la nouvelle saison estivale, nous passons les deux semaines précédentes à sortir et à faire la fête, à nous amuser parce que nous savons que nous ne pourrons pas le faire pendant les deux mois qui suivent. La saison est tellement intense que nous ne sommes pas toujours capables de nous voir ou de nous retrouver, et c'est encore plus difficile quand certaines d'entre nous sont dans différents pays. Nous avons ces soirées comme notre dernier hourra, si vous voulez l'appeler ainsi. Et la nuit dernière ne faisait pas exception. C'était moi, Ange, Xan et Zoë. Les quatre cavalières, comme on s'appelle. Nous sommes ensemble depuis des années. Ange et moi étions à l'école ensemble et sommes entrées dans le secteur en même temps. Puis nous avons rencontré Xan et Zo quand nous travaillions pour TUI. Heureusement, la plupart du temps, nous sommes toutes basées à l'aéroport de Southend ou à Stansted, donc nous ne sommes jamais trop éloignées les unes des autres pendant la basse saison.

— Où êtes-vous allées hier soir ? demanda Tomek.

— Memo, à Southend.

— À quelle heure y êtes-vous arrivées ?

Elodie sortit son téléphone et le déverrouilla. Pendant quelques secondes, elle fit défiler l'écran, cherchant sa réponse. — Vingt-deux heures cinquante-trois, dit-elle. Zoë et moi sommes entrées en premier pour prendre les boissons pendant que les autres voulaient retirer de l'argent.

— À quelle heure êtes-vous parties ?

Nouveau contrôle du téléphone. Cette fois, elle retourna l'écran pour le lui montrer. — Une heure quinze du matin, dit-elle. Sur l'écran figurait son application Uber, avec le nom du chauffeur, l'heure exacte à laquelle elles avaient été prises en charge et l'itinéraire qu'elles avaient emprunté pour rentrer. Tomek tendit la main pour prendre l'appareil. Il observa la carte, notant tous les points de repère locaux et les endroits où elles s'étaient arrêtées.

— Ai-je raison de penser que vous avez déposé Angelica en premier ?

Elodie acquiesça. — Elle habite le plus près.

— Et le reste d'entre vous ?

— Je suis la plus éloignée. En fait, non, ce n'est pas vrai. Xanthia habite le plus loin, mais elle est restée chez Zoë hier soir parce qu'elle habite à Chelmsford et qu'aucune d'entre nous ne gagne assez d'argent pour pouvoir payer le taxi jusqu'à là-bas.

Tomek lui rendit son téléphone. Il se demandait comment Chey et Rachel s'en sortaient en parlant avec les autres amies d'Angelica.

— Vos amies étaient-elles toutes aussi ivres que vous ? demanda-t-il.

Elodie glissa le téléphone entre sa jambe et le côté du canapé et s'enveloppa plus étroitement dans son châle.

— Nous étions toutes assez ivres. Nous avions pris quelques verres au Last Post avant d'aller au Memo. Mais de nous toutes, je dirais qu'Ange était la plus ivre. Je veux dire, je l'ai vue dans son pire état, et elle en était très proche.

— Son pire état, comment ?

Les yeux d'Elodie tombèrent sur le sol, où elle hésita, perdue dans ses pensées. — Ces types n'arrêtaient pas de lui offrir des verres. Environ quatre ou cinq. J'avais perdu le compte à un moment donné, j'avais arrêté de m'en soucier. Mais elle se frottait contre eux, dansait.

— Est-ce que ça arrive souvent ?

— Vous n'avez pas idée. Elle attire toujours le plus d'attention lors des sorties. C'est comme si tous les hommes affluaient vers elle, comme si elle avait une sorte de signal à bite qui appelle tous les connards. Mais elle ne fait jamais rien avec eux, ne les embrasse jamais ni rien. Elle aime les aguicher. Elle les laisse lui acheter un verre, puis passe au suivant. C'est une soirée à bas prix, mais c'est aussi stupide. Je l'ai prévenue tant de fois des dangers. C'est pourquoi nous sortons toujours ensemble et veillons les unes sur les autres.

Tomek sentit qu'Elodie ne partageait pas tout.

— Que voulez-vous dire ?

— Eh bien, hier soir, il y avait ce type, d'accord ? Grand, brun et beau – son type, jusqu'au bout des ongles – tout couvert de sueur et ses yeux aussi grands que les putains de platines du DJ, d'accord ? Il s'approche d'elle au bar et essaie de mettre quelque chose dans son verre. Je ne l'ai pas vu, mais Xan l'a vu. Nous avons essayé de le signaler à quelqu'un, mais personne ne nous a écoutées, alors nous sommes allées dans une autre partie de la boîte. Il nous a retrouvées quelques minutes plus tard et est retourné directement vers Ange. Il était fou d'elle, comme s'il avait une érection et voulait se frotter contre elle.

— Mais vous ne l'avez pas laissé faire ?

— J'aurais aimé. Nous lui avons dit qu'il avait essayé de mettre une drogue dans son verre plus tôt, mais elle s'en fichait. Elle nous a dit de lui faire confiance et puis elle est partie avec lui, dansant avec lui, se frottant contre lui.

Tomek essaya de ne pas imaginer Angelica, vingt-neuf ans, ondulant des hanches contre un homme défoncé, car il craignait que la fille ne se transforme en sa propre fille. Bien qu'elle n'ait que treize ans, il ne voulait pas penser qu'elle pourrait être comme ça un jour – dans à peine cinq ans

– se mettant en danger, à la merci d'hommes dégoûtants comme celui qu'Elodie venait de décrire.

— S'est-il passé quelque chose entre eux ? demanda-t-il.

— Non. Nous l'avons écartée et puis nous sommes rentrées à la maison avant que quoi que ce soit puisse arriver.

— Comment a-t-il réagi ?

— Il nous a suivies hors de la boîte.

— Vous a-t-il suivies dans le taxi ?

Elodie fit une pause, fixant à nouveau le tapis. — Je ne sais pas. Je n'ai pas vu. Nous étions tellement concentrées à nous sortir de là que j'ai en quelque sorte oublié son existence.

Tomek nota qu'il devait se rendre à la boîte de nuit. Il restait longtemps avant l'ouverture, mais il pouvait garantir qu'il y aurait encore des employés en train de tout préparer pour une nuit de samedi pleine de débauche et de frasques alimentées par l'alcool.

Jusqu'à présent, tout avait du sens pour lui. Le groupe était sorti, elles s'étaient bien amusées, elles étaient rentrées chez elles, et puis dans l'intervalle entre la sortie du taxi et l'heure où elle devait se présenter au travail le lendemain matin, Angelica avait disparu. Elle avait quitté son domicile et n'était pas revenue.

— A-t-elle déjà fait quelque chose comme ça auparavant ?

Elodie ne mit pas longtemps à répondre. — Des tas de fois.

— C'est-à-dire qu'elle est rentrée chez elle, a quitté la maison peu après au milieu de la nuit, et ensuite personne n'a pu la contacter ?

— Oh ! Vous vouliez dire ça ? Elle n'a fait *ça* que quelques fois. Désolée, je pensais que vous me demandiez si elle avait déjà dansé avec des gars dans la boîte avant, parce qu'elle fait toujours ça. C'est toujours elle qui engage la conversation avec les gars lors d'une sortie – ça aide qu'ils viennent toujours vers elle en premier lieu, comme je l'ai dit, mais elle adore ça.

— Quand est-elle sortie au milieu de la nuit dans le passé, Elodie ? demanda Tomek, en essayant de la remettre sur la bonne voie.

— Avec quelques-uns de ses ex. Rampant vers eux pour un coup d'un soir rapide, même si nous l'avions avertie de ne pas le faire.

Tomek commençait à comprendre qu'il s'agissait d'une femme qui faisait ce qu'elle voulait, ignorait les conseils de ses amies même s'ils étaient dans son intérêt, et ne semblait pas se soucier des répercussions. Tout le contraire de l'image angélique que ses parents avaient d'elle.

— Est-il possible qu'elle ait fait la même chose hier soir ?

Elodie réfléchit un moment. — Peut-être. Mais elle n'a pas été avec Sammy depuis quelques mois maintenant.

— Sammy est l'un de ses ex, je présume ?

— Oui. Et puis il y a Cole avant lui. Ce sont les deux plus récents qu'elle a eus au cours de l'année passée environ. Ils ne durent généralement pas très longtemps.

— Pourquoi pas ?

— Elle obtient ce qu'elle veut d'eux puis passe à autre chose. Parfois ils le prennent bien – uniquement parce qu'ils recherchent la même chose et qu'ils sont contents que ce soit elle qui rompe, comme ça ils n'ont pas l'air de connards – tandis que d'autres non.

— Et dans quelles catégories se trouvent Sammy et Cole ?

Les coins de sa bouche se relevèrent alors qu'elle étouffait un rire. — Sammy est définitivement dans la deuxième catégorie, alors que Cole... il n'aurait pas pu se soucier moins de leur rupture. Je suis presque sûre qu'ils n'étaient que des partenaires de baise l'un pour l'autre.

Tomek regarda sa tasse. À présent, une épaisse couche de saleté et de résidus savonneux s'était formée à la surface. Il l'examina avec suspicion tandis qu'elle bougeait et frémissait contre une brise invisible, comme s'il y avait tellement de bactéries et de moisissures dedans qu'elle avait commencé une vie propre.

— Désolée pour ça, dit-elle. Je leur ai dit tant de putains de fois d'arrêter d'utiliser ma tasse, et quand ils le font, ils n'ont même pas la décence de la nettoyer correctement.

Tomek pouvait comprendre. Il avait séjourné dans divers logements partagés durant ses vingt-cinq à trente ans. Pas parce qu'il aimait vivre avec des gens, mais parce qu'il ne pouvait pas se permettre d'emménager dans un endroit à lui. Il avait quitté la maison à dix-huit ans, et avait ensuite été mis à la porte par une ex-petite amie avec qui il vivait à l'époque. S'en était suivie une série de nuits sur les canapés d'amis, essayant d'être aussi propre et respectueux que possible, puis une multitude de chambres d'amis et d'appartements partagés, jusqu'à ce qu'il puisse enfin obtenir son propre logement. C'était si précieux pour lui qu'il y était resté un peu plus d'une décennie jusqu'à quelques mois auparavant, quand lui et Kasia avaient été contraints de déménager par manque d'espace.

Il prit la tasse et la lui rendit, un regard compatissant sur le visage.

— Y a-t-il autre chose que vous pensez que je devrais savoir ? demanda-t-il en se levant du canapé. Autre chose que vous avez vu hier soir ? Quelqu'un qui vous suivait ? Quoi que ce soit que vous pensez qui mérite d'être examiné ?

Ses yeux retombèrent sur le tapis, et sa jambe rebondissait de haut en bas. C'est alors que Tomek remarqua pour la première fois ses ongles de pieds vernis. Rouges, séduisants. Il fut un temps, il y a quelques années seulement, où il se serait retrouvé au lit avec une femme de son âge, quelqu'un de considérablement plus jeune. Certaines femmes l'aimaient pour son âge, tandis que d'autres l'aimaient pour son métier et le fantasme qui l'accompagnait. Mais tout cela avait été superficiel, physique, la rencontre de deux individus en chaleur désespérés de l'attention d'un autre. Il avait été heureux de la leur donner et elles avaient été plus qu'heureuses de la recevoir. Tout cela avait commencé à changer depuis que Kasia était entrée dans sa vie, mais il y avait des moments, des instants, où il sentait les pulsions l'étouffer, brouiller la partie sensée et logique de son cerveau, et le faire régresser. Il était assis fermement sur la barrière, à un souffle ou deux de retourner dans son ancienne vie, une où il avait trouvé accomplissement et nourriture dans le toucher d'une femme plus jeune. Cette même sensation se précipita dans son sang maintenant alors qu'il examinait ses ongles d'orteils rouges, ses yeux remontant de plus en plus haut sur ses jambes.

À cet instant, Elodie remarqua son regard qui remontait le long de son corps, mais elle ne fit aucun effort pour l'arrêter ou couvrir sa jambe. Au lieu de cela, elle passa ses cheveux derrière son oreille une fois de plus.

— Non... dit-elle lentement. Il n'y a rien d'autre que je pense que vous devriez savoir.

CHAPITRE
ONZE

La boîte de nuit Memo était un pilier de la rue principale de Southend et de la scène underground des clubs — au sens littéral, puisque le club se situait en sous-sol, deux étages plus bas — depuis plus de trente ans, depuis le début des années quatre-vingt-dix. Le propriétaire, Jimmy Rayner, l'avait conçue et construite, et malgré un passé turbulent et mouvementé, elle avait continué à survivre alors que le reste de la rue principale et les autres boîtes de nuit s'étaient effondrés. Au fil des années, elle avait été affublée de plusieurs surnoms. Certains positifs, d'autres péjoratifs, allant de « Memo la Bordélique » à « Memo l'Ecstasy », ce dernier faisant suite à un week-end de consommation intensive de drogues, qui avait entraîné des restrictions plus sévères et des videurs plus imposants aux portes et sur les pistes de danse. Le club était célèbre pour ses « Monday Night Memo », ou MNM comme on l'appelait rapidement, et avait autrefois accueilli des stars telles que Danny Dyer, Professor Green et le boys band JLS à la fin des années 2000. Aller au Memo était un rite de passage pour quiconque vivait à Southend ou dans un rayon de seize kilomètres. Et quand ils avaient besoin d'un endroit avec de nombreux kebabs et pizzerias ouvertes tard dans la nuit, avec un accès facile aux taxis et aux transports pour rentrer chez eux, c'était l'endroit parfait. Et au plus fort de la culture rave et dance des années quatre-vingt-dix qui avait saisi et imprégné chaque jeune de vingt ans faisant partie de cette génération, le club avait offert le mélange parfait. Tomek y était allé d'innombrables fois par le passé (innombrables, notamment parce qu'il avait été tellement ivre qu'il ne se souvenait pas de beaucoup de ces soirées), et avait même embrassé quelques filles de son école là-bas. Dans l'ensemble, il gardait de bons souvenirs de cet endroit.

Bien que le club soit là depuis si longtemps, rien n'avait changé. L'entrée du bâtiment était toujours un trou dans le mur accessible par les mêmes portes en bois, cadenas et chaîne, dont Tomek se souvenait lors de sa première visite. C'était un miracle qu'il n'ait pas été cambriolé ou vandalisé plus souvent au fil des ans. Au-dessus des portes se trouvait le nom du club, peint à la bombe sur le mur, probablement pour empêcher les gens d'endommager l'enseigne ou qu'elle ne devienne un danger. Même l'espace fumeurs, délimité par des barrières métalliques soudées au sol, était aussi petit qu'il y a vingt ans. Rien de son extérieur n'avait changé. Mais c'est ce qui le rendait si beau, si historique. Comme un château, ou le palais de Buckingham, un lieu d'importance historique locale. Il était trop aimé pour être modernisé ou mis à jour de quelque façon que ce soit. Il faisait partie du patrimoine de Southend, une partie de son histoire, et personne n'osait y toucher.

Le sous-sol était identique à l'extérieur. Ancien et intact, arborant toujours les mêmes escaliers circulaires qu'il avait autrefois descendus en titubant, s'accrochant à la rampe pour se soutenir ; le premier bar qui créait souvent un goulot d'étranglement et provoquait trop de disputes lorsque les égos se heurtaient ; les pistes de danse les plus collantes connues de l'humanité ; la cabine du DJ au fond de la piste de danse, avec des podiums de chaque côté, et un autre ensemble de bars dans le même coin ; la deuxième piste de danse qui diffusait un type de musique différent, répondant aux besoins d'une autre clientèle.

Tout lui revenait alors qu'il descendait la dernière marche. Vêtu de ses chaussures les plus élégantes, son jean ample, son t-shirt Topman col en V trop moulant qui montrait plus de poitrine qu'il ne le devrait, ses amis à ses côtés, l'alcool coulant déjà dans ses veines, son corps vibrait au rythme de la musique. Hommes et femmes étaient partout, dansant, s'amusant, une épaisse couche de fumée flottant dans l'air et remplissant rapidement ses poumons. La file d'attente pour les toilettes qui ne semblait jamais diminuer, mais ce n'était pas grave parce qu'on se faisait toujours un nouvel ami en attendant pour pisser — ou même quand on se tenait à côté de quelqu'un en plein milieu de l'action.

Tomek avait profité au maximum de ces jours dans la vingtaine, et une partie s'était prolongée dans la trentaine. Bien qu'une partie de lui regrettait cette époque, il se rendait compte qu'il était beaucoup trop vieux pour ce genre de choses maintenant. Il avait quarante ans, putain. Personne avec un minimum de respectabilité ne devrait encore faire ça à son âge.

Au bas des marches, il traversa la grande arche qui reliait la première piste de danse à la seconde. À l'intérieur, les lumières étaient allumées, et il vit l'intérieur du club en chair et en os. Cela le déstabilisait. C'était comme entrer dans un cinéma brillamment éclairé. Désorientant et déroutant. Les sièges et le sol étaient plus sales qu'on ne le pensait au premier abord, couverts de pop-corn et de boissons sucrées, et cela semblait simplement anormal d'être là. Derrière le bar l'attendait le gérant, Marcus Rayner, le frère cadet de Jimmy. Le mot qui vint immédiatement à l'esprit de Tomek fut *Oasis*, l'un des plus grands groupes au monde. Marcus semblait être encore coincé dans les années quatre-vingt-dix, avec ses longs favoris, sa coupe au bol, sa parka et ses lunettes rondes. La seule chose qui manquait à cet hommage à Liam Gallagher était un mono-sourcil plus proéminent.

— Vous êtes le détective qui a appelé ?

— Definitely, maybe.

— Quoi ?

Tomek soupira profondément, incapable de cacher sa déception.

— Oui, je suis le détective. Vous avez préparé ce que j'ai demandé au téléphone ?

— J'ai les bandes, mais le gars ne commence pas son service avant 22 heures.

— Alors pourriez-vous l'appeler pour qu'il vienne plus tôt, comme je l'ai demandé ?

L'imitateur de Liam Gallagher releva le menton dans un acte de micro-agression. Tomek était celui qui avait tout le pouvoir, et il le savait.

— Ça va foutre en l'air mon planning de service. Je serai un homme en moins ce soir, un samedi en plus — notre soirée la plus chargée.

Tomek haussa les épaules. — Ce n'est pas mon problème. Je pense que, vu tout ce que la boîte a traversé dans le passé, vous devriez être habitué à faire tout votre possible pour aider la police dans ses enquêtes.

Tomek faisait référence à un incident qui s'était produit au tournant du millénaire. Une fille avait été agressée sexuellement dans l'une des toilettes pour hommes. C'était une soirée calme, et l'agresseur l'avait trainée à l'intérieur, avait fermé la porte derrière eux, et avait procédé à changer sa vie de façon irrévocable. Cela avait été l'un des jours les plus sombres de l'histoire du club, mais pas aussi sombre qu'il l'avait été pour la victime. Un boycott avait suivi pendant environ deux mois, avant que l'affaire ne soit oubliée et que les gens réalisent qu'ils avaient toujours besoin d'un endroit pour sortir le soir et que Londres était trop loin.

— Nous avons pleinement coopéré durant cette enquête, dit Marcus.

— Personne ne dit le contraire. Tout ce que je dis, c'est que, maintenant, quelque chose de similaire s'est produit à nouveau et nous avons besoin de votre aide.

— Mais cela ne s'est pas produit dans nos locaux, je tiens à le préciser de façon abondamment claire.

Abondamment. Tomek rit du choix de mot. Comme si cela l'absolvait de toute culpabilité, comme lorsqu'un politicien se lavait les mains du sang des victimes innocentes et des enfants parce qu'il n'avait pas appuyé sur la gâchette, juste vendu les mitrailleuses et les explosifs à la personne qui l'avait fait.

— Je le sais, répondit Tomek, mais vous avez un devoir de vigilance envers vos clients et l'une d'entre eux, la fille que nous essayons de retrouver, a presque été droguée hier soir, mais ses amies l'ont vu et l'ont secourue. Maintenant, allez-vous passer cet appel ou non ?

Tomek lança à l'homme un regard dur et impénétrable. Marcus le soutint pendant deux bonnes secondes avant de finalement céder et d'atteindre sa poche pour son téléphone. Moins d'une minute plus tard, Marcus confirma que l'employé qui avait travaillé au bar la nuit dernière viendrait immédiatement parler avec Tomek. Il n'était qu'à dix minutes de là.

— Ce n'était pas si difficile, n'est-ce pas ?

Marcus ne dit rien alors qu'il tournait le dos à Tomek et ouvrait une porte qui semblait avoir été peinte sur le mur. Durant toutes ses années à fréquenter cet endroit, il ne l'avait jamais vue auparavant. C'était comme quelque chose sorti d'un film de science-fiction, la façon dont elle découpait un trou dans le mur.

Tomek suivit l'homme à l'intérieur, essayant de contenir son excitation.

— Alors c'est ici que la magie opère, nota-t-il.

— Pas de magie. Juste des affaires. Aucune magie quelle qu'elle soit. Je ne veux pas que vous veniez faire des tests antidrogue ici.

— Eh bien, voyez-vous, maintenant que vous avez dit ça, tout ce que j'ai envie de faire c'est d'amener quelques gars et voir quelles sortes de substances on pourrait trouver.

Les yeux de Marcus devinrent perçants.

— Je plaisante. Montrez-moi juste ce que vous avez et puis je m'en irai.

Marcus n'avait pas besoin qu'on le lui dise deux fois. La petite pièce était un bureau, doté d'un bureau surdimensionné, d'une chaise miteuse qui avait plus de trous qu'une râpe à fromage, d'un ordinateur, de deux écrans et d'une petite étagère contenant des dossiers débordants qui se balançaient dangereusement sur le bord. C'était exigu, confiné, mais étrangement confortable. Tomek se demanda combien d'entretiens individuels et d'évaluations personnelles Marcus avait menés là-dedans — soit pour intimider, soit pour faire une avance. Peu après, Marcus réveilla la machine, se connecta à son compte, et les attendant sur l'écran se trouvait une image animée d'Angelica Whitaker sur la piste de danse, parlant à un homme, son visage pressé contre le côté de sa tête. Tomek la reconnut instantanément. Avant son arrivée, Chey avait confirmé qu'ils avaient trouvé les comptes de médias sociaux d'Angelica. Elle en avait trois personnels sur différentes plateformes et un compte Instagram supplémentaire qu'elle utilisait comme blog de voyage, documentant ses aventures à travers l'Europe pour le travail. Chaque compte avait des milliers d'abonnés, avec des centaines de likes sur chaque publication, et des dizaines de commentaires en dessous. Il faudrait beaucoup de temps pour passer tout cela au crible, et avec une main-d'œuvre réduite, Tomek avait commencé à se demander si les choses prendraient du retard. Ou peut-être qu'ils n'en auraient pas besoin. Peut-être qu'en ce moment même, il regardait la personne qui savait où elle se trouvait — l'homme touchant la taille d'Angelica, déplaçant ses mains de plus en plus bas, jusqu'à ce qu'elle se dégage en se tortillant. Tomek sentit un nœud se former dans sa gorge ; il avait toujours une sensation étrange lorsqu'il regardait les moments précédant la mort ou la disparition de quelqu'un, comme s'il avait l'avantage du recul pour pouvoir faire quelque chose. Parfois, il voulait simplement crier à l'écran. « Ne va pas par là ! », « Ne rentre pas chez toi, retourne plutôt chez ton ami ! » C'était comme regarder un film d'horreur où l'on questionne la décision idiote de la blonde typique de victime d'entrer seule dans la pièce sombre, et on lève les yeux au ciel quand elle en ressort en courant, pour tomber plus tard victime d'un maniaque armé d'un couteau dans un costume ou un masque de clown. Sauf que c'était différent. Ce n'était pas du divertissement. C'était la vraie vie.

Et Angelica Whitaker était toujours portée disparue.

Tomek passa les cinq minutes suivantes à regarder les images. D'Angelica dansant, se frottant contre l'homme, exactement comme ses amies l'avaient dit. De l'homme la tenant étroitement contre son corps, sa main planant au-dessus de son verre à plusieurs reprises. Puis d'elle étant tirée loin du type louche, et du type la suivant dans les escaliers comme un chiot perdu. À l'extérieur, les caméras avaient montré les filles partant, montant à l'arrière de l'Uber, tandis que l'homme était resté sur place, laissé derrière, abandonné. Tomek demanda à Marcus de concentrer les caméras sur lui alors qu'il retournait à l'intérieur du club. Les images montraient ensuite qu'il était resté dans le club pendant l'heure suivante, titubant sur la piste de danse, lorgnant les femmes, sélectionnant ses prochaines victimes, jusqu'à ce que les lumières s'allument et que celles avec qui il avait dansé se rendent compte de l'erreur qu'elles avaient commise. Une fois que tout le monde s'était dirigé vers la sortie, l'homme avait descendu la rue principale en titubant, disparaissant finalement de la vue. À la fin, Tomek ne pensait pas que l'homme valait la peine d'être poursuivi, mais il n'y aurait pas de mal à envoyer quelqu'un lui parler. Le seul problème était de trouver son nom et son adresse.

— Comment a-t-il payé son droit d'entrée ?

Marcus haussa les épaules, peu serviable. Tomek lui demanda de rembobiner jusqu'à ce qu'ils voient l'homme arriver au club. Ensemble, ils le regardèrent payer avec une carte de débit. Tomek nota l'horodatage et demanda à voir son entrée sous un angle différent. Cette fois, cela montrait l'homme s'approchant des videurs, présentant sa pièce d'identité, et le videur la scannant sous une lumière bleue. Une seconde plus tard, une version agrandie du permis de conduire de l'homme explosa sur l'écran, avec une coche verte superposée dessus. Tomek demanda à Marcus de mettre les images en pause et de faire un zoom. Pour des images de vidéosurveillance, qui sont célèbres pour leur résolution plus basse que les télévisions des années 1950, celle-ci était étonnamment de haute technologie, et Tomek put lire le nom de l'homme avec facilité : Adam Egglington.

Il prit une photo de l'homme avec son téléphone juste au moment où l'employé arrivait, planant maladroitement dans l'encadrement de la porte. Ses joues étaient rouges et de l'air chaud s'expulsait rapidement de sa bouche et de son nez.

— Voilà, dit Marcus à Tomek, montrant le jeune homme qui n'avait pas plus de vingt-cinq ans. Il est tout à vous.

Sans rien dire, Marcus sortit une clé USB, y copia les images et la passa à Tomek. Avant que Tomek ne puisse remercier l'homme, il l'escorta jusqu'au bar et dit : — Si vous avez besoin de moi, je serai ici. J'espère que vous avez tout ce qu'il vous faut.

Tomek sentit que le gérant voulait ajouter : « Parce que si ce n'est pas le cas, vous devrez revenir une autre fois. »

Sur ce, Marcus ferma fermement la porte, laissant Tomek et le barman seuls au comptoir. Le jeune homme s'appelait Adrian, et il travaillait au Memo depuis six semaines.

— Merci d'être venu, lui dit Tomek.

— Je suis encore en période d'essai. Je n'avais pas vraiment le choix.

Et puis, vous êtes la police... alors ça doit être sérieux. Est-ce qu'il s'est passé quelque chose ?

Tomek expliqua la situation. Les yeux d'Adrian s'écarquillèrent en écoutant, et il sembla soudainement effrayé, comme si c'était lui qui était accusé d'avoir quelque chose à voir avec la disparition d'Angelica.

Tomek lui montra une photo d'Angelica qu'Elodie lui avait envoyée, suivie d'une autre qu'ils avaient trouvée sur les médias sociaux de Xanthia. C'était une photographie des quatre filles, posant et souriant à la caméra, au milieu du Last Post, leur dernière étape avant d'arriver au Memo.

— Vous vous souvenez d'avoir vu cette femme en robe noire ?

Adrian prit le téléphone de Tomek et l'examina. Ses lèvres se pincèrent et ses joues se tendirent. — Désolé, dit-il. Mais elle ne me dit rien. Je veux dire, j'ai servi beaucoup de gens hier soir. Ses mains tremblaient nerveusement alors qu'il rendait le téléphone à Tomek. — Elles... elles se ressemblent toutes un peu, et nous étions super occupés. Je ne me souviens pas de l'avoir servie spécifiquement.

Tomek essaya de calmer les nerfs de l'homme avec un sourire chaleureux, mais il était évident qu'il était secoué par la nouvelle de sa disparition, comme s'il en était d'une certaine manière responsable et qu'il était censé porter le fardeau de la retrouver.

— Et ce type ? On l'a vu danser avec elle et lui acheter des verres. On a également signalé qu'il avait essayé de mettre quelque chose dans l'un d'eux.

Cette fois, Adrian reconnut instantanément le visage de l'homme.

— Oui. Je me souviens de lui. Deux filles sont venues me voir avec un verre que je venais de servir et m'ont dit qu'il y avait quelque chose dedans. Je ne savais pas quoi faire alors j'en ai parlé à l'un des gars sur le plancher, mais je ne pense pas qu'ils aient fait quoi que ce soit... J'ai été distrait par d'autres clients et j'ai complètement oublié. Il plaça ses mains sur sa tête. — Oh mon Dieu ! J'ai tout foiré, n'est-ce pas ? J'ai vraiment tout foiré. Merde... Je savais que j'aurais dû...

Tomek plaça une main réconfortante sur l'épaule de l'homme. Sa respiration rapide s'arrêta immédiatement, et il sembla revenir à lui momentanément. Une fois qu'il eut contrôlé sa respiration, Tomek dit : — C'est bon. Elle n'a pas été blessée. Il ne lui a pas fait de mal. Et il n'a fait de mal à personne d'autre. Vous avez fait votre travail. Juste... que cela vous serve de leçon pour la prochaine fois.

— Putain... continua Adrian, toujours perdu dans ses propres pensées. — C'est fini. Je vais rater ma période d'essai. Je vais devoir trouver un nouveau job. Je...

Tomek plaça une main sur son autre épaule. C'était le mieux qu'il puisse faire pour ne pas gifler le jeune homme de vingt-cinq ans.

— Votre emploi va bien. Si mon interaction avec M. Rayner est révélatrice, je ne pense pas qu'il se soucie beaucoup de ce que vous avez fait ou n'avez pas fait. Votre emploi est sûr. Vous n'avez pas à vous inquiéter.

CHAPITRE
DOUZE

Une vérification dans la base de données interne de la police au commissariat avait révélé qu'Adam Egglington avait déjà un casier. Ces deux dernières années, il avait été arrêté pour ivresse et trouble à l'ordre public dans la rue principale de Southend, puis une seconde fois pour la même infraction sur le front de mer, sauf que cette fois-là, il avait été retrouvé nu de la taille aux pieds, allongé sur la plage, le regard perdu dans la lumière de la lune, essayant de retirer du sable de parties du corps où il n'aurait jamais dû se trouver. L'agent qui l'avait arrêté avait alors ajouté l'attentat à la pudeur sur la fiche d'arrestation. La plus récente arrestation remontait à six semaines et, en supposant qu'il n'avait pas déménagé depuis, Tomek espérait se trouver devant le bon appartement.

Il frappa à la porte de la maisonnette d'une chambre à Lee Chapel South, à quelques pas de l'hôpital de Basildon, et attendit. Sans réponse, Tomek recula du porche vers la pelouse envahie de mauvaises herbes et leva les yeux vers la fenêtre de la chambre. Les rideaux étaient tirés, obstruant sa vue, à l'exception d'une petite fenêtre laissée entrouverte en haut.

Tomek essaya de nouveau la porte. Cette fois, il regarda à travers la fenêtre adjacente, les mains en visière, plissant les yeux. Mais c'était inutile. Dans une dernière tentative, avant d'aller voir les voisins, il s'accroupit, ouvrit la boîte aux lettres, et juste au moment où il allait crier le nom d'Adam, une odeur violente et nauséabonde l'assaillit, le projetant en arrière sur les dalles de béton. L'odeur était si forte qu'elle lui restait dans la gorge, et pendant quelques secondes, Tomek essaya de s'en débarrasser en toussant, mais finit par avoir des haut-le-cœur et par vomir à sec sur le porche. C'était l'odeur et le goût de vomi, un vomi qui avait stagné, s'était putréfié et coagulé pendant toute la journée.

Tomek n'aimait pas les pensées qui se formaient dans son esprit et décida d'appeler des renforts en uniforme. Au téléphone, le contrôleur de la répartition lui dit qu'il faudrait au moins cinq minutes avant leur arrivée. Cinq minutes de trop.

Décidant qu'il n'allait pas attendre, Tomek frappa une dernière fois à la porte d'entrée et, toujours sans réponse, il alla frapper chez le voisin. La femme qui ouvrit était effrayée et méfiante, mais dès qu'il lui eut montré sa carte, elle se détendit un peu.

— Vous n'auriez pas une clé, par hasard ? demanda Tomek. C'était une chance sur mille, mais parfois les solutions les plus simples étaient celles qu'on négligeait.

La voisine secoua la tête.

— Et un marteau ou quelque chose comme ça ?

La femme le regarda effarée, les yeux écarquillés. Il jeta un coup d'œil à sa main, remarqua une alliance et demanda : — Vous êtes mariée ?

Elle hocha la tête, le regard toujours hagard, comme si elle vivait une expérience extracorporelle. Elle était en plein dilemme entre la fuite et le combat, et pour l'instant, elle ne faisait ni l'un ni l'autre, absolument rien du tout.

— Votre conjoint aurait-il quelque chose que nous pourrions utiliser ?

— Il... il n'est pas à la maison.

Tomek jura. La dernière chose qu'il voulait, c'était passer du temps à fouiller la maison et l'abri de jardin d'un parfait inconnu.

Et puis l'idée lui vint.

Le jardin !

Sans demander, Tomek se faufila devant la voisine et se précipita vers la petite porte-fenêtre à l'arrière de la maison. La voisine, dans son état de confusion, le suivait avec quelques secondes de retard, les rouages de son cerveau prenant du temps à s'ajuster et à comprendre ce qui se passait chez elle.

— Clé, lui dit-il, agité. J'ai besoin d'une clé. Je dois accéder au jardin.

Elle désigna un petit pot coincé dans le coin d'un autre rebord de fenêtre. Tomek l'attrapa, prit la clé et sortit. Le jardin était dans son état de début de printemps. Les fleurs commençaient à s'épanouir, l'herbe était trop haute et la vie revenait dans les arbres. Et l'air en était imprégné. Ç'aurait été une expérience agréable de s'asseoir là, si ce n'était pour l'hôpital au coin de la rue et le son des sirènes qui retentissaient toutes les deux secondes.

Tomek tourna son attention vers la maison d'Adam Egglington. Les deux étaient presque identiques : la porte de la cuisine, les portes-fenêtres qui s'ouvraient sur le jardin, la fenêtre au-dessus. C'était comme regarder dans un miroir. Il s'arrêta un moment, évaluant ses options. À son avis, il n'y en avait qu'une seule : il allait devoir entrer par effraction et gérer les conséquences plus tard.

Avant d'enjamber la clôture, il fouilla le jardin de la voisine, cherchant quelque chose d'assez lourd pour briser la vitre. Il le trouva sous la forme d'une brique qui s'était détachée d'un petit parterre de fleurs. Il se pencha pour la ramasser, et juste au moment où il s'apprêtait à la lancer par-dessus la clôture, la voisine lui cria : — Qu'est-ce que vous faites ? Vous ne pouvez pas prendre ça.

Tomek examina l'objet dans sa main. — C'est une brique. Vous allez vraiment vous en apercevoir ?

Puis, avant qu'elle ne puisse répondre, il la lança par-dessus la clôture devant lui. Ce n'est qu'en se plaçant face à la clôture qu'il réalisa qu'il l'avait lancée par-dessus la mauvaise. La voisine l'avait distrait, et son corps était tourné dans la direction opposée lorsqu'il l'avait jetée.

— Oh, bordel de merde ! Désolé !

Encore une flexion, encore une brique, utilisant cette fois plus de force pour l'arracher du sol. Maintenant, il devait deux briques à elle et son mari. Il la lança par-dessus la bonne clôture et, utilisant un bain d'oiseaux comme appui, se propulsa dans le jardin d'Adam. L'atterrissage fut doux, son corps roulant comme un tonneau à travers l'herbe et les mauvaises herbes trop hautes. Après quelques secondes de recherche, ses doigts fouillant le sous-bois, il finit par trouver la brique. Alors qu'il se précipitait vers la maison, le bras en arrière, prêt à lancer l'objet, il s'arrêta en voyant un homme apparaître dans le reflet des nuages sur la vitre. Adam Egglington était allongé sur son canapé, à plat sur le dos, le visage et le cou couverts de vomi. Sa poitrine ne bougeait pas, et quand Tomek frappa à la vitre, il n'y eut aucune réaction. Tomek colla son visage à la fenêtre et regarda à l'intérieur. Dans la lumière déclinante, il pouvait voir le visage de l'homme, d'un blanc pâteux sous l'épaisse éclaboussure de vomi. Il était entièrement habillé et portait encore les mêmes vêtements que la veille. Il avait dû rentrer chez lui, s'évanouir sur le canapé et être si ivre qu'il s'était étouffé avec son propre vomi. Cette vision rappela à Tomek la fois où il avait failli subir le même sort. Il avait dix-neuf ans, était sorti faire la fête avec ses amis et s'était réveillé sur le côté avec une flaque de vomi à côté de sa tête, croustillante à l'extérieur, molle et spongieuse à l'intérieur, comme un flapjack de fluides corporels. Pendant des jours, il avait continué à sentir la puanteur chaude dans ses narines, mais ce qui l'avait vraiment marqué, c'était l'expérience de quasi-mort, le fait inébranlable qu'il aurait pu mourir si son corps avait été tourné de quatre-vingt-dix degrés supplémentaires. C'était tout ce qui l'avait séparé de la mort. Quelque chose d'aussi arbitraire qu'un angle de quatre-vingt-dix degrés.

Avant qu'il ne puisse y réfléchir davantage, le son des sirènes se fit plus fort, et il se rendit compte qu'il s'agissait des renforts qu'il avait appelés, qui s'arrêtaient devant la maison. Il franchit la clôture d'un bond, traversa en courant la cuisine de la voisine et les trouva dans le jardin de devant. Il fut accueilli par deux visages perplexes.

— Non, vous n'êtes pas au mauvais endroit, leur dit-il. Je l'ai trouvé. Il est dans le salon à l'arrière de la maison. Vous avez un bélier ?

L'un des agents en uniforme hocha la tête, puis se tourna vers le véhicule. Il revint avec un gros bélier à la main.

— Parfait, dit Tomek, puis il regarda l'homme frapper avec l'objet métallique lourd contre la faible porte d'entrée en bois. Elle n'avait aucune chance et, après un coup, elle céda.

Mais Tomek ne put pas suivre les hommes à l'intérieur. Quelque chose le maintenait fermement sur place, le gardant dehors alors que le vent commençait à se lever et à l'envelopper.

Il ne supportait pas de regarder l'homme allongé dans une flaque de son propre vomi parce que, avant d'avoir détourné les yeux de cette image quelques instants plus tôt, tout ce qu'il avait pu voir, c'était lui-même à cette place, un peu plus long et plus large, prenant plus d'espace, couvert de son propre vomi. Il ne supportait pas de regarder et d'être rappelé à ce qui aurait pu être.

CHAPITRE
TREIZE

Tomek avait toujours cette image en tête lorsqu'il est entré dans la salle des opérations. Il n'avait pas réussi à la chasser pendant tout le temps où les techniciens de scène de crime et les agents en uniforme avaient examiné et emporté le corps d'Adam Egglington. Incrustée, indélébile. À chaque fois, il voyait son propre visage à la place de celui d'Adam.

Chey et Rachel l'attendaient dans la salle. Tomek leur avait demandé de préparer leurs informations avant la réunion. Normalement, un inspecteur exigerait un rapport écrit de chaque membre du personnel travaillant activement sur une enquête, quelqu'un qui était sur le terrain. Mais Tomek n'aimait pas les rapports. C'était son éternel casse-tête, et ce n'était pas ainsi qu'il voulait gérer l'enquête. S'il ne pouvait pas se motiver à les écrire, on pouvait être sûr qu'il ne se motiverait pas à les lire non plus.

— Quoi de neuf, chef ? demanda Chey d'un ton enjoué.

— Je ne dis rien du tout, parce que pendant les dix prochaines minutes, je veux seulement écouter.

— Et peut-être faire une petite sieste aussi, vu ta tête, ajouta Rachel sans s'excuser. J'ai vu des mères célibataires avec l'air moins épuisé que toi.

Un sourire illumina le visage de Tomek. Il pouvait toujours compter sur son équipe – surtout ceux qu'il avait spécifiquement choisis – pour lui remonter le moral. Les plaisanteries entre eux trois étaient sans doute les meilleures du bureau (selon Tomek uniquement) et c'était en partie pour cette raison qu'il les avait sélectionnés : un peu de lumière dans ce qu'il pressentait comme une enquête sombre et déprimante.

Tomek tira une chaise de sous la table et s'y laissa tomber. Ce n'était que le premier jour de l'enquête, et il se sentait déjà abattu. Comme s'il n'avait plus rien à donner. Est-ce ainsi que Nick se sentait vingt-quatre heures sur vingt-quatre ? Était-ce pour cela qu'il soupirait constamment, parce qu'il en avait eu assez il y a vingt ans et qu'il tenait maintenant à un fil ?

— Par où veux-tu qu'on commence, chef ? demanda Chey.

— Par le début. Avons-nous une idée d'où elle se trouve ?

Chey secoua la tête.

— Son téléphone est toujours éteint, et ce depuis les premières heures du matin. J'ai contacté son opérateur pour plus d'informations, et je devrais les avoir d'ici demain matin.

Tomek fit pivoter sa chaise et regarda le mur de tableaux blancs qui longeait un côté de la salle. Les notes et les images d'une enquête précédente y étaient encore affichées, en attente d'être retirées, et Tomek trouva une petite section vide du tableau à côté de Chey et Rachel. Il saisit un marqueur et essuya une petite tache sur la surface.

— Quelle est la chronologie ? demanda-t-il en écrivant sur le tableau. Elle et ses amies ont quitté le Memo à une heure quinze. D'après le compte Uber d'Elodie Locket, Angelica a été déposée à son appartement à exactement une heure vingt-huit, treize minutes plus tard.

Tomek se souvenait de tout cela par cœur, tandis que les deux autres consultaient leurs notes, recoupant les informations dont ils disposaient avec ce qu'il leur disait.

— Elle devait être au travail à Leigh Broadway à neuf heures.

Il traça une ligne entre les deux heures, en la repassant plusieurs fois, laissant suffisamment d'espace pour combler les lacunes.

— Cela nous laisse une fenêtre de sept heures pendant laquelle elle a disparu. Qu'est-ce que vous pouvez ajouter à cela ?

Chey consulta ses notes.

— La dernière connexion de son téléphone à une antenne-relais était à une heure cinquante-deux du matin, ce qui fait... Il fit une pause pour calculer la différence de temps. Un peu plus de vingt minutes après son retour chez elle.

Tomek nota l'heure et l'action sur le tableau.

— D'accord. Donc soit elle l'a éteint elle-même, soit la batterie est morte, soit quelqu'un d'autre l'a éteint pour elle. Avons-nous des témoins qui l'auraient vue quitter la maison à ce moment-là ?

Rachel secoua la tête.

— Rien pour l'instant. D'après ce que j'ai rassemblé avec les agents en uniforme, et d'après les voisins à qui j'ai parlé moi-même, personne ne l'a vue ni entendue. C'était au milieu de la nuit. Tout le monde dormait.

— D'accord. Et qu'en est-il des images de sécurité des maisons ? Quelqu'un s'est manifesté avec ça ?

Chey et Rachel secouèrent la tête à l'unisson, avec le même regard désolé sur leur visage.

— Quoi d'autre ?

Un autre hochement de tête synchronisé.

— Alors elle... disparaît tout simplement ?

Tomek passa ses doigts dans ses cheveux et se gratta l'arrière de la tête, parfaitement conscient que les deux avaient les yeux rivés sur lui, lui au volant, menant l'enquête. Deux paires d'yeux pleins d'attente qui attendaient qu'il leur dise quoi faire. Il n'était pas sûr d'apprécier cela. Il n'avait pas d'idées. Avant, quand quelqu'un d'autre dirigeait l'enquête, il avait pu trouver les réponses, les solutions sans problème. Peut-être parce qu'il n'avait pas le fardeau de la vie de quelqu'un sur ses épaules – que d'une certaine manière, il se sentait à un pas de distance – ou peut-être parce que c'était une question d'ego, une chance de prouver sa valeur à Victoria et Nick. Mais maintenant qu'il l'avait fait, maintenant qu'il avait montré qu'il en était capable, il avait l'impression de trébucher au premier obstacle, et il n'avait aucune idée de la direction à prendre.

Allez, Tomek, se dit-il. Soit tu la fermes et tu continues à avancer en trébuchant, peu importe ce qui se dresse sur ton chemin, soit tu fais demi-tour maintenant et tu retournes à la case départ.

Il décida que la deuxième option n'était pas envisageable.

— Nous avons une fenêtre de sept heures pendant laquelle elle aurait pu disparaître. Les deux possibilités, telles que je les vois, sont, premièrement : elle a quitté la maison pendant ce temps et n'est pas encore revenue, ou deuxièmement : quelqu'un est allé chez elle. C'est aussi simple que ça.

Il se concentra à nouveau sur le tableau, créa un cercle au milieu de ce qui restait de l'espace blanc, et en fit partir deux lignes droites. L'une pour quitter la maison, l'autre pour quelqu'un qui s'y rendait.

— Une fois que nous aurons déterminé laquelle de ces deux options est la bonne, nous pourrons construire l'image plus large à partir de là.

Il remit le capuchon sur le marqueur avec un *clac* satisfaisant et tangible, puis retourna à sa place.

— En attendant, dites-moi tout ce que vous avez sur Angelica Whitaker. Que savons-nous d'elle qui puisse nous aider ?

Les deux détectives baissèrent les yeux vers leurs notes, évitant la question. Jusqu'à ce que Chey trouve finalement le courage de parler en premier.

— J'ai commencé à examiner son Instagram, car c'est celui qu'elle met à jour le plus régulièrement. Elle a deux profils. L'un est un compte personnel, qu'elle utilise beaucoup moins, tandis que le second est une sorte de blog de voyage/influenceuse. Elle a plusieurs milliers d'abonnés, mais aussi plusieurs milliers de publications sur chacun d'eux. Ça va prendre pas mal de temps pour tout passer au crible. Mais d'après les brèves recherches que j'ai faites et les premières publications que j'ai regardées, elle semble aussi poster des choses sur elle-même et sur sa vie. Ce qu'elle fait, où elle se trouve. Mais elle n'en dit pas trop dans les légendes – parfois ce n'est qu'un ou deux émojis.

— Pourraient-ils signifier quelque chose pour quelqu'un ?

— Peut-être. Il faudrait que j'analyse qui aime et commente.

Tomek hocha la tête.

— Rach ?

L'agent de police Rachel Hamilton s'éclaircit la gorge avant de parler.

— Xanthia Demetriou, l'une des amies les plus proches d'Angelica, chantait ses louanges. Elle n'avait pas un mot négatif à dire sur elle. L'âme de la fête, toujours pétillante, toujours extravertie et partante pour sortir, elle était heureuse d'être avec tout le monde et tout le monde était heureux d'être avec elle. Gentille, attentionnée, pleine d'entrain, toujours là pour elle. C'était comme si elle était amoureuse d'elle.

— Elles se connaissent du travail, c'est ça ?

— En quelque sorte, expliqua Rachel. Elles se sont *rencontrées* au travail. Mais Xanthia travaille maintenant dans une pharmacie. Ce n'est pas le changement de carrière qu'elle souhaitait, mais le marché des hôtesses de l'air est tendu en ce moment. C'est tout ce qu'elle a pu trouver. Espérons que l'année prochaine, elle pourra trouver autre chose.

— Qu'a-t-elle dit à propos d'hier soir ?

— Juste qu'elle avait passé un bon moment. Et elle se souvient clairement avoir vu Angelica ouvrir la porte d'entrée et la refermer derrière elle. Donc, selon elle, elle est définitivement *entrée* dans la maison.

— Et Zoë ?

— Elle a confirmé tout ce que Xanthia a dit. Elle a vu Angelica entrer chez elle sans problème.

La question qui restait en suspens était de savoir comment elle en était sortie.

CHAPITRE
QUATORZE

Le son métallique du portable Dell bon marché de Kasia leur parvenait jusqu'au canapé. Elle s'était enfermée dans sa chambre après le dîner et regardait sans doute l'un de ces programmes de téléréalité inoffensifs et abrutissants, ou l'une de ces séries à l'eau de rose qui semblaient envahir les différentes plateformes de streaming. Chaque fois qu'il se connectait à Netflix ou Amazon Prime, il était assailli par des drames d'adolescents et des programmes que leur algorithme servait à Kasia pour la garder captivée. C'était suffisant pour le dégoûter de regarder quoi que ce soit. Et potentiellement pour arrêter complètement de payer l'abonnement. Mais il savait que ce serait comme couper le bras de sa fille, ou du moins le lui attacher dans le dos pendant qu'il la forcerait à attraper la télécommande. Alors il faisait plutôt ce qui lui semblait honorable et continuait à serrer le poing chaque fois qu'il voyait les prélèvements automatiques débités de son compte chaque mois.

Ce soir, cependant, il était tout à fait en faveur des services de streaming. Abigail était venue, et il l'avait laissée choisir une chaîne. Il n'avait aucune idée de ce qu'elle avait mis, mais cela lui permettait de se déconnecter et de laisser ses pensées vagabonder où bon leur semblait. Pendant qu'elle était plongée dans son programme, son esprit se perdait dans des réflexions profondes comme, pourquoi appelle-t-on les bâtiments des « bâtiments » alors qu'ils sont déjà construits, et pourquoi dit-on qu'on reprend son souffle alors qu'on n'est même pas sous l'eau ? Il se battait avec ces énigmes particulières depuis bien cinq minutes quand Abigail posa ses jambes sur ses genoux, exigeant qu'il lui masse les pieds.

— Tu n'es pas restée assise à ton bureau toute la journée ? lui demanda-t-il.

— Si. Mais avec des *talons*. Tu ne sais pas ce que c'est.

Elle agita ses orteils devant son visage.

— *S'il te plaît*. Ils m'ont fait tellement mal aujourd'hui.

En levant les yeux au ciel, il dit :

— Tu es plus diva que moi. Et je déteste quand je mets du gel dans mes cheveux et qu'il pleut dehors !

— *S'il te plaît*, supplia-t-elle, n'ayant rien écouté de ce qu'il venait de dire.

— D'accord, si j'ai droit à un massage des pieds après ? J'ai un joli oignon qui a besoin d'être pétri.

Tomek ne l'avait jamais vue avoir l'air si dégoûtée.

— C'est putain de dégoûtant. Je ne m'approcherai pas de tes pieds.

— Mais j'ai été debout sur les miens toute la journée...

Sa tentative de lui jeter de la poudre aux yeux avec un adorable battement innocent des cils ne fonctionna pas.

— Journée chargée ? demanda-t-elle, en détendant ses orteils, tandis que Tomek commençait à les pétrir avec son pouce et ses jointures comme s'il s'agissait de pâte à pain.

— Très.

— Que s'est-il passé ?

— Une femme d'une vingtaine d'années a été signalée disparue par sa famille. Elle est sortie hier soir avec des amis, s'est fait déposer à son appartement, puis a disparu. Sa responsable, qui se trouve être sa belle-sœur, a dit qu'elle ne s'était pas présentée ce matin au travail.

— Et vous ne pouvez pas la retrouver ?

— Je ne penserais pas à elle si c'était le cas.

— Tu penses à une autre femme ?

— Pas comme ça, dit-il en secouant la tête. Il arrêta de lui masser les pieds, et elle agita ses orteils pour lui rappeler de continuer.

— Je plaisantais, dit-elle, puis elle reporta son attention sur la télévision pendant deux secondes avant de revenir à lui. Tu penses qu'elle pourrait être morte ?

Tomek sentait où la conversation allait.

— Je ne sais pas.

— Tu penses que quelque chose lui est arrivé ?

— Pas sûr.

— Tu penses que vous allez la retrouver ?

Il ne répondit pas.

— Elle a rencontré quelqu'un pendant sa soirée ? Ça pourrait être cette personne ? Et si c'était un de ses amis ? Ou peut-être qu'elle est allée se promener et que quelqu'un l'a enlevée...

Tomek savait qu'elle pêchait aux informations, lui lançant un tas de spaghettis au visage pour voir ce qui collerait. Mais il n'allait pas mordre à l'hameçon, ni en manger aucun.

— Écoute, dit-il en relâchant son emprise sur son pied, quand le moment sera venu, nous partagerons les informations avec toi.

— Pourquoi ne l'avez-vous pas déjà fait ? S'il s'agit d'une affaire de personne disparue, nous pouvons vous aider. Donnez-nous toutes les informations que vous avez, montrez-nous à quoi elle ressemble, et nous pouvons faire passer le mot. Quelles pistes avez-vous ?

— Aucune. Pas encore.

— Pourquoi est-ce que tu me mens ?

— Je ne mens pas.

— Si, tu mens. Je peux dire quand tu me mens. Je n'aime pas que tu me caches quelque chose.

Toute sensibilité et tout enjouement avaient disparu de son ton. Maintenant, il était devenu irrité, sévère. Professionnel.

— Je te dis la vérité, insista-t-il. Nous n'avons aucune piste.

— Pourquoi me fais-tu ça ? Pourquoi ne veux-tu pas m'aider ? Je viens de commencer ce nouveau travail. Je pourrais vraiment utiliser quelque chose comme ça. Ce serait vraiment bon pour moi d'avoir l'exclusivité là-dessus.

— Tu exagères.

— Non, je n'exagère pas. C'est toi qui me mens, qui me caches des choses. À qui d'autre as-tu parlé de ça ? Qui a flirté avec toi pour avoir ces informations ?

— Tu veux dire comme tu avais l'habitude de faire ?

Elle s'en prit à lui. Un petit coup de pied sur la cuisse, comme un marteau qui s'abat. C'était léger, et ne lui fit pas mal le moins du monde, mais il y avait une intention derrière. Et il se rappela immédiatement pourquoi il n'entrait pas dans des relations à long terme. Ses deux précédentes avaient été similaires. Sa première petite amie, la mère de Kasia, l'avait maltraité verbalement et émotionnellement, l'avait constamment rabaissé et lui avait fait se sentir petit. Sa deuxième petite amie officielle, qui s'était avérée être une tueuse en série, avait, mis à part l'aspect meurtrier de sa personnalité, été névrosée, jalouse et un peu psychotique. C'était tout ce qu'il avait jamais connu. Tout ce à quoi il avait été habitué. Peut-être avait-il un type – un type qui lui faisait se sentir minuscule et inutile.

— Tu exagères, répéta-t-il.

Un autre coup de pied. Plus fort, cette fois.

— Non, je n'exagère pas. Nous *avons besoin* de cette histoire, Tomek. Aujourd'hui, nous avons fait la une, un scoop sur un groupe de gamins de Londres qui ont emmené un crabe en train jusqu'à la plage de Southend pour qu'il puisse « vivre sa meilleure vie ».

— Et il l'a fait ?

Un autre coup de pied. Cette fois, ratant sa cible et manquant de peu son entrejambe.

— C'est le genre de merdes qu'on a publiées récemment. Un putain de crabe ! On racle vraiment le fond du baril.

Tomek ricana.

— D'où venait le crabe ?

— Vraiment ? Tu trouves ça drôle ?

— Je n'arrive pas à croire que tu ne trouves *pas* ça drôle.

— On parle de mon putain de boulot, et toi, tu te contentes d'en rire. Je n'arrive pas à croire que c'est la première chose à laquelle tu penses. C'est ma carrière. Si tu ne peux pas me prendre au sérieux, alors qui le fera, bordel ?

Peut-être le crabe, pensa Tomek, mais il garda cette réflexion pour lui. À la place, il retourna à ses pensées sur les bâtiments et être sous l'eau, et comment, à ce moment-là, il avait l'impression de lutter pour reprendre son souffle.

CHAPITRE
QUINZE

Liam Dennis ne s'était jamais senti aussi vivant, aussi plein d'adrénaline. Il avait envie de traverser des murs en courant, de sauter des immeubles, de plonger à travers les voies ferrées. Son corps d'adolescent ne savait pas comment gérer ça, comment l'assimiler. Mais James et Ethan, eux, savaient. Ils avaient l'expérience de ce genre de choses, ils savaient ce qu'ils faisaient. Ils étaient capables de se *contrôler*. C'était eux qui lui avaient suggéré cette idée cet après-midi à l'école : s'échapper en pleine nuit pendant que ses parents dormaient, entrer par effraction, mettre à profit ses talents artistiques, puis rentrer à la maison avant que quiconque ne se réveille. Comme si rien ne s'était passé. Le risque pour Liam était de tomber sur son père. Il se levait toujours super tôt pour aller travailler, et Liam craignait de rentrer au mauvais moment, complètement habillé, essoufflé, les mains couvertes de peinture en spray. Mais Ethan lui avait dit de ne pas s'inquiéter, que cela ajoutait à l'expérience, que ça l'intensifiait d'une certaine façon.

Liam n'était pas tout à fait sûr de comprendre comment, mais il prenait les paroles d'Ethan pour argent comptant. Il n'était pas en position de faire autrement.

Il était un peu plus de deux heures du matin. Il faisait nuit noire dehors, et tout était silencieux, hormis le bruit du vent qui soulevait les feuilles pour les déposer quelques centimètres plus loin à un nouvel endroit. C'était le plus grand silence qu'il ait jamais entendu. Pas de circulation, pas de trains, même pas le bruit de l'estuaire de la Tamise ne parvenait jusqu'à eux.

Ethan avait prévu qu'ils n'auraient pas besoin de plus d'une demi-heure, et entièrement habillés, avec leurs capuches rabattues sur leurs têtes, ils se dirigèrent vers leur destination. Ils avaient convenu de se retrouver de l'autre côté de la voie ferrée qui traversait le paysage en direction du centre-ville de Southend. C'était plus pratique pour Ethan, et comme il était le leader officieux du groupe, c'était lui qui décidait.

Leur premier obstacle était la voie ferrée, avec ses sept cent cinquante volts qui la parcouraient. Liam n'avait jamais traversé une voie ferrée auparavant, n'en avait jamais eu besoin. Mais il avait lu les histoires d'horreur. Des suicides, des gamins qui les sautaient en pleine nuit et qui se blessaient gravement.

Mais pas lui, pas ce soir. Il s'assurerait que rien n'arrive.

Comme c'était sa première sortie avec eux, Ethan et James avaient décidé qu'il devait passer en premier. Que c'était juste. Une initiation, une chance de faire ses preuves. Alors, dans l'obscurité, la seule source d'éclairage étant les faibles lumières au sodium au loin, Liam posa le pied sur la surface gravillonnée à côté des rails sous tension. Dans le silence, il pouvait entendre l'électricité qui rugissait à travers, et il sentait un bourdonnement dans l'air, qui appuyait contre ses jambes comme un champ de force. Avec précaution, il leva haut la jambe en l'air, comme on le lui avait appris au karaté, fit pivoter ses hanches, puis la posa, se laissant tomber dans un profond squat de sumo. Puis il répéta le processus pour la deuxième partie de la voie. Haut, pivot, pose, squat.

Haut, pivot, pose, squat.

Haut-

Ce n'est qu'au troisième rail qu'il entendit un autre bruit. Juste au moment où il s'apprêtait à faire pivoter ses hanches, il vit Ethan et James sprinter à travers le gravier, sautant par-dessus chaque serpent métallique avec aisance, comme s'il était aussi facile de sauter par-dessus une pierre sur le sol. Les deux garçons se moquèrent de lui quand ils atteignirent l'autre côté, le charriant, le son de leur rire absorbé par les arbres et les haies environnants.

— Putain de merde, se dit-il, en regardant le pylône métallique juste devant lui. Allez. Tu peux le faire. C'est comme sauter par-dessus un tacle glissé.

Il abaissa sa jambe, recula de quelques pas et calma sa respiration, les jambes écartées à la largeur des épaules, les bras le long du corps, respirant profondément – sa meilleure imitation de Cristiano Ronaldo avant un coup franc. Puis, quand il se sentit assez confiant, il sprinta vers ses amis. Un rail. Deux rails. Le bruit des bombes de peinture dans son sac à dos résonnait à ses oreilles.

Et il y était. Fait. Plus facile qu'il ne l'avait pensé.

Il regarda en arrière les serpents endormis, la distance qu'il avait parcourue, son corps gonflé de fierté. Il se sentait invincible, l'adrénaline atteignant un nouveau sommet.

— Allez, abruti, dit James en lui donnant une claque dans le dos. On y va !

Le garçon attrapa la sangle de son sac et le tira en remontant une légère pente, à travers une épaisse rangée de haies. Liam grimaça et protégea son visage alors que des épines et des orties le fouettaient, entaillant ses articulations et ses avant-bras. Quelques moments douloureux plus tard, ils débouchèrent sur une rue résidentielle, remplie de maisons bien trop chics et coûteuses à son goût. Il était habitué à la cité ; ici, il avait l'impression que personne ne se parlait, que personne ne disait rien. Pas comme à la cité, où tout le monde connaissait tout le monde – même si ce n'était pas toujours une bonne chose.

Cependant, ils ne prêtèrent guère attention aux maisons, car le coffre au trésor qu'ils cherchaient n'était qu'à une courte distance.

Il n'avait jamais entendu parler de l'église méthodiste de Park Road avant l'heure du déjeuner. Il n'avait aucune idée de ce à quoi elle servait, ni depuis combien de temps elle était là, juste qu'elle était vide et condamnée depuis des années. Personne n'y allait jamais, lui avaient-ils dit, ce qui en faisait l'endroit parfait où aller.

Ils gardèrent la tête baissée en traversant les rues résidentielles silencieuses. Plusieurs allées étaient occupées par au moins deux voitures, tandis que les véhicules restants débordaient sur la rue. Aucune lumière n'était allumée dans les maisons, et la seule source de lumière sur toute la longueur de la route était un unique lampadaire qui clignotait par intermittence.

Une minute plus tard, ils arrivèrent à l'église méthodiste. Elle était bien plus impressionnante que ce à quoi Liam s'attendait, mais en la regardant, il ressentit une envie irrépressible de s'enfuir ; comme si elle était souillée par des esprits maléfiques, hantée par le diable. Il n'était pas du tout un gamin religieux ou spirituel, mais un sinistre pressentiment s'était soudain emparé de lui et lui disait que c'était un mauvais endroit où se trouver. Qu'ils devraient faire demi-tour et partir, s'enfuir et ne jamais revenir. Mais il ne pouvait pas dire ça. Pas quand James et Ethan étaient là. Pas quand ils raconteraient tout à l'école entière et se moqueraient de lui demain. Peut-être était-ce le doute, peut-être était-ce la peur qui le rappelait. Mais il avait déjà ressenti ces émotions auparavant, et ce n'était rien de tel.

— Qu'est-ce que t'attends, mec ? demanda Ethan.

Liam fut surpris de voir que tous deux étaient déjà arrivés à une entrée latérale, une porte en bois avec un cadenas fragile comme dernière ligne de défense.

— T'as pas peur, frangin ?

Liam secoua la tête, essayant de contrôler la boule dans sa gorge.

— Nan. J'étais juste... j'étais juste en train de la regarder.

Il ne voulait pas être là.

Il ne voulait pas être là.

Sans rien ajouter d'autre, il rejoignit silencieusement les deux garçons, se serrant plus près d'eux qu'il ne l'aurait fait habituellement. Dans son sac à dos, Ethan avait apporté une pince coupe-boulons. D'où il la tenait, Liam n'en savait rien, mais alors qu'il ouvrait les poignées pour placer le boulon entre les dents, il s'arrêta.

— Qu'est-ce qui se passe ? demanda James.

— C'est déverrouillé. Il a déjà été coupé.

Il ne voulait pas être là.

Il ne voulait pas être là.

— Peut-être que quelqu'un l'a déjà fait, dit James.

— Peut-être. Mais j'étais ici l'autre soir, et ce n'était pas comme ça. Tu crois que c'est Henry et sa bande ?

— C'est possible, répondit James avec un haussement d'épaules.

Personne n'ajouta rien d'autre à ce sujet. Puis les deux garçons se tournèrent vers Liam, le regardant avec expectative.

— Vas-y, mec, dit Ethan.

— « Vas-y, mec » quoi ? répondit Liam.

— Toi d'abord. C'est la règle. Ta première sortie avec nous, tu passes en premier.

Mais il ne voulait pas passer en premier. Il ne voulait pas être là.

— C'est cool. Vas-y toi. Montre-moi comment on fait, dit-il, essayant de masquer la peur dans sa voix.

— La putain de porte est déjà ouverte. Tout ce que t'as à faire, c'est la pousser.

— Fais pas ta chochotte, ajouta James.

— Ouais. Ouvre-la, bordel. C'est pas si grave. Pousse-la, c'est tout. On sera juste derrière toi.

Liam réalisa rapidement qu'il n'avait pas le choix. Il était venu jusque-là. Il avait déjà sauté par-dessus quatre voies ferrées, acheté et payé les bombes de peinture qu'ils allaient utiliser. Il avait investi du temps, de l'argent et de l'énergie – sans parler de l'engueulade monumentale qu'il recevrait de ses parents s'ils l'apprenaient – et donc il ne pouvait pas reculer maintenant. Que penseraient-ils de lui ?

— Mec, tu viens ou quoi ? Je crois que je commence à sentir mes cheveux devenir gris.

Liam ignora la pique de James et le bouscula en passant.

Première fois pour sauter les voies, pensa-t-il. Première fois pour entrer par effraction dans une église abandonnée.

Lentement, il poussa la porte. La charnière grinça bruyamment, le son résonnant dans toute la salle. Elle semblait lourde sous ses bras, et il dut utiliser tout son poids pour la pousser vers l'avant. Finalement, quand l'ouverture fut assez grande, il entra. L'air à l'intérieur était glacial, ancien, comme s'il était resté là, en attente depuis longtemps.

Comme si les esprits avaient attendu là depuis longtemps.

La lumière extérieure filtrait à peine dans le bâtiment, alors il sortit son téléphone et activa la fonction lampe torche. Un large cône de lumière blanche crue illumina le sol en béton. La porte donnait sur une petite section de l'église. Il s'attendait à moitié à voir un arrangement de bancs et de chaises face à un autel à un moment donné, mais il n'y avait rien. Le sol était complètement vide.

Derrière lui, Ethan et James entrèrent discrètement, leurs mouvements prudents, hésitants, tout comme les siens. C'était réconfortant de savoir qu'il n'était pas le seul à avoir le cul serré.

Il ne voulait pas être là.

Ils ne voulaient pas être là.

Liam laissa tomber son sac au sol et fit semblant de retarder son avancée plus profonde dans l'église en récupérant ses bombes de peinture. Mais Ethan et James avaient eu la même idée, et un instant plus tard, laissant les sacs sur le sol, ils se dirigèrent vers l'avant de l'église, leur chemin éclairé par les lampes torches de leurs téléphones. Ils n'avaient fait que quelques pas lorsqu'ils virent le corps par terre. D'un blanc pâle sous la lueur déjà blanche de leurs torches, allongé là, nu, fixant le plafond.

Les esprits maléfiques.

Les garçons se figèrent un moment, abasourdis et choqués.

Ethan fut le premier à réagir, prouvant qu'il était en fait le plus effrayé d'entre eux, en s'enfuyant en courant, son cri déchirant les tympans de Liam. Il fut immédiatement suivi par James, qui percuta Liam en passant et le ramena à ses sens.

Puis ce fut au tour de Liam. Il pivota sur la pointe des pieds et se précipita hors d'ici, trébuchant sur les sacs au sol et se cognant contre la porte en sortant. Se relevant du sol, il rejoignit les autres un moment plus tard, tous haletants, paniqués, hurlant à pleins poumons à l'air libre avant de s'enfuir vers les voies, vers la maison.

Ce soir avait été une soirée de premières fois.

Première fois pour sauter les voies.

Première fois pour entrer par effraction dans une église abandonnée.

Et maintenant, il pouvait ajouter la première fois qu'il voyait un cadavre à la liste.

CHAPITRE
SEIZE

Tomek luttait pour garder les yeux ouverts. Sa deuxième nuit blanche en deux jours. L'appel l'informant qu'un corps avait été découvert était arrivé peu après trois heures du matin, vingt minutes après qu'il ait enfin fermé les yeux et commencé à s'assoupir aux côtés d'Abigail, dont le comportement étrange l'avait empêché de dormir.

La responsabilité de se rendre sur les lieux du crime incombait généralement à l'adjoint du SIO, mais comme il n'en avait pas encore désigné, il s'était proposé lui-même — et avait ensuite appelé Chey et Rachel en chemin. Il voulait qu'ils soient présents tous les deux, même les yeux bouffis et agités. L'appel d'urgence avait été passé par Vanessa Carmen, une voisine qui habitait juste en face de l'église méthodiste de Park Road. Elle avait signalé avoir entendu des cris provenant de l'intérieur de l'église. Au début, elle avait pensé qu'il s'agissait d'une sorte de fantôme, un esprit revenu perturber le sommeil des voisins aux premières heures du matin. Mais quand elle avait vu trois jeunes garçons, à peine adolescents, s'enfuir en courant du bâtiment avec leurs capuches rabattues sur le visage, jurant et pleurant, appelant leurs mères à grands cris, elle avait compris que quelque chose clochait. Mais elle n'avait pas eu le courage d'aller voir ce que c'était.

— Cet endroit m'a toujours donné la chair de poule, dit-elle en faisant entrer Tomek dans son salon. J'ai presque renoncé à m'installer ici à cause de ça. Je ne sais pas ce que c'est. Juste... quelque chose.

Votre imagination... pensa Tomek, mais il garda cette réflexion pour lui. En attendant que la scène de crime soit dégagée et que le médecin légiste arrive, Tomek jugea utile de parler avec le témoin principal pour recueillir autant d'informations que possible, mais il s'avéra qu'elle avait déjà tout dit au standardiste : qu'elle avait été réveillée par des cris bruyants, qu'elle avait d'abord pris pour un poltergeist, puis elle avait regardé par la fenêtre de sa chambre, pour découvrir qu'il s'agissait de trois adolescents fuyant l'église.

— Et vous n'avez pu voir aucun de leurs visages ?

— J'aurais bien aimé. Mais ils couraient dans l'autre direction, vers la voie ferrée.

Tomek ne pensait pas qu'il valait la peine de consacrer des ressources à essayer de retrouver les garçons. Pas encore. Pas avant de pouvoir confirmer ce qui se trouvait à l'intérieur de l'église. Après un bref moment de silence, Tomek la remercia pour son témoignage et son hospitalité, puis se dirigea vers la sortie.

— Je suis désolée de ne pas être allée voir, dit-elle sur le pas de la porte.

— Ce n'est pas grave. C'est notre travail.

— Vous savez ce qu'il y a là-dedans ? demanda-t-elle en pointant l'église du doigt et en baissant la voix, comme si ce dont ils discutaient était censé être un secret bien gardé.

Tomek se tourna pour faire face à l'église.

— Non, dit-il.

Mais j'ai une très bonne idée de qui *s'y trouve.*

— Je vais bientôt le découvrir.

━━━

Plus de quatre heures plus tard, Tomek, vêtu de sa combinaison blanche médico-légale, se préparait mentalement à entrer dans l'église. L'entrée dans ce bâtiment classé de Grade II se faisait maintenant par l'entrée principale, à l'avant du bâtiment, sous ses flèches menaçantes et effrayantes. De cette façon, il n'y aurait aucun risque de contaminer l'entrée latérale que les garçons avaient utilisée. Avec lui se trouvaient Chey, Rachel, Lorna Dean, la médecin légiste du ministère de l'Intérieur, et Rory Stevens, le responsable de la scène de crime. Par une étroite ouverture dans la porte, Tomek aperçut une petite armée d'officiers de la police scientifique vêtus de blanc, se déplaçant dans les lieux, baignés dans la lumière blanche des projecteurs qui avaient été installés.

Tomek était le premier dans la file pour entrer. Avant de le faire, il prit un moment pour observer la structure du bâtiment : l'architecture, l'artisanat, la pierre du Kent, le patio qui avait été envahi par les mauvaises herbes et les plantes depuis sa fermeture dans les années quatre-vingt-dix, la terre qui avait été soulevée par le vent et dispersée le long du bâtiment, la peinture qui avait commencé à s'écailler et à se décoller, les vitraux qui avaient été condamnés et négligés, un bâtiment oublié, laissé à l'abandon alors que la nouvelle ère continuait de progresser et de se développer.

Lorsque Tomek reçut enfin le feu vert pour entrer, il inspira profondément et s'avança.

Il lui fallut un moment pour que ses yeux s'adaptent à la lumière blanche aveuglante à l'intérieur de l'église, mais lorsqu'ils le firent, le tableau du corps immaculé d'Angelica Whitaker gisant nue sur le sol en béton froid apparut. Elle était allongée sur le dos, les jambes droites, pressées l'une contre l'autre, les orteils pointés vers le ciel. Ses bras étaient positionnés à quarante-cinq degrés de son corps. Sa tête reposait parfaitement, et ses seins pendaient de chaque côté de sa cage thoracique. Rien de tout cela n'était choquant pour Tomek. Il avait déjà vu des corps nus — des corps nus et morts — auparavant. Mais ce qui le déconcertait, c'étaient les ailes d'ange qui avaient été peintes derrière elle sur le sol. Des ailes d'ange qui avaient été peintes avec soin, temps et attention. Des ailes d'ange qui avaient été peintes avec du sang.

Tomek sentit une poussée dans son dos. Il ne s'était pas rendu compte qu'il s'était arrêté, et la poussée dans son dos était Chey qui lui rentrait accidentellement dedans.

— Nom de Dieu, murmura Chey.

— Probablement pas le meilleur endroit pour blasphémer, Chey, rétorqua Tomek en se déplaçant autour du corps, gardant une large distance autour des membres d'Angelica et des ailes.

Lui et le reste de l'équipe marchèrent le long des plaques qui avaient été posées par l'équipe médico-légale. C'est maintenant qu'il examina son corps plus en détail. Un visage associé à un nom. Un corps nu correspondant à ce qu'il avait vu sur un post Instagram et une photo récente de la famille. Dans aucune de ces images, Angelica Whitaker n'avait l'air aussi maigre et mal nourrie qu'elle ne l'était maintenant devant lui. Les contours de sa cage thoracique étaient aussi proéminents que le soleil dans le ciel, son bassin saillait comme les deux flèches de l'église, et ses joues donnaient l'impression qu'elle était soit née avec une génétique étonnante, soit qu'elle avait eu beaucoup de Botox et de travail esthétique. D'après les photos sur ses comptes de médias sociaux, son corps n'était pas censé ressembler à ça. Ce qui était encore plus déroutant, c'était qu'il y avait à peine des signes de lividité cadavérique. Tomek n'avait aucune idée depuis combien de temps elle était morte, mais à en juger par la couleur blafarde de sa peau et l'odeur qui commençait à se former, cela faisait plus de quelques heures, ce qui lui indiquait qu'elle était morte la nuit de sa disparition. À ce stade, environ vingt-quatre heures plus tard, tout son sang aurait dû commencer à descendre, succombant aux effets de la gravité, et s'accumuler au point le plus bas. Mais le long de son dos et à l'arrière de ses cuisses, il y avait très peu de signes de cela. Pas autant qu'il l'aurait espéré.

Lorna Dean fit écho à ses pensées.

— Je m'attendrais à en voir beaucoup plus, dit-elle, ses cheveux roux flamboyants transparaissant à travers le tissu de sa combinaison. Même pour quelqu'un de *sa* taille. Il y avait une légère note de jalousie dans son ton en disant cela. Je ne vois pas non plus de lacérations physiques ou de blessures à l'extérieur, ce qui signifie qu'il n'y a pas de cause de décès *évidente*.

— Pourrait-elle avoir fait une overdose ? demanda Tomek, se rappelant les images de vidéosurveillance de la nuit de sa disparition, et la main d'Adam Egglington planant au-dessus de sa boisson à deux reprises.

— Peut-être.

Tomek s'accroupit. Les articulations de ses genoux craquèrent alors qu'il se penchait en avant sur la plante des pieds, luttant contre son équilibre intérieur. Il parcourut des yeux le corps d'Angelica, espérant cette fois que le nouvel angle lui donnerait une perspective différente, une indication différente de la façon dont elle était morte. Comme Lorna l'avait dit, il n'y avait pas de marques physiques sur son corps, pas de plaies, pas de marques de piqûre au creux de son coude — rien. Sa peau, ses muscles et tout son extérieur étaient parfaits, émettant une douce lueur sous la lumière blanche. Ce qui indiquait que la cause du décès était interne. Qu'elle avait peut-être fait une overdose, ou subi un accident vasculaire cérébral ou une crise cardiaque à cause de ce qu'Adam Egglington avait essayé de lui donner — et avait peut-être réussi à lui faire prendre. Bien que Tomek ne pensait pas que tout cela était probable. C'était plutôt l'œuvre de quelqu'un d'autre. Quelqu'un qui avait provoqué sa mort d'une manière différente. Et il voulait savoir comment.

— D'où vient tout ce sang ? demanda Chey en tendant un doigt pour le toucher.

— Ne fais pas ça ! cria Rory Stevens, sa voix de baryton profonde rebondissant sur les murs. Pourquoi voudrais-tu le toucher ?

— Pour voir s'il était encore humide.

— Ou tu pourrais simplement poser la putain de question. Pas besoin de mettre ta main dans les choses. Tu faisais ça souvent quand tu étais enfant ? Mettre ta main dans le grille-pain quand il était allumé, peut-être ? Jouer avec des couteaux ? Bordel de merde, mec—

— Attention, interrompit Tomek, pointant vers l'autel. Le patron écoute.

Le front de Rory se plissa sous la ligne supérieure de sa capuche. — Je pense qu'il a de plus grands démons à chasser, tu ne crois pas ? Puis il pointa l'ange sur le sol. Je peux te dire que le sang est sec, donc tu n'as pas besoin de le toucher. Utilise simplement tes yeux, s'il te plaît. Nous sommes tous des adultes ici. Je suis sûr que nous en sommes tous capables. Il déplaça son doigt vers les ailes d'ange à côté du corps d'Angelica. Nous avons prélevé plusieurs échantillons de sang. Avec un peu de chance, ils proviennent tous du même corps, sinon cela pourrait rendre les choses un peu compliquées. Nous avons prélevé des échantillons de peau, découvert quelques cheveux, relevé des empreintes, cherché des fibres et des traces de preuves, et tout est photographié et documenté. Nous enverrons tout pour examen dès que possible. Nous avons également examiné les points d'entrée et les sacs de bombes de peinture qui ont été laissés par terre. Il faudra un second avis, mais les coupe-boulons que nous avons trouvés par terre semblent trop petits pour avoir été ceux utilisés pour briser le cadenas là-bas. Cette fois, il pointa la porte en bois à l'autre bout de l'église. Ce qui suggère que le tueur a apporté le corps par là, mais n'a pas pu la refermer.

— Où sont ses vêtements ?

Rory haussa les épaules. — Nous avons cherché partout, mais aucune trace d'eux.

Tomek hocha la tête pensivement. — Des empreintes de pas ou digitales près de la porte ?

— Quelques-unes. Certaines plus claires que d'autres. Quand elles reviendront au labo, nous les passerons dans IDENT1. On devrait avoir des nouvelles pour toi d'ici la fin de la journée.

La version de la fin de journée de Tomek était différente de celle des autres, et maintenant que leur enquête sur une personne disparue venait d'être requalifiée en meurtre, il n'y aurait pas de fin de journée : les jours se confondraient et se succéderaient, sans point final en vue. Pas avant qu'ils ne trouvent leur tueur.

— Des empreintes digitales ailleurs ? demanda Rachel en manœuvrant autour de Chey et en se déplaçant vers la tête d'Angelica. Des traces sur son corps ?

Rory secoua la tête. — Aucune.

— Rien du tout ?

— Je peux demander à l'équipe de vérifier à nouveau, mais nous avons utilisé deux méthodes différentes.

Rachel s'accroupit à côté de la tête d'Angelica. — Le tueur a dû utiliser des gants d'une sorte ou d'une autre alors. J'imagine qu'il est presque impossible de traîner le corps ici sans laisser ne serait-ce qu'une empreinte digitale.

Personne ne dit rien alors qu'elle se penchait en avant, zoomant sur le visage d'Angelica.

— Et ils lui ont mis du maquillage, ajouta-t-elle.

— Que veux-tu dire ? demanda Tomek.

— Un maquillage différent.

— Comment ça ?

— Bon sang, continua-t-elle, se parlant à elle-même. C'est mieux que tout ce que j'ai jamais réussi à faire. Je sais que je n'en porte pas beaucoup, mais—

— Rach, interrompit Tomek d'un ton sévère.

La policière nota l'intonation dans sa voix et expliqua. — Je regardais les photos que ses amies ont prises de leur soirée, et dessus, Angelica ne portait pas de rouge à lèvres. Mais maintenant elle en a. Ses cils n'étaient pas recouverts de mascara, mais maintenant ils le sont. Ses joues n'étaient pas teintées d'une touche de rouge, mais maintenant elles le sont. Et ses sourcils... Elle zooma encore plus près. Ils ont l'air d'avoir été épilés au fil, ou légèrement redessinés.

Tomek réfléchit à cela. Il fit le tour de son corps, s'arrêtant de l'autre côté, face à Rachel. Il regarda la détective dans les yeux.

— Aurait-elle pu faire ça elle-même après être rentrée chez elle ?

— En vingt minutes ? Pas moyen. Peut-être si c'est une professionnelle, mais je ne crois pas. Et j'ai déjà vu des hôtesses de l'air — elles aiment prendre leur temps pour se maquiller, surtout quand elles travaillent. D'ailleurs, il me faut une bonne heure chaque matin pour avoir cette tête, et ce n'est que moyennement réussi.

— Moyennement réussi ? Toi ? Jamais, dit Tomek.

— Ta gueule.

Il n'eut pas besoin qu'on le lui répète.

— Celui qui a fait ça a pris du temps, du soin et des efforts sérieux pour la faire paraître ainsi. Il aurait dû passer beaucoup de temps avec le corps. Soit quelqu'un est obsédé par elle, soit il a un grain.

— Ou les deux, ajouta Tomek.

CHAPITRE
DIX-SEPT

Rose Whitaker avait fermé sa bijouterie plus tôt pour pouvoir être avec sa famille et entendre les dernières nouvelles. Ils étaient tous les quatre réunis, avec Tomek et l'agent Anna Kaczmarek, l'officier de liaison familiale de l'équipe, dans le vaste salon de Daphne et Roy. Ils habitaient à plus de trente minutes de là, dans la charmante ville de Witham, près de Brentwood, un endroit rendu célèbre par l'émission de téléréalité *The Only Way Is Essex*. Malgré les apparences de richesse — avec leurs manteaux Barbour, leurs sacs Joules, leurs polos Ralph Lauren et leurs pantalons Nautica — Roy et Daphne vivaient dans une modeste maison de deux chambres. La propriété avait été construite au début du vingtième siècle et présentait des poutres en chêne au plafond, un carrelage provenant d'un tailleur de pierre local et une cheminée en briques. Dans le salon, deux canapés faisaient face à un petit téléviseur dans le coin de la pièce. Le long des murs, plusieurs maquettes d'avions étaient perchées sur des étagères, ainsi que des photographies de Roy et Daphne au fil des ans ; des photos d'eux dans différents pays, avec l'année et le lieu gravés sur les cadres. Tomek en compta rapidement quatorze. Quatorze pays dont il n'avait fait que rêver. Maurice. Bali. Thaïlande. Australie. Nouvelle-Zélande. Et plusieurs autres encore. Et ce n'était que dans le salon ; il y en avait des dizaines d'autres dans le couloir, l'escalier et la cuisine. À côté d'elles, au-dessus de la cheminée, se trouvaient divers objets et reliques de chaque pays qu'ils avaient rapportés. Le plus intéressant était un petit instrument en bois en forme de maracas, peint de points rouges, jaunes et blancs. En dessous, une petite plaque indiquait : *Afrique du Sud, 2003.*

Tomek était en train de le contempler lorsqu'une tasse de thé fut placée entre ses mains. Il remercia Daphne, puis prit une petite gorgée polie tandis qu'elle retournait à sa place et posait une main sur le genou de son mari. De gauche à droite se trouvaient Rose, Roy, Daphne et leur fils Johnny, tous serrés sur le même canapé quatre places. À l'extrémité, Johnny était assis penché en avant, les coudes sur les genoux, les mains jointes, son genou gauche rebondissant sans cesse, les yeux fixés fermement sur Tomek. Son expression douloureuse, ses yeux plissés et ses lèvres pincées montraient clairement qu'il luttait pour retenir ses larmes. Qu'il savait déjà ce qui allait suivre. En voyant les membres de la famille assis les uns à côté des autres, Tomek n'aurait pas dit qu'ils étaient apparentés. Il n'y avait aucune ressemblance entre Johnny et ses parents. L'homme était physiquement beaucoup plus grand que son père, avec des épaules plus larges, des jambes plus épaisses comme des troncs d'arbres et des muscles plus définis. Son nez était plus fin, ses oreilles légèrement plaquées contre sa tête, et son crâne était de forme ovale comparé aux crânes circulaires de Roy et Daphne. Sans parler de la calvitie de Johnny qui avait dû sauter la génération de Roy. Dans l'ensemble, Johnny Whitaker avait été béni par une beauté que son père n'avait jamais eue. La même chose s'appliquait aussi à Angelica.

— Comment était Dublin, Johnny ? demanda Tomek, prenant l'homme au dépourvu.

— Dublin ?

— Oui. Rose a dit que vous étiez parti pour le travail.

— Ah, oui. C'était... bien. Juste un voyage de routine. Rien de très excitant.

— Super.

Maintenant que cette petite mise au point était terminée, Tomek s'éclaircit la gorge et se prépara à dire la même chose qu'il avait dite des centaines de fois au fil des ans, les mêmes mots qui ne devenaient jamais plus faciles.

— Je suis désolé d'être celui qui vous annonce cela, commença-t-il, d'une voix calme, neutre, mais je pensais que cela devait venir de moi. Ce matin, il y a quelques heures, un corps que nous pensons être celui de votre fille a été trouvé au milieu d'une église.

Le cri perçant quitta la bouche de Roy Whitaker avant que Tomek ne puisse continuer. Il commença immédiatement à sangloter et sa tête s'effondra dans ses mains, son corps tremblant alors que les larmes commençaient à couler. Pendant ce temps, Johnny Whitaker bondit du canapé et se mit à faire les cent pas, les poings serrés, le corps tendu.

— Non, dit-il. Non, non, non. Elle ne peut pas être morte. Ce n'est pas elle. Ça ne peut pas être elle.

Puis il se tourna vers Tomek et pointa un doigt menaçant vers lui.

— Comment vous savez que c'est elle ?

— Nous n'en sommes pas certains de manière définitive, répondit Tomek, sa voix toujours mesurée.

— Alors peut-être que ce n'est pas elle ?

— Monsieur, dit Anna doucement. Nous avons des raisons de croire que la victime en question est votre sœur. Son corps a été emmené pour que nous puissions effectuer une autopsie. Et nous aurons besoin que quelqu'un vienne identifier le corps. Je comprends que cela vous ait tous causé un choc terrible et douloureux, mais nous devrons identifier le corps aussi rapidement que possible pour que notre enquête puisse continuer.

— Putain, non. Je ne vais pas là-bas. Je ne peux pas ! Quelqu'un d'autre devra le faire ! hurla Johnny à pleins poumons, tandis qu'il se recroquevillait en boule et commençait à pleurer dans ses genoux. Sentant l'évident malaise de son mari, Rose se précipita vers lui et le consola avec une étreinte. Alors qu'elle se penchait à ses côtés, il la repoussa et la poussa sur le sol en pierre. Elle se redressa rapidement et plana timidement à côté de son mari, ne parvenant pas à cacher l'expression gênée sur son visage. À côté d'elle, sur le canapé, Daphne avait enroulé son bras autour de son mari et le berçait d'avant en arrière comme un bébé.

— Mon ange, dit Roy entre des respirations saccadées et derrière les larmes. Comment était... comment était-elle ? Est-ce qu'elle... est-ce qu'elle... A-t-elle souffert ?

— Il est trop tôt pour que nous puissions le dire, répondit Tomek. L'autopsie répondra, espérons-le, à beaucoup de ces questions.

— Comment est-elle... comment est-elle morte ? continua Roy.

— Encore une fois, il est trop tôt pour le dire. L'autopsie nous l'indiquera.

— Quand aura lieu l'autopsie ? demanda Daphne, sa voix plus forte, plus maîtrisée.

— Demain matin.

Soudain, Johnny arrêta de pleurer et se leva, le dos droit.

— Pourquoi on doit attendre ? Pourquoi si longtemps ?

— C'est simplement l'horaire qu'on nous a donné.

— C'est des conneries ! Pourquoi vous ne pouvez pas le faire tout de suite ? Je veux savoir...

Tomek se leva du canapé et se plaça entre Johnny et Anna. Il n'y avait pas beaucoup de différence côté taille, et ils avaient tous deux une carrure similaire, mais Tomek avait davantage mis la sienne à profit et était plus que prêt à intervenir si nécessaire.

— Écoutez, dit-il, je comprends que vous soyez bouleversé. Mais nous essayons juste de faire notre travail. Nous voulons trouver la personne qui a fait ça à votre sœur autant que vous, d'accord ?

— Je vais le tuer ! Je vais le tuer ce fils de pute !

Le mouvement fut si soudain, si rapide, qu'il n'y eut pas le temps pour Tomek de réagir ou même de tressaillir. En un éclair, Johnny avait saisi le cadre photo le plus proche du mur, l'avait arraché de son crochet et l'avait lancé par-dessus la tête d'Anna sur la table à manger. Le verre se brisa sur la surface, se dispersant sur le sol. Au moment où Tomek avait enfin réagi, l'homme avait attrapé l'instrument de musique sud-africain et l'avait projeté à travers la pièce dans la même direction. Tomek saisit les mains de l'homme et le retint. Rose se joignit à lui et plaça une main sur le visage de son mari, le forçant à la regarder dans les yeux. Ils se fixèrent pendant une fraction de seconde — apparemment suffisante pour communiquer ce qui devait être dit — puis elle l'entraîna hors du salon et dans la cuisine, claquant la porte derrière eux.

— Je suis désolée pour lui... commença Daphne, sa voix plus douce qu'avant. Il a toujours... il a toujours eu un tempérament difficile.

— Ce n'est rien. Ce n'est rien auquel nous ne soyons pas habitués.

— Vous essayez juste de faire votre travail.

Tomek apprécia ce sentiment par un doux sourire et retourna à sa place, tendant la main vers sa tasse. Pendant un long moment, il la tint contre ses lèvres. Le bruit des disputes, des sanglots et des gémissements filtrait depuis la cuisine, faisant écho aux pleurs de Roy juste devant eux.

Pendant ce temps, l'expression de Daphne était devenue vide, absente. Elle était perdue dans une profonde réflexion, fixant l'endroit sur le mur où le cadre photo et l'instrument se trouvaient auparavant. Quand elle parla, cela le prit par surprise.

— Où avez-vous trouvé son corps, Inspecteur ?

— À l'église méthodiste de Park Road, répondit Tomek.

Roy se dégagea des bras de Daphne et ils se regardèrent l'un l'autre.

— Park Road ?

— Vous la connaissez ?

— C'est... c'est là que les enfants ont été baptisés, expliqua Daphne. Nous étions parmi les dernières personnes à l'utiliser avant qu'ils ne manquent de financement.

Tomek en prit note mentalement.

— Pensez-vous que le tueur aurait pu savoir cela ? demanda Daphne.

— C'est possible, dit Tomek, bien qu'il décida de ne pas ajouter ce qu'il pensait vraiment : soit ça, soit le tueur a trouvé par hasard un bâtiment abandonné et l'a utilisé comme son studio d'art.

Daphne avait dû lire l'expression sur son visage, car elle dit :

— Vous ne nous avez pas dit comment vous l'avez trouvée, Inspecteur.

Tomek avala profondément avant de répondre.

— Vous êtes sûrs de vouloir l'entendre ?

Daphne et Roy échangèrent un regard avant de hocher la tête simultanément.

— Elle était nue, expliqua-t-il. Allongée sur le dos, au milieu de l'église. Autour de son corps, des ailes avaient été peintes avec ce que nous pensons être son sang. Il n'y avait pas de blessures physiques évidentes ou de lacérations sur son corps, donc nous ne pensons pas qu'elle ait souffert. Mais ce que je peux vous dire, c'est que nous ferons tout ce qui est en notre pouvoir pour trouver qui a fait cela à votre fille, et Anna ici présente vous tiendra au courant de tout ce qui nous parviendra, dès que cela arrivera.

Tomek donna aux parents d'Angelica le temps de s'étreindre, d'être l'un avec l'autre en ce moment où leurs vies venaient d'être fracturées, déchirées.

Ce fut un moment avant que quelqu'un ne parle. Finalement, ce fut Roy qui le fit. Son visage était rouge vif, ses yeux injectés de sang, des filets de morve pendaient de son nez.

— Je n'arrive pas à y croire, dit-il. Ma chère petite fille ange. Je n'arrive pas à croire qu'elle soit partie.

CHAPITRE
DIX-HUIT

Anna avait cédé sous la pression des Whitakers et avait organisé pour eux l'identification du corps d'Angelica aussi rapidement que possible. Presque quatre heures après leur première rencontre, et près de dix heures au total depuis la découverte du corps, Angelica avait été transférée de l'église à la morgue de l'hôpital de Southend. En ce moment, Anna était en bas avec eux, confirmant l'identité d'Angelica avant son autopsie prévue pour le lendemain matin. Pendant ce temps, Tomek se trouvait dans la salle des opérations spéciales avec Chey, Rachel et l'agent Oscar Perez, ou Capitaine En-Fait, comme on l'appelait plus affectueusement. Depuis que l'enquête avait été requalifiée en meurtre, Tomek avait été autorisé à recruter un membre supplémentaire pour l'équipe, portant ainsi le nombre de deux à trois. C'était toujours un nombre ridiculement bas pour une enquête de meurtre, mais Tomek était convaincu d'avoir les meilleures personnes pour ce travail.

Ils s'étaient enfermés dans la salle des opérations depuis trente minutes, laissant une note sur la porte indiquant qu'ils ne devaient pas être dérangés. Un voisin d'Angelica – quelqu'un qui habitait plus haut dans la rue – avait envoyé quelques vidéos de sécurité filmées par sa caméra de porte d'entrée. Cela incluait des images de la nuit de sa disparition, mais Chey avait également demandé celles des jours précédents, au cas où ils remarqueraient quelqu'un rôdant autour de l'appartement d'Angelica Whitaker avant sa disparition. Ils avaient d'abord commencé par la nuit de sa disparition, précisément au moment où elle avait quitté la maison pour se rendre à la boîte de nuit. Elle était apparue à l'écran à 22 h 30, marchant vers un taxi dans lequel elle était montée. Depuis lors, ils n'avaient vu qu'une poignée de voitures aller et venir, et quelques chats errants passer devant l'objectif. Ils en étaient maintenant à 1 h 28 du matin, l'heure à laquelle elle devait revenir de la boîte.

Elle est arrivée quelques secondes plus tard. L'image à l'écran était en noir et blanc et fortement pixélisée, ce qui rendait difficile la distinction de certaines caractéristiques – en particulier la marque et le modèle des véhicules qui passaient – mais il n'y avait aucune confusion possible quant au taxi qui avait déposé toutes les filles, et aucun doute qu'une des passagères était Angelica Whitaker. Après être sortie précairement du mini-taxi, trébuchant sur ses talons hauts et baissant sa jupe à une longueur plus confortable, elle a embrassé ses amies pour leur dire au revoir, a fermé la portière, puis a fait signe alors que la voiture faisait demi-tour et s'éloignait. Puis, une fois la voiture disparue hors champ, elle est restée là, agitant toujours la main, regardant toujours, comme figée.

Pendant un instant, Tomek s'est demandé si elle allait tourner à gauche ou à droite – à gauche vers son domicile ou à droite vers sa mort. Une seconde plus tard, elle a tourné à gauche, se dirigeant d'un pas aviné vers sa maison.

Et puis les images sont restées silencieuses pendant un moment. Rien, sauf quelques feuilles emportées par le vent ou un renard qui passait en trottant. Tomek trouvait toujours qu'il y avait quelque chose d'angoissant à regarder une image fixe sur la vidéosurveillance. Son cerveau savait qu'il n'y avait rien, mais parce qu'il savait que c'était une vidéo, son esprit lui jouait des tours et lui faisait croire que quelque chose allait surgir et l'attaquer, comme dans une scène de *Paranormal Activity*.

Tomek a jeté un coup d'œil à l'horodatage sur l'écran. Il indiquait 1 h 51. Une minute avant que son téléphone ne se déconnecte des antennes relais. Moins de trente secondes plus tard, une voiture a émergé de la route principale, ses phares LED aveuglant la caméra de sécurité et déformant leur vision du véhicule. Tomek a ordonné à Chey de mettre la vidéo en pause. Il s'est levé de sa chaise et s'est approché du moniteur pour inspecter le véhicule. Les lumières étaient trop vives, et il était masqué par d'autres voitures sur la route. Cela, et le fait que la clarté des images était aussi granuleuse que quelque chose des années quatre-vingt signifiait qu'il était impossible d'identifier la voiture.

Tomek a dit à Chey de reprendre la lecture.

Puis, dix secondes plus tard, la voiture étant garée sur le bord de la route, une silhouette est apparue. Angelica. Vêtue de ce qui semblait être la même tenue qu'elle portait à peine vingt minutes auparavant. Elle a sautillé vers la voiture, y est montée, puis la voiture est partie, se dirigeant sans le savoir vers sa mort.

CHAPITRE
DIX-NEUF

Tomek était certain qu'Angelica Whitaker était montée dans la voiture parce qu'il s'agissait de quelqu'un qu'elle connaissait. Quelqu'un en qui elle avait confiance.

Peu après avoir visionné les images, il avait demandé à Chey et Martin de contacter les compagnies de taxi locales pour voir si elles avaient reçu des demandes de prise en charge au domicile d'Angelica, mais aucune d'entre elles n'avait signalé avoir reçu de tels appels. Ensuite, il leur avait demandé de faire une requête auprès d'Uber pour obtenir les mêmes informations. Mais il avait des doutes. Il y avait quelque chose dans sa façon de sautiller vers la voiture, avec un ressort dans sa démarche, et de monter directement à l'avant sans hésitation. Il n'y avait rien de ce « Vous êtes bien venu chercher Angelica ? » qui accompagne habituellement la montée dans un taxi, cette brève pause quand vous parlez au chauffeur pour vous assurer qu'il est au bon endroit. Non, c'était quelqu'un qu'elle connaissait. Quelqu'un qu'elle attendait.

Et qui correspondait mieux à cette description qu'un ex-petit ami ?

Tomek frappa à la porte du domicile de Sammy Mercer et attendit. Quelques instants plus tard, la porte d'entrée s'ouvrit et il fut accueilli par une femme d'une cinquantaine d'années, arborant une coupe au carré avec une paire de lunettes épaisses pressées contre son visage. Elle le regarda, confuse.

— Oui ? demanda-t-elle, l'hésitation et la méfiance teintant sa voix.

Tomek fit un pas en arrière pour apaiser sa crainte naissante, puis sortit sa carte de police de sa poche.

— Je me demande si je suis au bon endroit. Est-ce que Sammy habite ici ?

— Sammy ?

— Oui. Sammy Mercer. Je voudrais lui parler.

— Sammy ? La *police* ? Qu'est-ce que vous voulez à Sammy ?

— C'est au sujet d'Angelica Whitaker...

Le visage de la femme s'illumina à la mention du nom d'Angelica.

— Oh, Angie. Elle me manque... et Sammy n'a plus jamais été le même après leur rupture. Mais... mais est-ce qu'elle va bien ? Tout va bien ?

Tomek n'avait pas de temps à perdre avec ça.

— Est-ce que Sammy est là ? J'ai vraiment besoin de lui parler.

— Oh. Oui. Bien sûr. Oui, il est là.

Tandis qu'elle appelait son fils, elle entrebâilla la porte, comme pour empêcher Tomek d'entendre. Un instant plus tard, une voix grave résonna de quelque part dans la maison.

— Il arrive, dit la mère de Sammy, sans faire aucun geste pour l'inviter à entrer. Ils attendirent maladroitement, se regardant l'un l'autre, Tomek attendant d'être invité à entrer.

Comme l'invitation ne venait pas, il demanda :

— Est-ce que je peux parler à Sammy à l'intérieur ? C'est important.

— D'accord, maman, qu'est-ce que...

Sammy sauta de la dernière marche et apparut. Sur sa tête, il portait un casque de gaming connecté à une manette de PlayStation qu'il tenait à la main. Voilà un homme d'une trentaine d'années, vêtu d'un bas de survêtement et d'un t-shirt, qui vivait encore chez ses parents et jouait aux jeux vidéo. Tomek imaginait que l'homme avait des lumières LED multicolores clignotant au-dessus de son écran d'ordinateur et derrière sa tête de lit, et un mur de jouets et de cartes Pokémon occupant une place de choix sur une étagère.

— Sammy, c'est la police.

— Bonjour. Tomek sourit, faisant un petit signe de la main.

Il n'attendit pas de réponse, ni d'invitation, il franchit l'étroite entrée et fit un geste vers une autre pièce à l'intérieur de la maison.

— On y va ?

— Maman, c'est à propos de quoi ?

— Je ne sais pas, chéri. Pourquoi ne fais-tu pas ce que le monsieur dit et nous en discuterons ensemble.

Tomek était réticent à parler avec Sammy en présence de sa mère, mais il décida que ce serait la voie de la moindre résistance, et il céda donc. Ils se rendirent dans la cuisine, où Tomek s'appuya contre le comptoir à côté de la cuisinière et sortit son carnet, croisant une jambe sur l'autre.

— C'est Sammy ou Sam ?

— Sam, ça va.

L'homme bomba le torse, mais il n'y avait pas de gonflage qui ferait que Tomek le prendrait au sérieux, pas tant qu'il aurait encore le casque sur la tête.

— Je vais faire court, commença Tomek. Je suis ici pour vous poser quelques questions sur votre relation avec Angelica Whitaker.

— 'Lica ? Pourquoi ? Qu'est-ce qui lui est arrivé ? Elle n'a pas raconté des trucs, hein ?

— Quels genres de trucs ?

— Juste... des trucs.

— Vous pourriez élaborer ?

— Pas avant de savoir ce que vous demandez.

— Il est venu à notre connaissance que vous étiez en couple ?

— Oui...

— Pendant combien de temps ?

— Environ six mois. La prudence dans le ton de Sammy était manifeste.

— Vous souvenez-vous quand ça a commencé ? Quel mois ?

Il réfléchit.

— Mars de l'année dernière.

— Et six mois nous amèneraient à septembre de l'année dernière ?

— Quand elle est revenue à la fin de sa saison, oui.

— Alors elle était avec vous pendant toute la saison, quand elle voyageait autour du monde ?

— Ouais.

— Vous l'avez beaucoup vue pendant cette période ?

— On a essayé. Elle est venue une ou deux fois. Mais finalement, c'était difficile.

— Ça ne me surprend pas. Qui a rompu ?

— Elle. Elle a dit qu'on était à des endroits différents, que je n'étais pas assez *mature*. Il agita la télécommande en l'air en disant cela, rendant difficile pour Tomek d'être en désaccord avec elle.

— Bien sûr, dit-il, gardant un peu de sarcasme dans son ton. Et comment l'avez-vous pris ?

— Pas très bien, n'est-ce pas, Sammy ? intervint sa mère, en posant une main sur le dos de son fils. Le pauvre Sammy est resté enfermé dans sa chambre pendant des jours. Tu ne voulais pas sortir, n'est-ce pas ?

— *Maman...* il est venu me voir *moi*, pas toi.

— D'accord. Désolée, chéri. Raconte au détective, mon cœur.

Sammy lança un regard réprobateur à sa mère envahissante avant de se retourner vers Tomek.

— Je... je l'aimais vraiment bien. Je pensais qu'elle était celle qu'il me fallait, mais je suppose que ce n'était pas censé être. Je lui avais parlé de quitter la maison et peut-être m'installer avec elle, reprendre ma vie et me rapprocher d'elle. J'étais prêt à faire tout ce qu'il fallait pour que ça marche, mais elle ne voulait rien de tout ça.

— Elle vous l'a dit ?

— Eh bien, non, pas exactement... Sammy posa la manette sur le comptoir et retira son casque. Mais je suppose que c'est ce qu'elle voulait dire quand elle disait que nous étions à des endroits différents, que nous voulions des choses différentes.

Tomek comprenait ses raisons de rompre avec lui, et une partie de lui pensait qu'il y avait plus que simplement un problème de trajectoire - beaucoup plus. Peut-être que c'était son immaturité, ou le fait qu'il avait une mère envahissante qui n'avait toujours pas retiré sa main de son dos.

Mais ce qu'il avait du mal à comprendre, c'était comment les deux s'étaient mis ensemble en premier lieu.

— Comment vous êtes-vous rencontrés ? demanda Tomek.

— Lors d'une sortie. Dans un bar à Leigh. On s'est mis à parler par hasard, et puis elle a fini par me donner son numéro. On s'est parlé quelques fois après ça et puis je lui ai proposé un rendez-vous. Le reste s'est fait naturellement.

Tomek hocha la tête. Rien d'extraordinaire. Une façon assez standard, sinon archaïque, de rencontrer des gens. De nos jours, tout semblait se faire en ligne, avec des applications comme Tinder, Bumble, Plenty of Fish - et une multitude d'autres applications aux noms fantaisistes qui étaient la référence pour créer des relations au vingt-et-unième siècle.

— Quand avez-vous parlé à Angelica pour la dernière fois ? demanda Tomek, changeant soudainement de direction.

Jusqu'à présent, Sammy avait été plus que conciliant pour répondre à ses questions, malgré ses protestations antérieures, mais maintenant il se raidit, posant une main sur sa manette, comme si c'était sa couverture de sécurité. À moins qu'il n'envisage de frapper Tomek à la tête avec l'extrémité. Dans ce cas, Tomek voulait voir ça. Il avait besoin de rire un peu.

— Il y a un moment, dit-il, méfiant.

— Pourriez-vous être plus précis ?

Il tourna la tête sur le côté, gardant les yeux fixés sur ceux de Tomek.

— Pourquoi voulez-vous savoir ça ?

— Parce qu'elle a été retrouvée morte ce matin. Nous menons des entretiens avec des témoins et sur son caractère dans le cadre de nos enquêtes de routine. En tant que son petit ami le plus récent, nous sommes venus pour vous exclure, espérons-le, de notre enquête.

Sammy laissa tomber la manette sur le comptoir. Sa mère l'entoura de ses bras et le serra contre elle, sanglotant pour une raison quelconque ; sanglotant pour cette femme qu'elle avait rencontrée une poignée de fois. Pendant ce temps, le visage de Sammy était vide, inexpressif, comme si on venait de lui demander de résoudre un sudoku pour la première fois.

— Elle est morte ? répéta-t-il, la voix faible.

— Malheureusement, oui.

— Quand ? Comment ?

Tomek lui donna les réponses préfabriquées. Qu'ils enquêtaient toujours, qu'ils ne pouvaient pas trop en dire pendant que l'enquête était encore en cours.

— Je n'arrive pas à y croire, continua Sammy. Je... c'était il y a seulement quelques semaines que je lui ai parlé pour la dernière fois.

— Vraiment ? De quoi avez-vous parlé ?

— Eh bien... peut-être que j'ai mal formulé. Permettez-moi de reformuler. Je lui ai envoyé un message, lui demandant comment elle allait et si elle voulait reprendre contact ou se voir, mais elle n'a pas répondu. Elle m'a ghosté.

C'était un nouveau terme auquel Tomek allait devoir s'habituer. Heureusement qu'il l'avait entendu de quelqu'un d'autre sans avoir à s'embarrasser lui-même et Kasia en lui demandant.

— Quand avez-vous entendu parler d'Angelica pour la dernière fois ?

Sammy mit la main dans la poche de son pantalon et sortit son téléphone. Il déverrouilla l'appareil et fit défiler ses messages avec son ex-petite amie.

— La dernière fois qu'elle m'a répondu, c'était en décembre, juste pour me souhaiter un joyeux Noël.

— D'accord. Et combien de fois avez-vous essayé de la contacter ?

Sammy fit un rapide décompte.

— Vingt, répondit-il franchement, sans aucune trace d'embarras ou de honte dans sa voix. Vingt fois en moins de trois mois. Tomek ne pensait pas avoir envoyé autant de messages à Abigail et ils se connaissaient depuis des années. Maintenant, il comprenait ce qu'Elodie Locket avait voulu dire quand elle avait dit que Sammy avait mal pris la rupture.

— Quand l'avez-vous vue en personne pour la dernière fois ? demanda Tomek.

— Quand nous avons rompu. Au moins, elle a eu la dignité de le faire en face plutôt que par téléphone. Je ne pense pas que j'aurais pu le supporter autrement. Après, j'ai essayé d'aller dans certains endroits que je savais qu'elle fréquentait, certains de ses repaires habituels, mais elle n'y était jamais. Je voulais la croiser, peut-être discuter, voir si on pouvait repartir sur de nouvelles bases, mais je crois qu'elle avait commencé à fréquenter de nouveaux cercles parce que je ne l'ai jamais vue nulle part.

Probablement parce qu'elle essayait de t'éviter, pensa Tomek. Il ne pouvait pas lui en vouloir. Il aurait fait la même chose si quelqu'un comme Sammy avait été dans sa vie. Cet homme aurait dû l'inquiéter, mais ce n'était pas le cas. Il n'avait pas l'impression que cet homme était un tueur. Dans un jeu vidéo, oui. Mais dans la vraie vie, avec une femme dont il était fou et avec qui il voulait faire fonctionner une relation ? Tomek n'en était pas si sûr.

Mais ce n'était pas définitif. Il s'était trompé dans le passé et était prêt à admettre qu'il pouvait se tromper à nouveau. Jusqu'à ce qu'il pose la dernière question qu'il avait pour Sammy.

— Que faisiez-vous il y a deux nuits ?

— J'étais en ligne, avec certains de mes potes.

— À deux heures du matin ?

— Hmm. À ce moment-là, je dormais probablement.

— Vous n'êtes pas allé du tout chez elle en voiture ?

— Non.

— On l'a vue quitter sa maison juste avant deux heures du matin. C'est la dernière fois qu'elle a été vue vivante.

Il haussa les épaules.

— Ça ne pouvait pas être moi.

— Non ?

— Non, mon gars. Je ne sais pas conduire.

CHAPITRE
VINGT

Tomek arrêta la voiture et coupa le contact. La pluie tambourinait doucement contre le pare-brise. Il poussa un profond soupir. Les poils de sa nuque s'étaient dressés. Pas à cause du son apaisant de la pluie qui frappait la carrosserie métallique l'enveloppant, mais parce qu'il était en colère, frustré. Quelque chose pendant le trajet depuis le bureau, quelque part sur cette route qu'il avait empruntée tant de fois, lui avait rappelé la lettre qu'il avait reçue de Nathan Burrows.

Dawid t'a-t-il déjà dit qu'il était venu me rendre visite une fois ?

Que son frère ait rendu visite au meurtrier de Michał sans rien dire le mettait hors de lui.

C'était il y a plusieurs années maintenant.

Qu'il ait gardé ce secret pendant tout ce temps ne faisait qu'amplifier son dégoût.

Nous avons parlé, nous avons discuté.

Que Dawid puisse potentiellement savoir des choses qu'il ignorait lui donnait envie d'étrangler son grand frère. Et de ne pas s'arrêter jusqu'à ce que quelqu'un l'y oblige.

Depuis la mort de Michał, ils s'étaient éloignés l'un de l'autre, distancés. Ils n'avaient jamais été vraiment proches auparavant, mais le meurtre de leur frère cadet avait creusé davantage le fossé entre eux. Ce n'était un secret pour personne que tous les membres de la famille de

Tomek nourrissaient une sorte de ressentiment envers lui pour la douleur et l'angoisse qu'il leur avait causées au fil des ans. Le ressentiment de Dawid avait été silencieux, muet, mais non moins profond. Son frère ne l'avait pas protégé dans la cour de récréation, ne l'avait pas aidé pour ses devoirs, n'avait pas été là pour le soutenir comme un grand frère aurait dû le faire pendant leur enfance. Au lieu de cela, il s'était occupé de sa propre personne, devenant la seule lumière brillante aux yeux de leurs parents, et il en avait profité pleinement. Maintenant, il était un courtier en assurances très prospère, très bien payé, avec une famille — et des secrets — bien à lui. Tomek ne se souvenait pas de la dernière fois qu'il avait parlé à Dawid. Mais quelque chose lui disait qu'il se souviendrait de cette conversation.

Baissant les yeux vers ses genoux, il sortit son téléphone de sa poche et chercha le numéro de Dawid dans son répertoire. Tandis que la sonnerie résonnait à son oreille, il observa la rue, son regard tombant progressivement sur la fenêtre du salon. Les lumières étaient allumées, les rideaux pas encore tirés. Kasia était rentrée depuis des heures, mais c'était toujours la dernière chose dont elle se souvenait.

— Salut, M. Tumnus, dit soudainement Dawid à son oreille. Son accent était plus prononcé que celui de Tomek, uniquement parce qu'il était plus âgé et que la transition du polonais à l'anglais avait été beaucoup plus difficile pour lui. C'est une agréable surprise. Tout va bien ?

— À toi de me le dire.

Une brève pause. Tomek entendit le bruit d'une porte qui se fermait.

— Que s'est-il passé ? demanda Dawid. Il y a un problème ?

— À toi de me le dire.

— Je le ferais si je savais de quoi tu parles, putain.

— Nathan Burrows.

Une autre brève pause. Cette fois suivie par le bruit de pas. — Je connais ce nom. Que s'est-il passé ?

— Je parie que tu le connais bien, dit Tomek, sentant son corps commencer à gonfler de rage et d'agressivité. J'ai eu de ses nouvelles l'autre jour. J'ai découvert que vous aviez eu une petite réunion de mères il y a quelques années, un petit pique-nique où vous avez étalé vos secrets.

Combien de temps allais-tu me le cacher, hein ? Combien de temps allais-tu garder ça secret, hein ?

— Tomek, je peux...

— Comment se fait-il que tu n'aies pas eu les couilles de dire quoi que ce soit ?

— Tomek, je...

— Tu sais ce que tu es ? Tu es un lâche. Après tout ce qui s'est...

— Tomek !

Le cri de son frère le fit s'arrêter. C'était si fort que Tomek éloigna le téléphone de son visage. Il n'avait jamais entendu son frère élever la voix comme ça. Il était habituellement calme, doux. Pas du genre à crier ou à te faire face.

— Tu pourrais juste fermer ta gueule un instant ? siffla Dawid. Je jure que parfois tu aimes le son de ta propre voix, n'est-ce pas ? Bon sang. Tu as fini ?

Tomek ne dit rien.

— Bien. Maintenant, si tu me le permets, j'aimerais t'expliquer.

Tomek ouvrit la bouche pour dire quelque chose, mais se retint.

— Tu as raison, oui, je suis allé voir Nathan. Mais c'était il y a des années. Quatre, peut-être cinq. Il y a longtemps. Si longtemps que je l'avais même oublié. Je ne sais pas ce qui m'a poussé à le faire, et je ne sais pas ce qui m'a fait le cacher à tout le monde. Je ne l'ai même pas dit à Kristina, si ça peut te consoler.

— Ça ne me console pas, mais continue.

Dawid soupira au téléphone. — Que veux-tu savoir ?

— Ce dont vous avez discuté tous les deux.

— Je... j'avais juste quelques questions. Une pause. Je voulais savoir *pourquoi*. Cette question me brûlait le cerveau depuis des décennies, et il fallait que je sache.

— Te l'a-t-il dit ?

— Non. Tomek pouvait entendre son frère secouer la tête en même temps.

— Qu'a-t-il dit ?

— Juste qu'il était désolé. Qu'il était désolé depuis toutes ces années. Il a dit qu'il voulait faire la paix avec nous en tant que famille, mais j'ai dit que ce ne serait pas possible, pas tant que maman et papa seraient encore là.

Quelque chose dans la fenêtre de l'appartement attira son attention. C'était Kasia, qui fermait enfin les rideaux d'un geste énergique.

— Mon nom est-il apparu dans la conversation ? demanda-t-il.

— Oui.

— Et ?

— Il a dit qu'il était désolé pour toi.

— Désolé pour moi ? Pourquoi ?

— Parce que tu étais celui qui a vu ça. Il n'avait aucune idée que tu allais être là. Il a dit qu'il sait combien de souffrance il t'a causée parce qu'il traverse la même chose.

Tomek ne savait pas quoi dire, ne savait pas comment répondre. C'étaient toutes des choses que Nathan avait négligé de lui mentionner, des choses qu'il avait été trop fier pour dire.

— As-tu demandé s'il y avait quelqu'un d'autre avec lui quand il a tué Michał ? demanda Tomek.

— Tomek...

— Réponds juste à la question.

— Il a dit qu'il était seul. Que personne n'était là.

Même si c'était ce à quoi Tomek s'attendait, cela ne l'empêchait pas d'en souffrir. Et à l'intonation dans la voix de son frère, Tomek eut l'impression que Dawid croyait Nathan. C'était juste un autre coup de bélier dans les défenses que Tomek avait bâties depuis si longtemps.

— Je suis désolé, mec, dit Dawid, avec des paroles empreintes de sincérité.

Tomek sentit la boule dans sa gorge et s'éclaircit la voix. — Pourquoi n'as-tu rien dit ?

— Parce que je savais comment tu réagirais.

— Est-ce que je réagis comme tu t'y attendais maintenant ?

Dawid réfléchit un instant. — Eh bien, je veux dire, au début oui — tu ne me laissais pas parler. Mais maintenant... maintenant, non, ce qui me fait penser qu'une partie de toi est arrivée à la même conclusion.

Tomek ne répondit pas.

— J'aurais dû être honnête, poursuivit Dawid. J'aurais dû dire quelque chose plus tôt. Mais, écoute, personne n'est parfait. Je lève les mains et j'admets que j'ai merdé. Et pour ça, je suis désolé.

— Et tu devrais l'être.

Tomek raccrocha sans attendre de réponse, puis se dirigea vers l'appartement.

CHAPITRE
VINGT-ET-UN

L'eau est chaude contre mon corps - notre corps. Nous sommes lovés ensemble dans la baignoire, comme deux chenilles entrelacées l'une dans l'autre. Angelica repose sur moi, entre mes jambes. Nos corps ne font plus qu'un. Sa tête repose lourdement contre mes épaules, tout son poids suspendu au-dessus de moi. J'aime la pression que cela procure. C'est réconfortant, comme si c'était elle qui me protégeait. Mon ange adoré.

Sur le bord de la baignoire se trouve une barre de savon d'Alep parfumé à la cannelle, l'un des savons les plus doux pour la peau. Rien que le meilleur pour Angelica. Le pain est imposant dans mes mains, mais je ne m'attends pas à ce qu'il en reste quoi que ce soit à la fin de cette nuit. Je m'attends à ce qu'il soit entièrement utilisé, frotté doucement mais minutieusement sur sa peau. D'abord, je passe le pommeau de douche sur son corps et asperge le haut de son corps d'une fine couche d'eau. Maintenant que sa peau est humidifiée, je commence à masser le savon sur elle. En commençant par ses épaules, en le faisant glisser sur l'os, en glissant sur sa peau, jusqu'à ses bras, ses mains, ses doigts, où je frotte la mousse et les bulles sous ses ongles. Chaque partie d'elle, chaque centimètre de son corps doit être nettoyé. Elle doit paraître angélique, parfaite.

Quand j'ai fini avec les bras, je me dirige vers sa poitrine, mes mains les pétrissant comme de la pâte, jouant un peu avec, faisant courir mes doigts sur ses mamelons, me titillant par la même occasion. Je réprime l'envie de monter sur elle et de les téter, de les mordiller avec mes dents.

Je ne peux pas. J'ai déjà eu mon temps pour ça. Je ne dois pas être gourmand. Ne pas gâcher le processus de nettoyage.

Mais il devient vite difficile de continuer comme ça, avec elle sur moi. Je dois sortir de la baignoire et poursuivre mon travail de l'extérieur, même si je n'en ai pas envie.

Maintenant j'ai une meilleure vue d'elle allongée dans l'eau, parfaitement immobile, les yeux fermés, son corps flottant. Cette fois-ci, il n'y a pas de mouvements de sa poitrine qui monte et descend, pas de pulsations des veines dans son cou, pas de mouvements sous ses paupières. Elle est parfaitement immobile. Toute à moi. Elle s'est enfin donnée entièrement à moi, après tout ce temps. Enfin.

La prochaine partie du processus de nettoyage s'avère délicate. Je dois garder un pied dans l'eau pendant que je m'occupe du reste de son corps, massant les contours de ses membres et de ses muscles avec le savon, le frottant profondément dans ses pores. Quand j'arrive à son vagin, je nous repositionne pour que ses jambes soient écartées. C'est maladroit, mais je m'en accommode. Pour cette partie, je mets un gant et vais profondément ; le savon fait des bulles à l'intérieur d'elle.

Mais le vrai plaisir est avec ses orteils. Ses petits doigts de pied. Ses mignons petits doigts de pied qui glissent entre mes doigts comme de petites saucisses. Je les tète, les goûte, les lèche avant de les nettoyer à nouveau. Elle a les pieds les plus parfaits, et j'ai hâte de les peindre, de les habiller aussi parfaitement qu'ils le méritent. Elle va être si belle quand ils la trouveront.

S'ils la trouvent.

Mon ange adoré, Angelica.

CHAPITRE
VINGT-DEUX

Avant neuf heures le lendemain matin, Lorna Dean, la pathologiste du ministère de l'Intérieur, avait terminé l'autopsie d'Angelica Whitaker. Mais ce n'est que plusieurs heures plus tard que Tomek et l'équipe ont reçu les résultats.

— Tu n'avais pas besoin de venir jusqu'ici, dit Tomek en les prenant.

— C'est parce que ton visage me manquait, évidemment. Je n'arrive tout simplement pas à te sortir de ma tête.

Tomek se figea, les papiers à la main, fixant ses yeux, l'esprit complètement vide. Une seconde plus tard, Lorna éclata de rire, lui donnant une tape sur le bras, incapable de se contrôler.

— Je ne crois pas t'avoir jamais vu aussi effrayé de ma vie, dit-elle. Et je ne t'aurais jamais pris pour quelqu'un d'aussi crédule.

— Très drôle. Il y a un spectacle comique ce soir aux Falaises. Tu y participes ? Je crois avoir vu ta trombine sur l'affiche là-bas.

— Malheureusement, je suis déjà prise, dit-elle.

Tomek déplia les documents, et alors qu'il commençait à lire, Lorna posa sa main sur les notes.

— Une des raisons pour lesquelles je suis venue, c'est que je voulais discuter de mes conclusions avec toi en personne, expliqua-t-elle.

— Et l'autre raison ?

Elle ne répondit pas.

— Je vais chercher l'équipe, dit-il maladroitement, puis il quitta la pièce pour épargner sa gêne autant que la sienne. Quelques minutes plus tard, ils étaient tous les cinq dans la salle des incidents majeurs, regardant Lorna avec expectative. Tomek n'avait aucune idée de ce qui allait suivre, mais c'était tout ce à quoi il avait pu penser depuis la découverte du corps. Il se demandait ce que le tueur lui avait fait. Comment elle était morte. Pourquoi elle avait l'air si dénutrie et... vide. Il avait hâte d'entendre les réponses.

Lorna était assise à l'autre bout de la table, comme si elle était interrogée. Elle s'éclaircit la gorge avant de commencer. Elle parla sans avoir besoin de notes ou de commentaires, comme si elle avait répété auparavant.

— Premièrement, je veux aborder la cause du décès, car je sais que c'est ce que vous êtes tous impatients de comprendre, puis j'aborderai certains points plus étranges et particuliers concernant cette victime. Cependant, je dois préfacer ce que je m'apprête à dire par ceci : vous voudrez peut-être garder certaines informations sur la mort d'Angelica loin de la famille. En tant que mère moi-même, je ne pense pas que j'aimerais savoir tout ce que je sais maintenant sur ce qui lui est arrivé.

L'atmosphère dans la pièce se refroidit alors que tout le monde prenait un moment pour tenir compte de son avertissement.

Elle poursuivit : — Comme je le disais, d'abord, la cause de son décès. Au début, j'ai pensé que c'était lié à l'alcool ou au sang. Je pensais qu'elle avait peut-être trop bu, qu'elle avait été droguée, ou qu'elle avait eu une sorte d'embolie, mais il n'y avait rien de tout cela. J'ai été perplexe pendant une bonne heure, et ce n'est que lorsque je l'ai retournée sur le ventre que je l'ai vu. Lorna agita sa main en l'air vers Tomek pour qu'il lui passe le dossier qu'elle lui avait donné. Il le fit glisser sur la surface et elle l'attrapa avec la paume de sa main, ses ongles cliquetant sur la table. Elle retira toutes les feuilles et les étala devant elle. Puis elle en prit une et la tendit à la personne la plus proche.

Oscar la prit doucement et l'examina. Puis il la fit circuler jusqu'à ce qu'elle atteigne finalement Tomek. Au début, il ne savait pas vraiment ce qu'il regardait, et même après qu'on lui ait dit de faire pivoter la page à cent quatre-vingts degrés, il ne savait toujours pas de quelle image il s'agissait.

— On dirait une jambe, dit-il.

— C'est parce que c'*est* une jambe, répondit Lorna. Plus précisément, c'est l'*arrière* de la jambe droite d'Angelica. Ce que vous regardez là, c'est le pli de son genou. Vous remarquez toutes ces lignes et ces creux où se rejoignent les articulations ?

Tomek n'en avait aucune idée. Et peu importe combien de fois il essayait de regarder sous différents angles, il ne savait toujours pas où était le haut. C'était comme regarder une échographie pour la première fois et la confondre avec un test de Rorschach.

— Dix points si vous pouvez voir la blessure.

Tomek posa la photographie sur la table dans l'espoir que la lumière au-dessus puisse miraculeusement faire apparaître la blessure comme si elle était à l'encre invisible. Mais il n'y avait rien. Pas de plaie de ponction, pas de marque de coup de couteau, pas d'impact de balle. Rien qui suggérait qu'il y avait une blessure à cet endroit.

— Tu te moques de nous ? demanda-t-il, faisant glisser l'image à travers la table avec frustration.

— J'aimerais bien. Mais non. Lorna la récupéra, puis la leva vers eux et pointa un petit point noir à l'arrière du genou d'Angelica.

— C'est un grain de beauté, non ? demanda Rachel.

— C'est ce que j'ai pensé au début. C'est pourquoi je n'y ai pas vraiment prêté attention. Mais quand j'ai passé mon doigt dessus, j'ai remarqué que c'était un trou.

— Un *trou* ? répéta Rachel.

— Oui, un trou, pas un grain de beauté.

— Comme dans cette émission télé ! dit Chey avec excitation.

Son enthousiasme fut accueilli par des regards muets et confus.

— Vous savez, celle-là. Est-ce un gâteau ou de la vraie nourriture ? Où les gens font des gâteaux pour imiter des objets de la vie réelle.

Tomek le regarda, profondément peu impressionné. — Tu regardes ces conneries ?

— Pas toi ?

— Je préférerais manger avec une paille pour le reste de ma vie.

Avant que la conversation ne s'éloigne davantage du sujet, Lorna frappa sur la table, réclamant leur attention. — Les gars, nous nous égarons, d'accord. Je comprends, vous êtes enthousiastes à propos de cette affaire de « est-ce un trou, est-ce un grain de beauté », mais dans ce cas particulier, je peux vous dire sans équivoque que c'est un trou. Maintenant, pouvons-nous passer à autre chose ?

Tomek soupira. — Oui.

— Excellent. Voulez-vous savoir à quoi sert ce trou ?

— Ce n'est pas une question piège, n'est-ce pas, comme celles qu'on nous posait en cours d'éducation sexuelle à l'école ?

— Non. C'est une vraie question. Le trou a été causé par une aiguille.

— D'accord.

— Et ensuite un tube.

— Un *tube* ?

— Correct. Mais pas comme ceux qu'on trouve dans le métro londonien. Celui-ci était en plastique. Du genre qu'on pourrait trouver à l'hôpital. Un tube chirurgical.

— D'accord... Tomek était perdu. — Et quel rapport cela a-t-il avec la cause du décès d'Angelica ?

Pour répondre à sa question, Lorna sortit une autre photographie. Cette fois, c'était celle des ailes d'ange qui avaient été peintes sur le sol de l'église. Tout le monde fit immédiatement le lien, la connexion, mais Tomek avait encore quelques secondes de retard.

— Le tueur a vidé son corps de son sang et l'a utilisé pour peindre ses ailes d'ange, dit Lorna, lui donnant un coup de main. Selon mes estimations, ils ont dû drainer plus de trois litres de sang. Peut-être quatre. C'est ce qui l'a tuée.

Cela expliquait pourquoi elle avait l'air si émaciée, si... maigre.

— Comment ? demanda Tomek.

— La gravité et un battement de cœur, je suppose. Je pense qu'elle était encore en vie quand c'est arrivé, bien qu'elle ait été inconsciente, et donc son cœur a continué à pomper le sang à travers son corps et hors du tube, et puis quand le niveau de sang est devenu trop bas, elle est décédée. Tout ce que le tueur avait à faire, c'était d'attendre.

— Combien de temps pourrait prendre quelque chose comme ça ?

Lorna haussa les épaules. — Aucune idée. Mais à en juger par la taille du trou, et des vodka Red Bulls qui pompaient le sang dans son corps, je dirais que cela aurait pris environ quarante minutes, peut-être une heure.

Tomek se tourna vers la partie du tableau blanc sur laquelle il avait écrit l'autre jour. Il regarda la chronologie établie jusqu'ici.

01h28 - Angelica arrive chez elle

01h52 - Angelica part, monte en voiture

09h00 - Angelica est censée commencer le travail

Maintenant, il ajoutait mentalement une autre pause d'une heure dans cette chronologie.

— Donc le tueur a dû la conduire quelque part, l'assommer ou la mettre sous sédatif d'une manière ou d'une autre, puis passer une heure à drainer le sang de son corps.

— C'est à peu près ça, répondit Lorna. Mais ils auraient eu besoin d'encore plus de temps pour compléter le reste de ce qu'ils ont fait au corps d'Angelica.

— *Le reste* ?

Tomek n'était pas sûr d'être prêt à entendre la réponse. Quand il avait vu le corps pour la première fois, il n'avait pas pensé que quelque chose de malveillant ou d'inconvenant était arrivé à Angelica. Après tout, il n'avait pas non plus pensé que le tueur avait vidé son corps de son sang, alors que savait-il ?

— Post-mortem, le corps d'Angelica a été nettoyé et rasé, continua Lorna.

— Nettoyé ? demanda Tomek.

— Oui. En utilisant du savon d'Alep. Du savon d'Alep parfumé à la cannelle.

— Comment le sais-tu ?

— J'ai reconnu l'odeur. Elle était encore sur sa peau même après tout ce temps.

— Et elle a aussi été rasée ?

— Oui. Quand je te dis que la peau de cette femme était comme les fesses d'un bébé, je le pense vraiment. Il ne lui restait rien, même pas les fins poils blancs qu'on a sur les avant-bras et les joues. On aurait dit qu'elle n'avait jamais fait pousser un seul poil de sa vie. C'était comme si elle venait de sortir de l'utérus.

Dans son esprit, il imagina le tueur baignant le corps d'Angelica dans l'eau, frottant un pain de savon sur sa peau, puis rasant ses aisselles, ses jambes et sa région pubienne, avant de passer la lame sur le reste de sa peau. C'était le temps, la patience et le soin nécessaires qui le troublaient.

— Qu'est-ce qu'ils lui ont fait d'autre ? demanda Rachel, semblant légèrement mal à l'aise sur sa chaise.

— Le tueur a également peint ses ongles de mains et de pieds et appliqué un maquillage complet.

— Pour la faire ressembler à un ange, ajouta Tomek.

— Je l'ai dit, non ? commenta Rachel. Je t'ai dit que c'était probablement l'un des meilleurs maquillages que j'aie jamais vus.

— Donc le tueur devait savoir comment faire un maquillage à l'aspect professionnel ? dit Tomek.

— Donc ça pourrait être une femme ? demanda Chey.

— Statistiquement, oui. Il n'y a pas beaucoup d'hommes que je connaisse qui pourraient faire un maquillage aussi bien, répondit Tomek.

— Mais il y a encore une chose que vous n'avez pas entendue, interrompit Lorna, frappant à nouveau sur la table avec ses articulations.

— Qui est ?

— Qu'elle a été violée. Pas de manière agressive ou quoi que ce soit. Mais il y avait des signes, juste quelques légères ecchymoses. Et celui qui l'a fait était... bien *membré*, dirons-nous. Certaines des ecchymoses étaient profondes. Mais ce qui est plus troublant, c'est qu'il n'y avait aucune preuve. Pas d'ADN. Pas d'éjaculat. Ma théorie est qu'ils ont utilisé un préservatif et quand ils ont nettoyé son corps, ils ont aussi nettoyé son intérieur. Ils n'ont rien laissé.

— Bon sang, dit doucement Chey, fixant la surface de la table. Il l'a vidée de son sang, l'a violée, l'a nettoyée, l'a rasée, a peint des ailes d'ange derrière elle... c'est qui ce type, putain ?

— Soit quelqu'un de totalement obsédé par elle, soit un sadique de première, dit Rachel, le venin de son ton se répandant dans la pièce.

— Tout à fait..., ajouta Lorna avec hésitation.

— Ce n'est pas tout, n'est-ce pas ? demanda Tomek. Il pouvait sentir dans le ton de Lorna qu'il y avait plus, et son expression confirma ses soupçons.

— C'est la dernière chose, je le promets.

— Vas-y...

— Après l'avoir ouverte, j'ai trouvé quelque chose auquel je ne m'attendais pas.

— Bien. Qu'est-ce que c'est ?

— Eh bien, elle était enceinte. Depuis environ trois mois. Elle était juste l'une de ces chanceuses qui ne le montrent pas.

CHAPITRE
VINGT-TROIS

Tomek voulait être celui qui annoncerait à la famille Whitaker ce qui était arrivé à leur fille. Enfin, pas *tout*. Il y avait certains détails, certaines informations qu'il jugeait préférable de leur épargner, pour leur éviter l'horreur et la douleur d'entendre l'ensemble. À la place, il garderait les choses légères.

Anna l'accompagnait. Dans le peu de temps qu'Anna avait passé avec la famille, elle avait rapporté qu'aucun d'entre eux n'avait bien pris la nouvelle : Johnny s'était approprié davantage de trésors inestimables rapportés des voyages de ses parents comme jouets ; Roy s'était complètement renfermé et ne mangeait ni ne buvait plus rien ; et Daphne avait passé la matinée à contempler de vieilles photographies d'Angelica et Johnny jouant dans le jardin.

— C'est comme regarder une pièce de théâtre, murmura Anna en lui ouvrant la porte d'entrée. Et pas une bonne, franchement.

Tomek admirait sa franchise d'Europe de l'Est. Il n'y avait aucune nuance dans son discours. Elle disait ce qu'elle pensait, ne voyant que le noir et le blanc.

Il trouva les trois membres de la famille dans le salon, assis sur le canapé dans le même ordre que la veille. La seule absente était Rose, qui devait s'occuper de sa bijouterie. N'eût été le changement de tenue, Tomek aurait cru qu'aucun des Whitaker ne s'était douché. Leurs visages étaient tendus, les joues et les yeux rougis d'avoir pleuré, leurs cheveux négligés et en désordre. Mais ce qui était plus intéressant était la dynamique entre eux. Au début, Tomek avait pensé que Daphne était celle qui maintenait les hommes de la famille ensemble, mais maintenant il était clair que tout s'était effondré ; ils étaient tous assis loin les uns des autres, pas un seul centimètre de leurs corps ne se touchant, comme s'ils se repoussaient mutuellement. Par le passé, il avait vu des familles se comporter exactement à l'opposé ; se tenant la main, les bras autour de l'autre, s'embrassant, courageux, chaleureux, se consolant. Sauf que maintenant, la famille Whitaker était froide, comme s'ils étaient assis au milieu d'une séance de thérapie plutôt qu'à une rencontre avec un détective pour entendre les résultats de l'autopsie de leur fille décédée.

— Merci de me recevoir à nouveau dans votre maison, marmonna Tomek. Alors qu'il s'asseyait sur le canapé, il remarqua le regard perçant de Johnny Whitaker, ses yeux brun foncé brûlant des trous en lui.

— Vous n'avez pas besoin de dire tout ça, rétorqua l'homme. Juste... allez-y. Il se balançait d'avant en arrière, massant ses jointures, l'air prêt à se battre.

Tomek se tourna vers Anna, qui lui fit un signe d'approbation. Il n'y avait rien qu'elle voulait ajouter avant qu'il ne parle.

— Ce matin, le médecin légiste a effectué l'autopsie d'Angelica, et...

— Oui, oui, oui. On sait tout ça. Juste... dites-nous ce que vous avez découvert, bordel de merde.

— Johnny ! Daphne le frappa sur le bras.

— Désolé... *S'il vous plaît*, ajouta le fils avec défiance, comme un gamin gâté. Dites-nous ce que vous avez trouvé, *s'il vous plaît*.

Après l'explosion de ce petit con impertinent, Tomek n'en avait plus envie. Mais ce n'était pas juste envers Roy et Daphne qui attendaient patiemment. Leur fils connard ne devrait pas être celui qui les empêche d'entendre les nouvelles.

— Ce matin, le médecin légiste m'a envoyé son rapport. Je l'ai parcouru, et je suis venu vous dire que votre fille est morte d'une perte de sang. On a trouvé de l'alcool dans son sang, et nous avons envoyé des échantillons pour voir s'il y avait autre chose, bien que je sois assez certain qu'elle a pu être droguée par quelqu'un dans la boîte de nuit. Son sang a été vidé de son corps, et nous pensons qu'il a été utilisé pour peindre les ailes d'ange derrière elle. Maintenant, il y a eu d'autres anomalies qu'ils ont trouvées. Pour une raison quelconque, le tueur a baigné votre fille, l'a nettoyée, rasée et lui a appliqué un visage complet de maquillage.

— Rasée ? demanda Roy.

— Oui. Ses bras, ses jambes, ses aisselles - partout.

— Elle a toujours été si complexée par ses avant-bras, ajouta Daphne distraitement, fixant le vide, perdue dans ses propres pensées.

Tomek ouvrit la bouche pour répondre, mais Roy le devança.

— Vous avez dit qu'ils lui ont aussi appliqué du maquillage ?

— Oui.

— Pourquoi voudraient-ils faire ça ?

— Peut-être qu'ils voulaient la rendre jolie, papa, lança Johnny.

Tomek ignora le commentaire et continua. — Il semble que quiconque a fait cela a mis beaucoup de temps et de soin à « s'occuper » de votre fille. Nous ne savons pas encore pourquoi, mais nous espérons le découvrir bientôt.

Tomek regarda chaque membre de la famille, prenant son temps pour les observer.

— Je comprends que c'est beaucoup à assimiler pour vous, mais il y a aussi autre chose que vous devriez savoir.

— Quoi ? siffla Johnny. Au cours des derniers instants, depuis que Tomek l'observait, Johnny avait commencé à se frotter les mains plus agressivement, à masser ses jointures plus violemment. Tomek s'attendait à moitié à ce que l'homme saute à travers la pièce et l'étrangle.

— Angelica était enceinte.

À ce moment, la réaction de toute la famille changea. C'était comme s'ils pouvaient tolérer la nouvelle qu'elle avait été nettoyée, bien soignée, mais qu'ils traçaient la limite à sa grossesse.

— Elle était *enceinte* ? demanda Daphne.

— Vous êtes sûr ? demanda Johnny.

— Oui. Nous en sommes sûrs.

— De combien de mois ?

Juste au moment où Tomek ouvrait la bouche, Roy lâcha la réponse. — Environ trois mois.

Puis la température chuta dans la pièce alors que Daphne et Johnny aspiraient simultanément tout l'air.

— Trois mois ? Qu'est-ce que tu veux dire par trois mois, bordel ? dit Johnny en bondissant du canapé et en brandissant un doigt vers son père.

— Roy, de quoi parles-tu ? Es-tu en train de me dire que tu savais que notre fille était enceinte, qu'elle avait reçu le don de la vie, et tu ne m'as rien dit, que tu n'as rien fait à ce sujet ?

Roy se dégagea du canapé et plaça une main sur la poitrine de son fils pour le maintenir à distance.

— Tu te trompes. J'ai *bien* fait quelque chose. Je lui ai dit qu'elle ne le garderait pas. J'ai dit qu'elle devait s'en débarrasser.

— Pourquoi ferais-tu ça ? demanda Daphne, s'élevant à son niveau en se tenant debout sur le canapé, le regardant de haut avec ses mains posées sur ses hanches.

— Parce qu'elle n'est pas prête pour un enfant. Je ne voulais pas qu'elle le garde. Non, pas quand c'était hors mariage.

— Alors tu l'as forcée à s'en débarrasser ?

— Je lui ai juste dit quelle était ma position. On s'est disputés, puis elle s'est enfuie. Je pensais qu'elle allait faire ce qu'il fallait, mais apparemment non. Je ne lui ai pas donné le cintre, si ?

— Je parie que tu en avais un à la main quand même, n'est-ce pas, papa ? Ce n'est pas la première fois, hein ? remarqua Johnny.

Daphne se tourna vers son fils, puis vers son mari.

— De quoi parle-t-il, Roy ?

— De rien.

— *Roy* ?

— De rien.

Et puis elle le gifla fort sur la joue. Elle sauta du canapé et pointa son doigt vers lui, le tenant à quelques centimètres de son visage. Pour quelqu'un de si petite et menue, elle semblait enfler.

— Qu'as-tu fait ?

— Rien. Je... Il s'effondra sur le canapé, laissant tomber sa tête dans ses mains.

— Il l'a déjà fait avant, commença Johnny. Quand Ange avait dix-huit ans, elle est tombée enceinte, il l'a découvert, a vu le test de grossesse dans sa chambre, et il l'a emmenée chez le médecin, l'a obligée à s'en débarrasser.

La température chuta de quelques degrés supplémentaires alors que Daphne inspirait profondément à nouveau. Cette fois, elle leva la main et l'abattit sur son mari, beaucoup plus fort, le frappant au visage. Le son résonna dans toute la pièce. Tomek et Anna furent les premiers à réagir. Ils bondirent du canapé, Anna tirant Daphne en arrière.

— Je pense que tout le monde a besoin de se calmer, dit Tomek. Il y a clairement des choses que vous devez régler et discuter entre vous, mais une chose que je pense que vous devez tous vous rappeler, c'est qu'Angelica est morte. Peu importe ce qui s'est passé dans le passé, vous devez l'avoir à l'esprit maintenant. Nous devons trouver son meurtrier, et nous avons besoin de votre aide pour le faire, mais ce ne sera pas possible si vous vous giflez et vous blessez les uns les autres. Maintenant, si nous devons vous mettre dans des coins séparés comme une bande d'enfants, alors nous le ferons. Je ne voulais pas avoir à vous parler comme ça, mais, eh bien, vous m'y avez obligé.

En un instant, le comportement des trois membres de la famille changea. Ils baissèrent la tête et baissèrent la voix, s'excusant doucement alors qu'ils retournaient à leurs positions sur le canapé, Roy massant sa joue, bougeant sa mâchoire pour s'assurer qu'elle était toujours attachée.

— Merci, dit Tomek avec un profond soupir.

— Comment pouvons-nous vous aider, Détective ? demanda Daphne.

Tomek se percha sur le bord du canapé, au cas où ils s'emporteraient à nouveau. — Pour commencer, je me demandais si vous connaissiez les noms d'anciens partenaires romantiques qu'Angelica aurait pu avoir.

CHAPITRE
VINGT-QUATRE

Le premier nom qui était sorti de la bouche de la famille d'Angelica était Cole Thompson, avec qui Angelica avait entretenu une relation intermittente pendant six mois, près de deux ans auparavant. Il n'y avait eu aucune mention de Sammy Mercer, aucune mention du gamer de trente ans qui vivait encore chez sa mère. Peut-être avait-elle été trop embarrassée pour le présenter à sa famille, n'avait pas voulu l'exhiber. Ou peut-être l'avait-elle simplement utilisé à d'autres fins, comme apprendre à être douée à *Call of Duty* ou *Grand Theft Auto*. Tomek n'en savait rien, mais il trouvait cela très révélateur. Selon Daphne et Roy, Cole était le prétendant parfait pour elle, et Daphne avait toujours espéré qu'ils resteraient ensemble, qu'il devienne un jour leur gendre et élève le statut de la famille comme Rose l'avait fait en les rejoignant. Ils disaient qu'il était gentil, attentionné, prévenant, et très, très, très drôle - « tu te souviens de cette fois » avait commencé Daphne avant de se perdre dans une histoire à propos d'un repas de famille dans un restaurant chic. Tomek avait laissé Daphne et Roy se remémorer ces souvenirs tandis qu'il demandait à Johnny ce qu'il pensait de l'homme. Son opinion se résumait en un mot : une légende. Tomek trouvait que c'était un peu exagéré, étant donné qu'il n'avait connu cet homme que pendant une courte période, mais il n'avait pas voulu s'imposer. Il s'était toutefois renseigné sur la raison de leur rupture.

— Je ne sais pas, en fait, avait dit Daphne. Elle ne nous a pas dit grand-chose, si ce n'est qu'ils n'allaient plus se voir. Elle ne voulait pas en parler. Et c'est tellement dommage parce qu'il était si gentil, si adorable. Il faisait déjà presque partie de la famille.

Des échos de la mère de Sammy Mercer parlant de son fils résonnaient dans ses oreilles alors qu'il se garait devant la maison de Cole Thompson. Le jeune homme de vingt-neuf ans vivait dans un bungalow de deux chambres à Rayleigh, et lorsque Tomek frappa à la porte, il fut accueilli par un petit homme chauve portant un sac à dos sur l'épaule.

— Monsieur Thompson ?

L'homme s'arrêta juste au moment où sa jambe courte entamait le long voyage du pas de la porte au sol. Il se tenait un pied sur le béton et l'autre encore à l'intérieur du bâtiment, son genou remontant jusqu'à sa poitrine.

— Je suis *un* Monsieur Thompson, oui. L'autre est au travail.

— Cole ?

— C'est mon fils. Celui qui est au travail. De quoi s'agit-il ?

Tomek montra sa carte professionnelle et expliqua qu'il voulait parler au fils de l'homme.

— Il n'a rien fait, n'est-ce pas ?

— Espérons que non. Nous avons juste quelques questions à lui poser concernant sa relation avec Angelica Whitaker. Ce nom vous dit-il quelque chose ?

L'homme sortit enfin de la maison et posa son autre pied par terre. Il était surprenant de constater à quel point il était plus petit que Tomek. Il réajusta son sac à dos sur son épaule pour tenter de paraître plus grand. « Ange ? Oui, je me souviens d'elle. Une vraie beauté, cette fille. Je ne sais pas comment il a réussi ce coup-là, mais qu'est-ce qu'il a à voir avec elle ?

Tomek ignora la question. « Vous souvenez-vous de la dernière fois que vous l'avez vue ?

L'homme ne mit pas longtemps à répondre. « L'autre semaine. Cole a dit qu'elle passerait pendant que sa mère et moi sortions dîner. Nous l'avons vue quand nous sommes rentrés.

— L'autre semaine ?

L'homme hocha la tête.

C'était beaucoup plus récent que les deux ans écoulés depuis la dernière fois que le reste de la famille l'avait vu.

— Puis-je avoir l'adresse de son lieu de travail, afin que je puisse lui parler ?

Cole Thompson travaillait comme comptable principal pour un petit cabinet d'experts-comptables sur la grande rue de Rayleigh, à quelques minutes en voiture du bungalow de ses parents. Le bureau se trouvait au-dessus d'un Superdrug, et lorsque Tomek le trouva, l'homme était à son bureau. Il portait une chemise ample, déboutonnée au col, et un pantalon élégant. Dans la pièce, l'air était frais, soufflé par un climatiseur sur le côté, probablement pour masquer l'odeur des cinq hommes en sueur qui s'y trouvaient.

Cole Thompson était un homme physiquement attirant, avec toutes les caractéristiques nécessaires pour figurer en couverture d'un magazine : des cheveux parfaitement coiffés sans une seule mèche déplacée, une mâchoire fantastique assez tranchante pour couper du fromage, des épaules larges qui remplissaient sa chemise et plus encore, et une paire de lunettes à monture épaisse qui semblaient accentuer son visage presque symétrique. Sans parler de l'odeur d'après-rasage qui monta au nez de Tomek dès qu'il s'approcha de lui, aidée, bien sûr, par la climatisation. À bien des égards, il rappelait à Tomek l'agent immobilier qui lui avait vendu son appartement ; la seule différence était que Cole n'avait pas de « dents de Turquie » - ces dents criardes, d'un blanc fluorescent, qui avaient été faites à bas prix par un soi-disant professionnel à l'étranger.

— Cole ? dit Tomek.

Cole s'approcha, la main tendue. « C'est moi. Comment allez-vous ?

— Bien.

— Parfait. Comment puis-je vous aider ? Je ne reconnais pas votre visage. Avez-vous déjà travaillé avec nous auparavant ?

Tomek décida de l'indulger. « Non, mais j'aimerais le faire. Avez-vous une pièce privée où nous pourrions nous asseoir ? J'ai des affaires dont j'aimerais vous parler.

Le visage rayonnant, exhibant des dents naturellement droites, Cole prit son ordinateur portable de son bureau, le conduisit dans une petite pièce tout aussi fraîche et tira une chaise pour Tomek.

— Vous n'aurez pas besoin de ça, dit Tomek en montrant l'ordinateur.

— Non ?

Tomek tapota sur la table d'un air condescendant. « Pourquoi ne pas vous asseoir et me laisser vous parler de l'affaire que je voulais discuter avec vous. Je m'appelle Tomek Bowen et je suis inspecteur à la police d'Essex. Je ne voulais pas trop en dire là-bas au cas où vos collègues seraient curieux. » Cole ouvrit la bouche pour parler, mais Tomek le fit taire. « Ne vous inquiétez pas, vous n'avez pas d'ennuis, pas encore, mais il y a quelque chose que vous devez savoir. Hier, le corps d'Angelica Whitaker a été retrouvé dans une église à Westcliff. Il est venu à notre connaissance que vous avez eu une relation avec elle pendant environ six mois. Pourtant, lorsque je viens de parler à votre père, il m'a dit qu'elle était passée l'autre semaine. Pourriez-vous me parler de votre relation avec Angelica ?

La bouche de Cole resta ouverte, des fils de salive pendant du haut de sa bouche jusqu'en bas. Pendant un long moment, il ne dit rien, se contentant de fixer Tomek, assimilant tout cela, le traitant.

— Prenez votre temps, dit Tomek. J'imagine que c'est un choc.

L'homme hocha la tête, mais son expression était vide, à des milliers de kilomètres de là, cachée derrière une barrière dans son esprit.

— Elle est... elle est...

Tomek ne dit rien. Il attendit qu'il sorte les mots de sa bouche correctement.

— Elle est... elle est morte. Angelica ? Et vous êtes... vous êtes sûr que c'est elle ?

Tomek hocha la tête.

— Et... vous voulez me parler... mais vous avez déjà parlé à mon père. Et vous voulez me parler...

— Nous parlons déjà, répondit Tomek avant d'ajouter : « En quelque sorte.

— C'est vrai. Oui... oui, c'est le cas. Mais, quoi... quoi... ?

Tomek sentit que l'homme allait avoir du mal avec la dernière question, alors il décida de l'aider. « De quoi je veux vous parler ? C'est simple. Je veux tout savoir sur votre relation. Quand l'avez-vous vue pour la dernière fois ? À quelle fréquence vous la voyiez. Où vous étiez vendredi soir. Ce genre de choses.

Le visage de Cole resta inexpressif, sa bouche toujours ouverte. Cependant, le fil de salive s'était maintenant rompu et avait disparu dans sa bouche. « Pourrais-je avoir un verre, s'il vous plaît ? » demanda l'homme.

— Un verre ?

— De l'eau. J'ai besoin d'eau.

Tomek pivota sur sa chaise et regarda à travers les fenêtres de la pièce, cherchant une fontaine à eau. Ne pouvant en voir une, il quitta sa chaise, sortit de la pièce et demanda au collègue le plus proche.

— De l'eau ? demanda l'homme, confus, comme s'il n'en avait jamais entendu parler auparavant.

— Oui. Le liquide. Nous en avons besoin là-dedans.

L'homme se pencha en avant sur son siège pour regarder Cole. « Je pensais qu'il vous en apporterait.

Tomek se retourna pour regarder l'homme toujours assis là, fixant le vide. « Il est juste en train de réfléchir *profondément* là-dedans en ce moment. J'ai proposé d'aider pendant qu'il traitait certaines choses.

Un moment plus tard, il avait deux verres d'eau en main et retourna dans la pièce. Il en déposa un devant Cole et retourna à sa place. L'homme le prit et le porta lentement à ses lèvres.

— Ça va ?

— Oui, chuchota Cole. L'intonation dans sa voix démentait son choix de mots.

— Excellent. Commençons par votre relation avec Angelica, d'accord ? Quand avez-vous commencé à sortir ensemble ?

— Il y a deux ans, à peu près.

— Et combien de temps êtes-vous sortis ensemble ?

— Environ six mois.

— Qui y a mis fin ?

— Moi.

— Pourquoi ?

— Ça... Je, je, je n'étais pas intéressé par quelque chose de long terme.

— Et elle était d'accord avec ça ?

Finalement, Cole ferma la bouche et avala. En parlant, il était incapable de soutenir le regard de Tomek, et il continua à fixer le mur derrière lui, comme s'il était un agent dormant qui venait d'être activé par une phrase clé.

— Elle ressentait la même chose, expliqua-t-il.

— Alors que s'est-il passé après ça ? Pourquoi était-elle chez vous l'autre semaine ? Avez-vous essayé de raviver votre relation ?

— Du sexe.

Cole l'avait dit si brusquement que Tomek pensa que l'homme lui faisait des avances.

— Pardon ?

— Du sexe. C'est... Il s'arrêta, ferma les yeux et secoua la tête. Quand il les rouvrit, il rencontra le regard de Tomek pour la première fois. « C'était juste du sexe. Ça a été comme ça ces quatre ou cinq derniers mois environ. Elle... elle m'a envoyé un message à la fin de l'été, quand elle est revenue de sa saison, vers octobre, et nous avons couché ensemble depuis, genre amis avec avantages.

Tomek connaissait bien le terme, tout comme il connaissait l'expression Netflix and Chill, qui n'impliquait ni Netflix ni l'acte de se détendre.

— Quand l'avez-vous vue pour la dernière fois ? Quand vos parents sont sortis, ou plus récemment ?

Cole fit une pause. « C'était la dernière fois, oui. Nous devions nous retrouver l'autre soir, mais elle a annulé parce qu'elle a dit qu'elle allait à une fête.

— Savez-vous laquelle et où ?

Cole secoua la tête, ses cheveux impeccables résistant fermement au mouvement.

— Et que faisiez-vous il y a trois nuits ?

— Quel jour c'était ? Vendredi ? Je... j'étais sorti avec ce groupe. » Il pointa vers l'équipe derrière la fenêtre. « Nous étions au pub.

— Lequel ?

— Paul Pry. Nous y sommes allés après le travail. C'est une sorte de tradition le vendredi. Nous restons généralement tard, puis le regrettons le lendemain.

Tomek prit note mentalement.

— En parlant de regrets, dit-il, il est également venu à notre connaissance qu'Angelica était enceinte. Par hasard, vous ne sauriez rien à ce sujet, n'est-ce pas ?

Cole se gratta la nuque. « Elle me l'avait dit, oui. Je le savais. Mais... elle ne savait pas de qui c'était. Elle ne savait pas si c'était le mien ou celui de quelqu'un d'autre.

— Savez-vous qui d'autre cela aurait pu être ?

Il haussa les épaules. « Elle n'a pas donné de détails, et j'étais trop abasourdi pour demander. J'ai simplement supposé que c'était le mien. Elle serait tombée enceinte vers Noël, le Nouvel An, et à ce moment-là, elle était venue chez moi environ quatre fois. Elle était seule. Elle avait ce truc de dépression saisonnière, et je pense qu'elle venait aussi d'apprendre qu'ils ne la gardaient pas pour cet été.

— Ils ne la gardaient pas ? répéta Tomek.

— Ouais. Elle était très contrariée. Dévastée, je pense. Elle a dit qu'elle avait juste besoin de quelqu'un pour lui tenir compagnie.

— Avez-vous utilisé une protection ?

Cole hocha la tête avec ferveur, comme si c'était évident. « Chaque fois. Je ne vais jamais nulle part sans en avoir une. J'en ai toujours une dans mon portefeuille, au cas où.

Au cas où. Tomek ricana intérieurement. Puis prit une gorgée d'eau. « Comment avez-vous pris la nouvelle ? Quelle a été votre réaction ?

— Je... Au début, j'ai paniqué. Je ne voulais pas qu'elle le garde. Je ne voulais rien avoir à faire avec ça. Je n'étais pas prêt pour ce genre de chose. Mais ensuite, après quelques jours, j'ai fini par me ressaisir et lui ai dit que je serais là pour la soutenir. Nous n'avions pas à rester ensemble ou quoi que ce soit, mais je voulais juste faire partie de la vie de l'enfant. Maintenant... maintenant je suppose que je ne pourrai pas.

Très admirable, pensa Tomek. Cela lui rappelait sa propre situation, où Kasia avait été déposée sur le pas de sa porte après que sa mère eût été arrêtée pour trafic de drogue. Il n'avait pas eu le choix, mais Cole l'avait eu, et il avait fait la chose respectable en s'engageant envers l'avenir du bébé, même s'il n'était pas le sien. C'était juste dommage que cela se soit terminé comme ça.

Tomek tendit la main. Cole la regarda avec suspicion, puis la serra. Ils se regardèrent dans les yeux, sans rien dire, les deux hommes comprenant les expressions silencieuses sur leurs visages.

— Merci pour votre temps, dit-il, en faisant mine de partir.

La main de Tomek était sur la poignée de la porte quand Cole lui dit d'attendre.

— Avez-vous parlé à Shawn ?

Tomek relâcha sa prise.

— Shawn ?

— Oui. Shawn Wilkins. Un type qui est infatué d'Angelica depuis que je me souvienne. Il la harcèle, commente ses publications, lui envoie des choses. Parfois, il va trop loin. Je pense qu'elle a dû obtenir une ordonnance restrictive contre lui à un moment donné.

— Shawn Wilkins, c'est son nom ?

— Oui. Je n'en sais pas beaucoup plus sur lui cependant. Mais si vous cherchez son meurtrier, alors il pourrait être un bon point de départ.

CHAPITRE
VINGT-CINQ

omek aurait aimé enquêter sur Shawn Wilkins, mais pendant le trajet de retour vers la salle d'opération, il avait reçu un appel de Victoria le convoquant dans son bureau. Au téléphone, elle avait été directe et concise – comme d'habitude – mais il y avait une certaine urgence dans sa voix qu'il n'avait jamais entendue auparavant. Et dès que Tomek entra dans son petit bureau au deuxième étage, il comprit pourquoi. Nick Cleaves l'attendait, debout à ses côtés. Le commissaire divisionnaire était adossé au mur, bras croisés, tête baissée, comme s'il faisait partie d'un gang des années 1950 ou était un personnage de *West Side Story* prêt à se lancer dans un numéro de chant et de danse.

Ni l'un ni l'autre ne semblait ravi de le voir.

— Veuillez vous asseoir, Tomek, dit Victoria en pointant la chaise comme s'il était incapable de la voir devant lui.

En s'asseyant, il fut transporté trente ans en arrière. Deux mois s'étaient écoulés depuis la mort de son frère, et il avait été convoqué dans le bureau du directeur pour avoir séché les cours de sciences, sa matière la moins préférée. Un des professeurs l'avait trouvé errant dans les couloirs, passant ses doigts le long du mur, traînant ses chaussures sur le sol. Il avait été condamné à une semaine d'isolement d'où, avec l'aide de quelques-uns de ses camarades assez courageux pour créer une diversion, il s'était plus tard échappé – un acte qui l'avait exposé au risque d'un isolement supplémentaire, voire d'une exclusion. Tomek avait été un enfant turbulent après la mort de Michał. Il avait du mal à rester concentré et avait perdu tout intérêt pour ses études. Mais ce qui l'avait le plus surpris, c'était qu'il n'avait pas quitté l'enceinte de l'école. S'il avait vraiment voulu faire l'école buissonnière, sécher les cours et profiter de la liberté de courir dans Leigh-on-Sea pendant que tous les autres étaient à l'école, il aurait pu le faire. Mais au lieu de cela, il était resté dans l'enceinte de l'établissement, courant dans les couloirs. *Espérant* se faire prendre. Réclamant de l'attention, hurlant à l'aide. Et quand il s'était assis sur cette chaise face au directeur, il avait ressenti un certain soulagement. Ça avait fonctionné. La punition faisait partie du processus. Mais maintenant, assis là, soutenant le regard imposant de Nick, il ressentait tout le contraire, rempli d'inquiétude, un nœud profond se formant dans son estomac.

— Bienvenue à votre première réunion en tant que SIO, dit Nick en se décollant du mur. C'est là que le plaisir commence.

Quelque chose disait à Tomek que ce n'était pas vrai. Le nœud se resserra.

— Le format habituel est que je pose les questions à Victoria, et elle a toutes les réponses. Parfois, elle sait que la réunion aura lieu, parfois non, mais je m'attends à ce qu'elle connaisse les réponses dans tous les cas. Vous voyez ce que je veux dire ?

C'était un Nick complètement différent de celui que Tomek avait connu et côtoyé ces treize dernières années. Certes, il avait déjà eu des réunions conflictuelles avec le commissaire divisionnaire par le passé, mais rien de tel. C'était à un tout autre niveau que ce dont il avait l'habitude. Et maintenant, il commençait à avoir un aperçu de ce qu'avait vécu Victoria depuis son arrivée ; son respect pour elle augmenta d'un cran.

— Je vois ce que vous voulez dire, oui, répondit Tomek.

— Parfait, parce que si vous devenez un jour commissaire, c'est le genre de standard auquel nous vous tiendrons. Vous comprenez ?

Tomek déglutit profondément et inclina la tête.

— Excellent. Victoria, il est tout à vous.

Nick retourna s'appuyer contre le mur et croisa à nouveau les bras.

S'éclaircissant la gorge, Victoria éteignit l'ordinateur et regarda quelques notes devant elle.

— Où en est l'Opération Butterfly ?

Tomek leur expliqua tout, commençant par les discussions qu'il avait eues avec la famille d'Angelica, puis l'autopsie, jusqu'à sa rencontre avec Cole Thompson moins d'une heure auparavant. Ils ne trahirent rien dans leurs expressions, hochant doucement la tête pendant qu'il parlait.

Jusqu'ici, tout allait bien. Du moins l'espérait-il.

Puis l'intonation de Victoria descendit de quelques niveaux. — Où en êtes-vous avec vos estimations budgétaires ? demanda-t-elle.

— Estimations budgétaires ?

— Oui. Quelle part du budget alloué à cette enquête avez-vous attribuée aux différentes dépenses ?

Le visage de Tomek n'avait jamais perdu son assurance aussi vite. Il ouvrit la bouche, mais elle se referma aussitôt.

— Combien estimez-vous que coûteront les analyses médico-légales ? Prévoyez-vous de dépasser le budget ou d'être en dessous ?

Nouvelle ouverture et fermeture de bouche.

— Prévoyez-vous beaucoup d'heures supplémentaires ? J'ai remarqué que l'équipe travaillait tard hier soir, vous y compris. Cela a-t-il été convenu avec le personnel ?

Tomek ouvrit et ferma les yeux, espérant que les réponses apparaîtraient comme par magie devant lui. Mais ce ne fut pas le cas. Au lieu de cela, il faisait face à deux supérieurs profondément mécontents, leur déception grandissant à chaque question sans réponse.

Pendant quelques instants, il ne dit rien. En fait, il n'était même pas sûr de respirer. Le temps sembla ralentir, et le monde s'arrêta progressivement, régulièrement. Le son de freins qui crissent résonnait dans son crâne. Un poids lourd descendit sur sa poitrine, et il sentit son pouls s'accélérer.

— Je... je ne sais pas, dit-il, la voix brisée, sortant comme un murmure.

— Qu'est-ce que vous ne savez pas ?

— Rien... rien de tout ça, dit-il. Ni Chey ni Rachel ne sont venus me voir pour des demandes d'heures supplémentaires.

— Donc ils travaillent gratuitement ?

— Je... Il essaya de se rappeler la dernière fois que Nick avait discuté des heures supplémentaires avec lui et comment la conversation s'était déroulée. Il fit chou blanc. — Non. Je... Je vais m'assurer qu'ils soient payés, mais...

— Mais quoi ? Combien cela va-t-il nous coûter ?

Tomek ne dit rien, continuant à regarder Victoria d'un air vide. Maintenant, il comprenait ce qu'avait ressenti Cole Thompson : perdu, vide, dépourvu de toute pensée cohérente.

— Je ne sais pas.

— Et qu'en est-il du coût pour la médecine légale ? Quels tests avez-vous effectués jusqu'à présent ?

— Le... le...

Allez, tu le sais !

— Nous avons fait... nous avons fait...

Réfléchis, bordel !

— Le corps d'Angelica, dit-il en bégayant. Nous avons envoyé du sang pour analyse. Nous... nous voulons voir ce qu'il y a dans son sang. Et... et nous examinons les empreintes digitales sur la porte de l'église, et... Il y avait autre chose, quelque chose d'important, mais cela lui avait complètement échappé.

— Quoi d'autre allez-vous devoir analyser ?

— Quoi d'autre ?

— Oui. Quoi d'autre, d'après vos récentes investigations, pensez-vous devoir envoyer pour analyse ?

Tomek se contenta de secouer la tête. Instinctif, mémoire musculaire. La meilleure chose qu'il pouvait penser à faire.

Victoria soupira et regarda le morceau de papier devant elle, la liste des choses sur lesquelles elle devait encore le cuisiner.

— Passons à autre chose – l'éthique de travail de votre équipe. Comment la qualifieriez-vous jusqu'à présent ? Des goulots d'étranglement ? Des sujets d'inquiétude ?

Tomek n'en avait aucun, mais était incapable de l'articuler dans une réponse cohérente.

— Parce que j'ai remarqué que Chey ne fait pas sa part du travail, poursuivit-elle. Pendant que vous étiez sorti ce matin, je l'ai surpris plusieurs fois sur son téléphone. Et en regardant le rapport d'action sur HOLMES, il est clair qu'il a encore beaucoup de tâches en attente. Qu'avez-vous à dire à ce sujet ? Lui laissez-vous carte blanche ou est-ce une mauvaise gestion de votre part ?

Soudain, quelque chose envahit Tomek. L'attaque contre *son* caractère ne le dérangeait pas tant que ça ; c'était celle contre Chey qui finit par lui faire retrouver ses esprits.

— Ce n'est pas vrai. Il a fait énormément de travail pour moi.

— Comme quoi ?

— Vous pouvez dire ce que vous voulez sur moi, mais ne dites rien sur mon équipe. S'ils ne travaillent pas selon vos standards, c'est de ma faute. Ça n'a rien à voir avec lui, Rachel ou qui que ce soit d'autre. C'est ma responsabilité en tant que leader, en tant que SIO.

Victoria pinça les lèvres, inclina la tête sur le côté dans un bref signe d'appréciation. — Très bien, mais rappelez-vous que la merde dégringole, Tomek, et parfois il n'y a aucun moyen de l'arrêter.

Tomek n'était pas d'accord, mais il choisit de ne rien dire.

— Avez-vous quelque chose à ajouter ? demanda Nick du fond de la pièce.

Il secoua la tête.

— Excellent. Nick se décolla à nouveau du mur. — Il est porté à notre connaissance que nous recevons beaucoup de demandes d'Abigail du *Southend Echo*. Il y a beaucoup de bruit sur les réseaux sociaux concernant l'Opération Butterfly, et pourtant nous n'avons publié aucun communiqué. Avez-vous discuté d'une stratégie média avec Anna ?

Tu ne pouvais pas attendre, n'est-ce pas, Abi ?

— Je... Non, non, nous n'avons encore rien discuté. Je vais... je vais en toucher un mot à Abigail.

— Vous devez d'abord parler avec Anna, dit Victoria. Vous ne pouvez pas être celui qui fait le pont entre le travail d'Anna et celui d'Abigail. Ce n'est pas ainsi que ça fonctionne.

— Je sais, mais...

— Mettez les relations personnelles de côté et concentrez-vous sur ce qui est bon pour la famille et ce qui est bon pour l'enquête.

La pression sur la poitrine de Tomek augmenta. On lui passait un savon. Il savait qu'il ne sortirait pas de cette réunion avec une étoile d'or ou quoi que ce soit. C'était direction l'isolement pour lui. Et cette fois, il ne ressentait aucun soulagement comme celui qu'il avait éprouvé toutes ces années auparavant. Ce n'était pas un appel à l'aide qui avait été entendu. Pas un besoin d'attention qui devait être comblé. En fait, c'était tout le contraire. Il voulait s'en aller ; il voulait s'éloigner de tout ça, loin des projecteurs. Déambuler le long de la promenade de Leigh-on-Sea pendant que le reste de ses collègues étaient sagement en classe.

— Enfin, poursuivit Nick, avant de vous laisser partir pour la soirée : quelle est votre hypothèse actuelle ?

Droit au but.

L'expression vide revint sur le visage de Tomek. Son esprit devint blanc.

— Dans quelle direction dirigez-vous l'enquête, et pourquoi pensez-vous cela ? insista Nick.

Sa bouche s'ouvrit, mais rien n'en sortit.

Nick continua : — Angelica Whitaker a-t-elle été assassinée par quelqu'un qu'elle connaissait, ou s'agissait-il d'un meurtre aléatoire ?

CHAPITRE
VINGT-SIX

Tomek n'était pas prêt à répondre à la question dans le bureau de Victoria. Pas encore. Bien que les chances soient de cinquante-cinquante à première vue, et que la décision soit presque certaine dans son esprit, c'était la trajectoire de la mauvaise décision qui l'inquiétait. S'il faisait le mauvais choix, et qu'ils ne s'en rendaient compte qu'après une, deux, trois semaines, il y aurait inévitablement un bordel monstre et une quantité monumentale de travail pour revenir en arrière, retraiter, et se réorganiser. Ils devraient presque recommencer à zéro, se regrouper, se réunir à nouveau. Et il n'était pas prêt à autant se planter sur sa première affaire. Il n'était pas disposé à prendre position tout de suite. Pas sur une affaire comme celle-ci. En conséquence, la décision pesait lourdement sur ses épaules, et il en ressentait la pression. Bien qu'il penchait vers l'une des deux options – qu'Angelica avait connu son meurtrier – il voulait garder l'esprit aussi ouvert que possible.

Plusieurs heures plus tard, après ce qui était rapidement devenu un après-midi fortement chargé de budgets, de prévisions, et de prétendre lire les rapports quotidiens de l'équipe, Tomek inséra la clé dans la serrure et la tourna. Il était un peu plus de dix-huit heures, l'une des soirées les plus précoces qu'il ait eues depuis un moment, et il trouva Kasia dans la cuisine, sortant une plaque de cuisson du four.

— Qu'est-ce qu'on a au menu ce soir ? demanda-t-il.

— Nuggets de poulet et frites.

Bien sûr que c'était ça.

— Ça a l'air délicieux.

— Ouais.

Tomek accrocha son sac à dos au dos de la porte d'entrée, déposa ses clés dans une petite boîte à l'intérieur d'une commode, et se dirigea vers la table à manger. Dans la cuisine, Kasia inclina la plaque de cuisson d'un côté et commença à verser sa nourriture sur son assiette. Juste au moment où il allait faire un commentaire, il remarqua quelque chose sur la table. Une autre enveloppe, le logo HMP Wakefield imprimé en haut à droite. Le nom de Tomek griffonné d'une écriture à peine lisible.

Une autre lettre de Nathan.

— Hé, je pensais aller voir Yasmin ce week-end, mais... commença Kasia, mais Tomek ne l'écoutait pas.

Il grogna quelque chose, pas vraiment sûr de quoi, puis se dirigea vers sa chambre. Il ferma doucement la porte derrière lui, incapable de détacher son regard du document. Il le soupesa dans ses mains, se demandant s'il était plus lourd ou plus léger que le précédent. Plus lourd. Définitivement plus lourd. Il le porta à son nez, reniflant, attendant que ses sens détectent quelque chose d'anormal frotté sur l'enveloppe. Rien.

La première fois qu'il avait reçu une lettre, il avait été saisi de peur et d'appréhension, une nausée déchirante traversant son corps pendant qu'il la lisait. La deuxième lettre avait été similaire. Mais maintenant, pour celle-ci, étrangement, il ressentait une étincelle d'excitation, une envie de savoir ce qu'il y avait à l'intérieur. Comme s'il avait douze ans à nouveau, recevant sa première lettre de son correspondant en Afrique.

Perché au bord du lit, il fit taire tous les bruits (il pouvait entendre le couteau et la fourchette de Kasia qui cliquetaient sur l'assiette) et retourna l'enveloppe. Cette fois, le dos avait été scellé avec du ruban adhésif. C'était peut-être pour ça qu'elle semblait plus lourde. Ou il y avait quelque chose à l'intérieur... quelque chose que Nathan avait inclus et qu'il voulait que Tomek voie.

Coinçant son pouce dans le pli, Tomek déchira l'enveloppe et la laissa tomber au sol. La lettre était comme d'habitude - une seule feuille de papier A4 qui avait été pliée en trois. Sauf qu'agrafés au dos, il y avait deux carrés de papier, déchirés, aux bords irréguliers. La curiosité prenant le dessus, il les regarda d'abord : sur ceux-ci se trouvaient deux numéros de téléphone portable différents, un sur chaque page. Après une vérification rapide sur la lettre qu'il avait lue l'autre soir, l'un d'eux était le même numéro de portable que Nathan avait fourni. Tomek ignora les numéros et, se sentant comme un adolescent lisant une lettre d'amour pour la première fois, il ouvrit la page.

Très cher Tomek,

je n'ai pas reçu une seul réponse de toi réceman et je commence à m'inquiéter un peu que les lettres se perde. j'espère vraiment que tu les reçoi. C'est pourquoi j'ai décidé de les écrire plus souven pour que tu ais plus de chance de les recevoir. Ceinture et bretelles, comme disait un des gardiens l'autre jour.

Bref, je voulais te dire que j'ai réfléchi et je voulais te faire savoir que je ne me suis jamais excusé pour ce que j'ai fait à ton frère. Je suis désolé, du fond du cœur et j'espère que tu pourras me pardoner. Il se passait beaucoup de choses dans ma vie quand je lui ai fait ça. Voudrai-tu les entendre ?

Ma mère et mon père me frappaient. Ça ne te surprendra peut-être pas, mais ces salopards m'ont frappé à mort tous les jours pendant dix ans, de mes cinq ans à mes quinze ans. Peu importe ce que je faisais, c'était toujours quelque chose de mal. Et ils n'aimaient pas spécialemen quand je répondais. Ma mère était la pire. L'alcool et la drogue la faisaient exploser, et papa était trop faible pour nous défendre lui et moi, alors il a commencé à faire pareil aussi. Ce que j'ai fait à ton frère était des représaille, je ne sais pas ce qui m'a pris et j'avais toute cette colère et cette frustration qui sont sorties sur ton frère. C'est pourquoi je lui ai fait ce que je lui ai fait. Il ne le méritait pas, mais je ne méritais pas non plus que ma mère me casse le bras dans la porte, qu'elle me pousse dans le frigo, qu'elle me gifle et me fasse déshabiller et mettre les mains en l'air et me batte et me frappe la bite et me dise des choses méchantes. Aucun de nous ne méritait ce qui nous est arrivé, et quant à ma mère et mon père, va savoir où ils sont. J'ESPÈRE QU'ILS SONT MORTS PUTAIN.

Je n'ai jamais dit ça à personne avant, alors j'espère que tu pourras garder le secret s'il te plaît, Tomek. Je te fais confiance, mon pote. Ça peut être notre petit truc entre nous.

J'ai presque plus de place maintenant, et je n'aime pas tourner la page parce que ça fait désordre et ça devient confus, alors je vais devoir t'en écrire un autre une autre fois. J'ai agrafé deux numéros de portable à cette feuille pour que tu puisses m'appeler. Je n'étais pas sûr si l'autre s'était perdu, et si les gardiens le prennent, j'en ai un de rechange. Est-ce que ça a du sens ?

J'ai hâte d'entendre ta voix.

Transmets mon amour à la famille,

Nathan

Tomek fixait les mots sur la page, les gribouillages durs où Nathan avait fait une erreur et s'était corrigé (bien que cela n'ait fait aucune différence à l'orthographe subséquente car il avait fait les mêmes erreurs à nouveau). Il admirait l'homme pour avoir essayé, pour avoir écrit autant qu'il l'avait fait. Ça n'aurait pas dû être facile pour lui, grandir comme ça, abandonné, maltraité, émotionnellement et physiquement négligé. Ça prenait tout son sens maintenant qu'il n'avait pas eu les ressources ou les soins et l'attention nécessaires pour développer ses compétences en lecture et en écriture. À part simplement survivre dans cette maison, il n'y aurait rien d'autre eu à l'esprit.

Tandis que Tomek restait assis là, retournant les phrases dans son esprit, il sentit un pincement de culpabilité et de remords submerger l'excitation et la curiosité qu'il avait ressenties avant de lire la lettre. Il ne savait pas pourquoi, mais il ressentit soudain une affinité avec l'homme qui avait tué son frère. C'était peut-être parce qu'il savait ce que c'était d'être rejeté par sa famille - ce n'était pas du tout au même niveau que ce que Nathan avait vécu, mais après la mort de son frère, ses parents l'avaient négligé, avaient cessé de l'aimer, ils l'avaient laissé traiter et gérer seul le traumatisme de la mort de son frère.

De cette façon, lui et Nathan Burrows se ressemblaient beaucoup.

Tomek tourna la page et détacha les carrés agrafés. Il regarda les numéros, envisagea de les ajouter à son carnet d'adresses. Finalement, il les mit avec la lettre pliée au fond de son armoire avec les autres. S'il voulait appeler Nathan - une réelle possibilité qu'il envisageait maintenant - alors il saurait où les trouver.

Juste au moment où Tomek fermait l'armoire, la sonnette de l'appartement retentit. Abigail. Elle restait pour la nuit. La quatrième nuit d'affilée. Il se demanda s'ils devraient bientôt avoir la discussion sur le fait de rester pour de bon.

Comme il ouvrait la porte de sa chambre, il surprit Kasia qui rôdait dehors, figée, les pieds plantés au sol, prise dans l'instant entre courir vers la porte d'entrée ou sa chambre.

— Qu'est-ce que tu crois faire ?

— Rien.

— Tu écoutais aux portes ?

— Non.

— Qu'est-ce que tu fais devant ma chambre alors ?

— Je venais poser une question.

Mensonge.

— Quoi ?

— Euh... Kasia ne pouvait pas répondre.

La sonnette retentit à nouveau. Plus longtemps cette fois. La frustration de Tomek commença à monter.

— Pardon ? Qu'est-ce que tu allais me demander ?

— Euh... Je... Je me demandais...

— Oui ?

Encore une sonnerie.

— Est-ce que je peux retrouver Yas ce week-end ?

— Yas ?

— Ouais. Elle veut aller à Lakeside. Et j'ai besoin de... de nouveaux sous-vêtements, et...

Encore une sonnerie.

— Putain de merde ! J'arrive !

Ignorant Kasia, Tomek pivota sur place et se précipita vers la porte d'entrée. Il claqua sa main sur la poignée et l'ouvrit d'un coup. Là, de l'autre côté, se tenait Abigail, arborant un air impatient et contrarié. Ses cheveux étaient en désordre et dans sa main, elle portait un sac d'ordinateur portable rempli de documents.

— Tu ne pouvais pas attendre, putain ? lança-t-il.

— Bonsoir à toi aussi. On peut réessayer ?

Tomek se ressaisit. « Désolé. Je ne voulais pas. C'est juste que... journée stressante. »

— À qui le dis-tu. Est-ce que c'est sûr d'entrer ou as-tu besoin que je frappe à nouveau ?

Tomek s'écarta et la laissa entrer. Alors qu'il fermait la porte d'entrée, Kasia claqua la porte de sa chambre, le son résonnant dans tout l'appartement. Elle l'avait fermée si fort qu'il crut entendre le bois se fendre.

— Tout va bien ? demanda Abigail, de la prudence dans sa voix. Qu'est-ce qui m'attend à la maison ?

Tomek n'aimait pas ça.

À la maison.

Comme si c'était aussi sa maison maintenant. Comme si elle s'était imposée sans le consulter ni lui demander ce qu'il en pensait. Il n'aimait pas ça du tout.

— Je ne savais pas que c'était ta maison, dit-il, froidement.

— D'accord... Je sens qu'il y a quelque chose d'un peu plus profond derrière ce commentaire que l'évidence. Je ne voulais pas dire ça comme ça. Désolée si je...

Tomek lui tourna le dos et se dirigea vers la cuisine. Là, il commença à préparer le dîner. Spaghetti bolognaise. Simple, de base. Et l'un de ses plats préférés à cuisiner. Il passa les vingt minutes suivantes à couper l'oignon, à remuer la viande, à cuire les pâtes pendant qu'Abigail lui racontait sa journée. Comment il ne se passait rien. Comment il n'y avait rien à signaler depuis des jours. Et avec chaque commentaire, elle lui avait lancé une pique, le taquinant, le questionnant sur la raison pour laquelle lui et l'équipe ne leur avaient donné aucune information sur le corps qui avait été trouvé à l'église.

— Je veux dire, donne-moi un os, Tomek, dit-elle. On se nourrit de miettes et on commence à être à court.

— Je sais.

Il n'était pas d'humeur à traiter avec elle maintenant. En fait, il n'était pas d'humeur à traiter avec qui que ce soit ou quoi que ce soit. Pas après l'après-midi qu'il avait eu. Pas après la lettre, qui avait complètement perturbé ses circuits.

— Tu as entendu ce que je viens de dire ?

Tomek continuait à remuer la viande, regardant fixement la sauce.

— Tomek !

— Ouais.

— Tu ne m'écoutes pas.

— Si.

— Qu'est-ce que je viens de dire ?

— À propos d'avoir faim.

— D'une putain d'histoire, oui. Mais ce n'est pas ce que je voulais dire. J'ai vraiment besoin que ton équipe me donne quelque chose ici. On a envoyé tellement de putains d'e-mails et de questions sur la fille à l'intérieur de l'église, mais personne ne répond.

— Tu pourrais juste arrêter ?

Tomek sortit la cuillère en bois de la casserole et la frappa sur le comptoir. La sauce éclaboussa le mur carrelé et la grille-pain et la bouilloire à proximité.

— Tu pourrais juste arrêter une putain de seconde ?

L'explosion était soudaine et l'étonna lui-même. C'était la première fois qu'il réagissait ou se comportait de cette façon, et il n'aimait pas l'homme qu'il venait de devenir.

— D'où... d'où ça *vient* ça ? La voix d'Abigail était une combinaison de colère et de douleur. Bien qu'il sentît qu'il était sur le point de recevoir autant qu'il avait donné. Ne me parle pas comme ça. Tout ce que j'ai fait, c'est poser une putain de question. C'est toi qui ne m'écoutes pas, alors ne monte pas sur tes grands chevaux et ne me donne pas tout ça, d'accord ? Tu es censé être un adulte, et tu es censé être l'enquêteur principal d'une enquête pour meurtre. À quel point c'est difficile...

— Censé être l'enquêteur principal ? rétorqua-t-il. *Censé* être ? Qu'est-ce que c'est *censé* vouloir dire ?

— C'est toi qui es en charge de cette enquête. C'est toi qui décides ce qui se passe et ce qui ne se passe pas. Pourquoi vous mettez autant de temps à nous donner les informations ? Les yeux d'Abigail s'élargirent et ses lèvres s'entrouvrirent tandis que la réalisation la frappait. C'est toi qui leur as dit de ne pas le faire, c'est ça ? Tu nous as caché des informations ? Pourquoi ferais-tu ça ? Tu sais à quel point c'est important pour moi. Je n'arrive pas à croire que tu ferais quelque chose comme ça. On est censés être un partenariat, une équipe. C'est mon rêve et tu es en train de le ruiner. J'attends ce moment depuis des lustres, et tu as tout foutu en l'air pour moi. Aujourd'hui, on a rapporté un énorme trou sur la plage de Southend, qu'un photographe spatial local et passionné pensait être une météorite tombée de l'espace. Il s'avère que c'étaient juste des gars avec une énorme pelle et beaucoup de temps libre. Tu vois ! Je ne peux pas revenir à ces conneries toute la journée. Je vaux mieux que ça. J'ai des aspirations.

Elle leva sa main en l'air, puis grimpa sur une échelle imaginaire. Mais Tomek ne prêtait pas attention à cela. Tout ce à quoi il pouvait penser était ce trou.

— Comment... commença-t-il, se tournant lentement vers elle. Comment... comment était-il grand ?

Les joues d'Abigail devinrent rouges. Les lignes sur son front se multiplièrent et ses pattes d'oie s'approfondirent. Ses pupilles se rétrécirent et ses narines se dilatèrent. Tout ce qui restait était la véhémence qui sortait de sa bouche.

— Va te faire foutre, cracha-t-elle. Va te faire foutre, et que cet endroit aille se faire foutre. Je me casse. Au revoir !

CHAPITRE
VINGT-SEPT

Le monde a pris une teinte rouge. Un rouge profond et sombre qui donne l'impression que mes yeux sont couverts de sang. Mon sang. Le sang de Michał. Le sang d'Angelica.

En courant, j'aperçois les jeunes qui traînent devant l'épicerie. L'un d'eux est appuyé sur le guidon pendant qu'un autre tient quelque chose en l'air. Je crois que c'est une putain de pelle, mais je n'en suis pas sûr. Ça a un manche et tout, et ça brille sous les lumières du magasin, donc ça ressemble presque certainement à une pelle. Mais avant que je puisse y réfléchir davantage, j'arrive devant le magasin de cuisines Magnet. Et cette fois, je vois Abigail sur le parking, debout à côté de l'homme que j'ai vu tant de fois, tant de fois, mais à qui je n'ai jamais vraiment prêté attention. Sauf que ce n'est pas Abigail. Du moins, je ne crois pas.

Elle porte les vêtements d'Abigail, oui, mais son visage est flou, et blanc, de la couleur d'un drap. Et derrière elle, il y a une voiture rouge. Mais quand je regarde à nouveau, je réalise que ce n'est pas une voiture rouge. C'est une paire d'ailes. Des ailes d'ange. Des ailes d'ange ensanglantées.

Et puis ça coupe.

Je suis dans le champ. Le vent s'est levé, et il commence à crachoter légèrement, une pluie douce de sang. Même l'obscurité du parc est devenue rouge, teintée de mort.

Je me glisse sous la barrière et je sprinte à travers la boue. Là, debout au-dessus de Michał, se trouve Nathan Burrows. Il porte un jogging gris et un sweat-shirt gris taché. Il n'est pas rasé, et ses cheveux sont longs et légèrement hirsutes. Ses dents sont inclinées d'un côté et ses sourcils se rejoignent au milieu. Je vois un monstre devant moi, se tenant seul, les épaules roulées vers l'avant, les jambes écartées à la largeur des épaules, les bras le long du corps, me fixant, presque provocant, attendant que je fasse le premier mouvement.

Et je le fais. Je suis le premier à cligner des yeux. Littéralement.

Mais quand je les rouvre, Nathan s'est transformé en un garçon de quinze ans. Portant le même survêtement bleu Lonsdale et les mêmes baskets noires qu'il portait quand il avait tué Michał. Sauf que maintenant, il y a deux personnes debout derrière lui. Un homme et une femme, de chaque côté. Sa mère et son père. Ils sont habillés en vêtements décontractés. Les cheveux de sa mère sont attachés en queue de cheval qui semble pencher d'un côté, comme si quelqu'un d'autre l'avait tirée lors d'une dispute. De l'autre côté, le père de Nathan se tient comme lui, avec les mêmes épaules, les mêmes bras. La seule différence entre eux est la ligne de cheveux qui recule et le ventre plus potelé. À part ça, ils sont presque des copies conformes.

Tous les trois, me fixant.

Et puis Nathan me fait signe de la main, comme s'il m'appelait, me faisant signe d'approcher.

Et puis ça coupe.

Je conduis la voiture, la voiture de police, avec Papa à mes côtés. Le bruit des essuie-glaces qui fouettent de gauche à droite est le seul son dans la voiture. Ça et le bruit de la pluie. Nous roulons, roulons, roulons. Je n'ai aucune idée d'où nous sommes ; je sais seulement que nous allons au commissariat. Quand nous arrivons, l'officier de police m'ouvre la porte et me conduit dans le bâtiment. Les lumières sont si vives que je ne peux rien voir. Tout ce que je sais, c'est que l'homme me guide, que je dois le suivre. Finalement, après quelques minutes à parler à des gens, à entendre des voix et des noms que je ne reconnais pas, on me fait entrer dans une petite pièce. Elle est bien éclairée, il y a un joli canapé, et une télévision qui diffuse une émission banale à laquelle je ne prête pas attention. C'est conçu pour me calmer, mais je n'arrive pas à me concentrer dessus. Tout ce que je vois, c'est *le sang de Michał sur mes mains, mêlé à la saleté sous mes ongles. Il est sur les murs. Il est dans le tissu des meubles. Il est partout. Je demande à aller aux toilettes, pour me laver les mains, mais rien ne se passe, personne ne répond. Je commence à paniquer, ma poitrine se soulevant, s'abaissant, se soulevant, s'abaissant, jusqu'à ce que ma tête soit légère et que j'aie des vertiges. Je me dirige vers le canapé pour m'asseoir, j'attrape la bouteille d'eau qui s'y trouve, et juste au moment où je dévisse le bouchon, la porte s'ouvre. Debout là, en uniforme de police, se trouve ma mère. Ses ongles rose brillant s'accrochent à la poignée de la porte.*

— Nous sommes prêts pour toi maintenant, Tomek, dit-elle, avant de changer ma vie à jamais.

CHAPITRE
VINGT-HUIT

L'atmosphère dans la voiture était gênante et glaciale. Ni l'un ni l'autre n'avait prononcé un mot ce matin-là, hormis l'essentiel : « Bonjour », « Prêt à partir à huit heures ? » et « Ton déjeuner est dans ton sac ».

Tomek avait beaucoup de choses à dire, notamment des excuses monumentales, mais il ne savait pas comment s'y prendre. Ce n'était pas quelque chose qu'il avait dû faire auparavant. Il n'était pas habitué à s'excuser. Dans le passé, lorsqu'il rompait avec une fille ou qu'il leur disait que le lendemain matin d'une nuit ensemble marquait la fin de leur relation, il avait toujours balayé cela d'un haussement d'épaules et d'un roulement des yeux, sans égard pour les sentiments de l'autre personne. Elles faisaient partie de sa vie pour une nuit, peut-être deux, et une nuit seulement. Sauf avec Kasia, qui serait dans sa vie pour le restant de ses jours, et elle n'était pas une aventure d'un soir. Elle était sa fille. Et c'était une toute autre histoire.

Jusqu'à présent, pendant le trajet vers l'école, Kasia était restée branchée sur son casque et l'avait complètement ignoré. Il avait tenté de lui jeter quelques regards de temps en temps, mais elle était tellement absorbée par son téléphone et sa musique qu'elle ne l'avait pas remarqué – ou, si c'était le cas, elle n'en avait rien laissé paraître. Il ne savait pas d'où lui venait ce visage impassible, mais il ne l'appréciait pas.

Après vingt minutes, il s'arrêta finalement devant son école. Enfin, pas exactement devant l'école ; elle préférait qu'il se gare plus loin dans la rue pour qu'aucun de ses amis ne la voie se faire déposer, probablement parce qu'elle aurait pu être considérée comme une sorte de paria sociale. Pendant un bref instant, Kasia ne bougea pas. Une partie de lui pensa qu'elle se préparait peut-être à dire quelque chose, mais quand rien ne vint, quand elle tendit la main vers son sac posé au sol, le serra fermement contre sa poitrine et ouvrit la portière, Tomek la retint par le bras.

— On peut parler d'hier soir ?

Lentement, Kasia débrancha ses écouteurs de ses oreilles. Elle garda son regard fixé sur lui. Il était clair d'après son expression qu'elle attendait impatiemment ses excuses, qu'elle souffrait.

— Je suis désolé, dit-il, direct, allant droit au but. Je suis désolé de m'être emporté contre toi et de t'avoir ignorée. Je... Ce n'est pas une excuse, mais j'ai eu une journée chargée hier, et je n'aurais pas dû ramener ça à la maison. J'aurais dû laisser tout ça à la porte, et je m'excuse pour ça. Je...

Il inspira profondément et tourna son regard vers le tableau de bord.

— J'ai reçu une autre lettre hier soir, oui, et merci de ne pas l'avoir ouverte. J'avais juste besoin de la lire dans ma chambre, seul, car elles sont... elles sont difficiles à digérer pour moi.

Il renifla fort en réfléchissant à ce qu'il allait dire ensuite.

— Je n'ai aucun problème à ce que tu voies ton pote ce week-end. J'aurais dû te le dire sur le moment, mais j'avais beaucoup de choses en tête. Encore une fois, ce n'est pas une excuse, je le sais. J'assume ma responsabilité, et je m'excuse. Si tu as besoin que je t'emmène ou que je vienne te chercher à Lakeside, fais-le-moi simplement savoir et je serai là, d'accord ?

L'expression de Kasia resta inchangée. Elle débrancha ses écouteurs de son téléphone et commença à enrouler le câble autour de sa main.

— Je suis désolée aussi, dit-elle d'une voix faible.

— Pourquoi ? Tu n'as pas à t'excuser.

— Pour avoir espionné devant ta chambre.

— Ah, ça...

— Je n'aurais pas dû le faire non plus. J'étais trop curieuse. Ce n'est...
ce n'est pas une excuse non plus. Je le sais.

Puis elle fit quelque chose qui le prit complètement au dépourvu.
Elle serra son poing, le plaça au centre de sa poitrine, et frotta le poing en
cercle plusieurs fois.

— C'était quoi ça ?

— « Désolé » en langue des signes. Une fille de ma classe est sourde,
et elle utilise ce signe quand elle ne comprend pas la question.

Tomek plaça son poing sur sa poitrine et fit le même mouvement.

— Désolé, dit-il.

— Désolée, répéta Kasia. Puis elle s'attarda sur son siège, quelque
chose lui préoccupant encore l'esprit. T'es-tu excusé auprès d'Abigail ?

— Non.

— Vas-tu le faire ?

— Je ne sais pas.

— J'ai entendu ce qui s'est passé hier soir. Ça avait l'air grave...

— Ouais.

— Vas-tu lui en parler ?

À un moment donné, il le devrait. C'était la chose adulte à faire. Il ne
pourrait plus se cacher maintenant, pas quand ils étaient si avancés dans
leur relation qu'il ne pouvait pas avoir la frousse et se défiler. Non, il
serait obligé de s'y tenir pendant un certain temps avant que tout cela
puisse arriver.

— Je suis sûre que vous arrangerez les choses, dit Kasia, bien qu'il
puisse dire par sa voix qu'elle ne le pensait pas vraiment.

— Son anniversaire est dans quelques semaines, dit-il.

— Qu'est-ce que... qu'est-ce que ça a à voir avec tout ça ?

Il haussa les épaules, regardant par la fenêtre.

— Je ne sais pas.

Puis ses yeux tombèrent sur le tableau de bord. Il était 8 h 35.

— Tu ferais mieux d'y aller. On ne veut pas une autre note de retard
de Mlle Holloway.

Ses yeux s'illuminèrent de peur.

— Tu as vu ça ?

— Ce n'est pas grave, lui dit-il. Je l'ai vu sur ton bulletin l'autre jour — en fouillant dans ton sac, désolé — mais je n'ai rien dit. Donc pour celle-là, tu as un laissez-passer gratuit. Assure-toi simplement que ça ne se reproduise plus.

Kasia répondit en frottant un cercle sur sa poitrine. Tomek répliqua de la même manière.

Une seconde plus tard, elle était sortie de la voiture, remontant la rue, portant un sac à dos deux tailles trop grand pour elle, et envoyant des textos sur son téléphone. Tomek se tourna pour regarder le reste des enfants qui faisaient de même. Des clones, des copies conformes les uns des autres : têtes baissées, écouteurs aux oreilles, leur monde entier encapsulé dans un miroir noir plutôt que dans le monde qui les entourait. Même ceux en groupes écoutaient de la musique avec un écouteur tout en prétendant communiquer dans le monde réel.

Tomek était tellement concentré sur les enfants de l'école de Kasia qu'il faillit manquer la vibration de son téléphone. Il fouilla dans sa poche et sortit l'appareil. C'était son père, Perry.

— Tout va bien, papa ? demanda-t-il en mettant l'appel en haut-parleur et en s'éloignant du bord de la route.

— Tout va bien.

— Tu es sûr ? Ce n'est pas dans tes habitudes d'appeler si tôt. D'habitude, tu ne peines pas encore à sortir du lit à cette heure-ci ?

— Tu te moques, mais cette histoire d'arthrite te rattrapera un jour, fiston. Alors ne sois pas trop arrogant. D'ailleurs, j'ai déjà préparé le petit-déjeuner, nettoyé la cuisine, passé l'aspirateur au rez-de-chaussée, réparé le robinet dans la salle de bain, et mis une lessive dans la machine. Et maintenant ta mère m'a envoyé dans le garage parce que la lampe sur sa table de nuit est cassée et qu'elle doit être réparée immédiatement, sinon elle ne pourra pas lire ses livres au lit ce soir.

— Aïe.

— Ne te marie pas. C'est sans fin.

Tomek ricana en se concentrant sur le virage à un carrefour.

— Comment va tout le monde ? continua Perry. Kasia ? Le travail ?

Tomek lui donna la version condensée de la soirée précédente, gardant les détails concernant la lettre de Nathan et la discussion avec son frère loin de son père.

— Aïe, répondit Perry.

— Ouais.

— Tu veux en parler ?

— Non. Ça va.

— D'accord. Très bien, alors...

C'était tout ce qui devait être dit sur le sujet. Ils avaient géré ça comme des hommes, sans rien dire du tout, et maintenant il était temps de passer à autre chose. Heureusement, Perry avait autre chose en tête.

— Pendant que je t'ai au téléphone, dit-il, baissant sa voix jusqu'à ce qu'elle ne soit guère plus qu'un murmure. Il y a quelque chose que je voulais te demander.

Le bruit d'outils et de métal s'entrechoquant résonnait en arrière-plan pendant qu'il parlait, probablement pour empêcher sa mère d'entendre.

— D'accord..., répondit Tomek.

— C'est à propos de Nathan.

Tomek hésita. Dawid lui avait-il parlé ?

— D'accord...

— Quand tu es allé le voir il y a quelques mois, tu as dit qu'il t'avait dit avoir agi seul.

— Oui. C'est exact.

Alors que Perry luttait pour faire sortir les mots, le bruit des outils qui se déplaçaient augmentait progressivement.

— Et je me demandais... je me demandais si, tu sais, si tu le croyais ?

— Si je le croyais ?

— Oui. Penses-tu qu'il y a toujours cette deuxième personne quelque part ou penses-tu... penses-tu qu'il a vraiment agi seul ?

Tomek se demandait où son père voulait en venir et ce qui l'avait poussé à aborder ce sujet après plusieurs semaines. Tomek avait parlé à sa famille de sa visite à Nathan Burrows à la prison de Wakefield quelques semaines auparavant, et son père n'avait pas soulevé de préoccupations à ce moment-là. En fait, il s'était rangé du côté de la mère de Tomek et finalement, en tant que famille, ils avaient accepté de laisser tomber. Après trente ans de recherche constante de clôture, ils avaient décidé que Nathan Burrows avait agi seul, que personne d'autre n'était avec lui, et que Tomek l'avait imaginé. Toute cette pression, tous ces fardeaux avaient été levés de leurs vies et ils s'étaient rapprochés. Mais maintenant Perry avait finalement exprimé ses inquiétudes, loin des oreilles attentives de sa mère.

— Qu'est-ce qui t'amène à parler de tout ça, papa ? demanda Tomek.

— Je réfléchissais, dit-il. C'est tout. Je me demandais juste si tu avais changé d'avis.

— Je...

Tomek hésita. Il ne savait pas quoi dire. Il ne savait pas ce que Perry attendait qu'il dise. Il inspira profondément, retint son souffle, puis laissa l'air sortir lentement de ses lèvres.

— Je ne le crois pas, dit-il, peu sûr de lui. Je pense... je pense que Charlie est toujours là-bas, oui.

— Et toutes ces choses l'autre semaine au dîner ? C'était pour ta mère ?

Tomek marmonna, incapable de répondre.

— Bien. Garde ça comme ça. Elle va beaucoup mieux depuis que tu es venu et que tu as dit ce que tu as dit. Elle est plus heureuse, elle est différente. Je ne l'ai pas vue comme ça depuis près de trente ans. C'est une femme complètement différente.

— Elle te fait toujours nettoyer et réparer des choses pour elle, cependant.

— Elle me fait toujours nettoyer et réparer des choses pour elle, oui. Mais, crois-moi, c'est la plus heureuse qu'elle ait jamais été. Et je ne veux pas que quoi que ce soit change cela maintenant. Alors... alors garde ça loin de ta mère, d'accord ? Ne lui dis rien, et moi non plus. Notre petit secret.

Il n'y avait rien de *petit* à ce sujet. Pas quand il s'agissait de Michał. Pas quand cela impliquait Nathan Burrows.

— Je savais que tu nous cachais quelque chose ce soir-là, continua Perry. Le bruit de mouvement et de métal s'entrechoquant revint. Je pouvais le voir sur ton visage que tu y croyais toujours. Et je veux juste que tu saches que je te crois aussi. Je savais que ce n'était pas dans ta nature de laisser tomber cette affaire si facilement. Tu te bats pour ça depuis trente ans, et je sais que tu continueras à traquer ce salaud pendant les trente prochaines années, jusqu'à la fin. Je sais que tu feras ce qui est juste pour notre famille, mon fils. Je sais que tu le trouveras, parce qu'il est quelque part là-bas. Je le sens. Je le sais, tu le sais. Et je sais que tu es capable de le trouver. Continue à te battre, fiston.

Une boule se forma dans la gorge de Tomek. Une tape dans le dos, une validation, un signe de tête bien mérité. La première fois que son père lui disait qu'il était fier, qu'il croyait en lui. Trente ans trop tard, mais c'était là, néanmoins. Et tandis que Tomek y réfléchissait un instant, il comprit ce qu'était ce petit discours : son père, suppliant pour de l'aide, suppliant Tomek de trouver le deuxième meurtrier de Michał, car lui aussi avait porté le même fardeau toutes ces années, juste d'une manière différente, caché du reste de la famille. Et maintenant, il faisait clairement comprendre à Tomek ce qui devait être fait et qu'il serait à ses côtés à chaque étape du chemin.

CHAPITRE
VINGT-NEUF

Trouver Shawn Wilkins, l'homme condamné pour harcèlement envers Angelica Whitaker, aurait dû être une simple recherche, un rapide coup d'œil au registre. Mais cela s'était avéré tout sauf simple. Son adresse enregistrée était chez ses parents, mais lorsqu'Oscar et Rachel s'y étaient présentés pour l'amener à l'interrogatoire, ils avaient appris qu'il avait déménagé. Le seul problème était que ses parents étaient bavards et les avaient retenus tous les deux pendant deux heures avant de finalement leur donner les informations dont ils avaient besoin.

Pendant qu'il attendait, Chey avait passé les vingt dernières minutes à lui énumérer toutes les preuves qu'ils avaient contre Wilkins. Plusieurs cas où il s'était posté devant la maison d'Angelica Whitaker au milieu de la nuit, parfois assis dans sa voiture, l'observant par la fenêtre quand les lumières étaient allumées, la suivant dans la rue en pleine nuit comme en plein jour, se présentant à l'improviste chez Whitaker, la bijouterie, prétendant acheter quelque chose (et l'ayant même fait une fois, pour ensuite le lui offrir), lui envoyant des messages à répétition sur les réseaux sociaux et par SMS, utilisant fréquemment de faux comptes et de nouveaux numéros mobiles pour la contacter, et commentant constamment chacune de ses publications sur les réseaux sociaux avec les phrases « Mon magnifique ange » et « Mon ange a retrouvé ses ailes », comme s'ils étaient en couple. Le seul problème était que Tomek n'écoutait rien de tout cela. Ses pensées étaient à des centaines de kilomètres de là, à Wakefield, rôdant à l'extérieur de la prison, regardant les barreaux de fer aux fenêtres grises et sombres du bâtiment. Puis ses pensées se tournèrent vers le terrain de jeu où son frère était mort – l'aire de jeux qui existait toujours, mais qui paraissait complètement différente trente ans plus tard. Cette fois, il imagina le banc avec le nom de Michał gravé dessus. Il ne s'était pas assis sur ce banc, et ne l'avait même pas vu, depuis des années. Et maintenant, il était là, d'une clarté cristalline dans son esprit.

— Sergent ?

La voix lui entra par une oreille et ressortit par l'autre.

— Sergent, vous êtes là ?

Tomek se tenait dos à Chey, regardant par la fenêtre qui donnait sur le parking. Il était à peine conscient du reflet de l'homme dans la vitre. Mais alors que Chey se déplaçait derrière lui, ce n'était pas le reflet qui le distrayait, mais la voiture qui venait de se garer dans une place vide près de l'entrée du bâtiment. Rachel. Garée de travers après avoir tourné brusquement pour se mettre dans l'emplacement. Une seconde plus tard, il la vit sortir de la voiture et se diriger vers l'arrière, d'où émergea Shawn Wilkins. L'homme était un petit géant vu d'en haut, de la fenêtre du deuxième étage. Il faisait presque deux fois la taille de Rachel, avec de grandes épaules voûtées qui semblaient ne jamais finir, et une démarche qui le faisait ressembler à un doux géant. Il attendit patiemment que Rachel récupère quelque chose à l'arrière de sa voiture, puis la suivit à quelques pas de distance.

Ce n'est que lorsqu'ils furent à quelques mètres du bâtiment que Tomek aperçut une silhouette bondir d'une voiture proche et sprinter à travers le parking. Au moment où il remarqua ce qui se passait, il était déjà trop tard, et comme une biche mère regardant son faon se faire renverser par une voiture au milieu de la rue, Tomek se sentit impuissant. La silhouette, vêtue d'un sweat à capuche noir, parcourut la distance avec aisance et, un instant plus tard, était sur eux. Il balança un crochet du droit sur Shawn Wilkins et le toucha nettement, envoyant le petit géant au sol. Mais cela ne suffisait pas à l'agresseur. Poussant Rachel sur le côté, il attrapa Shawn par le col et commença à le frapper au visage à répétition, le frappant dans l'estomac et les jambes alors que l'homme était neutralisé.

Tomek n'avait pas besoin d'en voir davantage. Il sortit en trombe de la pièce et se dirigea vers les escaliers, les descendant deux par deux, s'appuyant contre le mur pour garder l'équilibre. Arrivé en bas, il traversa une série de doubles portes et sortit en plein air. Lorsqu'il arriva dehors, la situation avait déjà été maîtrisée par une poignée d'agents en uniforme qui se trouvaient à proximité. Il avait fallu trois d'entre eux pour maîtriser l'agresseur, un sur son cou, tandis que les deux autres le chevauchaient et commençaient à lui passer des menottes autour des poignets.

— Lâchez-moi ! hurla l'agresseur.

Pendant ce temps, Rachel s'occupait de Shawn Wilkins. L'homme était assis par terre, les jambes écartées, la tête baissée entre ses genoux tandis qu'un fleuve de sang coulait de son nez.

D'abord, Tomek vérifia que Rachel allait bien.

— Tout va bien ?

Elle leva les yeux vers lui, agitée.

— C'était quoi ce bordel ? Il est sorti de nulle part !

— Pas de là-haut, en tout cas. Tomek pointa la fenêtre du doigt. Tu sais qui c'est ?

Et là, Tomek vit par lui-même.

L'homme fut remis sur pied avec l'aide d'un quatrième agent en uniforme. Les bras derrière le dos. De la terre et des morceaux de gravier collés à son visage.

Celui qui le fixait était Johnny Whitaker, le frère d'Angelica et son farouche défenseur.

CHAPITRE
TRENTE

Il avait fallu plus d'une heure pour arrêter le sang qui coulait abondamment du nez de Shawn Wilkins, du moins jusqu'à un point où il n'avait plus besoin de remplacer le mouchoir enfoncé dans ses narines toutes les deux secondes. Les professionnels médicaux du bâtiment s'étaient occupés de lui, l'avaient soigné et l'avaient envoyé dans la salle d'interrogatoire dans la même tenue que celle qu'il portait lors de l'agression, tachée et couverte de sang. Malheureusement, il n'y avait pas de vêtements de rechange et même s'il y en avait eu, Tomek doutait qu'ils puissent lui aller. Rachel l'avait rejoint dans la salle d'interrogatoire. C'était un entretien volontaire, Shawn était donc libre de partir à tout moment, bien que Tomek soupçonnait que l'homme voudrait porter plainte contre Johnny Whitaker. Tomek tenait à forcer l'homme à rester aussi longtemps que nécessaire en gardant cette partie pour la fin.

— Shawn Wilkins... commença Tomek.

— Oui ?

— C'est bien vous ?

— Oui.

— Et vous habitez à Crescent Drive, c'est exact ?

— Mes parents y habitent.

— Mais pas vous ?

— Vous savez où j'habite. C'est de là que vous m'avez ramassé.

Il pointa Rachel du doigt, mais Tomek l'ignora.

— Depuis combien de temps vivez-vous là-bas ?

Shawn haussa les épaules.

— Deux, peut-être trois ans.

— Alors pourquoi n'avez-vous pas mis à jour nos registres ?

— Quels registres ?

— L'ordonnance restrictive contre vous concernant une certaine Angelica Whitaker.

Shawn posa ses mains gigantesques à plat sur la table et les ramena lentement vers lui en s'adossant à sa chaise. C'était un geste simple, anodin, et pourtant Tomek y percevait une menace sous-jacente. L'homme lui rappelait Ed Kemper. « C'est pour ça ? Vous m'avez fait venir parce que mes coordonnées ne sont pas à jour ? »

C'était au tour de Rachel de parler.

— Non, nous vous avons fait venir parce que nous avions quelques questions à ce sujet.

Le visage de Shawn se tordit en une grimace.

— Tout est sûrement dans le dossier, non ? Pour faire court, je ne peux pas m'approcher d'elle à moins de quelques mètres.

— Combien exactement ?

— Cent.

— C'est beaucoup plus que *quelques* mètres, dit Tomek. Qu'avez-vous fait pour mériter cela ?

Tomek connaissait la réponse à cette question – les paroles de Chey résonnaient vaguement dans son esprit – mais il voulait que Shawn leur explique clairement.

— Tout est dans mon dossier, répondit l'homme avec défi.

— Pourquoi ne pas nous dire ce qu'il contient ?

— Je préférerais ne pas revenir sur le passé. C'est difficile.

— Mais pas aussi difficile que la vie que vous avez fait mener à Angelica Whitaker, n'est-ce pas ?

L'homme n'appréciait pas le ton de Tomek. Tomek pouvait le voir se replier dans son coin, les poils hérissés, griffes sorties.

— De quoi s'agit-il ? demanda-t-il. Pourquoi m'avez-vous amené ici ?

Et pourquoi diable quelqu'un m'agresse-t-il dehors ? Je veux porter plainte.

Rachel leva la main pour l'apaiser.

— Nous pourrons en discuter plus tard, commença-t-elle. Mais d'abord, j'aimerais savoir quand vous avez rencontré Angelica pour la première fois ? Comment vous êtes-vous connus ? C'était dans un avion, c'est bien ça ?

Il y avait quelque chose dans son ton, la sensibilité qui s'en dégageait, le calme, qui rendait même Tomek réceptif à ses questions. Elle avait une façon différente de traiter avec les gens, et le plus souvent, cela fonctionnait. Surtout quand elle essayait de réparer les dégâts de Tomek.

— Je revenais de Madrid en avion, commença Shawn, gardant les yeux fixés sur Rachel. J'étais avec quelques potes. On était partis en vacances entre mecs. Calme, tranquille, rien de trop bruyant. Ça devait être il y a environ trois ans maintenant. Et on rentrait en plein milieu de la matinée. On était tous crevés et le reste de mes potes dormait, mais pas moi. J'étais juste en train de regarder la plus belle femme que j'aie jamais vue, sérieux. Elle était magnifique. Vous auriez dû la voir. Une silhouette de mannequin, les yeux les plus magnifiques, les cheveux joliment coiffés, le maquillage impeccable. Il y avait quelque chose en elle. Alors j'ai commencé à lui parler à l'arrière de l'avion pendant que tout le monde dormait ou avait ses écouteurs, et on s'est vraiment bien entendus. Je lui sortais des phrases de drague, elle me répondait avec des flirts. Mais c'est tout. La fin du vol est arrivée et elle est partie.

Tandis que Shawn Wilkins parlait, ses yeux et son visage s'illuminaient d'un désir fervent et d'une faim animale. L'expression sur le visage de l'homme mettait Tomek mal à l'aise. S'il prenait autant de plaisir à *penser* à Angelica, comment s'était-il comporté quand il avait été près d'elle ?

— Comment avez-vous retrouvé Angelica après ? demanda Rachel.

— Insta, répondit rapidement l'homme. J'ai trouvé son compte sur Insta. Ça n'a pas pris trop longtemps en fait, j'avais déjà un prénom, et j'ai réussi à assembler le reste. Puis je lui ai envoyé un message. Son compte n'était pas privé ni rien, alors je l'ai simplement contactée. J'ai tenté ma chance, et elle a répondu. Étonnamment, elle se souvenait de moi. J'ai dû lui faire une impression, et puis les choses ont suivi leur cours à partir de là.

Il termina sa phrase avec un haussement d'épaules nonchalant, comme si Tomek et Rachel devaient être impressionnés par sa prouesse.

— Comment ? demanda Rachel, d'un ton neutre, mesuré. Pendant ce temps, des pensées concernant Kasia commençaient à entrer dans la tête de Tomek : comment elle serait exposée à ce genre de choses dans les années à venir ; comment certains hommes ne pouvaient pas se contrôler et allaient trop loin ; comment elle devrait faire attention chaque jour pour le reste de sa vie si rien ne changeait.

Nouveau haussement d'épaules, nouvelle manifestation de défi.

— Vous savez, je lui ai juste envoyé quelques messages. On a parlé de pleins de trucs. Son travail, comment elle attendait avec impatience la fin de la saison parce qu'elle avait besoin d'une pause, mais n'était pas impatiente parce que ça signifiait qu'elle ne réalisait plus sa passion. Puis elle m'a dit ce qu'elle aimait faire, où elle aimait aller, ce qu'elle faisait le soir. Alors accidentellement-exprès un soir, je l'ai croisée à Memo. Elle était surprise de me voir, j'ai pris ça comme un bon signe, et puis je l'ai suivie chez elle dans un autre taxi.

— Elle vous l'a demandé ?

— Eh bien, pas *exactement*. Mais je pouvais dire qu'elle était partante, vous voyez. Elle m'envoyait clairement des signaux.

Du coin de l'œil, Tomek remarqua que Rachel frémissait d'inconfort à ce commentaire.

— Et quand elle vous a repoussé, qu'avez-vous dit ? continua Rachel, sa voix se brisant légèrement.

— Repoussé ? Elle ne m'a pas repoussé. On a couché ensemble ce soir-là.

Tomek pouvait sentir les poumons de Rachel se dégonfler. Une déception suintait de chacun d'eux, qu'Angelica ait été si prompte à se mettre au lit avec quelqu'un qu'elle connaissait à peine, et quelqu'un qui l'avait suivie chez elle sans voir le risque qu'il représentait.

— Mais je ne l'ai pas violée ni rien. Tout est consigné. Elle a admis que c'était consensuel.

Mais c'est à ce moment-là que l'obsession avait progressé, pensa

Tomek. Passant à un autre niveau, puis à un autre encore. Plus elle l'ignorait après avoir repris ses esprits, plus elle le repoussait, plus cela le rendait affamé, plus il devenait désespéré pour son attention, pour *elle*. Et ce qui inquiétait le plus Tomek, c'était qu'il n'y avait aucun remords, aucune reconnaissance que ce qu'il avait fait et la façon dont il s'était comporté était mal, immoral, fondamentalement pervers. Il semblait fier de son comportement et ravi qu'ils parlent d'Angelica.

Avant la rencontre, Chey avait imprimé la liste des preuves qu'Angelica avait fournies lors de sa demande d'ordonnance restrictive. Tomek la consulta. À présent, le récit des faits par le policier avait été complètement noyé par les informations que Shawn Wilkins lui donnait.

— Il est indiqué ici que vous vous présentiez parfois chez elle à l'improviste, et sur son lieu de travail à plusieurs reprises ?

Les yeux de l'homme s'illuminèrent.

— Vous n'avez aucune idée du nombre de fois où j'ai pris des vols aléatoires vers des pays aléatoires depuis l'aéroport de Southend juste dans l'espoir qu'elle puisse être sur l'un d'eux. Le nombre de fois où j'ai dû faire tout le trajet puis revenir, c'était dingue.

Il émit un petit rire, enthousiaste par ses propres souvenirs agréables de l'expérience.

— Et puis quand j'ai découvert qu'elle travaillait avec sa belle-sœur, je me suis épargné une *fortune* absolue.

Tomek l'imaginait maintenant : Angelica travaillant paisiblement dans la bijouterie, s'occupant d'un client, lui montrant la bague ou le collier parfait qui ferait d'eux les personnes les plus heureuses de la planète, puis son attention étant distraite par l'homme qui venait d'entrer, lui souriant, ses yeux perçants surveillant chacun de ses mouvements, attendant qu'elle finisse pour bondir, ne lui laissant aucune issue.

— J'en suis certain. Tomek était dégoûté. Ça vous dérange si je vous pose quelques questions ?

Shawn accorda la permission à Tomek d'un geste de ses énormes mains.

— Que faites-vous dans la vie ?

— Je travaille à la bibliothèque de Hadleigh.

— Depuis combien de temps êtes-vous là-bas ?

— Dix ans.

— Quel est votre genre de livre préféré ?

— La fantasy. *Game of Thrones*. Ce genre de chose.

— Avez-vous déjà été à l'une de ces conventions de comics ?

— Quelques fois. Pourquoi ?

— Avez-vous déjà fantasmé qu'Angelica soit un personnage de *Game of Thrones* ?

— Peut-être...

— Avez-vous déjà appelé Angelica un ange ?

— Oui.

— Avez-vous déjà fait référence au fait qu'elle avait des ailes ?

— Seulement parce que j'étais content d'apprendre qu'elle avait été réembauchée pour la saison suivante. C'était ma petite célébration pour elle.

— Avez-vous déjà pénétré par effraction chez elle ?

— Quoi ? Non !

— Avez-vous déjà pensé à blesser Angelica ?

Hésitation.

— Non...

— Avez-vous déjà pensé à blesser *quelqu'un* ?

— Non.

— Avez-vous déjà tué quelqu'un auparavant ?

— Quoi ?

Et ce fut la fin. Tomek avait espéré que sa série rapide de questions donnerait plus de résultats, mais pas cette fois.

— Où voulez-vous en venir ?

— Nulle part, mentit Tomek. Il était temps de changer de direction. Où étiez-vous vendredi soir ?

— Chez moi.

— Votre domicile ?

— Oui.

— Seul ?

— Oui. Pourquoi ? Que s'est-il passé vendredi soir ?

— Rien.

— Alors pourquoi me posez-vous toutes ces questions ?

Tomek haussa les épaules.

— Par curiosité.

— Est-ce qu'il lui est arrivé quelque chose ?

— À qui ? demanda Tomek, délibérément obtus.

— À Angelica ! Est-il arrivé quelque chose à mon ange ?

Tomek laissa son cerveau absorber la phrase avant de répondre : « Je ne suis pas sûr de comprendre ce que vous voulez dire. »

L'excitation sur le visage de Shawn se transforma rapidement en rage, son expression se remplissant de venin. Il se tourna vers Rachel et, pointant Tomek du doigt, lui demanda : « C'est quoi ce bordel ? »

— Je ne suis pas sûre de comprendre, monsieur.

Shawn frappa la table de sa paume.

— Vous vous foutez de ma gueule ? C'est quoi ces conneries ? Je n'ai pas à rester ici et supporter ça.

Il se leva de sa chaise, attendit que Tomek ou Rachel l'arrête, et quand ni l'un ni l'autre ne le fit, il claqua la chaise contre la table et se précipita vers la porte.

— Vous ne vouliez pas porter plainte ? appela Tomek.

Shawn s'arrêta, figé, la main enroulée autour de la poignée. La montée et la descente de sa poitrine étaient visibles depuis la table, le son de sa respiration plus fort que l'unité de climatisation.

— Laisse tomber, dit-il. C'est contre vous deux que je devrais porter plainte.

Puis il sortit en trombe, claquant la porte derrière lui.

Alors que le bruit de ses pas lourds s'éloignait, Tomek se tourna vers Rachel et dit : « Eh bien, eh bien, quel tempérament. »

CHAPITRE
TRENTE-ET-UN

Tomek croisa Rose Whitaker en sortant. La propriétaire de la bijouterie était agitée, mécontente. Elle serrait son sac contre sa poitrine, coincé sous son bras, et tournait la tête comme un chien en alerte. Elle se trouvait dans la zone d'accueil, attendant anxieusement que quelqu'un vienne la voir.

— Je suppose que vous êtes venue parler à votre mari ? demanda Tomek d'un ton léger.

— J'ai failli ne pas venir, répliqua-t-elle sèchement.

— Vraiment ?

— C'est bien la dernière chose que cette putain d'ordure mérite.

Tomek sentait qu'il y avait autre chose, quelque chose qui allait au-delà du simple désagrément de devoir fermer sa bijouterie plus tôt pour récupérer son mari qui s'était bêtement fait arrêter pour avoir agressé quelqu'un devant un commissariat. Si c'était le cas, elle ne choisit pas d'élaborer.

— Je suis content que vous soyez là, en fait, poursuivit Tomek, puis il pointa un couloir. Je me demandais si je pouvais vous emprunter quelques minutes pour vous poser des questions sur votre mari et Angelica ?

Rose leva les yeux au ciel. — Pas de problème. Cet imbécile peut attendre aussi longtemps que je le lui dirai.

Cela dit, elle le suivit dans l'une des salles réservées aux témoins vulnérables, conçues pour être confortables et accueillantes pour ceux qui en avaient le plus besoin – enfants et victimes de viol ou de traumatismes. Tomek invita Rose à s'asseoir sur le canapé tandis qu'il se perchait sur le bord d'une inconfortable chaise en bois qui lui meurtrit le coccyx dès qu'il s'y posa.

— Quelque chose à boire ? proposa-t-il.

Elle déclina d'un mouvement de tête puis posa son sac à main sur le canapé, relâchant enfin son emprise dans un environnement où elle se sentait manifestement en sécurité.

— C'est la première fois que vous venez dans un commissariat ? demanda-t-il.

— Oui. Elle scrutait la pièce avec un mélange d'étonnement et d'inquiétude, comme si elle la regardait à travers une réalité augmentée. — Désolée, c'est juste... bizarre, vous savez. Ça me donne la chair de poule.

Tomek eut un petit rire. — C'est normal. On entend ça souvent. C'est un environnement peu familier et inconfortable pour quatre-vingt-dix-neuf pour cent de la population. Je pense que vous seriez étrange si vous *n'étiez pas* mal à l'aise d'être ici.

Un rire gêné. — Vous avez probablement raison.

Tomek fit avancer la conversation. Pour cela, il n'avait besoin ni de carnet ni de l'application de notes sur son téléphone. Il voulait utiliser la meilleure application disponible : celle qui se trouvait entre ses oreilles. Il espérait simplement que le manque de sommeil des derniers jours n'avait pas perturbé ses circuits.

— Pardonnez-moi si c'est indiscret, commença-t-il, mais je sens une certaine hostilité entre vous et votre mari.

Elle ricana. — Vous pouvez le dire. Vous pouvez croire que ce salaud m'a menti, nous a tous menti ?

Tomek ne dit rien. Il attendait qu'elle continue.

— Ce petit rat n'était pas à Dublin la nuit où Angelica a disparu, dit-elle.

Ses oreilles se dressèrent.

— Non, ce minable couchait avec une autre femme. Une pétasse irlandaise qu'il a rencontrée lors d'une conférence il y a quelques mois. Ils ont une liaison depuis. Alors chaque fois qu'il dit qu'il va à Dublin pour le travail, il ne fait que coucher avec cette femme. Sauf que cette fois, ils ont décidé de changer les choses. Vous savez comment ? Cette pauvre excuse d'être humain a réservé un Airbnb le long du front de mer de Southend. À un putain de *kilomètre* de notre maison ! Non seulement il couchait avec elle dans mon dos, mais il le faisait carrément sous mon nez. Il aurait aussi bien pu le faire dans notre propre appartement !

— « Notre propre appartement » ? demanda Tomek, confus.

— Au-dessus de la boutique, expliqua-t-elle, il y a un appartement que nous avons récemment acheté. Nous prévoyons d'en faire un Airbnb, un petit endroit sympa où les gens peuvent séjourner sur Broadway. C'est pratique parce que je suis juste en dessous, donc chaque fois que des invités arrivent, je peux les accueillir et gérer leur départ sans tracas. Nous le rénovons en ce moment. Enfin, je dis *nous*, mais c'est moi qui fais tout le travail, notez bien. C'est mon nom sur le contrat, mon nom sur l'hypothèque. Je me lève, je vais à la boutique, je passe toute la journée à y travailler, puis le soir je monte et je fais le ménage, le plâtre, le perçage, la découpe, tout. Pendant ce temps, il baise Miss Patate là-bas.

Tomek en avait assez entendu sur ce sujet. Il ne voulait pas la contrarier davantage, ni s'immiscer davantage dans ce qui était clairement une blessure vive et ouverte pour elle (même si le côté commère en lui était intrigué), alors il orienta la conversation sur Angelica et son frère. Dès que l'attention passa à sa belle-sœur, les épaules de Rose se détendirent, son corps se décompressait, et les veines de ses bras et de ses tempes disparurent rapidement.

— Parlez-moi d'eux en tant que frère et sœur, dit Tomek. Je voudrais savoir comment ils sont. S'entendent-ils ? Se disputent-ils ?

— Pourquoi ? demanda-t-elle.

— Parce que j'ai eu l'impression qu'il était un grand frère protecteur, qu'il aimait veiller sur elle.

— Oui. Je suppose qu'on peut dire ça. Il aimait toujours garder un œil sur elle, comme un grand frère. Mais ne vous méprenez pas, ils se disputaient et se chamaillaient aussi beaucoup, généralement pour des bêtises – comme le font les fratries, je suppose – mais il y a eu quelques fois où il s'est emporté contre elle.

— Par exemple ?

— Quand il a découvert qu'elle couchait avec son ex, et qu'elle invitait des hommes chez elle tout le temps. Il lui a dit d'avoir du respect pour elle-même, de mieux se comporter. Elle repoussa une mèche de cheveux derrière son oreille et passa sa main sous son nez. — Personnellement, ça ne me posait pas de problème. C'est son corps. Elle peut en faire ce qu'elle veut, tant qu'elle fait attention.

— Mais ce n'était pas le cas, n'est-ce pas ?

Tomek faisait référence à sa grossesse, et il se demandait si Rose était au courant.

— Eh bien, non... Non, je suppose que non.

Donc elle savait.

— Quand Angelica vous l'a-t-elle dit ?

— Elle n'a pas eu besoin. Les signes avant-coureurs étaient là. Je veux dire, Johnny et moi n'avons jamais essayé d'avoir des enfants – Dieu merci, pas après ce qu'il vient de faire – mais je sais à quoi faire attention. Elle a essayé de cacher ses nausées matinales autant qu'elle le pouvait, mais j'ai fini par comprendre que quelque chose n'allait pas. Je veux dire, j'ai travaillé avec elle tous les jours depuis six ou sept mois, donc c'était impossible à cacher. Elle a essayé de lutter, la pauvre, de le nier, mais au final, je l'ai convaincue d'aller faire ses échographies. J'étais plus que disposée à l'accompagner. Mais elle m'a suppliée de n'en parler à personne.

— Johnny n'était donc pas le seul à garder des secrets dans votre mariage.

Les mots avaient franchi ses lèvres avant qu'il ne s'en rende compte. Pourtant, la réaction de Rose n'était pas celle qu'il attendait.

— Ce n'est pas du tout la même chose, dit-elle calmement. Il couchait avec quelqu'un dans mon dos pendant que je veillais sur sa sœur. Ces situations sont complètement différentes.

Tomek acquiesça. — Vous avez fait ce que vous deviez faire. Saviez-vous qu'elle l'avait aussi dit à Roy ?

Rose hocha la tête. — Elle a toujours été beaucoup plus proche de son père que de sa mère. C'est comme ça que ça fonctionne, non ? Je veux dire, moi, je n'ai jamais été proche du mien, mais eux étaient *vraiment* proches. Et j'ai souvent considéré Roy comme une figure paternelle. Il est gentil, attentionné. Mais il a aussi un caractère bien trempé. Il a perdu la boule quand elle le lui a dit. Et je veux dire qu'il a *vraiment* pété les plombs. Vous trouviez que Johnny était violent l'autre jour ? Vous auriez dû le voir, lui. Elle se tourna vers le tapis vert, perdue dans une soudaine pensée. — Je me demande ce qu'il a finalement raconté à Daphne pour le vase.

Tomek pensa un instant à l'ancien pilote de ligne. Les deux fois où Tomek l'avait vu, l'homme lui avait paru posé et bien élevé, pas du tout l'individu agressif que Rose venait de décrire.

— A-t-il déjà frappé Daphne, ou avez-vous entendu parler d'abus dans leur relation ?

Rose pinça les lèvres et secoua la tête. — Johnny n'en a jamais parlé.

— L'avez-vous déjà vu perdre son sang-froid dans d'autres circonstances ?

Rose baissa le regard vers ses genoux et commença à triturer ses ongles rose vif. Quelques instants s'écoulèrent avant qu'elle ne parle. Tomek lui laissa le temps et l'espace nécessaires pour se sentir à l'aise.

— Je suppose qu'on pourrait dire qu'il a été agressif envers moi, dit-elle. Pas *contre* moi. *Envers* moi. Indirectement. En criant et en se disputant avec Johnny à mon sujet. Au début de notre relation, Johnny leur a dit que je n'étais pas très pratiquante, mais Johnny et Angelica ne le sont pas non plus, ce qui est une vérité qu'ils ne veulent pas entendre, et Roy n'aimait pas ça, il disait que Johnny devait être avec quelqu'un de la même foi, quelqu'un qui avait les mêmes valeurs et croyait aux mêmes choses qu'eux. Cela a causé beaucoup de disputes entre eux, et j'ai pensé qu'il y aurait un moment où nous devrions rompre, c'était si sérieux. Mais à travers tout ça, j'avais Angelica. Une larme commença à se former alors que Rose pensait à sa belle-sœur. — Elle était là pour moi quand j'étais nouvelle dans la famille. Elle m'a aidée à m'adapter à ma nouvelle vie, à mes nouveaux beaux-parents. Elle était mon roc. Chaque fois que nous allions à une réunion de famille où je ne connaissais personne, elle était toujours à mes côtés, faisant le travail que mon mari aurait dû faire —

me présenter. Au lieu de cela, il était parti se saouler avec ses cousins et flirter avec ses cousines au second degré ou qui que ce soit d'autre. Elle retint une larme du doigt, mais c'était inutile face au flot de larmes qui coulait sur son visage. Tomek prit la boîte de mouchoirs sur la table et la lui tendit. — Dans ces moments-là, je me sentais vraiment seule, et quand j'avais le plus besoin de mon mari, il était ailleurs. Mais j'avais Angelica à mes côtés. C'était le genre de personne qu'elle était. Compatissante, aimante, sincère, sans une once de méchanceté en elle. C'est juste... c'est juste tellement dommage qu'elle ait traversé ce qu'elle a traversé.

L'intérêt de Tomek fut à nouveau piqué. Il apprenait plus de cette femme que de toute sa famille réunie.

— Pourquoi ai-je l'impression que vous parlez de quelque chose d'autre que son meurtre ?

Rose commença à jouer avec le mouchoir entre ses doigts. — Vous voulez dire que vous ne le savez pas encore ?

— Vous allez devoir m'éclairer.

— Elle était dépressive, dit-elle, puis fit une pause. — Je sais que ce mot est souvent utilisé à tort et à travers, mais la sienne était saisonnière. C'était vraiment grave pendant les hivers – chaque hiver. Quand l'été et son travail de rêve comme hôtesse de l'air se terminaient pour l'année, elle devenait vraiment déprimée. Certains jours, c'était une lutte pour la faire venir travailler. Certaines semaines, elle sortait boire tout le temps, allant parfois en boîte toute seule, couchant avec beaucoup d'hommes. Je ne sais pas ce que c'était ou ce qui l'a déclenchée, mais elle appelait clairement à l'aide, et personne ne semblait faire quoi que ce soit. Aucun de nous n'était équipé pour y faire face, moi y compris. Je détestais la voir se faire ça. L'alcool, la drogue...

— La drogue ?

— Cocaïne, cannabis. Jamais rien d'autre. Mais personne d'autre ne le savait. Pour une raison quelconque, elle me disait toujours ce qu'elle avait pris. Elle haussa les épaules. — Je ne sais pas, je suppose qu'elle me voyait toujours comme une grande sœur à qui elle pouvait se confier et faire confiance. J'aurais juste aimé faire quelque chose pour la protéger.

— Vous ne devriez pas vous blâmer.

— Je suppose.

Tomek se pencha en avant, posant ses coudes sur ses genoux et lui souriant chaleureusement. — Depuis combien de temps cela dure-t-il ?

— Quelques années, répondit Rose. Quatre, peut-être cinq. Mais Daphne et Roy ne veulent rien en savoir. Ils vivent dans le déni. Ça s'est progressivement aggravé au fil des années, mais cet hiver, étonnamment, ça allait beaucoup mieux. Elle arrivait à l'heure. Elle était plus heureuse. Elle était redevenue elle-même, vous voyez ?

— Une idée de pourquoi ?

Rose prit un moment avant de répondre. — J'y ai beaucoup pensé depuis sa mort, et je me souviens qu'une fois elle m'a parlé d'un homme qu'elle avait rencontré lors d'un vol. Un genre de millionnaire excentrique qui l'avait invitée à un club spécial, pour adultes, pendant le vol. Je... je pense qu'elle y est allée une fois, mais je ne sais pas si elle y est jamais retournée. Quoi qu'il en soit, depuis lors, c'était comme si elle était revenue à ses anciennes habitudes.

Tomek sentit son pouls s'accélérer.

— Je vais avoir besoin que vous me disiez tout ce que vous pouvez sur cet homme et ce club pour adultes.

CHAPITRE
TRENTE-DEUX

À présent, mon adorable ange est inconsciente depuis une demi-heure. Les substances chimiques qui ont dû lui être administrées par quelqu'un d'autre ont fait leur effet. Son pouls s'est apaisé, le sang circule plus lentement dans tout son corps. Elle a l'air calme, reposée, paisible. Angélique.

Et maintenant, il est temps de commencer la phase suivante de la soirée.

Je ne suis pas chirurgien, mais j'aime à penser que j'ai la main sûre — suffisamment sûre pour causer le moins de dégâts possible, en tout cas. Sur le sol se trouve le tube en plastique, enroulé en cercles comme un serpent. À une extrémité se trouve l'aiguille, qui dépasse d'un bout du tube comme une langue. À l'autre, une grande poche en plastique. Je saisis l'aiguille, puis je retourne délicatement le corps d'Angelica sur le côté. Les mouvements doivent être précautionneux, tendres, délicats. Elle est délicate, une statue sculptée dans le marbre par Dieu, par le meilleur sculpteur du monde. Son corps et son âme doivent être traités ainsi. Rien ne peut mal tourner.

Quand elle est en position, je maintiens fermement sa jambe en place et j'enfonce l'aiguille à l'arrière de son genou. L'aiguille pénètre la peau avec facilité. Un peu de sang s'écoule, mais je l'essuie rapidement. Et après quelques secondes à presser la poche attachée au câble, créant un vide, le sang commence à circuler à travers, fluide, constant, gracieux. En l'espace d'une heure, le sac sera rempli et son corps n'aura plus rien pour survivre. Je pose une main sur son poignet, cherchant son pouls. Il est régulier, constant, comme le flux de sang qui s'écoule de sa jambe. Elle ne se doute de rien, complètement inconsciente. Je n'aurais pas pu imaginer faire cela si elle avait été éveillée, ou si elle était morte au préalable. Cela n'aurait pas été juste. Au contraire, il est préférable qu'elle s'en aille comme ça.

Je m'assois près d'elle, accroupi au niveau de son ventre, tenant sa main. Je presse encore la poche de temps à autre pour accélérer le processus, mais je suis heureux que cela prenne le temps nécessaire. Je veux être à ses côtés. J'ai besoin d'être à ses côtés, veillant sur elle, la protégeant, purifiant son corps, l'observant une dernière fois.

Progressivement, à mesure que le sang quitte lentement son corps, son pouls commence à faiblir, les os de ses hanches et de ses côtes deviennent plus saillants. La vie est littéralement aspirée hors d'elle, comme l'air s'échappant d'un matelas gonflable, et tandis que les dernières gouttes s'en vont, je l'observe attentivement, le doigt posé sur son poignet, sentant son pouls.

Plus faible. Encore plus faible.

L'intervalle entre chaque battement de son cœur s'allonge de plus en plus.

Jusqu'à ce que le mouvement de sa poitrine devienne plat, presque invisible, mais au moment où elle meurt, je peux le sentir. Le pouls s'arrête soudainement, la respiration faiblit, sa poitrine se fige, puis un instant plus tard son corps s'affaisse alors que son âme quitte son enveloppe corporelle pour voyager vers l'autre monde.

Enfin, elle est morte.

CHAPITRE
TRENTE-TROIS

Rose Whitaker ne savait pas grand-chose sur le club pour adultes dont Angelica lui avait parlé. Sa belle-sœur avait été avare de détails, tant avant qu'après l'événement, et tout ce que Rose savait avec certitude, c'était qu'il s'agissait d'une soirée sur invitation uniquement, un lieu prestigieux où les gens se réunissaient, probablement pour prendre un verre dans une ambiance sociale avec peut-être un côté plus sombre et sordide. Tomek espérait qu'il ne s'agissait pas du Southend Seven, un club privé local au cœur de Southend, autrefois géré par l'élite politique de la ville. Maintenant abandonné et fermé, il avait jadis abrité un petit réseau de trafic sexuel. Les premières pensées de Tomek l'avaient conduit à cette conclusion, qu'Angelica avait été entraînée là-dedans d'une manière ou d'une autre, mais il l'avait rapidement écartée dès que Rose avait confirmé que c'était quelque part en dehors de Southend, quelque part dans la campagne de l'Essex.

Entre-temps, après la rencontre avec Rose, Tomek avait envoyé Oscar et une équipe d'officiers chargés des scènes de crime ainsi que des agents en uniforme pour rechercher l'invitation dans l'appartement d'Angelica. C'était un document imprimé, avait dit Rose, pas plus grand qu'un A5, avec le nom d'Angelica en police manuscrite cursive, la date de l'événement et les coordonnées de l'organisateur au verso. Maintenant qu'ils avaient une brève description de ce qu'ils cherchaient, ils espéraient trouver quelque chose qui avait pu être négligé lors de la fouille initiale de l'appartement d'Angelica. Malgré cette description détaillée et malgré le nombre de personnes qui la cherchaient, Oscar et son équipe n'avaient pas réussi, et après une recherche de six heures qui les avait menés aux premières heures du matin, ils avaient abandonné. L'invitation était introuvable.

Tomek était resté éveillé toute la nuit, retournant des pensées dans son esprit. Des pensées sur l'affaire et sur la dispute avec Abigail. Cela faisait plus de vingt-quatre heures depuis leur altercation et il n'avait pas eu de nouvelles d'elle. Pas un texto, pas un appel téléphonique. Elle ne lui avait même pas envoyé un mème drôle ou une vidéo sur WhatsApp, ce qui dans le monde d'aujourd'hui était sacrilège pour certains. Il avait rejoué la dispute plusieurs fois dans sa tête, l'imaginant dans différents scénarios, se demandant comment les choses auraient pu se passer différemment s'il avait crié plus fort ou répondu avec certaines répliques (le recul était une chose merveilleuse dans ces situations), et à la fin, il avait décidé qu'il n'avait pas à s'excuser. Certes, il avait réagi de façon excessive, lui avait crié dessus, s'était emporté contre elle. Mais elle l'avait poussé à bout, avait dépassé les limites et franchi la frontière. Sans parler du fait qu'elle avait insulté son intégrité et remis en question ses capacités dans son rôle. Sa première fois à la tête d'une enquête, et elle l'avait rabaissé. Ajouté à l'interrogatoire qu'il avait reçu plus tôt de Victoria et Nick, pendant un bref moment, il s'était demandé s'il était capable de cette tâche, s'il avait ce qui était nécessaire.

Il continuait à lutter avec ses pensées, son sentiment de doute paralysant et débilitant, le même qu'Angelica avait ressenti à la fin de chaque saison (« Pourquoi ne vont-ils pas me garder ? », « Suis-je assez bonne pour rester toute l'année ? », « Vont-ils m'accepter à nouveau ? ») le lendemain matin lorsqu'il entra chez Whitaker's Jewellers. Rose l'avait appelé avant neuf heures, alors qu'il était en route pour le travail, lui notifiant qu'elle avait trouvé l'invitation dans une des vestes d'Angelica qu'elle avait laissée dans la salle du personnel. Tomek avait été plus que heureux de faire demi-tour et de passer l'examiner.

La devanture du magasin était entièrement constituée de vitrines du sol au plafond, exposant des rangées de bijoux délicats et ornés de diamants et de pierres précieuses posés soigneusement sur des présentoirs en velours doux. Bagues, colliers, boucles d'oreilles. Certains des designs les plus jolis et les plus complexes que Tomek ait jamais vus. Et s'il pensait que l'extérieur était spectaculaire, il allait avoir un choc en entrant. Dès qu'il franchit la porte, il eut le sentiment que c'était un espace sûr, un lieu accueillant pour les personnes – petits amis et maris confus qui étaient complètement dépassés – venant chercher des bagues de fiançailles ou des cadeaux généreux sans la menace d'un zombie affamé de commission les poussant à l'achat. C'était la passion de Rose, et il sentait qu'elle saurait quand respecter la limite et quand la dépasser légèrement.

Le milieu de la boutique était dominé par une grande vitrine en verre. À l'intérieur, des dizaines de boucles d'oreilles de formes, tailles et carats variés pendaient à des branches élégantes, entourées d'un lit de feuilles et de brindilles. À sa droite, le long du mur, se trouvait une vitrine similaire, sauf qu'elle avait été parsemée de sable et de divers coquillages et pierres ramassés le long de la plage. À sa gauche se trouvait un grand yacht à voile en bois modèle réduit appelé *The Rose* qui trônait au centre de la vitrine. Des colliers et des bracelets, y compris leurs breloques et leurs étiquettes de prix, pendaient aux mâts et à d'autres parties du bateau. Au fond de la boutique, assise derrière un comptoir, se trouvait Rose. Elle se leva de son siège et contourna le bureau.

— Chaque vitrine représente Leigh-on-Sea et ses environs, dit-elle en se dirigeant vers la vitrine à la droite de Tomek. Notre charmante petite histoire de pêche, poursuivit-elle. Un hommage aux poissons et aux huîtres qui y sont élevés. Les diamants et les pierres précieuses de celle-ci sont jaunes pour représenter le sable.

Elle le rejoignit au centre de la pièce, se déplaçant lentement, élégamment, presque de façon séduisante.

— Celle-ci représente Belfairs, l'un de mes bois préférés. Parfois, Johnny et moi y allions nous promener en été.

Elle montra du doigt les émeraudes, et une fois son moment de réflexion terminé, elle se dirigea vers le voilier.

— Johnny m'a acheté ceci quand j'ai ouvert la boutique pour la première fois. Il a dit que c'était un porte-bonheur. Dommage que ce ne soit pas un vrai. Ça aurait été bien. Enfin, c'est la deuxième meilleure option, je suppose.

— C'est le geste qui compte, répondit Tomek. Bien que je pense qu'il en manque une...

— Une quoi ?

— Une vitrine.

— Ah bon ?

— Où est la boue ? Tu ne peux pas avoir une vitrine dédiée à Leigh sans en avoir une qui contienne une tonne de boue.

Les coins de ses lèvres se relevèrent.

— Tu lis dans mes pensées, dit-elle, en montrant un coin du mur à la droite de Tomek.

Il ne l'avait pas remarqué, mais caché derrière un pilier en béton se trouvait une autre vitrine, plus petite, avec de la peinture brune sur la base et des poteaux en bois qui en sortaient.

— C'est censé être la jetée ?

— Je sais que c'est tricher. Southend... pas tout à fait Leigh-on-Sea. Mais celle-là est pour les touristes.

— Tu en as beaucoup ?

— Plus que tu ne le penserais.

— Aucun de Dublin, j'espère.

Les mots quittèrent sa bouche avant qu'il ne puisse les retenir. Sa main vola vers sa bouche, puis il l'abaissa.

— Je suis vraiment désolé, je...

— Elle a intérêt à ne pas se retrouver ici par erreur, répondit Rose, prenant Tomek par surprise. J'ai des outils tranchants à l'arrière. Et des machines. Je pourrais lui passer les doigts sous une de mes meuleuses, puis lui crever l'œil avec le putain de clou d'une de ces boucles d'oreilles.

Elle en prit une sur le présentoir le plus proche et, serrant les dents, poignarda son adversaire invisible à plusieurs reprises avec la minuscule tige.

Tomek rit, soulagé qu'elle voie le côté comique de la chose.

— Je dirais que c'est le minimum qu'elle mérite, dit-il, sans réaliser pourquoi.

Il ne savait pas pourquoi, mais il se sentait attiré par Rose. D'une façon qu'il ne devrait pas, d'une façon qui semblait inappropriée. Mais peut-être que c'était précisément pour cela qu'il ressentait cela ; parce qu'il savait qu'il ne pouvait pas, parce qu'il savait qu'il ne devrait pas, que c'était tabou. Elle était attirante, intelligente et avait sa propre entreprise. Elle était respectable, accomplie, déterminée, travailleuse, et il admirait cela chez elle. Mais alors qu'il pensait à elle de cette façon, à ce que ce serait de l'embrasser, une image d'Abigail surgit dans sa tête, et il tourna rapidement son attention vers la vitrine forestière au milieu de la pièce. Vert, la couleur préférée d'Abigail.

— Tu as toujours besoin de quelque chose pour ta petite amie ? demanda Rose.

Tomek fit un double regard, soudain timide.

— Oh, ça ? Non... non, je ne pense pas.

— Ah bon ?

— Ouais.

— Des problèmes au paradis ?

— En quelque sorte. Bien que ce ne soit pas tout à fait la même situation que la tienne. Je suppose que les gens appelleraient ça une période difficile.

— J'allais dire, si tu as besoin d'emprunter des tiges pour poignarder, tu sais où me trouver.

Tomek savait *vraiment* où la trouver. Et d'après le sourire flirteur sur son visage, elle était plus que ravie qu'il revienne, encore, et encore, et peut-être une quatrième fois.

Un silence gênant s'installa entre eux. Tomek oublia brièvement pourquoi il était là et ce ne fut que lorsqu'un client franchit les portes qu'ils reprirent tous deux vie. Rose dit au client qu'elle serait à lui dans un instant, puis fit signe à Tomek de la suivre dans le bureau arrière. La pièce n'était pas plus grande qu'une petite salle de bains. La majeure partie de l'espace était occupée par plusieurs manteaux accrochés à un crochet et quelques paires de chaussures empilées les unes sur les autres au sol. Rose fouilla dans une veste vert clair accrochée à l'un des crochets et en retira une petite carte blanche. En la lui tendant, elle dit :

— Tu devras me dire comment c'est si tu finis par y aller. Depuis qu'elle m'en a parlé, ça a piqué ma curiosité.

Tomek hocha la tête. Il la remercia, puis la laissa s'occuper du client. Tandis qu'elle s'éloignait, s'adressant à l'homme qui venait d'entrer, Tomek examina le document. Il était plus petit qu'un A5, fait d'un carton épais et coûteux. Au milieu, écrit à la main en calligraphie noire, se trouvait le nom d'Angelica. En dessous étaient écrits les mots : « ...est cordialement invitée à une nuit de badinage et de débauche avec d'autres débutantes diaboliques ». En haut de la carte figurait l'image d'un masque de bal masqué avec un petit emblème gravé dans un œil. Au bas de la carte se trouvait l'adresse.

Melback Manor, Burnham-on-Crouch.

Avec le nom du propriétaire et son numéro de contact au verso.

CHAPITRE
TRENTE-QUATRE

L'homme qu'ils cherchaient s'appelait Micky Tatton. La femme à la réception du vaste domaine campagnard leur avait dit qu'il serait là dans quelques minutes. Pendant ce temps, Tomek et Rachel lui ont posé quelques questions sur l'endroit, prétendant être un couple à la recherche d'un lieu pour leur cérémonie de mariage. Melback Manor, expliqua-t-elle, avait été construit il y a plus de cinq cents ans par les Tudor, et appartenait à la famille Tatton depuis près de deux siècles. Ouvert au public depuis le début des années deux mille, le manoir et le cottage attenant étaient devenus un lieu de prédilection pour les futurs mariés, avec plus d'un millier de mariages célébrés en vingt ans. Ils ouvraient quarante semaines par an, les douze autres étant consacrées à l'entretien et à la rénovation.

En tant que client potentiel, ce petit détail interpella Tomek, alors il posa davantage de questions sur la propriété et ce qui nécessitait des réparations.

— Le cottage du côté sud est la partie la plus récente de la propriété, mais c'est celle qui a besoin du plus de travaux, malheureusement, expliqua-t-elle. Nous avons beaucoup d'invités qui séjournent chez nous, comme vous pouvez l'imaginer, et tous ces mouvements dans les chambres signifient qu'il y a toujours des choses qui s'usent. Mais heureusement, nos équipes sont toujours disponibles pour réparer ou remplacer tout ce dont vous pourriez avoir besoin. Nous proposons plusieurs forfaits, chacun unique et adapté à vos besoins, en fonction de votre budget et de vos exigences. Je peux demander à l'un de nos employés de vous les présenter si vous voulez ?

Par chance, avant que Tomek ne puisse répondre et s'enfoncer davantage dans ce tissu de mensonges, un homme apparut dans l'encadrement d'une porte en bois.

— Monsieur Tatton ! s'exclama-t-elle en contournant le comptoir pour lui poser une main sur le bras.

L'homme s'arrêta brusquement et, malgré son agacement évident face à cette interruption, il arborait un sourire accueillant, agréable, quoique un peu forcé. Il avait la cinquantaine et portait un costume bleu clair avec une cravate assortie. Ses cheveux épais et ondulés étaient coiffés en arrière avec élégance. Sa mâchoire était rugueuse et séduisante, et une barbe désordonné encadrait son visage. Il avait l'air de sortir de Mayfair ou de Westminster, avec un bâton d'argent si profondément enfoncé dans le cul qu'on le voyait dans sa bouche chaque fois qu'il parlait – mais à quoi d'autre pouvait-on s'attendre de quelqu'un qui avait hérité de la fortune bicentenaire de sa famille ?

— Bonjour, dit-il d'une voix de baryton profonde, polie et formelle. Comment puis-je vous aider ? Êtes-vous des invités ou souhaitez-vous réserver l'un de nos forfaits ?

— Ni l'un ni l'autre, répondit Tomek.

— Pas encore, ajouta Rachel, avec un petit regard en coin à Tomek.

Micky eut un petit rire nerveux.

— Eh bien, quoi qu'il en soit, je suis sûr que nous pourrons vous accommoder.

— Fantastique, c'est exactement ce que nous voulions entendre.

Tomek plongea la main dans sa poche et sortit l'invitation, couvrant le nom d'Angelica de son doigt.

Dès que l'homme reconnut de quoi il s'agissait, sa bouche s'ouvrit et il se mit à balbutier. Il restait là, examinant attentivement Tomek et Rachel. Tomek pouvait lire la confusion sur son visage tandis qu'il essayait de déterminer s'il les reconnaissait.

— Je comprends, dit-il rapidement. Pourquoi ne me suivez-vous pas ? Mon bureau est occupé pour le moment, une réunion d'affaires, des trucs ennuyeux vraiment, mais je suis sûr que nous pourrons trouver une pièce quelque part pour discuter davantage. Pourquoi ne pas marcher et parler ?

Tomek et Rachel acceptèrent. Il les conduisit à travers une grande porte ouverte dans un petit coin salon, puis par une autre porte, dans un espace plus grand, celui-ci rempli de suffisamment de canapés et de fauteuils pour qu'ils puissent s'installer confortablement. Dans un coin se trouvait un piano à queue, son couvercle baissé, fermé, délaissé. La pièce, et dans une certaine mesure tout le bâtiment, sentait les vieux meubles centenaires bien au-delà de leur date de restauration, les poutres en bois qui avaient absorbé tant d'humidité au fil des siècles qu'elles commençaient à pourrir, et les épaisses couches de poussière qui s'étaient formées dans les recoins des murs et des plafonds. Certains auraient pu appeler ça rustique, authentique, faisant partie de l'identité du lieu. Tomek, lui, trouvait ça défraîchi et en besoin d'un nettoyage. Ce qui, étant donné que l'endroit était fermé douze semaines par an pour des travaux de restauration, soulevait la question de savoir à quoi ils consacraient tout ce temps de nettoyage.

— Nous avons actuellement un mariage en cours, expliqua Micky Tatton, donc je ne pourrai pas vous faire visiter les jardins. Mais, si nous avons de la chance, vous pourriez voir le cottage.

Micky s'arrêta, leva un doigt pour leur demander d'attendre, puis vérifia les couloirs à proximité. Quand la voie fut libre, il ferma la porte et revint.

— Pardonnez-moi, je ne reconnais pas vos visages, mais après tout, je ne le pourrais pas, n'est-ce pas ?

Tomek ne savait pas à quoi il faisait référence, mais décida de l'encourager.

— Non. Non, vous ne pourriez pas.

Micky se pencha, gardant sa voix basse.

— Je ne... je ne parle pas habituellement des Nuits en public, surtout dans un espace aussi ouvert, mais... je suppose que je peux faire une exception. Est-ce que vous... vous vous êtes rencontrés à l'une des Nuits d'Éden ?

Tomek et Rachel se regardèrent. Jusqu'où étaient-ils prêts à pousser la supercherie ? Finalement, Micky les prit de vitesse.

— Eh bien, je n'aurais jamais pensé voir ce jour, continua-t-il, sautant à sa propre conclusion. Deux de mes compagnons qui se rencontrent et tombent amoureux, venus se renseigner sur des lieux de mariage – *ici* de tous les endroits !

Rachel glissa son bras sous celui de Tomek, mais il la repoussa.

— Nous ne sommes pas là pour des lieux de mariage, dit-il sèchement. Nous ne sommes même pas ensemble.

— Mais l'invitation...?

— L'invitation, oui. Elle appartient à Angelica Whitaker.

Il la montra de nouveau à Micky, révélant cette fois le nom.

Micky l'examina, la peur s'insinuant dans le blanc de ses yeux. Il fit un petit pas en arrière.

— Qui êtes-vous ?

— Nous sommes de la police, dit Tomek en exhibant rapidement sa carte et avec un sourire espiègle. Nous voulions vous poser quelques questions sur...

— Non. Pas de police. Je n'ai jamais enfreint la loi et je n'ai pas l'intention de le faire. Tout est légal, transparent et consensuel. Je fais signer une clause de confidentialité à tout le monde, donc il n'y a aucune chance que ce genre de chose arrive.

— Quel genre de chose ? insista Rachel.

Il ne put répondre.

— Vous ne savez pas pourquoi nous sommes ici parce que vous ne nous avez pas laissés expliquer, continua-t-elle. Si vous aviez laissé mon collègue terminer, vous auriez peut-être compris pourquoi nous sommes venus.

Micky leva les yeux vers Tomek avec impatience.

— Eh bien ?

Il y avait maintenant de l'urgence dans sa voix. Il était désireux d'en finir le plus rapidement possible.

— Parlez-nous d'abord un peu plus de l'endroit, répondit Tomek.

— Comme quoi ?

— Comme le nombre de chambres que vous avez. Combien d'invités vous pouvez accueillir. À propos de *vous*. Votre histoire.

— En quoi est-ce pertinent ?

Tomek haussa les épaules. Ça ne l'était pas. Il voulait juste faire transpirer l'homme un peu plus longtemps, prolonger la paranoïa. Après quelques minutes d'explications sur les caractéristiques Tudor du bâtiment, Micky avait répété tout ce que la réceptionniste leur avait dit, presque mot pour mot. Puis il expliqua qu'il avait hérité des terres après la mort de son père et que, dans le but de se libérer du moule aristocratique auquel ses parents le destinaient, il avait pris la décision entrepreneuriale d'ouvrir le manoir au public en tant que lieu de mariage et de l'exploiter comme une entreprise prospère et importante sur la côte de l'Essex.

— Maintenant, me direz-vous de quoi il s'agit ? demanda Micky dès qu'il eut terminé.

— Il s'agit d'Angelica Whitaker. Reconnaissez-vous ce nom ?

L'homme baissa légèrement la tête.

— Oui.

— Comment la connaissez-vous ?

À ce moment-là, un groupe de quatre invités de mariage, plus ivres qu'un adolescent le jour de ses dix-huit ans, entra dans la pièce et les interrompit. Micky expliqua qu'ils avaient une réunion privée et demanda aux invités de trouver un autre endroit pour discuter. Il fallut quelques instants pour que ces mots s'imprègnent dans leurs esprits embrumés par l'alcool, mais quand ils finirent par le faire, les invités partirent mécontents, marmonnant dans leurs barbes.

— Je ne connais pas bien Angelica, expliqua Micky en fermant la porte derrière eux. Je connais seulement son nom et ce qu'elle fait dans la vie.

— Comment ?

— Parce que je l'ai rencontrée pour la première fois sur un vol, et le badge sur son uniforme l'indiquait.

Tomek n'apprécia pas le sarcasme.

— Expliquez-nous comment vous en êtes venu à lui donner ceci alors.

Il agita l'invitation en l'air.

Micky se dirigea vers un petit fauteuil et se percha sur le bord du siège, tandis que Rachel et Tomek restaient debout.

— J'étais dans un avion, commença-t-il. France-Southend, je crois. Je rencontrais l'un de nos fournisseurs de vin. Nous achetons directement aux vignobles. Et je me souviens simplement de l'avoir vue et d'avoir pensé, voilà la femme la plus magnifique que j'ai jamais rencontrée. Alors j'ai commencé à discuter avec elle. Elle était drôle, pleine de vie, énergique, et tout le reste. C'était vers la fin de l'été, alors je lui ai demandé ce qu'elle allait faire après ça, et elle a dit qu'elle ne savait pas. Elle a dit qu'elle avait un emploi prévu dans une bijouterie qui ne l'enthousiasmait pas trop. Alors j'ai pensé l'inviter à l'une des Nuits d'Éden. Pour être honnête, elle avait l'air d'avoir besoin d'un peu d'excitation dans sa vie, quelque chose pour la faire tenir, quelque chose pour lui rappeler ce que c'est que d'être vivante.

— C'est donc ça, ces « Nuits d'Éden » ? Des rappels de ce que c'est que d'être vivant ?

Tomek ne fit aucun effort pour cacher le cynisme dans sa voix.

— Je pense que oui, oui. Et beaucoup de nos membres aussi.

Tomek finit par se décider et rejoignit Micky sur une chaise à côté de lui. Elle était magnifiquement conçue, semblait faite à la main et parfaitement sculptée, mais c'était une vraie torture de s'y asseoir. Le coussin était dur comme de la pierre, et la colonne en bois de la chaise s'enfonçait dans le bas de son dos. Ce qui rendait les choses encore pires, c'était le fait qu'elle coûtait probablement une fortune ; il n'imaginait pas dépenser autant pour quelque chose d'aussi inconfortable juste pour améliorer l'esthétique d'une pièce. Il préférerait s'asseoir par terre.

— Comment fonctionnent vos « Nuits d'Éden » ? demanda Tomek une fois qu'il se fut installé aussi confortablement que possible. Que se passe-t-il lors de ces événements ?

— Vous savez que vous n'avez pas besoin de les mettre entre guillemets à chaque fois, s'énerva Micky. Ce sont de vrais événements auxquels de vraies personnes participent.

— Alors, vous devriez pouvoir nous dire ce qui s'y passe, nota Rachel avec force.

Micky secoua vigoureusement la tête.

— Non. C'est strictement confidentiel.

Tomek espérait qu'il dirait cela.

— Sont-ils toujours confidentiels quand l'un de vos participants a été retrouvé assassiné l'autre jour et que votre nom et cet endroit sont apparus dans nos enquêtes ?

L'homme n'avait rien à dire à cela. Il les regarda simplement d'un air vide.

— Je ne pense pas. Alors pourquoi ne pas laisser tomber ces conneries de confidentialité et simplement nous dire ce que nous avons besoin de savoir ? Ça nous épargnerait à tous beaucoup de temps et de stress. Sinon, ma collègue ici présente peut vous arrêter pour suspicion de meurtre et nous pourrions avoir cette discussion au commissariat ? Ça nous est égal d'une façon ou d'une autre.

Finalement, la réalisation qu'il n'avait pas le choix s'imposa à Micky. Avant de continuer, il vérifia à nouveau les couloirs et verrouilla l'une des portes de l'autre côté de la pièce pour s'assurer qu'ils pourraient parler sans crainte d'être interrompus à nouveau.

— Que... que voulez-vous savoir ? demanda-t-il, la voix défaillante.

— Tout. Depuis le début.

Micky prit une profonde inspiration, commença à tapoter nerveusement du pied sur le sol, et expira lentement, sifflant par la bouche. On voyait clairement que cela allait à l'encontre de tout ce en quoi il croyait, que cela lui faisait mal de simplement penser à révéler tous ses petits secrets sombres. Mais il n'avait pas le choix. En prévision de son discours, Rachel prépara son stylo et son carnet.

— Écoutez, commença-t-il, posant déjà le ton de ce qu'il allait dire. Vous devez comprendre que c'est un monde avec lequel vous n'êtes probablement pas familiers, que vous ne comprendrez peut-être jamais. Il n'y a rien de mal dans ce que nous faisons, rien d'immoral, de corrompu ou d'illégal. C'est juste... différent.

— D'accord... Vous avez exprimé vos réserves, maintenant vous pouvez tout nous dire.

Micky déglutit difficilement.

— Le premier week-end de chaque mois, du vendredi au samedi, j'organise une soirée. Les Nuits d'Éden. Sur invitation uniquement. Le reste de la propriété est fermé, donc pas de mariages, pas d'invités, et tous les participants doivent venir déguisés.

— Déguisés ?

— Laissez-moi terminer !

Tomek leva les mains en signe de reddition moqueuse. Il n'avait pas besoin qu'on le lui répète.

— Le déguisement peut être n'importe quoi, continua Micky, laissant échapper un lourd soupir, mais c'est comme un bal masqué, comme ceux qu'on avait dans le temps. Donc les masques faciaux, comme les vénitiens qu'on voit à la télé, sont obligatoires pour protéger votre identité, ou du moins certains éléments de votre identité. Certains viennent avec des masques de diable, d'autres avec les masques de bal classiques. D'autres portent tout ce qui couvre entièrement leur visage. Angelica, je m'en souviens, vient généralement avec la même tenue : un ange, avec une petite robe blanche échancrée, des ailes à plumes attachées à son dos, un masque blanc sur les yeux et une auréole dorée au-dessus de sa tête. Pour autant que je me souvienne, elle a assisté à toutes les rencontres depuis que je l'ai invitée pour la première fois en septembre. Elle n'a manqué aucun événement jusqu'à présent – la plupart des gens n'en manquent pas une fois qu'ils y ont pris goût.

« Il y a certaines règles que tout le monde doit suivre s'ils souhaitent y assister. Premièrement, vous devez embrasser la main de la personne arrivée avant vous, puis vous devez attendre que la personne suivante arrive pour embrasser votre main. Cela crée une chaîne, et le but est d'arriver le plus tôt possible pour ne pas être le dernier à entrer. Cette personne reste généralement dehors dans le froid toute la soirée. Une fois que les invités sont à l'intérieur, ils doivent ensuite offrir un sacrifice. Ne vous inquiétez pas, ce n'est rien de morbide ou de sanglant, c'est une offrande pour moi, en tant qu'hôte. Ils doivent me donner quelque chose qui leur appartient : un vêtement, de la nourriture, une boisson, n'importe quelle possession qu'ils sont prêts à sacrifier. Ensuite, après cela, ils doivent embrasser Paddy le Cochon. Encore une fois, ne vous inquiétez pas, ce n'est rien de sordide. Ce n'est pas comme si vous deviez en embrasser un vrai. Paddy est un cochon naturalisé que nous avions dans la famille il y a de nombreuses générations. On dit qu'il a apporté bonne fortune à notre famille dans le passé, et j'espère qu'il donnera aussi bonne fortune à tous mes invités. Peu importe où vous l'embrassez, ou pendant combien de temps, tant que vos lèvres touchent une partie de son corps, ça me va.

Cela devenait de plus en plus bizarre à chaque seconde. Normalement, Tomek aurait remis en question tout ce que l'homme disait, mais pour une raison quelconque, il croyait sans réserve chaque mot qui sortait de la bouche de Micky Tatton. Il était stupéfait par le genre de rituels bizarres que Micky imposait à ses invités, et se demandait quel type de personne serait prêt à les accepter. C'était le genre de chose qu'on voyait dans les films et les séries télévisées – les soirées secrètes de la haute société, l'élite politique et sociale commettant des actes néfastes sur des animaux dans le but de gagner un statut social plus élevé – mais il n'aurait jamais pensé y être confronté dans la vie réelle.

— À l'intérieur des Nuits d'Éden, poursuivit Micky, nous avons différentes salles pour différentes choses. Il y a de la musique fournie par un DJ qui joue dans l'une d'elles, des bars où vous pouvez acheter des boissons. Les gens y vont juste pour danser, se frotter un peu les uns aux autres. Ensuite, nous avons d'autres pièces où les gens s'amusent un peu plus librement, et avec moins de vêtements, si vous voyez ce que je veux dire.

Tomek savait exactement ce qu'il voulait dire, mais il ne pouvait pas pardonner à l'homme d'avoir dit « se frotter un peu les uns aux autres ». Personne de son âge ne devrait dire ce genre de chose. Ça le faisait grimacer.

— Que se passe-t-il dans ces pièces ? demanda Rachel, plus pour souligner la gêne de Micky que par naïveté.

— Vous voulez que je vous l'épelle ?

Elle tapota son stylo sur son carnet.

— Si vous pouviez. Je dois l'écrire, et j'aurais aussi besoin d'aide pour l'orthographe.

Un long et lourd soupir quitta le nez de Micky.

— Dans quelques-unes des pièces, il y a... il y a... c'est une orgie, d'accord ? Des lits, des canapés, des coussins, des appareils – partout. De

la musique en fond. Beaucoup de parfum dans l'air. Et les gens juste...
faisant ce qu'ils veulent se faire les uns aux autres.

— Tu as noté, Rach ? demanda Tomek.

— *Faisant ce qu'ils veulent se faire les uns aux autres*, répéta-t-elle, puis
elle leva les yeux de son carnet. Avez-vous déjà eu un cas où quelqu'un a
fait quelque chose que l'autre personne ne voulait pas qu'on lui fasse ?

— Vous voulez dire un viol ?

— Ou une agression sexuelle. Cela prend de nombreuses formes.

Micky secoua la tête si fort que ses joues rattrapèrent le reste de son
visage une fraction de seconde plus tard.

— Jamais. Non. Absolument pas. Je n'ai jamais eu un tel cas.
Comme je l'ai dit, tout est consensuel.

— Mais si quelque chose arrivait, nous le diriez-vous ?

— Oui.

— Cela n'interférerait pas du tout avec vos clauses de
confidentialité ?

— Je... je n'en signe pas une, donc je ne suis lié par rien.

— Juste par votre propre boussole morale, rétorqua Tomek.

Si Micky Tatton fut offensé par le commentaire, il n'en montra rien.

— Quoi d'autre se passe-t-il ? demanda Rachel.

— Plus de sexe, répondit Micky sèchement. Des couples, des trios,
autant de personnes qu'ils le souhaitent, peuvent aller dans certaines des
pièces privées et coucher ensemble. Il y a des jouets, des sangles, des
fouets, tout ce qu'ils veulent. Tout leur est fourni.

— Protection ?

— Nous avons des préservatifs, oui...

Micky hésita, la bouche ouverte.

— Pourquoi ai-je l'impression qu'il y a un « mais » ?

— Mais la moitié d'entre eux ont été perforés. C'est l'une des règles
que nous avons. Il y a un pot dans le couloir, vous y plongez la main, en
prenez un, et...

— Et vous espérez pour le mieux ? termina Tomek.

Maintenant, il commençait à se demander qui pourrait être le père
du bébé à naître d'Angelica.

— Autre chose ? demanda Rachel.

Micky secoua la tête.

— Est-ce qu'Angelica a déjà utilisé l'une de ces pièces ? demanda Tomek.

L'homme tripota son ongle.

— Oui. Elle a exploré toutes les salles. Plus souvent les pièces privées que la salle publique.

— Savez-vous avec qui ?

Micky réfléchit un instant.

— Non. Non, je ne sais pas qui il est.

— Pourquoi pas ?

— Parce qu'il porte un masque d'âne.

Tomek ricana.

— Un masque d'âne ?

— Oui, un masque d'âne.

— Et vous ne pouvez pas voir son visage ?

— Non. C'est une partie du but. Aux Nuits d'Éden, vous pouvez être qui vous voulez. Vous n'avez pas de limites, seulement celles que vous vous imposez. Vous avez une liberté et un contrôle complets pour faire ce que vous voulez et être qui vous voulez. Vous pouvez vraiment vous laisser aller. Les masques cachent l'individu, donc il n'y a aucune chance d'être repéré ou remarqué dans le monde réel. Son amant particulier a choisi de porter un masque d'âne, tout comme elle a choisi de porter un masque d'ange.

Donc elle couchait avec un âne.

— Nous devons lui parler, dit Tomek à Micky. Vous devez le contacter et nous mettre en contact avec lui.

Micky Tatton n'aimait pas cette idée.

— Je n'ai pas son numéro. La seule façon de savoir qui il est serait que vous veniez vous-mêmes à l'une des Nuits d'Éden.

C'était maintenant au tour de Tomek de ne pas aimer quelque chose. Mais en se tournant vers Rachel, il réalisa qu'elle ne partageait pas le même sentiment. Ses yeux brillaient à la perspective d'assister à l'un de ces événements, de voir la décadence et la débauche en chair et en os. Elle avait l'air de trouver cela bizarrement excitant, comme si cela figurait sur sa liste de choses à faire avant de mourir.

— Il y en a une ce week-end, ajouta Micky, comme pour rendre l'offre plus attrayante.

— Super, répondit Rachel. Donnez-nous une heure et nous vous y retrouverons.

— N'oubliez pas d'être à l'heure, voire un peu en avance. Nous ne voudrions pas que vous attendiez dehors, manquant tout le plaisir.

— Non, certainement pas, rétorqua Tomek.

— Oh, ajouta Micky, et n'oubliez pas vos costumes.

CHAPITRE
TRENTE-CINQ

Les deux derniers jours de la semaine étaient passés comme un éclair. L'équipe avait été tellement occupée que Tomek avait à peine eu le temps de penser à l'activité du vendredi soir. Il commençait le travail à sept heures, laissant Kasia se rendre seule à l'école, et le soir, il ne rentrait pas avant huit ou neuf heures, trouvant un plat préparé au micro-ondes et une fille qui s'était enfermée dans sa chambre, lui laissant la télévision et le canapé. Il n'avait rien regardé ; il passait ses soirées à travailler sur l'affaire, à passer en revue les notes de l'équipe de la journée, à gérer tous les maux de tête administratifs et les aspects pénibles du rôle d'inspecteur qu'on lui avait confié. Tout cela signifiait qu'il n'y avait pas eu de temps pour qu'Abigail vienne. Ni l'après-midi, ni le soir. Il ne se souvenait plus de la dernière fois qu'ils s'étaient envoyé des messages. Et quand ils l'avaient fait, ç'avait été bref, superficiel, presque platonique. Tomek savait ce que cela signifiait dans notre société connectée en permanence : que leurs jours en tant que couple étaient comptés. Que leur relation touchait progressivement à sa fin. Et dire que cela s'était produit seulement quelques semaines après qu'il l'avait présentée à sa mère. Que sa mère l'avait approuvée et en avait dit du bien, et pourtant il n'avait pas été capable de poursuivre la relation. Y avait-il quelque chose de fondamentalement défectueux chez lui ? Ou était-il tout simplement incapable d'aimer ? Il avait lutté avec cette question seul dans son lit la nuit. Finalement, il avait décidé qu'il n'était pas digne d'être aimé, qu'il était un idiot, un idiot immature et puéril qui gâchait toujours une bonne chose. Un idiot puéril qui prenait toujours peur au premier signe de problème, car, ces derniers jours, des pensées pour Rose Whitaker lui traversaient fréquemment l'esprit. Son sourire, sa façon de s'habiller, ses manières. La façon dont elle se maîtrisait. À plusieurs reprises, il avait combattu l'envie de passer à la bijouterie juste pour faire la conversation inutilement, juste pour voir son visage. Il ne l'avait pas fait uniquement parce que, à sa connaissance, Abigail et lui étaient toujours en couple, et ce serait la pire forme de trahison. Ce n'était pas ce qu'elle méritait. Il avait déjà commis cette erreur par le passé, et il n'était pas prêt à recommencer.

Mais pour l'instant, Tomek ne pouvait penser qu'aux chiffres, aux budgets, aux faits qu'il avait mémorisés en vue de cette réunion. Elle avait été inscrite au calendrier toute la semaine. La dernière chose un vendredi. Et donc il avait eu tout le temps de se préparer. Ce qui signifiait que les attentes placées en lui seraient encore plus grandes.

Tomek attendait devant le bureau de Nick, guettant l'appel. Quand il arriva, il posa une main nerveuse sur la poignée et entra. Arborant l'un des sourires les plus faux qu'il ait jamais réussi, il fit un signe de tête à Nick et Victoria avant de s'asseoir en face d'eux.

— Merci d'être venu, commença Nick. Il jeta un rapide coup d'œil à l'heure sur l'écran de son ordinateur, et ajouta : Et avec quelques minutes d'avance, en plus. L'ancien Tomek aurait fait l'inverse. Je suis impressionné.

— Dieu bénisse la technologie moderne et les systèmes d'alarme, répondit Tomek. J'imagine qu'à ton époque, il fallait attendre que les soleils et les lunes se croisent avant de savoir quelle heure il était, non ?

— Presque, répondit Nick. C'était le soleil, la lune, et Ur-an-anus - pardon, je veux dire, t'es un trou du cul.

Tomek fit un pistolet avec ses doigts en direction de l'homme, l'accompagnant d'un petit clin d'œil. — Touché.

Avant qu'ils ne puissent continuer leur badinage légèrement immature, Victoria les interrompit en s'éclaircissant la gorge. Elle leur lança à chacun un regard réprobateur, comme une mère désapprobatrice, et dit : — Avez-vous préparé tout ce que nous avons demandé ?

— Il n'y a qu'un moyen de le savoir.

— Bien. Alors donnez-nous les dernières nouvelles.

Droit à la jugulaire. Pas de temps à perdre.

C'est l'heure de couler ou de nager, mon vieux.

— Cette semaine, Rachel et moi avons parlé avec un homme nommé Micky Tatton, le propriétaire de Melback Manor et l'organisateur des Nuits de–

— Ah, oui. J'en ai entendu parler par Chey, interrompit Nick. L'endroit qui organise les petites soirées sexuelles.

— *Grandes* soirées sexuelles, si ce qu'on nous a dit est vrai.

— J'ai aussi entendu dire que tu t'es procuré une invitation.

— Pour le travail–

— Je ne dirais pas que ça mérite des heures supplémentaires, qu'en pensez-vous, Victoria ?

L'inspectrice afficha un sourire narquois. — Absolument pas.

— C'est exactement ce que je pensais. On dirait qu'il va y avoir plus d'amusement que de recherche de faits.

— Monsieur...

Nick leva une main pour l'arrêter. — Souviens-toi juste de bien te comporter, Tomek. Tu représentes la police quand tu te rendras à cette... orgie.

Tomek ouvrit la bouche pour contester la décision, mais réalisa rapidement sa défaite.

— Comme je le disais, nous allons à une des Nuits d'Eden ce soir. Notre objectif est de parler à quelqu'un que nous avons surnommé « l'Homme à l'Âne ». Nous ne savons pas à quoi il ressemble, ni rien d'autre à son sujet, si ce n'est qu'il va à ces soirées en portant un masque d'âne. Espérons qu'il ne soit pas monté comme tel. Nous espérons voir ce qu'il peut nous dire sur ses rencontres sexuelles avec Angelica.

— Pervers, dit Nick avec désinvolture. Puis, plus sérieusement, il ajouta : Et tu penses que cette personne pourrait avoir quelque chose à voir avec le meurtre d'Angelica ?

Tomek hésita. — Nous gardons toutes les options ouvertes. D'après ce que nous avons pu déterminer, Angelica Whitaker n'était pas étrangère au sexe, ce qui complique un peu les choses concernant sa grossesse. Mais d'après nos discussions avec Cole Thompson, l'un de ses partenaires sexuels actuels, elle s'assurait toujours qu'il portait un préservatif. Nous ne pouvons que supposer que cette règle s'étendait aux personnes qu'elle rencontrait lors de ses sorties. Le seul cas où ce n'est pas le cas, c'est lors des Nuits d'Eden. Selon le propriétaire, la moitié des préservatifs sont percés, la moitié ne le sont pas, donc il est très possible que l'Homme à l'Âne soit le père de l'enfant à naître d'Angelica, et il y a de fortes chances qu'elle le lui ait dit la nuit où elle est morte et qu'il l'ait tuée.

Nick hocha pensivement la tête. Tomek crut voir une once de fierté dans l'expression du commissaire divisionnaire. — Compris. Continue.

Tomek fit ce qu'on lui disait. — Aussi cette semaine, l'équipe a interrogé le reste des amis et collègues d'Angelica. Ils ont recueilli plus de trente témoignages et vérifié divers alibis dans le but d'en faire plus ce week-end et au début de la semaine prochaine. Les adolescents qui ont découvert le corps se sont manifestés et nous ont donné des récits détaillés de ce qu'ils ont fait et de ce qu'ils ont vu. Les pauvres ont eu la peur de leur vie. Espérons qu'ils réfléchiront à deux fois avant d'entrer par effraction à nouveau. L'analyse du cadenas qui a été brisé pour entrer dans l'église est revenue, et jusqu'à ce que nous puissions trouver les pinces qui ont été utilisées pour le faire, il n'y a pas grand-chose à suivre de ce côté. L'analyse de sang est également revenue : ils ont trouvé du Rohypnol dans son sang, et nous pensons donc qu'Adam Egglington, le gars avec qui elle dansait au club la nuit de sa mort, a réussi à glisser quelque chose dans son verre. Quant aux vêtements et au téléphone d'Angelica, ils sont toujours introuvables. À chaque occasion qui se présente, nous les cherchons dans les domiciles des suspects avec les mandats nécessaires. Nous avons effectué plusieurs séries d'analyses médico-légales sur certains des cheveux et des traces de fibres trouvés sur la scène du crime, mais jusqu'à présent rien n'est revenu avec un degré de succès quelconque. Les cheveux qui ont été découverts provenaient du pinceau utilisé pour peindre les ailes d'ange. Je continue à pousser pour plus d'analyses médico-légales sur les éléments qui ont été récupérés sur les lieux.

— Pourquoi ? lança Victoria.

— Parce que je pense qu'il doit y avoir quelque chose là-bas. Le tueur a forcément laissé une trace.

— Et le budget ? Vous n'avez plus tant que ça à disposition, et des séries continues d'examens médico-légaux vont faire un trou plutôt important dans un budget assez restreint.

Tomek haussa les épaules, puis continua son explication. — Aussi, Chey, pendant ce temps, a examiné les images de vidéosurveillance autour de l'église méthodiste de Park Road. Plusieurs voisins se sont manifestés avec des images de sécurité domestique de la nuit où Angelica a été assassinée, mais jusqu'à présent, rien de concret n'est apparu. Nous pensons qu'elle a été tuée entre deux et quatre heures du matin, puis déposée à l'église peu après. Nous pensons que le tueur a peut-être coupé juste pour peindre les ailes avant qu'il ne commence à faire jour et que les gens ne commencent à se réveiller pour aller au travail, mais quoi qu'il en soit, ils ont été capables d'entrer et de sortir sans être détectés. En plus de tout cela, Chey a examiné les images dans les zones environnantes et le long des routes principales à ce moment-là. Heureusement, c'était aux premières heures du matin, donc nous espérons pouvoir trouver une ou deux voitures qui auraient pu être sur les mêmes routes qui ont suivi le trajet de la maison d'Angelica à la scène du crime. Mais jusqu'à présent, rien n'en est ressorti.

Victoria ouvrit la bouche pour parler, mais Tomek la coupa.

— De plus, Chey a plongé profondément dans les comptes de médias sociaux d'Angelica, notant tous les noms de ceux qui commentaient ses publications et de tous ceux qui lui envoyaient des messages en ligne, sur tous ses comptes. Nous avons également trouvé un compte Tinder et Hinge, que nous avons commencé à parcourir. Elle a parlé à beaucoup d'hommes ces derniers mois, mais jusqu'à présent, aucun d'entre eux ne saute aux yeux. Mais si quelque chose change, Chey sera le premier à le savoir.

— Chey a été occupé, remarqua Victoria sèchement. Après ses derniers commentaires sur le constable, Tomek l'avait pris personnellement et avait décidé de défendre son équipier autant que possible. Maintenant, elle n'avait plus aucun argument si elle choisissait de lancer une autre attaque contre le jeune détective.

— Pas plus occupé que d'habitude.

Tomek remarqua le gloussement qui s'échappa des lèvres de Nick. Il l'empêcha de s'échapper davantage en demandant : — Avez-vous des suspects ?

— Quelques-uns.

— Qui ?

Tomek les énuméra : Shawn Wilkins, le harceleur qui avait dépassé les bornes à plusieurs reprises ; Cole Thompson, l'ami avec avantages et père possible de son enfant dont l'alibi s'arrêtait après une heure du matin ; Micky Tatton, et l'Homme à l'Âne. Tomek avait d'autres suspects qui flottaient dans son esprit, mais décida de les taire pour l'instant. Ils étaient basés uniquement sur l'intuition et un sentiment profond dans son estomac. Il souligna que, s'ils étaient capables de trouver de l'ADN sur les lieux, il serait en mesure de répondre à sa question plus définitivement.

— Et dans le cas où vous ne trouvez pas d'ADN, alors quoi ? dit Victoria. Vous devez avoir un plan de secours. Expliquez-moi ce que vous pensez qu'il lui est arrivé. Quelle est votre hypothèse ?

Tomek se tortilla sur son siège. Il s'était préparé à cela, l'avait répété. — Angelica Whitaker est sortie avec ses amis. Quatre au total. Ils étaient au Memo à Southend, où elle dansait avec Adam Egglington. À une heure quinze du matin, elle et ses amis sont rentrés chez eux. Elle a été déposée en premier à une heure vingt-huit, puis, un peu moins de vingt-cinq minutes plus tard, elle a été prise dans une voiture. À peu près au même moment, son téléphone a été éteint. Nous ne savons pas pourquoi. Soit cela a été fait manuellement, soit la batterie était épuisée. Nous avons contacté son fournisseur pour les journaux d'appels ou les derniers messages qu'elle a envoyés, mais ils n'ont aucune information pour nous sur qui elle contactait. Nous pensons qu'elle utilisait peut-être WhatsApp parce qu'il n'y a aucune trace de messages envoyés sur ses comptes de médias sociaux. Et pour compliquer les choses, elle n'a pas d'ordinateur portable, juste un iPad sans l'application dessus, donc il n'y a pas moyen pour nous de nous connecter à son compte WhatsApp sans accès à son téléphone. Quoi qu'il en soit, peu après avoir été prise, elle a été emmenée quelque part, tuée, violée, rasée, nettoyée, vidée de son sang, puis elle a été transportée à l'église, où son sang a été utilisé pour peindre des ailes d'ange derrière elle.

Nick et Victoria hochèrent poliment la tête, prenant des notes dans leurs carnets pendant qu'il parlait.

— Quel genre de personne a fait cela ? Avez-vous une réponse à cela pour l'instant ? Pensez-vous que c'était au hasard ou quelqu'un qu'elle connaissait ?

Cette question particulière lui avait le plus trotté dans la tête depuis leur première rencontre. De toutes, il l'avait décortiquée sous tous les angles imaginables, et il était maintenant prêt à s'arrêter sur un choix avec un assez haut degré de certitude.

— Je pense que c'est quelqu'un qui connaissait Angelica. Quelqu'un qui la connaissait très bien, intimement. Quelqu'un qui l'*adorait*. Ils ont pris tellement de temps à nettoyer et à préparer son corps que c'était soigneusement réfléchi. Ils auraient eu besoin d'un endroit pour le faire tranquillement et sans risque d'interruption, et, crucialement, ils auraient eu besoin de savoir qu'elle avait été baptisée là-bas. Je ne pense pas que ce soit un détail que nous devrions négliger. Mais soyez assurés que nous examinons toutes les possibilités, et nous travaillons jour et nuit pour découvrir qui a fait cela.

— Excellent. Merci pour cela, répondit Victoria, platement. Tomek fut surpris par sa brusquerie. Peut-être avait-il été naïf de penser qu'elle pourrait flatter son ego et lui donner une tape dans le dos pour un travail bien fait jusqu'à présent.

— Comment nous en sortons-nous avec les budgets ? demanda-t-elle, revenant à sa question précédente.

Il le lui dit.

— Très bien, dit-elle. Je pense que c'est tout pour moi. Nick, des questions ?

Le commissaire divisionnaire secoua la tête, alors Tomek se traîna hors de la chaise et sortit de la pièce. En fermant la porte derrière lui, il aperçut Chey qui quittait la cuisine, une tasse de thé à la main. Dès qu'il croisa le regard de Tomek, un sourire enfantin explosa sur son visage.

— Qu'est-ce qu'il y a ? demanda Tomek, se sentant soudain dégonflé et vaincu.

— Tu as hâte d'aller à ta soirée sexuelle ce soir ?

— Je n'y vais pas pour avoir des relations sexuelles, Chey.

— Pas ce soir, non. Mais ça ne veut pas dire que tu n'iras pas là-bas le mois prochain à titre *personnel*.

Tomek n'y avait pas pensé. Peut-être qu'il le ferait.

— Assure-toi simplement d'avoir le même costume, pour que les gens te reconnaissent.

— Qu'est-ce que tu as dit ?

— Ton costume. Assure-toi de porter le même pour que les gens sachent qui tu es. Chey regarda Tomek dans les yeux, et après quelques instants, dit : Tu *as* un costume pour ce soir, n'est-ce pas ?

Il secoua la tête.

— Merde ! J'ai complètement oublié. Tu pourrais m'en procurer un ?

— Absolument pas. Hors de question.

Tomek fouilla dans sa poche et sortit son portefeuille. Il en tira une poignée de billets. — Voici cinquante livres, dit-il.

— Quel âge as-tu ? Qui a de l'argent liquide de nos jours ? Tout est sur ton téléphone ou sans contact.

Tomek ignora le commentaire. — Emmène-le au magasin de déguisements le plus proche et trouve-m'en un. S'il te plaît. Je n'ai pas le temps de sortir avant le rendez-vous.

Chey examina l'argent dans les mains de Tomek. D'abord dubitatif, hésitant, puis l'excitation prit rapidement le dessus. Il arracha l'argent des mains de Tomek et dit : — Je peux garder la monnaie ?

— D'accord.

— Génial ! Laisse-moi faire. Je vais te trouver le meilleur costume qui soit.

Et sur ce, le jeune homme attrapa son manteau et ses clés de voiture et se précipita hors de la pièce. Ce n'est que lorsque la porte lente de la salle des incidents se referma finalement que Tomek réalisa qu'il venait de donner cinquante livres et l'instruction de trouver un costume de déguisement à la pire personne possible : un immature de vingt-cinq ans. C'était comme donner une arme à feu à un bébé.

Pas une bonne idée.

Avant qu'il ne puisse y réfléchir trop longtemps, son téléphone commença à vibrer dans sa poche. Il le sortit et vit qui appelait : Abigail.

La première fois depuis près d'une semaine.

C'est généreux de sa part, pensa-t-il, de faire le premier pas. Il l'admirait et la respectait pour cela.

— Salut, répondit-il.

— Salut. Sa voix était gênée, froide.

— Ça va ? demanda-t-il.

— Oui. Et toi ?

— Pas mal. Occupé.

— Pareil.

— Ouais.

— Alors..., commença-t-elle. Est-ce que tu... Je pensais, que fais-tu ce soir ? Je me disais que je pourrais venir chez toi, on pourrait préparer un chili ou des fajitas, regarder quelque chose à la télévision et peut-être parler de ce qui s'est passé...

L'hésitation et la peur dans sa voix étaient tangibles, comme si elle s'accrochait à chacun de ses mots, et pour chaque seconde qui passait, chaque seconde où il ne répondait pas, son emprise s'affaiblissait progressivement.

— Abs..., commença-t-il. J'adorerais, mais...

— C'est bon. Je comprends.

— J'ai un truc pour le travail. Sinon je...

— Oui. Non, je comprends. Je... Elle renifla pour masquer le sanglot dans sa voix. Peut-être une autre fois.

— Oui. Peut-être une autre fois.

CHAPITRE
TRENTE-SIX

Tomek n'avait jamais voulu faire de mal à quelqu'un dans sa vie plus qu'il ne voulait en faire à Chey pour ce qu'il avait fait. L'équipe, dont il ne restait que quelques membres à ce moment-là – heureusement – avait éclaté de rire dès qu'ils avaient vu la tenue que le jeune agent avait choisie pour Tomek. Le petit con avait attendu la dernière minute avant de la lui donner, ne laissant à Tomek d'autre choix que de la porter. Il avait fait beaucoup de choses stupides dans sa vie, la plupart quand il était au début de la vingtaine, encore jeune, naïf et intrépide, se fichant de ce que les autres pensaient de lui. Mais maintenant, à plus de quarante ans, il ne s'était jamais senti aussi gêné qu'en ce moment, alors qu'il conduisait sa voiture dans le domaine tentaculaire de Melback Manor. Le son du gravier crissant sous les pneus était le deuxième bruit le plus fort dans la voiture – après les gloussements insupportables de Rachel.

— Tu peux soit te taire, soit je fais demi-tour et je rentre à la maison, lui dit-il.

— Oui, monsieur, désolée, monsieur, répondit Rachel avant d'éclater de rire à nouveau.

Mais avant que Tomek puisse riposter, ou même penser à faire demi-tour, un homme vêtu d'un costume sur mesure et d'un masque de Volto s'approcha d'eux, les mains derrière le dos. Il attendit patiemment que Tomek baisse la vitre.

— Vos clés, monsieur, dit l'homme, sa voix feignant un léger accent italien.

— Il y a un putain de voiturier ?

— Oui, monsieur. Vous pourrez récupérer vos clés à la fin de la soirée.

Tomek soupira. — Laissez-moi deviner, je dois les trouver au fond d'un bocal à poissons, c'est ça ?

— Oui, monsieur.

— Génial.

L'homme ouvrit la portière pour Tomek et recula d'un pas, gardant poliment les bras derrière son dos. Tomek n'avait pas le choix. Il n'aimait pas l'idée de laisser sa voiture au milieu d'un domaine à la campagne sans accès immédiat à ses clés, mais il réalisa rapidement qu'il allait devoir s'immerger complètement dans l'expérience, qu'il le veuille ou non. À contrecœur, il descendit de voiture, remit les clés et regarda l'homme s'éloigner dans l'obscurité au coin du domaine.

— Tu la récupéreras, dit Rachel en le rejoignant. Juste après qu'il l'aura emmenée faire un tour.

— Très drôle.

— J'espère que tu as un peu d'argent pour le pourboire.

Tomek se regarda, désignant sa tenue. — Où veux-tu que je garde de la monnaie ?

— Dans un endroit dont je ne veux pas connaître l'existence.

Rachel le dépassa et se dirigea vers l'entrée. Près de la porte d'entrée, deux chauffages à flamme en métal étaient placés pour réchauffer les invités à leur arrivée ; de grands arbustes parfaitement taillés étaient disposés près des piliers de pierre, et une chaise avait été mise à disposition sur le patio de pierre. Une femme y était déjà assise, perchée sur le bord, penchée en avant avec impatience. Elle était vêtue d'une tenue de deuil noire, avec une large base de chapeau en sinamay et un bibi sur la tête, son visage couvert par un voile en dentelle noire qui dissimulait soigneusement ses traits. L'excitation de la femme grandit à leur approche.

Il était un peu plus de dix-neuf heures. Les Nuits d'Éden avaient commencé à dix-huit heures trente, et déjà les bruits de bavardages, de conversations, de rires et de musique – ainsi que d'autres sons que Tomek essayait d'ignorer – imprégnaient l'air.

— Ça fait longtemps que tu attends ? demanda Rachel à la femme.

— C'est une voix que je ne connais pas, répondit-elle d'un ton séducteur. Je ne la reconnais pas. Première fois ?

Tomek n'aimait pas la façon dont elle le dévisageait dans son costume.

— C'est si évident ? demanda Rachel.

— Ce n'est pas une mauvaise chose. On aime bien la chair fraîche. Surtout toi... La femme hocha la tête en direction de l'entrejambe de Tomek, vers la bosse dans son pantalon causée par l'entre-jambes de sa tenue, comprimant et soulevant les choses dans une position incroyablement inconfortable et donnant l'impression qu'il avait fourré quelques chaussettes là-dedans. Comme Tomek ne disait rien, la femme ajouta : — Eh bien, tu ne vas pas me faire un baisemain ?

Tomek regarda Rachel. Rachel le regarda en retour. Le moment était venu. La première partie du rituel. Ils avaient une décision à prendre. Qui serait le premier ?

— Je ne le fais pas, dit Tomek à Rachel.

— Tu préfères me faire un baisemain ?

— Ça pourrait être bizarre. Mais d'une façon ou d'une autre, l'un de nous va devoir embrasser la main de l'autre...

— Et si je vous facilitais la tâche à tous les deux ? La femme s'avança vers Tomek et tendit sa main, agitant ses doigts devant son visage. Pendant un long moment, Tomek observa ses ongles. Ils étaient rouge flamme, avec de petites paillettes sur le bout et impeccables, comme s'ils avaient été faits quelques heures auparavant.

Fermant les yeux, Tomek prit la main glacée de la femme, la tint dans la sienne, puis l'embrassa.

— Voilà, dit-elle en l'abaissant doucement, ce n'était pas si difficile, n'est-ce pas ? Il y en a plein d'autres comme ça à l'intérieur.

— Putain de merde, murmura-t-il tandis que la femme lui fit un clin d'œil, leur tourna le dos et entra, sa longue robe noire la suivant dans le couloir.

Tomek et Rachel se regardèrent, incrédules. Tout ce que Micky leur avait dit – le rituel du baiser, le rituel de l'attente, le code vestimentaire – tout était vrai. Une partie de Tomek, une grande partie, avait espéré que ce n'était qu'une arnaque, une blague élaborée que Micky Tatton leur ferait à leurs dépens, mais ce n'était pas le cas. C'était très réel pour beaucoup de gens, des gens qui marchaient autour de lui, dans la rue, au supermarché, des gens qui semblaient innocents de l'extérieur mais qui avaient une vie secrète, décadente et salace derrière des portes closes.

— Qu'est-ce qu'il y a ? demanda Rachel. Tu as l'air contrarié.

— Bien sûr que je suis contrarié, Rach. Je porte un putain de costume de policier américain qui est au moins deux tailles trop petit. Le pantalon sans fond me remonte dans le cul *et* dans l'entrejambe, qui sont presque entièrement exposés si ce n'était pour le short que j'ai mis en dessous. Le haut est si serré que je peux à peine respirer, et je suis presque sûr que les boutons sont conçus pour s'enlever d'un seul coup, ce qui me fait croire que c'est le genre de truc qu'un stripteaseur pourrait porter. Je porte un putain de chapeau de policier mais un masque de voleur, ce qui brouille complètement le message. Je peux à peine voir à travers les putains de fentes, j'ai une paire de menottes en plastique qui me rentre dans la hanche, et pour couronner le tout, je dois transporter *ça*.

Tomek brandit la matraque de police surdimensionnée qui faisait partie de la tenue. Elle mesurait au moins soixante centimètres et près de cinq centimètres d'épaisseur à son point le plus large. Non seulement c'était une vraie plaie à porter, mais c'était aussi sacrément lourd, et sur le côté, gravé en or, on lisait les mots : « Tu as été vilaine ».

— Je vais le tuer demain quand je le verrai, siffla Tomek. Je vais le tuer.

— Il a vu une opportunité et il l'a saisie. Tu ne peux pas lui en vouloir. Tu aurais fait la même chose.

Tomek aurait fait la même chose, bien sûr. En fait, il aurait probablement fait quelque chose de pire, bien pire. Mais Rachel n'avait pas besoin de le savoir. C'était facile pour elle. Elle avait été en charge de sa propre tenue et avait l'air respectable dans un costume de jockey noir et rose, avec des bottes de cuir montant jusqu'aux genoux, un fouet, une casquette plate et des lunettes sur les yeux. Elle le portait bien, et ça lui allait.

— Maintenant, je dois t'embrasser *ta* main, dit-elle.

— Non, tu n'as pas à le faire, je pense qu'on peut...

Tomek allait dire qu'ils pourraient s'en sortir, que personne ne regarderait. Mais Rachel ne lui donna pas la chance de finir. Au lieu de cela, elle se jeta sur lui, saisit sa main et l'embrassa sur le dos. Ses lèvres étaient humides, collantes de gloss qui brillait sous la lueur du feu.

Tandis que Tomek retirait sa main, il dit : — Eh bien, c'était bizarre. Puis il commença à frotter la zone de peau qu'elle venait d'embrasser.

— Je ne suis pas contagieuse, Tomek.

— Je sais. C'est juste que... Tu adores ça, n'est-ce pas ?

Elle haussa les épaules. — J'avais besoin d'un peu d'excitation dans ma vie dernièrement.

— Garde ça pour ta visite du mois prochain. Tu pourras venir toute seule. Ce soir, on a un travail à faire.

— Oui, monsieur, désolée, monsieur. Ai-je été vilaine, monsieur ? plaisanta-t-elle avec espièglerie.

— Va te faire foutre, lui dit-il, puis se tourna lentement vers l'entrée, vers la musique, vers le sexe.

— Tu as peur ?

— Non, dit-il. C'est juste que je n'ai absolument aucune putain d'idée de ce qui m'attend quand je franchirai cette porte.

Elle lui donna une tape dans le dos. — Garde l'esprit ouvert. Rappelle-toi, il y a beaucoup de choses comme ça qui se passent dans le monde. Plus qu'on ne le pense probablement. À la fin, tu auras élargi ton esprit. Et, hé, peut-être que tu auras appris une chose ou deux.

Tomek se tourna vers elle. — T'es tordue, tu le sais ça ?

Elle le poussa dans le dos. — Allez, entre là-dedans et explore les lieux. J'attends que ma dame chevalier en armure étincelante vienne me faire un baisemain.

— J'espère que ce sera un vieux tout ridé et sans dents, lui dit-il.

Sur ces mots, il lui tourna le dos et, avant de franchir le seuil vers l'inconnu, inspira profondément. Il retint son souffle longtemps, jusqu'à ce qu'il ne puisse plus, puis le laissa lentement sortir par ses narines. La tension dans ses épaules et le haut de son dos diminua progressivement.

Puis, d'un grand pas, il franchit la porte d'entrée.

L'entrée du bâtiment qu'il avait traversée quelques jours auparavant semblait prendre vie dans l'obscurité. Des bougies ornaient les surfaces, vacillant dans la douce brise de mars, émettant une abondance de senteurs qui remplissaient l'air d'un parfum doux et subtil. Les murs et les meubles tremblaient sous les vibrations de la basse lourde qui jouait profondément dans le bâtiment. Tomek tendit la main vers le mur et sentit le frémissement à travers sa peau, remontant son bras jusqu'à sa poitrine.

Boum. Boum. Boum.

À moins que ce ne soit son cœur battant qui brisait sa cage thoracique.

Quelques pas plus loin, il arriva au prochain rituel. Il était caché derrière un rideau de velours violet, un grand plat en verre contenant un assortiment d'objets. Jusqu'à présent, les invités avaient déjà sacrifié un paquet de jambon, un mètre ruban, une ampoule, des sous-vêtements, une chaussette unique, un mini-USB, un crayon et une cuillère de poudre protéinée parmi de nombreux autres objets ménagers aléatoires. Tomek fut surpris de réaliser combien de personnes étaient déjà à l'intérieur. Il fouilla dans la petite poche de poitrine de sa tenue et en sortit son sacrifice : un décapsuleur. Un cassé qu'il avait trouvé dans la cuisine du bureau. Il le plaça dans le bol, puis se frotta les mains sur son haut avant de passer à travers un autre rideau. Là, assis sur une petite table de bar, se trouvait le cochon naturalisé.

— Putain de bordel, dit-il en regardant le pauvre animal. Des images d'il y a quelques semaines flashèrent dans son esprit. Il avait été piégé au milieu d'un enclos à cochons dans une ferme, entouré de sept bêtes géantes alors qu'elles festoyaient sur un corps humain. Tomek avait essayé de le sauver, mais avait failli mourir lui-même. Il n'avait plus pensé au bacon ou à la viande rouge depuis, et maintenant un rappel de cette nuit le regardait en face. Pour empirer les choses, maintenant il devait l'embrasser.

Avant de le faire, il examina la petite section de la pièce. C'est alors qu'il remarqua la caméra de sécurité dans le coin du plafond, braquée sur lui, une lumière rouge clignotant dans le dôme noir. *Le pervers malade,* pensa Tomek, *nous regardant pendant qu'on fait cette merde.* À contrecœur, réalisant qu'il n'avait toujours pas le choix, Tomek se pencha et embrassa l'animal sur le dos. Sa peau et sa fourrure étaient rugueuses contre sa peau, et il était certain qu'un poil s'était coincé entre ses lèvres.

Il prit un moment pour se ressaisir et se préparer à ce qui l'attendait derrière le prochain rideau. À présent, l'odeur apaisante et réconfortante des bougies avait disparu et avait été remplacée par l'odeur de la décadence, de la sueur et du parfum.

— Et puis merde. Allons-y.

Avec hésitation, il poussa le rideau de velours d'une main et passa à travers. Une fois de l'autre côté, le son de la musique décupla. C'était comme entrer dans un autre bâtiment, battant, pulsant. Il entra au milieu d'un couloir. Un petit panneau indicateur juste devant lui offrait deux options : « La Salle » à gauche, et « Les Salles » à droite. Tomek n'avait pas besoin d'en savoir plus pour comprendre laquelle était laquelle. Mais avant qu'il puisse prendre une décision, un grand tableau accroché au mur au-dessus de la signalisation attira son attention.

— Ça s'appelle *Le Jardin des délices*.

La voix le prit par surprise. Il se retourna pour voir Rachel derrière lui, émergeant du rideau.

— Comment t'as fait pour passer si vite ?

— Quelqu'un m'a sauvée.

— Pas de dame en armure étincelante ?

Elle secoua la tête, déçue. — Juste un mec portant un costume de cône de signalisation.

Tomek étouffa un ricanement, puis se tourna vers le tableau au mur. — Tu es fan d'art ?

— Non. Je *connais* simplement l'art, c'est tout. De la même façon que *tu* pourrais connaître la réparation de toilettes, *moi*, je connais l'art.

— Sexiste. Tu aurais pu supposer que je connaissais le jardinage ou le maquillage.

— Qui est sexiste maintenant ?

Tomek la poussa légèrement à l'épaule, puis pointa le tableau. — Vas-y alors. *Le Jardin des délices*...

— Par un type nommé Jérôme Bosch dans les années 1500. C'est ce qu'on appelle un triptyque, ce qui signifie qu'il est divisé en trois sections. Pour celui-ci, chaque section représente un mouvement de plus vers l'enfer. À gauche, c'est le Jardin d'Éden, où tout est pur et propre. Ensuite, tu as *Le Jardin des délices*, où tout le monde est nu et semble baiser les uns avec les autres entourés d'un tas de fruits, et à droite tu as sa représentation de l'enfer, où les choses deviennent juste un peu bizarres.

— C'est tout un peu bizarre.

— Il y a eu beaucoup de débats académiques pour savoir si le panneau central est un avertissement moral ou une représentation du paradis perdu. La voix était un baryton profond. Familière. Puis une silhouette émergea, vêtue d'un costume de maire, avec des chaînes et une cape drapée sur ses épaules. Sur sa tête, il portait un chapeau de la Renaissance italienne avec un masque d'Arlequin sur les yeux. Tomek le reconnut immédiatement. — Personnellement, je pense que c'est plutôt ce dernier, un reflet du paradis, de la jouissance, de l'esprit libre, la capacité à faire des choses sans rétribution. C'était l'inspiration derrière Les Nuits d'Éden, et je suis très fier d'avoir ce tableau ici. Il attire toujours l'attention de nos nouveaux venus. Angelica se tenait au même endroit que vous deux maintenant, regardant avec admiration, posant les mêmes questions.

— Et qu'avait-elle à dire ?

— Elle l'a trouvé délicieux également. Micky Tatton se plaça devant eux, bloquant la vue de Tomek sur le tableau bizarre mais tout aussi captivant. — Avez-vous trouvé ce que vous cherchiez ?

— Nous venons d'arriver, répondit Rachel avec trop d'excitation dans la voix au goût de Tomek.

— Excellent, alors vous avez toute la soirée pour vous familiariser avec nos activités. S'il vous plaît, n'hésitez pas à vous laisser aller ici. Il n'y a pas de jugement, et tout notre personnel est tenu de signer une clause de confidentialité. Personne d'autre que les personnes que vous voyez ce soir ne saura ce qui se passe.

— Nous n'avons pas besoin d'en signer une ?

Micky secoua la tête. — Étant donné vos rôles, je ne pense pas que ce soit nécessaire. Alors qu'il s'éloignait, il s'arrêta et fit un demi-tour. — Oh, et j'adore la tenue, au fait. Je peux dire que tu vas avoir du succès auprès de beaucoup de nos invités.

Tomek sentit un nœud se resserrer dans son estomac et un afflux de sang vers son pénis. C'était très déroutant.

Un moment plus tard, Micky Tatton était parti. Maintenant que c'était réglé, ils pouvaient commencer. Le seul problème était de choisir une salle. Gauche ou droite. Finalement, après une brève dispute, ils optèrent pour La Salle. Gauche. Tomek avait déjà imaginé ce qui les attendait, mais ce n'était rien comparé à la réalité. Tomek n'avait jamais vu autant de chair nue et de parties génitales - et plus inquiétant encore, de *jambon* - de sa vie. La salle qu'ils venaient d'entrer était la salle de mariage où les jeunes mariés étaient censés profiter des plus beaux jours de leur vie. Mais au lieu de deux couples se tenant la main à la tête de la pièce, elle était remplie de deux douzaines d'individus actuellement en train de forniquer et de se pénétrer les uns les autres. Il y avait une demi-douzaine de sofas en velours moelleux, trois lits à eau, et quelques poufs et fauteuils. Les lumières étaient tamisées, et il n'y avait pas une seule bougie en vue - probablement pour des raisons de sécurité. Devant eux, des corps étaient entrelacés les uns dans les autres, des couples, des trios, des quatuors ayant des relations sexuelles, perchés sur les lits, sur les fauteuils, contre le mur. Il n'y avait pas un seul espace libre. C'était comme regarder une scène de *Game of Thrones*. Tomek ne savait pas où regarder, et pendant un long moment, il resta parfaitement immobile, incapable de détacher son regard d'un homme dans la cinquantaine debout derrière un autre homme, penché sur l'accoudoir d'un canapé. Pendant ce temps, à la périphérie de la salle, des hommes se tenaient avec des érections, se masturbant devant les scènes. Les visages de tous dans la salle étaient couverts. Les masques faciaux allaient d'un masque de Zorro à un masque de ski, jusqu'à un sac en papier qui avait été découpé aux yeux et à la bouche. Mais peu importe où il regardait, quand il put enfin détacher son regard de l'acte homosexuel se déroulant juste devant lui, il ne put voir personne portant un masque d'âne.

— Bon Dieu... murmura-t-il.

— Hé, beau gosse, dit une voix à côté de lui. La silhouette - une femme, définitivement une femme, nue, portant un masque médical et un chapeau d'infirmière de guerre avec une grande Croix Rouge dessus - commença à le toucher à l'épaule, descendant le long de son bras. Une seconde plus tard, elle arriva à sa matraque et l'inspecta. — J'ai été une vilaine fille, n'est-ce pas ? Peut-être que tu devrais me punir dans l'une des petites salles. Ça te plairait ?

— Ah, merde.

Tomek se sentit très vite dépassé. Il avait une femme extrêmement attirante juste devant lui, et tout ce à quoi il pouvait penser, c'étaient les hommes qui se masturbaient, se touchant en regardant.

— Rachel... À l'aide...

D'un coup, Rachel se plaça devant lui et embrassa la femme, fort et en plein sur les lèvres. — Il est pris pour le moment, ma belle, dit-elle en se retirant, mais peut-être que quand j'en aurai fini avec lui, toi et moi pourrons nous amuser ensemble ?

La femme sembla visiblement déçue d'apprendre que Tomek était retiré du marché, mais ravie à la perspective de passer du temps avec Rachel après, même si cela n'allait pas arriver. Tranquillement, la femme s'éloigna, et Tomek remercia Rachel d'être venue à son secours.

À leur gauche se trouvait un petit passage qui menait à un bar. Ils le traversèrent et commandèrent chacun une boisson non alcoolisée : du Coca Cola pour Tomek, de la limonade pour Rachel. À côté d'eux, sur un canapé proche, deux hommes faisaient des lignes de cocaïne sur le ventre l'un de l'autre, comme s'il s'agissait d'un shot de vodka et qu'ils étaient sur une île festive au milieu de la Méditerranée. L'un d'eux renifla fort et leva les yeux vers Tomek, son nez et sa bouche couverts de poudre blanche. — Envie de nous rejoindre ?

Tomek recula devant la remarque de l'homme et le regarda se frotter le nez pendant quelques secondes avant de répondre. — Pas pour nous, merci. Où est-ce que tu l'as eue ?

— BYOD. Apportez vos propres drogues, répondit l'homme, puis il retourna à sa cocaïne, cette fois en faisant une ligne sur les fesses de l'autre homme.

— Je suppose que ça ne le rend pas illégal, murmura Rachel à son oreille.

— Même si c'était le cas, on ne pourrait probablement pas les arrêter. Imagine la quantité de chair nue qui sortirait d'ici en courant si on le faisait. On devrait tout désinfecter au commissariat, et même alors je ne pense pas qu'on le nettoierait jamais complètement.

— Tant que personne ne fait de protestation sale, ajouta Rachel.

Une fois qu'ils eurent reçu leurs boissons, ils retournèrent à l'orgie. En quelques secondes après leur retour, un homme s'approcha d'eux, complètement nu, portant un chapeau de pilote et une paire de lunettes de ski teintées sur les yeux. Il était en surpoids, avec des bras incroyablement poilus et le torse d'un ours.

— Ça va, ma belle ? dit-il à Rachel. Je ne te reconnais pas.

Dès que Tomek réalisa qu'il n'était pas la cible, il fit un pas en arrière, sirotant tranquillement sa boisson.

— Tomek... dit Rachel, tendant une main vers lui. — Tomek...

— Je ne sais pas à qui tu parles.

— C'est ta première fois ici, ma belle ? insista l'homme.

— Je suis avec lui, dit Rachel, attrapant Tomek et le tirant vers elle.

— Non, ce n'est pas vrai.

— *Si*, c'est vrai.

— Ce n'est pas grave, dit l'homme. Tu peux me chevaucher comme un cheval autant que tu veux, je ne mordrai toujours pas.

— Non, merci, insista Rachel. Puis ajouta poliment : — Peut-être une autre fois.

À contrecœur, l'homme s'éloigna, les épaules affaissées, clairement contrarié par le rejet. Une fois hors de portée de voix, Rachel tira Tomek à sa hauteur.

— C'était quoi ça ? Je suis venue à ton secours quand *tu* en avais besoin.

Tomek secoua la tête. — Je n'embrasse pas un homme sur les lèvres.

— Lâche, siffla-t-elle.

Mais avant qu'il puisse répondre, quelque chose attira l'œil de Tomek. Une silhouette. Nue du cou aux pieds, ne portant rien d'autre qu'un masque d'âne en silicone sur son visage. Perplexe, Tomek frappa Rachel sur le bras à plusieurs reprises jusqu'à ce qu'il attire son attention.

— Vas-y, dit-il.

— Pourquoi moi ?

— Parce que tu es une fille, et la dernière fois que j'ai vérifié, il couchait avec Angelica, qui était aussi une fille.

— Merci pour la leçon de biologie, dit-elle avec humeur, avant de poser son gobelet en plastique (également probablement pour des raisons de sécurité) sur l'accoudoir du canapé et de se diriger vers L'Homme Âne. Pendant ce temps, Tomek suivit lentement derrière, restant en retrait et observant de loin, prudent de ne pas s'approcher trop près.

— Salut, dit Rachel.

L'homme baissa les yeux vers elle. — Salut, comment ça va ? répondit-il avec un doux accent français.

— Envie d'aller dans une salle privée ?

— Bien sûr.

C'était aussi simple que ça. Demande et tu recevras. Pas de préliminaires, pas de présentations, juste, « Tu veux baiser ? » « Oui ! » « Excellent, viens par ici. »

— Ça te dérange si mon ami nous rejoint ? demanda-t-elle, pointant vers Tomek.

— Euh...

— Super.

Sans attendre de réponse, Rachel attrapa Tomek par le bras et le traîna hors de la salle et dans le couloir. Alors qu'ils s'approchaient des salles individuelles de l'autre côté du manoir, le son du sexe devenait de plus en plus fort. Des femmes et des hommes criant à pleins poumons, des têtes de lit et d'autres objets cognant contre les murs. Heureusement, ils trouvèrent une salle vide au bout du couloir, et Tomek ferma la porte derrière lui. À l'intérieur, la salle était calme, silencieuse. Au milieu se trouvait un lit à baldaquin avec une poignée de jouets sexuels - godemichés, fouets, étriers, chaînes - disposés sur la surface. Tomek ne voulait pas savoir s'ils avaient été utilisés ou non, ne voulait pas s'en approcher. C'était une simple chambre d'hôtel qui avait été transformée en donjon sexuel, et il ne voulait plus jamais séjourner dans un hôtel.

Puis L'Homme Âne frappa dans ses mains, sortant Tomek de sa rêverie.

— Très bien alors. On s'y met ?

La voix de Rachel devint autoritaire. — En fait, non. Nous préférerions ne pas le faire, merci. Nous nous demandions si nous pouvions vous poser quelques questions sur votre récente relation avec Angelica Whitaker à la place.

— Quoi ? De quoi parlez-vous ?

— Angelica Whitaker.

— Qui êtes-vous ?

Rachel fouilla dans son soutien-gorge et sortit sa carte d'identité professionnelle.

L'homme l'inspecta, puis regarda Tomek avec incrédulité.

— Ce n'est pas juste un costume, mon pote, dit Tomek, agitant vigoureusement la main.

Puis L'Homme Âne prit soudainement conscience qu'il était nu et se couvrit avec ses mains. Bien qu'il soit déjà trop tard. Les dégâts étaient faits, l'image - ainsi que beaucoup d'autres - était gravée dans l'esprit de Tomek. — De quoi s'agit-il ? Puis-je... puis-je mettre des vêtements ?

— Pas nécessaire, dit Rachel. Je ne m'intéresse pas à tout ça, lui non plus. Comment vous appelez-vous ?

Protégeant toujours sa dignité avec ses mains, l'homme se percha sur le bord du lit. — Florian. Florian Meunier. Je...

— Que pouvez-vous nous dire sur Angelica Whitaker, Florian ?

L'homme attrapa l'oreiller le plus proche et le plaça sur ses genoux. — Je ne sais pas qui c'est.

— Si, vous le savez, mais vous la connaissez probablement plus par sa tenue que par son nom. Une femme qui venait ici toujours habillée en ange. Ça vous dit quelque chose ?

Une lueur de reconnaissance traversa le visage de Florian. — Oui, mais je... je ne savais pas que son nom était Angelica.

— Eh bien, maintenant vous le savez. Et nous sommes aussi venus vous dire qu'elle est morte.

— Morte ?

— Son corps a été retrouvé l'autre jour. Elle était enceinte. Nous comprenons que vous avez couché avec elle à plusieurs reprises. Est-ce exact ?

Le regard de Florian tomba sur le tapis shaggy au sol alors qu'il se perdait dans une profonde réflexion. — Oui. Oui, nous avons couché ensemble.

— Pouvez-vous nous dire combien de fois ?

— Quatre. Peut-être cinq.

— Et vous utilisiez les préservatifs à l'extérieur ? Certains percés, d'autres non.

— Oui... Oui, mais je n'ai jamais pensé que *cela* arriverait.

— Quelle partie ? Qu'elle soit tuée ou qu'elle tombe enceinte ? demanda Rachel.

— *Tuée* ? Vous n'avez jamais dit qu'elle avait été tuée. Vous ne pensez pas... vous ne pensez pas que j'ai quelque chose à voir avec ça, n'est-ce pas ?

Tomek prit cela comme son signal pour intervenir. — Cela reste à voir, dit-il. Donc Angelica ne vous a jamais dit qu'elle était enceinte, ou que ça pouvait être le vôtre ?

L'homme avait l'air sous le choc. — Non. Rien.

— Avez-vous déjà passé la nuit avec quelqu'un d'autre ? L'avez-vous déjà vue entrer dans une salle avec quelqu'un d'autre ?

Florian secoua la tête. — Seulement avec moi. Mais... Il hésita. — Nous avons aussi eu un plan à trois une fois, mais ça... c'était avec une autre femme.

Les yeux de Tomek tombèrent sur le gode ceinture à la tête du lit.

— Avez-vous déjà parlé à Angelica en dehors de cet environnement ? demanda-t-il.

— Non.

— Jamais échangé de messages en ligne ou sur les réseaux sociaux ?

Un autre hochement de tête négatif.

— Seriez-vous prêt à venir au commissariat pour que nous puissions discuter de cela plus en détail ?

— Bi... bien sûr.

— Demain ?

Après quelques secondes de réflexion, Florian finit par répondre oui, puis donna ses coordonnées à Rachel. Juste avant qu'ils ne le laissent à ses réflexions, seul dans la salle, elle posa une main sur son épaule, le remercia pour son temps, puis suivit Tomek hors de la salle. Ensemble, ils se dirigèrent vers la sortie. Dehors, Tomek trouva le voiturier, chercha ses clés de voiture dans le bol, puis attendit que l'homme ramène sa voiture.

Le voiturier arriva un moment plus tard. Tomek le remercia, puis monta sur le siège avant. Tandis qu'il fermait la porte derrière lui, il se tourna vers Rachel et dit : — Nous ne devons jamais parler de ça à personne. D'accord ?

— D'accord.

CHAPITRE
TRENTE-SEPT

Tomek n'avait qu'une envie le lendemain matin : effacer ce petit sourire suffisant du visage de Chey. Ce jeune homme de vingt-cinq ans avait l'air d'avoir gagné au loto. Et pour empirer les choses, Tomek et Rachel étaient arrivés en même temps, donnant l'impression qu'ils avaient passé la nuit ensemble et qu'ils faisaient la version policière de la marche de la honte.

— Alors... dit-il en se penchant en arrière dans son fauteuil, mâchonnant le bout de son stylo, son insupportable sourire toujours visible. Comment c'était ?

— Ne commence pas, putain, lança Tomek en laissant tomber son sac à côté de son bureau. Tu as des excuses à me faire.

— Pourquoi ?

— *Ce* costume.

Chey éclata de rire, sa voix se brisant à mi-chemin, inondant le bureau. Ils n'étaient que tous les trois, en ce début de samedi matin. Bientôt, l'endroit commencerait à se remplir.

— Tu as pris des photos ? demanda l'agent.

— Pervers, rétorqua Rachel, d'abord sérieuse, puis son visage se fendit et tous deux s'écroulèrent de rire aux dépens de Tomek. C'était probablement l'une des choses les plus drôles que j'aie jamais vues.

Tomek leur fit un doigt d'honneur à tous les deux.

— Tu sais ce qui est encore plus drôle ? Quand je vous mettrai tous les deux sous évaluation de performance. Qui rira à ce moment-là ?

— Rien ne sera plus drôle que les souvenirs que j'ai de la nuit dernière, fit remarquer Rachel.

Sentant qu'ils étaient sur le point de divulguer tous les potins, Chey se leva de sa chaise et se précipita vers eux.

— Tu peux effacer ce sourire narquois de ton visage, lui dit Tomek. On ne va rien te raconter.

— Allez ! Tu ne serais pas un peu curieux si tu étais à ma place ?

Si. Si, il le serait.

— Non, dit Tomek, parce que j'ai un certain respect pour l'enquête. Si j'ai besoin de savoir quelque chose, alors j'attendrai qu'on me le dise.

C'était un mensonge froid et impassible, et ils le savaient tous. Tandis que Tomek se tournait pour allumer son écran d'ordinateur, du coin de l'œil, il vit Rachel se pencher vers Chey et l'entendit chuchoter : « T'inquiète pas, mon pote. Je te raconterai tout plus tard. »

— Ça va pas, non, répliqua Tomek en se retournant si vite qu'il en eut le vertige. Qu'est-ce que tu veux savoir ? On est arrivés, tous déguisés, on a dû s'embrasser la main, embrasser un cochon, prendre quelques verres, vu pas mal de sexe, vu pas mal de bites et de vagins, et ensuite parlé avec un suspect.

— Vous avez trouvé un suspect ?

— Bien sûr, putain. On n'y est pas allés juste pour voir ce que c'était.

Rachel ricana avec espièglerie.

— Parle pour toi, Sergent.

Tomek lui jeta un regard incrédule, puis se tourna vers Chey.

— Bon. Eh bien, *moi*, j'y suis allé à des fins d'enquête. Si j'avais su que Rachel y allait pour autre chose, j'aurais peut-être emmené toi à la place.

Le visage du jeune homme s'illumina.

— Sergent, allez, réfléchis une seconde, implora Rachel. Lui... vingt-cinq ans... là-bas. Ce serait comme lâcher un renard dans un poulailler. Ce serait un putain de massacre.

Le hochement de tête enthousiaste et le sourire sur le visage de Chey confirmèrent l'analogie de Rachel.

— Dans ce cas, si je dois y retourner, j'irai seul, dit-il.

Chey et Rachel se regardèrent, se faisant un clin d'œil.

— Ouais, d'accord, Sergent. Bien sûr que tu le feras. On voit comment c'est.

Tomek soupira et leva les yeux au ciel.

— Comportez-vous bien. Ne soyez pas si puérils.

Il était impatient de détourner la conversation de lui-même, de Rachel et des Nuits d'Eden, alors il demanda :

— De toute façon, qu'as-tu fait de ton vendredi soir, jeune Chey ? Tu t'es endormi en pleurant parce que tu as manqué ça ?

— Non, en fait. Pendant que vous deux réalisiez vos fantasmes à votre petite soirée sexuelle hier soir, j'organisais ma propre petite fête en faisant défiler l'Instagram d'Angelica.

Tomek le regarda, inquiet.

— C'est tout aussi bizarre, mon pote.

L'expression de Chey se décomposa.

— Je sais. J'ai entendu comment ça sonnait. Mais écoute-moi, j'ai trouvé quelque chose qui pourrait être intéressant.

Tomek attendit que l'homme s'explique.

— J'ai trouvé un blog ! s'exclama-t-il. Maintenant, l'expression excitée, comme celle d'un chiot, était revenue sur son visage, mais pour des raisons très différentes. Il s'appelle « Mon Petit Coin d'Internet » - ce qui est aussi l'URL. C'est un de ces trucs Blogspot du début des années 2000, où il n'y a littéralement que du texte et quelques images. Rien de sophistiqué.

— Comment l'as-tu trouvé ? demanda Tomek, désireux de commencer par le début avant que Chey ne se perde dans son propre enthousiasme.

— C'était au bas de son compte Instagram de voyage, répondit-il. J'ai finalement atteint le bas de son fil après des jours à passer chaque publication en revue. Sa toute première. C'était un petit selfie avec une légende invitant les gens à consulter son blog où elle publierait des informations plus détaillées sur ses voyages.

— Et c'était la seule fois où elle a publié le lien ?

Chey haussa les épaules.

— Je suppose qu'elle pensait que les gens le verraient et s'en souviendraient. C'était il y a quelques années, avant qu'ils ne modifient tous les algorithmes et que la portée organique soit bien meilleure qu'elle ne l'est aujourd'hui.

Algorithmes. Portée organique. Des mots qu'il avait été forcé d'apprendre très récemment, mais dont il ne comprenait toujours pas la signification.

— As-tu lu certains des articles du blog ?

— J'ai commencé, oui. Mais il y en a beaucoup. Le truc remonte à 2016, comme son Insta, mais il y a plus de deux mille publications. Une pour chaque jour, parfois plus. Je pense qu'elle l'utilisait à l'origine pour ses journaux de voyage, mais ensuite, quand elle s'est rendu compte que personne ne le trouvait, je crois qu'elle a commencé à l'utiliser comme son journal intime.

Les oreilles de Tomek se dressèrent.

— Quand était la dernière publication ?

— Le jour de sa mort.

Tomek agita son doigt en direction de l'écran d'ordinateur de Chey.

— L'as-tu sur ton écran ?

— Tu peux l'avoir sur le tien, Papy. C'est sur Internet. Tout le monde peut le voir.

Enfoiré, pensa Tomek. C'était le genre de chose qu'il aurait dite à Nick. En fait, il avait probablement dit exactement la même chose au commissaire principal à un moment donné. Et maintenant, il avait transmis le flambeau à Chey. Il était impressionné.

— Vas-y alors, petit malin. Montre-moi.

En une seconde, l'agent avait chargé le portail de Tomek, ouvert un navigateur web et trouvé le Petit Coin d'Internet d'Angelica. La page d'accueil était simple. Le logo de son site web se trouvait en haut de l'écran et semblait avoir été tapé dans WordArt puis transformé en image. À droite se trouvait une photo d'Angelica en bikini, avec des lunettes de soleil de la taille d'un masque de plongée couvrant son visage, une plage et des palmiers derrière elle. En dessous figurait une liste chronologique de tous les articles de blog au fil des ans, de 2016 à aujourd'hui. Sur le côté gauche de la page se trouvait le dernier article, daté du jour de sa mort. L'horodatage indiquait qu'il avait été publié quelques heures avant qu'elle ne retrouve ses amies.

Tomek se pencha plus près et plissa les yeux vers l'écran. Il avait remarqué récemment qu'en vieillissant, ses yeux commençaient à faiblir, à devenir un peu plus flous qu'avant, mais n'avait rien fait à ce sujet. Il ne devenait pas encore aveugle, alors pourquoi s'inquiéter ?

Les yeux presque fermés, il commença à lire :

Bonjour mon chou,

Une autre journée de travail terminée. Je me sens mieux aujourd'hui. Grande soirée avec les filles ce soir, j'ai absolument hâte d'y être. Je dois me préparer dans quelques heures, donc je vais faire court. Ça devrait être une soirée amusante. J'ai l'impression qu'on n'est pas sorties ensemble depuis une éternité. Une vraie soirée entre filles. Et dire que ce sera la dernière avant que la saison ne recommence, ce qui m'excite beaucoup. J'ai hâte de voir les Instas de toutes les filles, magnifiques et enflammées dans les semaines à venir. Ce sera un super adieu, et j'ai le pressentiment qu'on va finir en beauté !

Bon, c'est tout ce que j'ai le temps d'écrire, mon chou. À la prochaine.

— Qui est *mon chou* ? demanda Tomek.

— Mais c'est toi, Sergent, se moqua Rachel.

Tomek lui lança un regard peu impressionné.

— Tu sais bien que ce n'est pas ce que je voulais dire. À qui pensez-vous qu'elle s'adresse ?

— À elle-même, peut-être ? Comme référence au cas où elle le relirait plus tard ?

Tomek réfléchit, se tourna vers Chey et demanda :

— Peux-tu tous les imprimer ?

— Les imprimer ?

— Oui. Tu sais, de l'encre noire et blanche sur du papier.

— Mais pourquoi ? Ça va faire tellement de gaspillage.

— Les raisons sont doubles, jeune Chey.

Tomek leva deux doigts vers l'agent, et pas dans le sens le plus poli d'ailleurs.

— Une, pour qu'on puisse les partager entre l'équipe et les lire afin d'accélérer le processus. Deux, pour nous préparer au cas où quelque chose arriverait avec le domaine et qu'on perdrait toutes les preuves.

Un air stupéfait se dessina sur le visage de Chey.

— C'est ça, répondit Tomek d'un air suffisant. Je connais les domaines. Et ça me rappelle la troisième raison.

Tomek montra son majeur à Chey.

— Parce que je te l'ai dit. Maintenant, Rachel et moi devons y aller. Nous avons une réunion à préparer avec quelqu'un d'hier soir.

— Ils reviennent pour un deuxième round ?

Tomek sortit de son sac à dos le costume que Chey lui avait acheté et le lança sur les genoux de l'homme.

— Tu me dois cinquante livres pour ça. Je veux récupérer mon argent.

— Je ne pense pas qu'ils acceptent les choses qui ont été portées, Sergent, dit Chey en regardant la tenue avec ses yeux perçants.

— Qui a parlé de le rendre ?

CHAPITRE
TRENTE-HUIT

Tomek avait du mal à regarder l'homme en face. Malgré le fait que Florian était élégamment vêtu d'une belle chemise blanche avec un pull fin en coton et un pantalon chino bleu marine (les Français savaient vraiment comment s'habiller, n'est-ce pas ?), la seule image que Tomek avait de l'homme était celle de son corps nu légèrement bronzé, avec son large pénis se balançant entre ses jambes, et un masque de latex en forme de tête d'âne posé sur sa tête.

— À quelle heure avez-vous terminé hier soir ? demanda Tomek, désespéré de combler le silence.

Florian était de constitution mince, avec peu de muscle et de graisse. Il donnait l'impression d'avoir été athlétique dans une vie antérieure, mais avait peut-être abandonné cela dans sa quête de plaisirs plus décadents. Ses épaules étaient voûtées et sa silhouette semblait se recroqueviller derrière la table.

— Je suis parti peu après votre départ à tous les deux. C'est inhabituel pour moi de partir si tôt, car parfois je passe la nuit dans l'une des chambres de l'hôtel, mais j'ai décidé de rentrer chez moi. J'étais incapable de penser à autre chose qu'à ce que vous m'aviez dit.

L'homme était visiblement secoué et perturbé par la nouvelle de la mort d'Angelica. Tomek se demandait quelle part de cette réaction était sincère, et quelle part relevait du jeu d'acteur.

— À quelle heure ces soirées se terminent-elles habituellement ? demanda Rachel.

— Trois heures du matin. Parfois quatre, s'il y a beaucoup de monde. En gros, jusqu'à ce que les gens commencent à se sentir fatigués et aillent dormir dans les chambres.

Rachel ouvrit son carnet à une nouvelle page.

— Quand avez-vous rencontré Angelica Whitaker pour la première fois ? Vous rappelez-vous la date ?

L'homme secoua la tête.

— Je pense que c'était la première fois qu'elle assistait aux Nuits d'Éden.

Tomek détestait ce nom. Ça sonnait comme une sorte de culte.

— Je crois que c'était en septembre, ajouta-t-il.

— Et comment vous êtes-vous rencontrés ?

— Elle attendait dehors quand je suis arrivé, mais avant de lui baiser la main, j'ai un peu parlé avec elle. Je ne la reconnaissais pas, voyez-vous, donc je voulais faire un peu sa connaissance, la mettre à l'aise. J'aimais son allure. Son corps était agréable, son maquillage, ses cheveux. Elle était très jolie. Mais elle ne voulait pas me dire son nom. Finalement, je l'ai appelée mon ange. Puis je l'ai retrouvée à l'intérieur. Au début, elle ne savait pas quoi faire ni à qui parler, mais...

Il se lécha les lèvres.

— Mais comme elle m'avait déjà parlé, je suppose qu'on pourrait dire qu'elle se sentait plus à l'aise avec moi.

— Vous avez pris une chambre ensemble ?

Tomek se rappelait combien il avait été facile pour Rachel d'obtenir une nuit avec Florian.

— Oui. Je... je...

Il commença à se gratter l'arrière de la tête, se repliant de plus en plus sur lui-même.

— Je, on pourrait dire, j'ai pris sa virginité. C'était sa première fois là-bas, et c'était sa première fois avec-

— On a compris, l'interrompit Tomek, levant une main pour que l'homme s'arrête. Qu'est-il arrivé après que vous ayez « été » ensemble ?

— Elle est partie d'un côté, moi de l'autre.

Rachel griffonnait intensément, son écriture devenant progressivement de moins en moins nette et lisible alors qu'elle s'efforçait de suivre.

— Quand l'avez-vous revue ? demanda-t-elle.

— À la réunion suivante, un mois plus tard.

Rachel attendit d'avoir fini de tout noter avant de continuer. C'était son rythme maintenant.

— Et vous avez encore passé la nuit ensemble ?

— Oui. Nous avons passé de nombreuses nuits ensemble. Chaque fois nous utilisions une protection, bien sûr.

— Bien sûr.

— Mais... après ce que vous m'avez dit hier soir, je... je veux savoir si le bébé est le mien. Est-il possible de faire un test ADN pour le découvrir ?

Rachel ouvrit la bouche pour parler, mais Tomek la devança.

— À quoi bon ? Le bébé est mort. Ça n'apporterait rien.

Florian se tapota le côté de la tête.

— Pour ma propre santé mentale.

Tomek expliqua à l'homme que ce ne serait pas possible.

— D'après ce que je comprends, il avait moins de trois mois. Nous ne connaîtrons peut-être jamais le père. Je suis désolé.

L'homme baissa la tête, regardant profondément ses genoux. Ils lui laissèrent tous deux un moment pour se ressaisir et rassembler ses pensées.

— Elle était l'une des plus belles femmes que j'aie jamais vues, expliqua Florian, parlant à ses genoux. Elle ressemblait à un portrait de la Renaissance. Elle était comme la Joconde.

— Êtes-vous un amateur d'art, ou avez-vous juste un intérêt occasionnel ?

— Je suis artiste.

À ces mots, Florian releva la tête avec une parcelle de fierté qui se perdait dans le chagrin et le désespoir.

— Que peignez-vous ?

— Tout et n'importe quoi. Mon environnement. Des paysages. Des personnes.

— En avez-vous déjà fait un d'Angelica ?

L'homme hocha lentement la tête. Puis, sans rien dire, il fouilla dans sa poche, déverrouilla son téléphone et fit défiler sa pellicule. Quelques secondes plus tard, il trouva la photo qu'il cherchait et fit glisser le téléphone sur la table. Tomek saisit l'appareil et le tint entre eux. Sur l'écran se trouvait un gros plan d'un ange, perché au bord d'un lit, à moitié nu. La femme dans le tableau était indéniablement Angelica, avec ses longs cheveux noirs, ses yeux sombres, sa silhouette élancée, sa mâchoire, ses joues, son nez. C'était étrangement précis.

— Comment avez-vous fait ça ? demanda-t-il.

— De mémoire. Après notre première nuit ensemble, je n'arrivais pas à me la sortir de la tête. J'avais une image si claire d'elle que j'ai dû la mettre sur toile. C'était la seule façon de me la sortir de l'esprit.

Il était clair que Florian avait été, et était peut-être encore, fasciné par Angelica. Fasciné par elle de la même façon que semblaient l'être tous les hommes dans sa vie. De Micky Tatton qui avait entamé une conversation avec elle à bord d'un vol européen, à Shawn Wilkins qui aimait et surveillait chaque moment de sa vie éveillée (et endormie), à Sammy Mercer, qui croyait toujours qu'il existait une lueur d'espoir qu'ils puissent se remettre ensemble. Elle était adorée, aimée, admirée, et dans certains cas, objet de désir. Et au final, cela avait conduit à sa mort.

— Avez-vous eu l'occasion de le lui montrer ? demanda Rachel.

Florian secoua la tête.

— J'ai essayé. Je l'ai envoyé à son numéro de portable, mais je pense qu'elle a dû me donner un faux numéro, parce qu'elle n'a jamais répondu. Et je ne pouvais pas lui montrer en personne parce que les téléphones ne sont pas autorisés, donc elle n'a jamais pu le voir.

Et maintenant elle ne le verrait jamais.

CHAPITRE
TRENTE-NEUF

Tomek fixait l'image sur son écran d'ordinateur depuis près d'une demi-heure. À chaque mouvement de souris et pression des flèches du clavier, il découvrait quelque chose de nouveau, un nouveau détail, une nouvelle couche de signification. Il n'avait jamais été particulièrement intéressé par l'art — il pensait que c'était des conneries et que les artistes peignaient simplement ce qu'ils voulaient, sans qu'il y ait de signification cachée derrière le choix d'un coup de pinceau ou d'une couleur plutôt qu'une autre — mais il y avait quelque chose dans cette image particulière qui avait éveillé en lui un intérêt dont il ignorait l'existence. Les corps nus, les fruits surdimensionnés, les animaux étranges et inhabituels, la descente dans la débauche et l'enfer. Cela le fascinait et, malgré lui, il devait admettre qu'il se sentait un peu inspiré. Peut-être pourrait-il essayer quelque chose de similaire, quelque chose d'unique et représentatif du péché et de la luxure. Mais il se rappela ensuite qu'il était à peine capable de dessiner un bonhomme en bâtons, alors une tapisserie artistique aussi accomplie que *Le Jardin des délices* était bien au-delà de ses capacités. C'était tout de même agréable de rêver qu'il en était capable.

Alors qu'il faisait défiler vers la partie droite du triptyque, la représentation sombre et démoniaque de l'enfer, le téléphone de Tomek se mit à vibrer sur la table. Le bruit soudain et le mouvement le firent sursauter. Heureusement, personne n'était à proximité pour le voir. Il tendit la main vers l'appareil et jeta un coup d'œil à l'identifiant de l'appelant. Instantanément, toute l'inspiration, l'émerveillement et la créativité que le tableau avait suscités en lui, se dissipèrent.

C'était Abigail. Elle appelait probablement pour lui demander de passer, ou pour se disputer avec lui à propos de la nuit précédente. Ou peut-être, mais c'était beaucoup moins probable, elle appelait pour le travail et pour savoir quelles informations il pourrait avoir pour elle. *Un seul moyen de le savoir.* S'éloignant de la table, il prit son courage à deux mains, se précipita dans un petit bureau et répondit à l'appel.

— Ça va ? demanda-t-il avec précaution.

— Ouais. Et toi ?

— Ouais. Pas mal.

— Bien.

Tomek attendit qu'elle parle. Aucun d'eux ne voulait être le premier. Aucun ne savait quoi dire. Juste au moment où Tomek ouvrait la bouche, Abigail l'interrompit.

— Descends, dit-elle.

— Pardon ?

— Descends. Je veux te parler.

Tomek regarda autour de la pièce, paniqué, comme si sa petite amie pouvait soudainement apparaître derrière un mur tel un fantôme.

— De quoi tu parles ?

— Je suis dehors. Dans le parking. Descends.

Tomek se précipita autour de la table, ses genoux heurtant les pieds de la chaise et de la table, alors qu'il se ruait vers la fenêtre. Elle était là, sa SEAT rouge vif garée dans le coin du parking. Il inspira profondément en l'observant. Il n'avait pas le choix.

— Je descends dans une minute.

▭

La température à l'intérieur de la voiture était plus froide que l'air extérieur. Le moteur était éteint, ce qui signifiait qu'elle ne prévoyait pas de partir rapidement, et pour bien enfoncer ce point dans l'esprit de

Tomek lorsqu'il monta, il remarqua que les clés de la voiture étaient sur ses genoux. Une étape supplémentaire serait nécessaire avant qu'elle puisse s'éloigner dans un état de colère ou de frustration.

Il s'attendait au pire.

Les cheveux d'Abigail étaient tirés de son visage à l'aide d'un bandeau. Elle portait un blazer et un pantalon élégant, avec une chemise blanche unie. Des effluves de pin et d'ocre émanaient de son corps et emplirent rapidement ses narines. Son maquillage avait été délicatement appliqué, mais ne parvenait pas à cacher l'expression profondément mécontente et agacée de son visage et de ses yeux.

Tomek ne dit rien en fermant la porte, remplissant l'espace de silence.

Cela ne dura pas longtemps.

— Comment s'est passée ta soirée hier ? demanda-t-elle.

Il perçut immédiatement l'accusation dans son ton.

— Hier soir ?

— Oui. Avec ta petite amie.

Rachel. Les Nuits d'Éden. Merde. Mais comment pouvait-elle être au courant ?

— Comment tu... ? commença Tomek, mais elle le coupa.

— Je vous ai vus sortir ensemble.

— Qu'est-ce que tu veux dire, tu nous as vus ? Tomek prit un moment pour réfléchir. Il était allé en voiture à l'appartement de Rachel, déjà vêtu de son costume, l'avait attendue, puis les avait conduits tous deux au Manoir de Melback. Ce qui signifiait : Tu m'as suivi ?

— J'ai tout vu, répliqua Abigail, ses mots imprégnés de venin. Toi qui récupères ta nouvelle petite amie, qui l'emmènes dans cette maison de campagne. Vous deux avec vos tenues ridicules. Qu'est-ce que vous faisiez là-bas, à aller à une soirée déguisée ensemble, hein ? Depuis combien de temps ça dure ?

Tomek ne savait pas s'il devait rire ou crier. Il était à la fois incrédule et furieux. Incrédule qu'elle pense que Rachel et lui étaient ensemble, et furieux qu'elle l'ait suivi — ou plutôt traqué. Il ne savait pas par où commencer. Finalement, il ne dit rien, la fixant d'un regard vide.

Ce qui n'aida en rien à calmer la situation.

— Depuis combien de temps vous vous voyez tous les deux ? Vous êtes mignons, n'est-ce pas, à aller à votre petite fête déguisée ensemble ? Je parie que tu as paniqué quand j'ai demandé à te voir hier soir. Combien de fois tu m'as envoyée balader pour elle ? Tu la voyais ce mercredi où je voulais passer, mais tu as dit que tu devais aller chercher des trucs urgents au magasin pour Kasia ? Ou ce week-end où je t'ai dit que tu pouvais venir, mais tu as prétendu avoir un match de rugby puis aller au pub avec Sean et Warren ? Tu la baisais à la place ?

Tomek était perdu. Il ne se souvenait même pas de ces deux occasions. C'était il y a si longtemps. Mais ce n'était pas un problème pour Abigail. Elle avait la mémoire d'un membre de Mensa.

— Tu as tout ça noté dans un journal intime ou quoi ? demanda Tomek.

— Réponds à la question, claqua-t-elle.

— Non.

— Alors c'est vrai ?

— Non.

— Alors pourquoi tu ne me réponds pas.

— Parce que tu dis des conneries.

— Qu'est-ce que tu faisais dans cet hôtel hier soir ?

— Du travail.

— Mais bien sûr. C'est comme ça que tu appelles ça ? C'est un petit surnom que vous deux utilisez ?

Tomek se détourna d'elle, son regard se posant sur le tableau de bord. Pendant un moment, il se déconnecta alors qu'elle continuait à lui hurler dessus, criant à son oreille, les mots devenant progressivement sourds et étouffés. Ce n'est que lorsqu'elle le gifla sur le bras qu'il revint à lui.

— Tu m'écoutes au moins ? hurla-t-elle. J'essaie d'avoir une conversation avec toi.

— Non, ce n'est pas vrai. Tu me cries dessus, et maintenant tu me frappes. Tu m'accuses aussi de trucs que je n'ai pas faits, de choses que tu t'es mises en tête et qui ne sont même pas réelles. Il ne se passe rien entre Rachel et moi, et il ne se passera jamais rien. Nous faisions quelque chose pour le travail hier soir, et c'est tout ce que tu as besoin de savoir.

Tomek posa une main sur la poignée de la porte. Elle le retint avec une forte prise, comme un étau.

— Où crois-tu aller ?

Il pouvait presque voir la vapeur sortir de ses oreilles.

— Retourner au travail. Et je pense que tu devrais faire pareil. Il ouvrit la porte, puis se retourna vers elle. Je pense aussi qu'on a besoin de temps séparés, une pause, ou quelque chose comme ça, je suppose. Je te parlerai plus tard. J'ai une enquête pour meurtre qui m'attend.

CHAPITRE
QUARANTE

Il a fallu plus d'une heure à Tomek pour se calmer et retrouver ses esprits. Non seulement Abigail avait brisé et détruit sa confiance, mais elle avait aussi montré son vrai visage. Elle s'était abaissée à le suivre, à surveiller ses mouvements comme s'il était un animal de compagnie égaré. Il ne savait pas s'il pouvait tolérer quelqu'un comme ça dans sa vie, devoir constamment expliquer où il était et avec qui. La vie devenait vite déprimante de cette façon, et il avait des préoccupations plus importantes. Peu après son retour dans la salle d'enquête, Tomek était tombé par hasard sur Sean, l'un de ses plus proches amis dans la police. Récemment, ils s'étaient éloignés l'un de l'autre, mais cela ne les avait pas empêchés de rester amis, pas au fond d'eux-mêmes. Et cela n'avait certainement pas empêché Sean de remarquer l'air déconcerté et douloureux sur le visage de Tomek. Alors tous deux avaient trouvé un petit bureau où Tomek s'était confié, comme avant, comme ils l'avaient fait tant de fois, partageant leur vie, s'appuyant l'un sur l'autre pour des conseils et des orientations. Puis Sean lui avait dit les choses telles qu'elles étaient, lui rappelant le conseil qu'il lui avait donné au début de sa relation avec Abigail : que leur relation avait été transactionnelle, construite sur le fait qu'ils se rendaient mutuellement service pour avancer, jusqu'à ce qu'ils tombent finalement dans la relation. D'une certaine manière, ils avaient tous les deux obtenu ce qu'ils voulaient : un nouveau poste chacun. Mais cela ne fonctionnait pas pour leur relation. Et Tomek a admis que Sean avait raison. Qu'il avait utilisé Abigail pour obtenir des informations dans le passé et vice versa, et que maintenant ce n'était ni sain ni viable. Une partie de lui l'avait su à l'époque, mais une partie encore plus grande n'avait pas pris la peine d'y remédier. Et maintenant il était là, ils étaient là, face à la fin de la relation. Tomek aurait dû se sentir dévasté, bouleversé, mais il ne ressentait rien. C'était peut-être le stoïcisme en lui, le fait qu'il n'avait rien ressenti durant les trente années qui s'étaient écoulées depuis la mort de son frère, la souffrance émotionnelle et le tourment qu'il avait traversés continuant à le hanter même des années plus tard. Peut-être qu'il ressentirait *quelque chose* à un moment donné. Peut-être. Mais pour l'instant, il avait une réunion à laquelle assister, et il n'allait pas la manquer à cause de quelqu'un qu'il n'avait connu intimement que depuis quelques mois.

Il trouva Chey, Rachel et Oscar assis dans la salle d'enquête, discutant tranquillement entre eux. Tomek ferma la porte derrière lui et se dirigea vers le bout de la table, où il saisit un marqueur pour tableau blanc. Il retira le capuchon et trouva un espace propre sur le tableau le plus proche.

— Très bien, bande de vauriens, commença-t-il. Mettons-nous en tête de démêler cette affaire. Combinons nos cerveaux et laissons-les s'entrelacer et se tordre en un seul.

— Vous vous sentez bien, Chef ? demanda Chey.

Tomek ignora la question.

— Nos cerveaux doivent se mettre au travail, et nous devons faire le point sur ce que nous savons et ce que nous ne savons pas. Oscar ! hurla Tomek, remplissant la petite pièce. Il pointa le stylo vers l'agent, puis dit : Qu'as-tu à me dire ?

Oscar regarda ses collègues pour obtenir des conseils et de l'aide, mais aucun d'entre eux n'en avait la moindre idée, alors ils haussèrent les épaules et le laissèrent se débrouiller.

— À propos de quoi, Chef ?

Tomek secoua la tête de frustration, puis commença à griffonner sur le tableau blanc. S'ils n'allaient pas l'aider, alors il allait devoir le faire lui-même. Il commença par écrire le nom d'Angelica au milieu du tableau, puis autour, il créa une toile d'araignée de mots : *maquillage, viol, nettoyage, Église, ailes d'ange, voiture.* Dès qu'il eut terminé, il referma brusquement le capuchon, recula de quelques pas et regarda fixement le tableau sans rien dire, se perdant dans ses pensées. Trente secondes passèrent, une minute. Mais en vérité, il n'assimilait rien. Du moins, pas entièrement, pas consciemment. Son esprit était ailleurs, pensant à Abigail, à leur temps ensemble, même s'il savait qu'il ne devrait pas, même s'il venait de se convaincre qu'elle lui était indifférente.

Tomek pouvait entendre l'équipe chuchoter entre eux.

— Monsieur... ? C'était Chey qui avait été le plus courageux pour parler. Monsieur, est-ce que ça va ? Vous... vous n'avez rien dit depuis environ une minute.

— En fait, ça fait deux, ajouta Oscar.

— Voilà Le Capitaine ! s'exclama Tomek. Ça fait un moment. Ta petite voix m'a manqué. « En fait ! », « En fait ! », « En fait ! »

À chaque répétition de l'expression fétiche d'Oscar, Tomek devenait de plus en plus farfelu et puéril avec ses gestes. Avant qu'il ne puisse en faire un autre, Rachel bondit de son siège et se plaça devant lui.

— Qu'est-ce que tu fais ? chuchota-t-elle bruyamment.

— Quoi ?

— Tu te comportes comme un imbécile. Pourquoi t'en prends-tu à Oscar comme ça ?

Et puis il reprit ses esprits. Il cligna fort des yeux, secoua la tête et se tourna vers Oscar. L'homme, qui d'habitude se tenait droit avec une posture parfaite, était maintenant affalé sur son siège, la tête penchée en avant.

La culpabilité submergea soudain Tomek comme des vagues dans une tempête, le frappant à l'estomac à plusieurs reprises. Il souffrait, même s'il refusait de se l'admettre, et il s'en était pris à Oscar. Ce n'était pas juste envers Oscar, ni envers les autres personnes dans la pièce.

— Désolé, murmura-t-il à Rachel.

— Ce n'est pas à moi que tu devrais présenter tes excuses.

Alors que Rachel retournait à sa place, Tomek s'excusa sincèrement auprès du Capitaine.

— Ce n'est pas grave, Chef. Je sais comment je peux être parfois.

Maintenant, la culpabilité lui déchirait littéralement l'estomac.

— Ne t'arrête pas, dit Tomek. J'adore quand tu corriges les gens. Moins quand c'est moi. Mais je pense que c'est ce qui fait de toi qui tu es. Ne t'arrête pas à cause de moi.

— Je n'en avais pas l'intention, en fait, répondit l'homme avec un sourire chaleureux.

Tomek fit un pistolet avec ses doigts en direction d'Oscar. — Voilà mon capitaine, ô mon capitaine.

— En fait, c'est « Ô Capitaine ! Mon- »

— Ne pousse pas ta chance, dit fermement Tomek, faisant un clin d'œil à l'homme avant de reporter son attention sur le tableau blanc. Avant de recommencer, il inspira profondément. — Angelica Whitaker, dit-il. Son tueur. Le profil de son tueur. Je veux que nous passions du temps à déterminer *qui* pourrait être derrière tout ça. Mais d'abord, avez-vous des nouvelles de l'analyse ADN ?

Il regarda un tas de visages vides.

— Rien de concret pour l'instant, Chef, répondit Oscar.

— D'accord. Continuez à insister. Il doit y avoir quelque chose. Tomek reporta ensuite son attention sur le tableau blanc. Il tapota les mots sur le tableau. Ce n'est qu'en les regardant qu'il se rendit compte à quel point ils étaient illisibles. Ignorant ce fait, il pointa le mot *viol*.

— Cela nous aide à réduire le champ, dit-il. Nous recherchons un homme.

— En effet, répondit Chey, légèrement hésitant.

— Et quels hommes y avait-il dans la vie d'Angelica ?

Chey énuméra les noms. De son frère et son père à Shawn Wilkins, son harceleur, et Cole Thompson. De Sammy Mercer à Florian Meunier.

— Parfait. Ensuite. Le nettoyage. Tomek tapotait répétitivement son menton avec le stylo. — Le tueur a passé *beaucoup* de temps avec son corps, le nettoyant, le rasant, faisant tout ce qu'il a fait d'autre. C'est quelqu'un qui est posé et mesuré, quelqu'un qui est tellement amoureux d'Angelica qu'il a voulu effacer toutes les légères imperfections, les petits défauts. Il se tourna vers la salle. — Qui correspond à cette description ?

Brève pause.

Rachel choisit de parler. — Shawn Wilkins est le choix évident.

— Bien. Et pourquoi ça ?

— Parce qu'il n'a pas laissé cette femme tranquille depuis leur première rencontre.

— D'accord. Et pas Florian ?

Rachel pencha la tête sur le côté, comme si elle était confuse. Mais ensuite, les rouages de son cerveau commencèrent à tourner, et elle reconsidéra la question. — Je veux dire, il est mince et petit, et un peu timide - très timide, en fait. Mais je ne pense pas... Il n'a pas l'air d'en avoir été capable.

— Ce sont toujours ceux auxquels on s'attend le moins, lui dit Tomek, ajoutant : — C'est juste quelque chose à considérer. De plus, notre ami l'âne aime aussi peindre. J'ai regardé certaines de ses œuvres sur son site web, et elles sont très bonnes, très réalistes. Sans compter qu'il a de l'expérience dans la peinture d'ailes d'ange.

Tomek s'approcha du tableau blanc et entoura les mots « nettoyage » et « ailes d'ange », puis traça deux lignes vers le nom de Florian. L'autre ligne qu'il traça reliait « nettoyage » à Shawn Wilkins.

— Est-ce que quelqu'un d'autre sait peindre ? demanda Tomek.

— Je veux dire, j'ai dessiné une forêt une fois quand j'étais à l'école, répondit Chey. J'ai eu un C pour ça au GCSE, mais c'est à peu près tout ce dont je suis capable.

— Brillant, félicitations. Je suis sûr que tes parents étaient fiers. Mais ce n'est pas ce que je voulais dire. Laissez-moi reformuler : est-ce que l'un de nos *suspects* sait peindre ?

— Ce n'est pas quelque chose qu'on leur a demandé, répondit Oscar.

— Alors prenez note de faire un suivi avec eux sur ce point. Et incluez Micky Tatton dans ces questions ; c'est un amateur d'art, donc il pourrait aussi connaître une chose ou deux sur la peinture.

Ensuite sur la liste venait l'église.

— La mère d'Angelica a dit qu'Angelica avait été baptisée à l'église de Park Road. Je pense que c'est plus qu'une coïncidence, expliqua Tomek, puis il ajouta les noms de Johnny et Roy Whitaker au tableau. — Pour des raisons évidentes, ils sont les seules personnes qui pourraient le savoir.

— Shawn Wilkins pourrait le savoir, Chef, ajouta Rachel.

— Peut-être. Mais comment ?

Elle haussa les épaules.

— La seule façon serait qu'elle ait posté l'information en ligne quelque part, ou qu'elle en ait discuté avec l'un de ses ex. Chey ? Quelque chose sur les réseaux sociaux ?

Le jeune agent secoua la tête.

— Qu'en est-il du blog ? Comment avances-tu avec l'impression ?

— Ça va me prendre toute la semaine, mais on y arrive.

Tomek hocha la tête d'un air pensif. Il parcourut la salle du regard, observant les expressions sur les visages de ses collègues. Il y avait un mélange de confusion et d'excitation. Le sentiment qu'ils étaient proches. Que l'une des personnes sur le tableau était responsable du meurtre d'Angelica Whitaker. Tomek s'était retrouvé dans la même situation de nombreuses fois auparavant, examinant les preuves, les témoignages et la liste des suspects potentiels, et s'appuyant sur son intuition, ce petit nœud dans son estomac, pour le guider dans la bonne direction. Avant qu'il ne puisse faire quoi que ce soit d'autre, la porte s'ouvrit, et DC Anna Kaczmarek entra. Son corps se figea lorsqu'elle réalisa qu'elle venait d'interrompre. Tomek l'invita à entrer, et elle prit place.

— Désolée... dit-elle en posant deux épais dossiers sur la table. — Mais j'ai une mise à jour.

Les yeux de Tomek s'écarquillèrent. — Continuez.

— C'est à propos de Johnny Whitaker.

Tomek pinça les lèvres et croisa les bras.

— Quand on parle du loup. Tu nous tiens tous en haleine maintenant, Anna.

— Je viens d'apprendre de ses parents qu'il n'était pas à Dublin comme il l'avait dit, expliqua l'agent de liaison familiale.

— Oui, c'est vrai, il était avec la femme avec qui il a une liaison, développa Tomek, incapable de cacher la déception dans sa voix.

— Faux.

— Faux ?

— Depuis dix-huit mois, Johnny Whitaker se produit au club de drag Cool Cats and Kittens à Southend. Il se fait appeler Johnny Bra-vo, et s'y produit tous les mois, en costume de drag complet, maquillage, et bottes à talons hauts - le tout. Rose a trouvé son costume et son maquillage dans son armoire l'autre jour. Quand je suis allée la voir, elle m'a dit qu'il n'avait pas nié lorsqu'elle l'avait confronté à ce sujet. Il nous a menti, et il a menti à sa famille au sujet de la femme de Dublin, bien que je devrais probablement ajouter qu'il se produit avec un accent irlandais. Pourquoi, je n'en suis pas si sûre. Je n'ai pas demandé. Mais il n'y avait pas d'autre femme, parce que *c'est lui* l'autre femme.

Tomek fit une pause pour réfléchir. Il ne connaissait pas grand-chose à ce monde, mais ce qu'il savait, pour avoir jeté quelques coups d'œil à l'écran de télévision pendant que Kasia regardait *RuPaul's Drag Race*, c'est que les artistes drag étaient exceptionnellement doués pour le maquillage, et certainement de l'avis de sa fille, meilleurs que la plupart des femmes.

Les yeux de Tomek tombèrent sur le dernier mot du tableau.

Maquillage.

Le tueur était quelqu'un qui savait appliquer professionnellement les produits qui avaient confondu et déconcerté tant d'hommes à travers le monde, mieux qu'une femme ne le pouvait. Ce qui réduisait drastiquement leur liste de suspects.

— Que faisait-il au moment du meurtre ? demanda-t-il.

— J'ai parlé avec le lieu, et ils ont confirmé que Johnny a terminé son spectacle à une heure du matin, répondit Anna.

Largement le temps pour lui de revenir chercher sa petite sœur.

Largement le temps de la tuer et de nettoyer son corps.

Après tout, s'il avait menti à la police deux fois, qu'est-ce qu'il aurait pu cacher d'autre ?

CHAPITRE
QUARANTE-ET-UN

Tomek remarqua d'abord le manteau de cheminée. L'ancien ornement de valeur inestimable qui avait été malheureusement brisé lors de l'accès de rage de Johnny Whitaker avait depuis été remplacé par un autre ornement tout aussi précieux, comme si Roy et Daphne en avaient une benne en plastique pleine dans leur garage. Un sort, un rentre. Sans compter les frais. Le remplaçant actuel était un crâne humain sculpté dans la pierre. Les marques et les indentations sur le front et autour des yeux, profondes et prononcées, suggéraient qu'il avait été rapporté de quelque part en Amérique du Sud. Tomek le souleva. Lourd, pesant, certainement suffisant pour causer des dommages sérieux.

— Nous l'avons rapporté du Pérou durant l'été 89, dit Daphne en s'arrêtant à ses côtés. Dans ses mains, elle tenait une tasse de thé pour lui. Nous n'étions ensemble que depuis peu, et c'était nos premières vacances. Nous voulions aller quelque part où aucun de nous n'avait été auparavant. C'était magnifique. Je ne l'oublierai jamais. Elle prit la tête de pierre des mains de Tomek et la tint à la lumière. Celle-ci provient d'un temple au centre du Pérou. On dit qu'elle appartenait aux Chavin, une civilisation disparue depuis longtemps, datant d'environ mille ans avant J.-C. C'était la première culture majeure du pays, mais on en sait très peu à leur sujet. J'ai trouvé cette petite chose simplement posée sur le sol.

— Simplement posée sur le sol ? Tomek était dubitatif.

— Oui.

Que cette pièce historique soit restée inactive, intacte pendant des millénaires, et que la première personne à tomber dessus soit une hôtesse de l'air de British Airways en vacances avec son petit ami semblait quelque peu invraisemblable.

— Donc elle était juste là, et tu as décidé de la prendre ?

— Eh bien...

— Tu ne l'as pas trouvée dans une boutique de souvenirs alors ?

— Eh bien, non...

— Je vois.

Et Tomek qui pensait que c'était une réplique de Chine, pas un artefact volé. Était-ce ainsi qu'ils avaient acquis le reste des possessions dans leur maison ? En les pillant et en les volant comme une paire de colonisateurs privés ? Il ne savait pas. Mais il était fortement tenté d'appeler le Musée National d'Histoire du Pérou, si une telle chose existait, et de signaler un crime. Avant que Daphne ne puisse justifier davantage ses actions, son mari entra dans la pièce. Il était agité, les mains battant l'air, et était vêtu d'un pantalon bleu marine foncé et d'un pull fin. Une paire de lunettes était posée sur sa tête, et il était couvert d'éclaboussures de peinture.

— Désolé, dit-il, essoufflé. Je travaillais juste sur mon avion.

Tomek lui serra la main.

— J'espère que ce n'est pas un euphémisme.

— Pardon ? Oh. *Ça.* Bien vu. Non, j'étais en train de mettre la touche finale à mon aéroport miniature. Je travaille sur un Boeing 787-8 en ce moment.

— Ça le tient tranquille, commenta Daphne avec une pointe de dédain dans la voix. Parfois, il s'enferme là-dedans pendant des heures.

— D'accord, répondit Tomek.

— J'ai des terminaux et tout. Tous les transporteurs de bagages, les camions de pompiers, les véhicules de sécurité, les remorqueurs, même les petites figurines au sol qui agitent les indicateurs. Ça m'occupe.

— Comment ça fonctionne ? demanda Tomek. Tu les achètes tels quels ou tu dois les peindre, comme dans Warhammer ?

— C'est une préférence personnelle. Mais je préfère les peindre moi-même. D'abord, tu dois les tremper dans une solution pour que les autocollants glissent. Puis attendre que ça sèche et *voilà* ! Ta toile est prête à commencer.

— Sympa, dit Tomek, bien qu'il n'ait aucun intérêt pour ce genre de choses. Non pas qu'il trouvait ça stupide ou puéril, mais parce qu'il n'avait pas le temps de s'y intéresser, alors que pour Roy, c'était une passion de toute une vie, un hobby qui s'était transformé en une carrière lucrative, et maintenant, à la retraite, il avait trouvé un exutoire différent pour son amour de l'aviation. Depuis combien de temps fais-tu ça ?

— Vingt ans. L'aéroport a progressivement changé pendant ce temps - des bâtiments sont apparus et disparus, la disposition a changé, les personnages ont fondu au soleil - mais la passion est restée.

Tomek offrit à l'homme un sourire mince, lui fit signe de s'asseoir dans sa propre maison, puis rejoignit Anna sur le canapé. Elle avait attendu patiemment, silencieusement, écoutant leur conversation depuis le confort du fauteuil.

— C'est bon de te revoir, Anna, remarqua Daphne, alors que les coins de sa bouche esquissaient un sourire chaleureux.

— Étonnant que vous ne soyez pas déjà lassés de moi, répondit l'agent.

— Jamais.

Tomek la croyait. Anna était l'une des meilleures, exceptionnelle dans son travail. Et bien qu'elle n'apportait pas toujours de bonnes nouvelles, elle savait atténuer la douleur, la blessure, la souffrance liée à la mort d'un être cher d'une manière attentionnée et compatissante. Elle était leur couverture de sécurité, leur système de soutien. Et lorsque cela leur serait enlevé, Tomek se demandait comment le couple pourrait faire face.

— Nous sommes désolés de perturber votre après-midi, commença Tomek, mais nous nous demandions si nous pourrions parler à votre fils.

Daphne et Roy se regardèrent. — Nous... nous pensons qu'il est au pub, répondit Daphne. Pour être franche, nous ne savons pas vraiment où il est.

Tomek plissa les yeux.

— Après tout ce désordre qui est sorti avec lui et Rose, nous l'avons invité à rester ici, mais...

— Mais il n'a pas vraiment séjourné ici du tout, termina Roy. Il a dit qu'il allait au pub, c'était la première nuit avec nous, et il n'est pas rentré depuis.

— Lui avez-vous parlé ? demanda Tomek.

— Oh, oui. Daphne l'a appelé sans arrêt pour s'assurer qu'il était toujours en vie.

— Et ?

— Il est vivant, répondit doucement la femme. Juste très, très ivre.

— A-t-il déjà eu des problèmes d'alcool auparavant ?

Le mari et la femme se regardèrent à nouveau. Tomek vit clair dans leur jeu. — Il avait l'habitude de faire des excès quand il était plus jeune, répondit Daphne. Au début de la vingtaine, vous savez. Ivre mort. Au point où il vomissait dans son sommeil. Mais nous avons réussi à le sortir de cette période de sa vie avec l'aide de Dieu, n'est-ce pas, chéri ?

— Oui, répondit Roy. C'était un homme différent à l'époque. Il n'était pas notre fils. Nous le reconnaissions à peine, alors nous l'avons emmené à l'église et l'avons fait arrêter net.

Visiblement, l'arrêt n'était pas si net que ça.

— Quel est le nom du pub où il a dit qu'il se trouvait ? demanda Tomek.

— Le Prince Albert, répondit Roy.

— Nom malheureux pour un pub, mais je suppose que ça a du sens, compte tenu de tout ça.

— Qu'est-ce que c'est censé signifier ? demanda Roy, l'accusation pesant lourdement dans son ton.

Tomek hésita, se retenant avant d'ouvrir la bouche. Puis il regarda Anna, qui secoua discrètement la tête.

— Pardonnez-moi. Vous ne savez pas, n'est-ce pas ?

— Savoir quoi ?

— À propos de votre fils.

— Quoi à propos de lui ?

Tomek s'adossa au canapé, laissant Anna s'expliquer. La nouvelle serait mieux venant d'elle. Elle était bien plus délicate quand il s'agissait de ce genre de choses.

— Est-ce que le nom Johnny Bra-vo vous dit quelque chose ?

— Vous voulez dire le dessin animé pour enfants ?

— Pas vraiment. C'est le nom d'un spectacle de drag.

— Un spectacle de *drag*...? répéta Daphne, la réalisation se faisant rapidement jour.

Il fallut quelques secondes à son mari pour comprendre, et quand il le fit, il bondit de son siège.

— Drag ? Vous dites que mon fils est gay ?

— Pas nécessairement, interrompit Tomek. Peut-être qu'il aime simplement s'habiller en femme.

— Ouais, mais ça veut dire qu'il est putain de gay. Mon fils, Johnny, gay !

Alors que Tomek s'apprêtait à répondre, Roy commença à faire les cent pas, secouant la tête. Puis il fit un mouvement soudain vers les portes-fenêtres et regarda le jardin au-delà, les bras derrière le dos. La première impression de Tomek fut qu'il était plus contrarié par le fait que son fils s'habille en femme qu'il ne l'avait été par la mort de sa fille.

— Je ne crois pas cette putain d'histoire, dit-il. Depuis combien de temps ça dure ?

— Je pense que c'est une discussion que vous devez avoir avec votre fils. Juste après que nous en ayons fini avec lui, bien sûr.

Sans avertissement, Roy frappa la vitre. Une fois, deux fois, trois fois, martelant son poing contre la fenêtre. Puis il se retourna, saisit la tête de pierre Chavin et la lança contre le verre. La tête rebondit sur le double vitrage, le fissurant légèrement, puis tomba au sol, atterrissant en un tas de morceaux.

— Qu'est-ce que c'est que ce bordel avec cette putain de famille et ces putains de secrets ? hurla Roy.

Oui, en effet, pensa Tomek en se précipitant pour calmer l'homme. Qu'est-ce que c'est que cette histoire avec votre famille et les secrets ?

CHAPITRE
QUARANTE-DEUX

Tout ce qu'il avait fallu pour calmer Roy Whitaker, c'était une simple gifle sur la joue de la part de sa femme. Comme si elle avait chassé le diable et la colère hors de lui. Peu après, il était redevenu normal. Se rendant compte qu'ils n'avaient rien à ajouter ni à apprendre de plus, Tomek et Anna les ont laissés digérer les dernières informations concernant leur fils. Mais ils devaient d'abord faire un arrêt : une halte rapide au Prince Albert. Le pub avait été construit au début des années 1900 et ressemblait au Shakespeare Globe, avec ses murs blancs, ses poutres en bois et son toit de chaume. À l'intérieur, le pub était tout aussi archaïque. Le mobilier en bois semblait distribuer des échardes au même rythme que le bar servait des bières. Le plafond était trop bas et les poutres en bois offraient à Tomek l'occasion de tenter un parcours du combattant qu'il n'avait jamais essayé auparavant. Une odeur de renfermé, épaisse et entêtante, flottait dans l'air, et tout cela grâce à une seule personne : l'homme assis dans le coin, avachi sur une chaise, la tête en avant, enfouie dans sa poitrine, de la salive pendant de sa bouche, un verre de bière à moitié vide posé au bord d'un sous-verre. Si ce n'était pour le mouvement régulier de sa poitrine qui se soulevait et s'abaissait, Tomek aurait cru que l'homme était mort.

— T'inquiète pas, lança le barman, un type d'une vingtaine d'années arborant les prémices d'une coupe mulet, depuis l'autre côté du comptoir. Je lui donne un coup de coude toutes les heures juste pour m'assurer qu'il n'a pas clamsé.

Tomek regarda le verre de bière.

— Combien il en a bu ?

Haussant les épaules, le barman répondit :

— Depuis que je suis là aujourd'hui, je dirais environ trois.

— Et au total ?

Nouveau haussement d'épaules.

— J'suis pas là depuis aussi longtemps que lui.

— Génial. Tu ne crois pas que tu devrais arrêter de le servir ?

Le jeune homme leva les bras en signe de reddition, se déchargeant de toute responsabilité.

— Je fais juste ce qu'on me dit. Et s'il veut une bière, alors je lui sers une bière. Tant qu'il peut payer, c'est pas un problème pour nous.

— Son foie pourrait avoir un avis différent.

Tomek tendit le verre à Anna et lui dit de le rapporter au bar. Pendant qu'elle y était, elle se pencha vers le barman et lui chuchota quelque chose à l'oreille. Un avertissement, sans doute. Tomek tira une chaise de dessous la table et, en s'asseyant, poussa le bras de Johnny Whitaker. Le corps de l'homme ondula et tressaillit sous l'assaut, mais il ne bougea pas. Ensuite, Tomek le gifla deux fois sur les joues. Toujours rien. Comateux, inconscient. Ce n'est que lorsque Tomek demanda un verre d'eau au bar et le lui jeta dessus qu'il finit par revenir à lui.

— Wahblugarf, marmonna Johnny.

— Johnny, tu m'entends ?

— Fugoff.

— Je crois qu'il essaie de te dire d'aller te faire foutre, dit Anna en le rejoignant.

— Ça, c'est un langage que je comprends.

Tomek se pencha et continua à le gifler légèrement sur les joues, alternant chaque fois que Johnny tournait la tête de l'autre côté. Près d'une minute plus tard, les paupières de Johnny s'ouvrirent, révélant des yeux de la couleur des ailes d'ange de sa sœur. L'homme avait l'air d'avoir fait une cuite de cinq jours et n'avait même pas encore passé le pire. Ses cheveux étaient en désordre et gras, sa peau était tout aussi huileuse et moite, l'alcool et la culpabilité suintant par ses pores. Son haleine était si forte qu'elle obligea Tomek à retenir la sienne pendant qu'il attendait que l'homme reprenne ses esprits, et un mince filet de morve avait coulé de son nez jusqu'à sa bouche. L'homme était dans un sale état et avait désespérément besoin de dessoûler.

Anna tendit un verre d'eau à Tomek. Tomek le prit et le porta aux lèvres de Johnny. Mais c'était inutile. Son visage était si flasque qu'il était impossible d'écarter suffisamment ses lèvres pour y faire passer le rebord du verre, et Tomek n'était pas très enclin à devenir son aide-soignant. Du moins, pas sans l'aide d'un gant.

— C'est comme nourrir un enfant, commenta Anna.

— Un enfant gros et moche.

— Ils sont tous gros et moches à un moment donné.

C'était ridicule. En ce moment, Johnny Whitaker existait tout simplement. Il n'avait aucune faculté, aucune conscience de l'endroit où il se trouvait ; il n'était en état de rien faire, et certainement pas de répondre à des questions sur les mensonges et les secrets qui avaient déchiré son mariage et sa famille. Il devait aller à l'hôpital. Tomek sortit son téléphone et appela une ambulance. Elle arriva plus de vingt minutes plus tard, après avoir eu du mal à naviguer dans les étroites routes de campagne et le petit parking du pub, presque inutilisable. Quelques minutes après son arrivée, Johnny Whitaker était à l'arrière du véhicule, en route pour l'hôpital Broomfield à Chelmsford. Tomek et Anna sont restés avec lui à chaque étape, comme s'ils étaient ses proches, inquiets et soucieux de son bien-être, même si Tomek n'avait aucune sympathie pour l'homme ; la douleur et la souffrance qu'il endurait actuellement étaient toutes auto-infligées.

Après près de deux heures passées dans un lit d'hôpital, relié à une perfusion, après avoir gaspillé le temps et les ressources du NHS, Johnny Whitaker était enfin prêt à répondre à quelques questions.

Dès que Tomek reçut le feu vert, il ne perdit pas de temps pour attirer l'attention de l'homme.

— Johnny, mon brave ! cria-t-il intentionnellement. L'homme grimaça et se recroquevilla dans le lit face à cette soudaine agression des tympans. Comment te sens-tu ? Mieux ?

— Pour... pourquoi tu cries ? dit l'homme en luttant contre son élocution encore légèrement pâteuse.

— Je m'assure juste que tu m'entends, mon pote. Tu étais vraiment dans un putain d'état au pub.

— Le... le pub ?

— Tu ne te souviens même pas d'avoir été au pub ?

L'homme secoua la tête si lentement qu'on aurait dit un paresseux.

— Mon Dieu, tu as vraiment bu pendant un certain temps, hein ? De quoi te souviens-tu ces derniers jours ?

Le regard de Johnny passa progressivement de Tomek à la couverture, lentement, presque mécaniquement, comme si ses boutons avaient été éteints. Soit ça, soit il était en panne.

— Je me souviens juste... Rose... je me souviens...

— De t'être disputé avec Rose ? Parle-nous de ça.

— Tu... tu sais déjà ?

Tomek tapota la cuisse de l'homme d'un air condescendant.

— Oui, je sais. Mais je veux entendre ta version des faits. Qu'as-tu à dire pour ta défense ?

Quelque part, quelque part au fond du cerveau de Johnny, les interrupteurs se sont rallumés et les rouages ont recommencé à fonctionner, car il a lentement relevé son regard vers Tomek, ses yeux un peu plus clairs, plus concentrés cette fois.

— C'est une connasse, cracha-t-il.

Tomek posa une main sur la poche de sa poitrine.

— Tu veux que ce soit consigné ou... ?

— C'est une connasse.

— Et pourquoi ça, Johnny ?

— Parce que... parce qu'elle l'est. Je jure devant Dieu, la prochaine fois que je la vois...

— La prochaine fois que tu la vois, quoi ?

— Rien. C'est une connasse.

Tomek pouvait dire que ce serait un processus encore plus long que ce qu'il avait prévu.

— Et pourquoi serait-ce le cas, Johnny ? Comment a-t-elle découvert que tu te produisais secrètement en tant que drag queen à Southend depuis dix-huit mois ? Comment penses-tu qu'elle s'est sentie ? Parce qu'il me semble que c'est *toi* qui lui mentais. Pas l'inverse. Alors, ça ne fait pas de *toi* le connard, Johnny ?

L'homme marmonna quelque chose d'inintelligible.

— Comment as-tu réagi quand elle t'a confronté à ce sujet, Johnny ? As-tu frappé Rose, Johnny ?

L'homme secoua la tête.

— Qu'est-ce qui se serait passé si c'était l'inverse ? Qu'est-ce qui se serait passé si tu avais découvert qu'elle avait une liaison, ou qu'elle s'habillait en homme ? L'aurais-tu frappée à ce moment-là, Johnny ?

Nouveau hochement négatif.

— Qui d'autre était au courant, Johnny ? Qui d'autre savait que tu mentais à toute ta famille, que tu te mentais à toi-même ? Angelica ? Elle était au courant ?

Tomek remarqua un mouvement des yeux, un mouvement des muscles de son visage. C'était minime, mais perceptible pour l'œil hautement entraîné de Tomek.

— Elle savait, n'est-ce pas ? Elle l'a découvert, n'est-ce pas ? Comment ?

— Son... son amie, commença l'homme. Elles ont invité... Je me produisais...

— Alors elle t'a vu. Elle t'a vu et soudain ton secret a été découvert. Qu'as-tu fait quand elle t'a confronté à ce sujet ?

L'homme redevint amorphe, son corps penchant d'un côté comme un patient victime d'un AVC.

— T'es-tu mis en colère contre elle, Johnny ? L'as-tu tuée parce qu'elle menaçait de dire à Rose ton grand secret ? C'est ce qui s'est passé ?

L'homme leva un bras et commença à le balancer vers Tomek, mais le mouvement était si lent que Tomek aurait eu le temps de quitter la pièce, de remplir un petit verre d'eau et de revenir à sa place avant qu'il ne l'atteigne. Quand l'homme réalisa son erreur, tenter de frapper un policier n'était pas l'idée la plus intelligente même dans les meilleures circonstances, ses yeux s'écarquillèrent et il baissa son poing avant tout contact.

— Tu viens d'essayer de m'agresser ?

— Non.

— Si, c'est ce que tu as fait. Je t'ai putain de vu le faire. J'ai un témoin. Tomek désigna Anna, qui était assise de l'autre côté du lit, prenant tranquillement des notes. Tu as essayé de me frapper. C'est une chose très grave à faire, surtout à un policier. Veux-tu que je t'arrête ?

Johnny secoua la tête.

— Je devrais. Je *devrais* vraiment. Je veux dire, tu as déjà prouvé à quel point tu es violent. Frapper Shawn Wilkins au visage à plusieurs reprises. Qui peut dire que tu n'as jamais frappé ta femme ou jamais blessé ta sœur ? Peut-être même que tu l'as tuée.

Les sourcils de Johnny se froncèrent tandis que son expression se durcissait.

— Je... n'ai... jamais... tué... elle...

— C'est ce que tu dis, mais j'ai du mal à croire tout ce que tu me racontes en ce moment. Jusqu'à présent, tout ce que tu as dit s'est avéré être un mensonge. D'abord tu étais absent pour le travail, puis tu avais une liaison, et maintenant tu es secrètement une drag queen. Tomek avança sur sa chaise et se pencha en avant, posant ses coudes sur ses genoux. Pourquoi ne pas être honnête avec moi, Johnny ? Commençons par quelque chose de simple : qu'as-tu fait après avoir terminé ton numéro au Cool Cats and Kittens la nuit où Angelica a été assassinée ?

CHAPITRE
QUARANTE-TROIS

Kasia l'attendait dès qu'il ouvrit la porte, une expression inquiète sur le visage.

— Je t'ai vu arriver depuis la fenêtre, lui dit-elle.

— D'accord...

— Je voulais te donner ça.

Dans sa main, elle tenait une enveloppe.

Nathan.

— Pourquoi ? demanda-t-il. Je croyais qu'on avait convenu de la laisser sur la table, au cas où...

— Je sais, mais c'est la troisième en moins d'une semaine. Elle haussa les épaules. Je ne sais pas. Je voulais juste m'assurer que tu la reçoives.

Tomek prit délicatement l'enveloppe et l'examina, la retournant entre ses mains. Les bords du cachet étaient légèrement déchirés. — Tu as essayé de l'ouvrir ? demanda-t-il.

Kasia secoua la tête.

— Pourquoi as-tu l'air si inquiète ? demanda-t-il.

— Je n'aime pas le nombre de lettres qu'on reçoit, dit-elle. Ça... ça me met mal à l'aise. J'ai... j'ai lu une des autres lettres que tu as reçues.

Tomek choisit de ne pas réagir immédiatement.

Kasia poursuivit : Et... et j'aurais préféré ne pas l'avoir fait. Mais c'était tellement difficile de ne pas l'ouvrir. Je suis désolée, Papa. Je sais que je n'aurais pas dû fouiller dans tes affaires. Je sais que c'était une invasion de ta vie privée, mais... j'étais juste curieuse.

Avant d'ouvrir la bouche pour répondre, Tomek voulut d'abord y réfléchir. Il était furieux, livide qu'elle ait fouillé dans ses affaires personnelles - des lettres du meurtrier de son frère, qui plus est. Il s'attendait à ce comportement de la part d'Abigail, mais pas de Kasia. Kasia n'était pas censée s'intéresser à ces lettres. Elle était censée les traiter avec autant d'indifférence qu'une facture d'impôts locaux ou une lettre d'une agence immobilière. Mais elle ne l'avait pas fait. Elle avait fouillé dans ses affaires et trahi sa confiance. Pour la deuxième fois.

D'un autre côté, la partie plus rationnelle de son cerveau entrait maintenant en jeu ; elle était curieuse. Elle n'avait que treize ans. Innocente, jeune, naïve. Peut-être l'avait-elle fait parce qu'elle sentait qu'elle ne pouvait pas lui poser de questions à ce sujet, ou qu'elle ne savait pas comment faire, et que c'était le seul moyen pour elle de trouver les réponses par elle-même. Le problème était qu'elle avait maintenant la vérité entière, avec tous ses angles tranchants et ses coupures, et non la version adoucie et lisse que Tomek lui aurait donnée.

— Kash... commença-t-il, mais elle l'interrompit.

— Comment connaît-il mon nom ?

Merde.

— Tu le lui as dit ?

— Non, répondit Tomek. Absolument pas. Il posa ses deux mains sur ses épaules, la calmant immédiatement. Je ne sais pas comment il connaît ton nom. J'essaie d'y réfléchir, de repasser le moment où je l'ai vu, de me demander si je lui ai dit quoi que ce soit à ton sujet, mais je suis certain que non. Je ne sais pas comment il connaît ton nom et celui d'Abigail. C'est quelque chose que j'examine. Puis il l'entoura de ses bras et l'attira contre sa poitrine. Il n'y avait pas beaucoup de contact physique entre eux en tant que père et fille, mais Tomek sentait que c'était approprié. En ce moment, elle avait besoin d'être rassurée, de se sentir en sécurité. Dans le passé, elle avait été victime d'une attaque personnelle qui avait failli la tuer. C'était quelque chose avec quoi elle vivait chaque jour, et Tomek voulait s'assurer qu'elle n'avait pas d'anxiété ou d'inquiétude à affronter.

— Tu es en sécurité, lui dit Tomek. Il est en prison. Il ne peut pas nous faire de mal. Il ne peut rien me faire, ni à toi, ni à personne. D'accord ?

Kasia leva les yeux vers lui, la peur et la paranoïa, avec une lueur de confiance, nageant dans ses grands yeux bruns.

Alors qu'ils se séparaient de l'étreinte, elle demanda : — Tu es en colère ?

Tomek lui ébouriffa les cheveux. — Non, bien sûr que non. J'aurais dû te le dire. J'aurais dû être plus ouvert avec toi. C'est ma faute. Tu n'as pas à être désolée, d'accord ?

— D'accord, dit-elle, sans avoir l'air convaincue. Je suis désolée, Papa.

Tomek l'attira pour une autre étreinte, la serra fort, puis la relâcha. — Si tu as des questions sur ce qui est arrivé à Michał et tout le reste, tu n'as qu'à demander, d'accord ? Et... Il inspira profondément, se préparant pour la suite. Si jamais tu vois quelque chose de suspect ou quelque chose que tu penses que je devrais savoir, tu me le dis. Marché conclu ?

— Marché conclu.

Sur ce, Tomek ouvrit la lettre et commença à lire.

Très cher Tomek,

J'espère que tu verras que mon orthographe s'est nettement améliorée depuis la dernière fois. Certaines personnes ici essayent de m'aider avec mon orthographe mais je leur dis que j'aimerais apprendre par moi-même. J'ai tout le temps du monde et j'aimerais faire quelque chose pour moi au moins une fois dans ma vie. Parfois je pense aux choses que j'ai faites et à ce que je pourrais faire si je n'avais pas tué ton frère. Est-ce que tu fais ça aussi ? As-tu déjà pensé à ce que tu pourrais faire si tu arrêtais d'être policier ? Je pense que j'aimerais être peintre ou décorateur, faire quelque chose avec mes mains. Nous avons beaucoup de cours de menuiserie et d'artisanat ici pour nous divertir. Ce sont parmi mes préférés. L'autre jour, j'ai construit un petit nichoir. L'homme qui m'a appris à le faire a dit qu'il était vraiment impressionné et qu'il allait le mettre dans une jardinerie pour voir si quelqu'un voulait l'acheter. Si c'est le cas, l'homme m'a dit que je pourrais récupérer une partie de l'argent. Je lui ai dit de s'assurer que ça aille dans une jardinerie près de chez toi dans l'Essex, mais je ne sais pas s'il le fera. J'aime vraiment mes passe-temps. En as-tu ? Le directeur doit s'assurer qu'il y a plein de gardiens autour parce que parfois nous avons des marteaux et d'autres outils. Certains des autres détenus ici ont essayé de commencer des bagarres avec eux, mais je reste à l'écart. Tout ça est très bête.

Demain... Mais ça sera peut-être déjà passé au moment où tu recevras ceci, je ne pense pas que le courrier ici soit très rapide, et peut-être qu'il n'est pas très fiable non plus. Mais quoi qu'il en soit, demain ils reviennent et cette fois ils m'apprennent à construire quelque chose en fer. Je ne sais pas comment ça s'appelle, mais si ça t'intéresse, je peux l'envoyer à ton adresse personnelle. Les gardiens ici ne laissent normalement pas sortir des objets de cette taille, mais je pense qu'ils feront une exception pour moi.

En tout cas, je pense à toi.

Nathan

P.S. - Je n'ai toujours pas eu de nouvelles de toi sur l'un ou l'autre de mes numéros de portable. Je les ai réécrits au verso au cas où. S'il te plaît, ne les perds pas.

P.P.S. - J'ai écrit le nom de Michał sous le nichoir que j'ai fabriqué, au cas où tu voudrais aller dans une jardinerie pour le chercher.

P.P.P.S. - Je n'ai appris cette histoire de P.S. que l'autre jour. C'est cool, non !

— Qu'est-ce qu'elle dit ?

La voix semblait lointaine, comme si elle venait de l'extérieur, et le tira de ses pensées.

— Papa, qu'est-ce que dit la lettre ?

— Des bêtises, dit-il distraitement.

— Quoi ?

— Des bêtises. Il... il parle juste d'un nichoir qu'il a fabriqué.

Un nichoir avec le nom de son frère dessus.

Tomek ne savait pas pourquoi, mais tout ce à quoi il pouvait penser était ce nichoir en bois. C'était probablement quatre morceaux de bois collés ensemble avec un grand cercle découpé sur l'un des murs. C'était probablement fait à partir d'un kit : toutes les pièces réunies dans une boîte et tout ce que Nathan avait à faire était de les coller ensemble avec de la colle PVA. Il n'y avait pas d'artisanat impliqué, pas de compétence réelle requise. Et pourtant Tomek le voulait.

J'ai écrit le nom de Michał en dessous.

Tomek lui tendit la lettre. Elle la prit délicatement et commença à lire. Il observa ses yeux se déplacer de gauche à droite alors qu'elle entamait une nouvelle ligne, son front se plissant, son visage se déformant.

— Il t'a encore donné son numéro de portable ? dit-elle.

— Il tient vraiment à ce que je l'aie.

— Tu lui as envoyé un message ?

Tomek lui dit que non.

— Tu vas le faire ?

À cela, il n'avait pas de réponse. L'idée lui avait traversé l'esprit plusieurs fois. Mais il n'avait pas encore agi.

Pas encore.

Après qu'elle se fut excusée à nouveau d'avoir fouillé dans ses affaires, Tomek prépara le dîner. Des pizzas au four. Pepperoni pour lui. Jambon-ananas pour elle. Pendant que la nourriture cuisait, Tomek s'éclipsa dans sa chambre. Sous prétexte de se changer pour quitter ses vêtements de travail et mettre quelque chose de plus confortable, il s'assit au bord du lit, tenant la lettre d'une main et son téléphone de l'autre.

Il tapota l'écran de son pouce et celui-ci s'alluma, révélant son fond d'écran : une image par défaut de la Terre. La fonction Face ID fit son travail et déverrouilla l'appareil. Tout ce qu'il avait à faire maintenant était de glisser vers le haut, ce qu'il fit. Puis, prudemment, il se dirigea vers l'application Contacts sur son téléphone et fit planer son doigt au-dessus du petit signe plus dans le coin supérieur de l'écran. L'y maintint. Pensant, réfléchissant, délibérant.

Et puis il le fit.

Il appuya sur le bouton et ajouta les deux numéros de portable que Nathan lui avait donnés à son carnet d'adresses. Avant qu'il ne puisse faire quoi que ce soit avec eux, la sonnerie du four retentit, signalant que les pizzas étaient prêtes.

CHAPITRE
QUARANTE-QUATRE

Les oiseaux sont tout ce que je peux entendre. Des dizaines, des centaines, voire des milliers d'entre eux qui chantent en chœur, communiquant les uns avec les autres dans le ciel. Je les entends par-dessus le bruit des voitures, du vent, des enfants de l'autre côté de la rue. J'ai trop peur de lever les yeux, mais j'imagine qu'ils volent tous au-dessus de moi, me regardant courir vers le parc. Peut-être essaient-ils de communiquer avec moi. De me hurler de m'arrêter. De me hurler de me dépêcher. D'essayer de me dire que Michał est déjà mort, qu'il n'y a rien que je puisse faire.

Peut-être sont-ils les voix des morts qu'il s'apprête à rejoindre.

Lorsque j'entre enfin dans le parc, les bruits disparaissent, le silence règne partout, sauf pour le son d'un oiseau solitaire qui s'envole vers un arbre proche. Je lui jette un coup d'œil, mais dans l'obscurité il est invisible, évanoui. Et puis je baisse les yeux de quelques degrés et vois Nathan Burrows qui se tient là. Il a de nouveau quarante ans, vêtu d'un jean et d'un fin sweat bordeaux. Il a l'air normal, comme s'il était sur le point de sortir dîner avec des amis, et non comme s'il purgeait une peine à perpétuité pour meurtre.

Ma réaction initiale est qu'il a été libéré, qu'il a observé chacun de mes mouvements d'une manière ou d'une autre, mais ce n'est pas possible. Je sais que ça ne peut pas être le cas.

Il se tient là, au fond du terrain, les mains derrière le dos. J'avance vers lui, retirant lentement mon sac à dos en chemin. Je le laisse tomber au sol, dans la boue et l'herbe. Jusqu'à ce que je m'arrête à quelques mètres de lui, mon frère mort gisant entre nous, son corps parfaitement immobile.

Avant que quoi que ce soit ne se passe, je regarde mes mains. Elles sont grandes, musclées, veineuses, couvertes de poils. Ce ne sont pas les mains d'un garçon de dix ans ; ce sont les mains d'un homme de quarante ans. Mes mains. Deux adultes, deux hommes pleinement développés revisitant la scène d'un crime vieux de trente ans. C'est la première fois que nous nous rencontrons ainsi. Je devrais vouloir bondir par-dessus Michał et enrouler mes mains autour de la gorge de Nathan. Je devrais vouloir bondir par-dessus le corps gravement mutilé de mon frère et lui casser la putain de gueule, le battre à mort. Mais je ne peux pas. Je ne peux pas bouger. En fait, je ne veux pas bouger. Quelque chose m'arrête, quelque chose me retient.

La peur, peut-être.

Peut-être le chagrin, la culpabilité.

Ou peut-être la sympathie.

Je ne sais pas, mais quoi que ce soit, cela me maintient parfaitement immobile.

Quelques instants passent ainsi. Dans le silence, avec rien d'autre que le vent bruissant à travers les arbres.

Il n'y a pas de voitures, plus d'oiseaux maintenant.

Juste Nathan et moi.

Et puis il me dit :

— Je suis désolé d'avoir tué ton frère, Tomek. Je le regrette chaque jour de ma vie.

— Ce n'est pas grave, réponds-je, je comprends.

CHAPITRE
QUARANTE-CINQ

La lettre, comme toutes les autres, continuait à le tourmenter. Le lendemain, Tomek organisa une course matinale le dimanche avec un ancien camarade d'école, Warren Thomas. Les deux hommes n'échangèrent pas beaucoup de mots alors qu'ils couraient le long du front de mer de Southend, luttant de front contre le vent, évitant les familles et les promeneurs de chiens qui sortaient tôt. Il n'y avait pas grand-chose à dire. Tomek profita plutôt de ce moment pour s'éclaircir les idées, traiter ses pensées, analyser son rêve.

C'est bon... Je comprends.

Qu'est-ce que ça voulait dire, bordel ?

Qu'est-ce qui n'allait pas chez lui ? Pourquoi ne réprimandait-il pas le meurtrier de son frère ? Pourquoi pardonnait-il pratiquement tout ce que cet homme avait fait à Michał et tout ce qu'il avait fait subir à sa famille depuis ? Ça n'avait aucun sens et, à vrai dire, ça le déconcertait un peu. Soit il devait prendre contact, soit il devait couper les ponts immédiatement. La première option avait sa préférence, mais il craignait que plus il s'accrochait et plus il entretenait des relations avec Nathan, plus cet homme s'incrusterait dans sa tête et continuerait à hanter ses rêves. S'il laissait tomber et excluait cet homme de sa vie (comment exactement, il n'en était pas encore sûr), alors il n'obtiendrait jamais les réponses à ses questions, jamais la paix dont il avait besoin.

C'était un dilemme cornélien, et il ne savait pas quoi faire.

Comme pour la plupart des choses (Abigail en étant l'exemple parfait), il le repoussa dans un coin de son esprit et l'y laissa jusqu'à ce que le moment soit venu. C'était dimanche. Le jour du repos. Ça pouvait attendre un autre jour.

Après avoir dit au revoir à Warren, il avait conduit à travers Leigh Broadway et repéré une place de parking libre le long de la rue principale – une rareté n'importe quel jour de la semaine, encore plus un dimanche – et s'y était garé rapidement. Coupant le moteur, il sortit de la voiture et se dirigea vers la boutique de Whitaker.

Le magasin était vide, une journée calme selon tous les critères, et Rose était assise au fond du bâtiment, un ouvrage de crochet sur les genoux.

— Je ne te dérange pas, n'est-ce pas ? dit-il avec sarcasme. Tu as l'air occupée. Je peux revenir à un moment plus calme.

Dès qu'elle réalisa que c'était lui, l'expression naissante de colère provoquée par ses commentaires s'évanouit immédiatement.

— Et toi, on dirait que tu viens juste de nager dans la mer, répliqua-t-elle. J'espère que tu ne ramènes pas de sable sur mon sol.

Tomek désigna la grande vitrine qui contenait le modèle réduit de yacht que son mari lui avait acheté.

— Ajoute-le simplement à ton décor de plage, répondit-il.

— Tu le veux ? demanda-t-elle, le prenant par surprise.

— Pardon ?

— Le bateau. Tu le veux ?

— Pourquoi le voudrais-je ?

Et puis il comprit.

— Je pense que tu pourrais en tirer un bon prix, dit-il.

— Je ne veux pas d'un bon prix. Je m'en fiche s'il brûle ou si une mouette chie dessus. Je veux qu'il disparaisse.

— Juste une mouette ou une volée entière ? Parce que c'est beaucoup de merde pour une seule mouette.

— Je ne pense pas qu'il y ait pénurie, dit-elle. Tout ce que j'ai à faire, c'est de le laisser dehors pendant une heure ou deux et il sera soit volé, soit souillé par la faune qui rôde par là.

Tomek secoua la tête en s'approchant.

— Tu ne devrais pas utiliser ces mouettes, elles sont bien trop sensibles. Je connais quelqu'un.

— Tu connais quelqu'un ?

— Ouais.

— Un gars spécialisé dans les mouettes ?

— Ouais. J'ai un contact mouette.

Rose laissa tomber son crochet sur ses genoux et éclata de rire au point que Tomek crut voir des larmes se former dans ses yeux.

— Qui diable a un « contact mouette » ?

— Certainement pas moi. Tomek lui fit un pistolet avec les doigts. Mais je parie que c'est la première fois que tu ris depuis ce qui semble être une éternité, n'est-ce pas ?

— Peut-être, dit-elle, soudain timide.

— Bien. Alors ma mission ici est accomplie.

— Tu peux maintenant aller sauver une autre demoiselle en détresse.

Tomek gloussa. Il appréciait ce flirt décontracté. Et à sa surprise, cette fois, il ne se sentait coupable de rien.

— J'espérais pouvoir te parler de quelque chose, en fait, dit-il.

— Ça va te coûter.

— C'est ce qui m'inquiète. Il pivota sur place et se dirigea vers la vitrine au centre du magasin. Près de la fenêtre, il désigna un bracelet en argent avec deux breloques vertes : un trèfle à quatre feuilles et un petit chaton serrant contre lui une pelote de laine. Je cherche ça, dit-il.

— Les choses se sont donc arrangées avec ta copine ?

Tomek lui lança un regard qui disait « Ne sois pas ridicule ».

— Je pensais plutôt à ma fille. Elle a treize ans, elle est avec moi depuis quelques mois, et je sens qu'elle en a besoin. Elle a traversé beaucoup d'épreuves, et je ne sais pas pourquoi, mais je pense que ce serait une bonne chose à faire pour elle.

— C'est une *merveilleuse* chose à faire pour elle. Elle sera ravie.

Rose enfila une paire de gants, inséra une clé dans le haut de la vitrine et pêcha le bracelet à l'intérieur. Puis elle le plaça sur un petit coussin en peluche.

— Maintenant, avant d'aller plus loin, est-ce que j'ai droit à un tarif ami, ou au minimum à une remise pour les forces de l'ordre ?

Les joues de Rose s'empourprèrent.

— Tu peux avoir mieux que ça. Parce que tu m'as remonté le moral, je vais te faire un prix famille et te faire cinquante pour cent de remise.

Tomek fut décontenancé.

— Je ne pourrais pas... C'est trop généreux.

Elle le toucha au bras de façon enjouée, bien qu'il y ait une certaine intention derrière ce geste.

— Absurde. Soit tu l'acceptes, soit je ne te le vends pas du tout, et alors ta fille sera déçue et contrariée.

— Du chantage affectif... Tu es une sacrée vendeuse.

— C'est comme ça que j'ai appris à obtenir ce que je veux. Rose se dirigea vers la caisse et commença à emballer le bracelet. D'abord vint la petite pochette en feutre bleu marine, avec la marque Whitaker's en lettrage argenté. Ensuite, une carte de remerciement de l'entreprise posée sur le dessus. Puis elle transféra les deux articles sur un lit de papier de paille et l'enveloppa deux fois, avant de finalement le mettre dans un sac en papier à l'effigie de la marque. Tomek l'observa alors qu'elle se déplaçait adroitement et élégamment entre chaque étape du processus.

— Tu as déjà fait ça avant.

— C'est seulement ma deuxième fois. Les affaires sont maigres.

Tomek sourit, puis prépara sa carte de débit.

Quelques secondes plus tard, elle enregistra le total, et il paya. Puis elle plaça le reçu dans le sac et laissa sa main là, attendant qu'il tende la main et la touche.

— Ce n'était pas la seule raison pour laquelle tu es venu ici, n'est-ce pas ? demanda-t-elle.

Tomek bégaya.

— C'est à propos de mon mari, n'est-ce pas ?

— Tu lui as parlé ? Tomek tendit la main vers le cadeau. Finalement, elle céda et le lui donna.

— Pas depuis que je l'ai mis à la porte, non.

— Tu aimerais savoir où il est ?

— Pas particulièrement. Tant qu'il est encore en vie pour signer les papiers du divorce, je me fiche de savoir où il est, ce qu'il fait, ou comment il va. Il m'a menti sur toutes ces choses pendant assez longtemps de toute façon, il devrait pouvoir le supporter. Maintenant, c'est un putain d'expert.

Tomek baissa les yeux vers le sol.

— Il est à l'hôpital. Nous l'avons trouvé au Prince Albert, près de chez Roy et Daphne. Complètement ivre. On a presque cru qu'on devrait lui faire un lavage d'estomac. Il n'avait pas beaucoup de choses gentilles à dire à ton sujet, remarque, mais je suppose que tu n'as pas non plus de choses gentilles à dire sur lui. Quoi qu'il en soit, il est à Broomfield si ça te tentait d'y faire un tour.

— Pas question. Il peut y rester pour ce que j'en ai à faire parce qu'il est certainement hors de question qu'il s'approche d'ici, de la maison, ou de l'appartement du dessus. Tu peux croire qu'il a essayé d'y rester après que je l'ai mis dehors ?

— Je peux, répondit Tomek sans vouloir paraître condescendant ou sarcastique.

Si elle était offensée, elle ne le montra pas.

— Je lui ai dit qu'il pouvait aller se faire foutre. Mon nom est sur tous les contrats. J'assume tous les risques. Ce sont *mes* propriétés. Il n'a le droit de s'en approcher sous aucun prétexte.

Tomek se souvint de sa conversation avec Johnny Whitaker.

— A-t-il déjà été violent envers toi ?

Rose secoua la tête.

— T'a-t-il déjà fait subir des abus émotionnels ?

Autre secouement de tête.

— Et son père, Roy ? Tu as déjà remarqué une quelconque agressivité chez cet homme ?

Cette fois, Rose prit plus de temps pour répondre à la question. Elle y réfléchit, laissa les pensées ruminer dans son crâne tandis qu'elle fouillait dans son disque dur mental.

— Je veux dire, il n'a jamais été physiquement violent envers moi, un peu bizarre et agressif parfois, mais j'ai seulement entendu parler d'un incident entre lui et Daphne. Johnny m'a raconté qu'une fois, pendant qu'ils étaient en vacances, il l'a giflée alors que les enfants étaient dans la piscine. Johnny n'était pas sûr de l'avoir vu ou non. Tout ce qu'il a vu, c'est sa mère qui se tenait le visage. Mais il n'a rien dit à l'époque. Je pense qu'il avait, genre, dix, onze ans, donc il ne savait probablement pas comment réagir.

Tomek déplaça son poids d'un pied à l'autre.

— Et c'était la seule fois ?

Elle haussa les épaules.

— Dont il m'a parlé. Ça ne veut pas dire que ça ne s'est pas produit quand ils n'étaient pas là.

Tomek se remémora ses visites au domicile de la famille Whitaker, se demandant s'il avait vu quelque chose de suspect. La dynamique entre Roy et Daphne avait changé plusieurs fois. Parfois, Daphne était celle qui prenait les choses en main, s'occupant de Roy, et la fois suivante, c'était l'inverse. Il n'y avait pas de dynamique de pouvoir évidente ou de ton menaçant qu'il avait pu déceler. Quoi qu'il en soit, il nota mentalement d'en parler avec Anna. Elle avait passé plus de temps avec la famille ; elle avait peut-être vu ou remarqué quelque chose.

Alors que Tomek était sur le point de partir, Rose ajouta :

— Il n'a jamais été physique avec moi, mais...

Tomek lui donna tout le temps dont elle avait besoin pour continuer. Ce n'était pas le genre de chose qu'on pouvait précipiter.

— Il... il m'a fait des avances une fois, ce que j'ai trouvé un peu bizarre. Elle inspira profondément, comme si elle se préparait à revivre le souvenir. Nous étions à un mariage familial – un truc de cousins éloignés au sixième degré. Je ne connaissais personne, et Johnny non plus, mais il a dit qu'il voulait y aller parce qu'il adore les mariages et que c'est toujours une bonne excuse pour s'amuser et se soûler autant qu'on veut. C'était à l'époque où il traversait le pire de son problème d'alcool.

— Daphne et Roy m'en ont parlé, interrompit Tomek. Ils ont dit qu'ils l'avaient assis devant Dieu et l'avaient sevré de l'alcool d'un coup.

Rose ricana.

— C'est ce qu'ils voulaient croire, mais ça n'a pas duré longtemps. Ne te méprends pas, Johnny buvait toujours, mais il ne buvait pas autant. Et chaque fois que nous allions chez ses parents pour un repas ou un événement, il était simplement très doué pour le cacher et s'assurer de ne pas se faire prendre – comme pour tout le reste, apparemment. Rose leva les yeux au ciel et continua son histoire. Bref, environ deux heures après le début de ce mariage, Johnny était déjà sur la piste de danse, dansant, parlant à quiconque voulait bien lui accorder de l'attention ; je pense l'avoir vu parler à une plante à un moment donné. Mais pendant que Johnny dansait, Roy est venu vers moi, s'est assis juste à côté de moi et a passé son bras autour de mon dos. Au début, je me suis dit, d'accord, il est venu me dire quelque chose, mais quand il ne l'a pas retiré, j'ai commencé à m'inquiéter un peu. Puis il a commencé à me caresser le bras, à me serrer l'épaule. Je me sentais super mal à l'aise, et comme si je ne pouvais pas appeler à l'aide. Il n'y avait personne à proximité pour venir me secourir : Angelica et Daphne étaient aussi sur la piste de danse, virevoltant ensemble. Et puis il s'est penché à mon oreille et a grogné.

— Grogné ?

— Ouais. Comme un grognement sexuel, tu vois.

— A-t-il dit quelque chose ?

Elle hocha la tête.

— Oui. Il m'a appelée un ange pour m'occuper de Johnny comme je le faisais, et puis il est parti. Je veux dire, il était aussi assez saoul, mais... je sais pas, ça m'a juste semblé bizarre, tu comprends ?

— Ouais, dit Tomek. Je comprends.

CHAPITRE
QUARANTE-SIX

Il n'avait aucune idée de ce qui passait à la télévision. Une émission quelconque que Kasia avait choisie parce qu'elle avait une tonne de devoirs à faire sur son ordinateur portable. Elle lui avait expliqué qu'elle ne pouvait pas se concentrer sans avoir quelque chose en fond sonore. Son cerveau d'adolescente n'aimait pas le silence, et son attention était devenue si limitée à cause du flot constant de dopamine provenant de son téléphone qu'elle ne pouvait se focaliser sur une seule chose plus de quelques minutes, ce qui signifiait que Tomek était forcé de supporter ce bruit également.

Il avait essayé de s'occuper avec diverses tâches, mais son esprit et son corps étaient épuisés. Ses jambes lui faisaient mal après sa course et sa tête le torturait à cause des informations que Rose lui avait données. Assis là, fixant l'écran de télévision, il ressassait dans son esprit les pensées concernant Johnny et Rose Whitaker. La piscine, la cérémonie de mariage. Roy Whitaker, le pilote estimé et hautement décoré, agressant une femme et dépassant les limites avec une autre.

— Papa, je peux avoir un verre de Coca, s'il te plaît ?

Kasia était assise en tailleur sur le canapé, son ordinateur portable posé sur ses genoux. Le nouveau bracelet pour lequel elle avait remercié Tomek une centaine de fois pendait à son poignet. Il tintait chaque fois qu'elle bougeait le poignet, cognant contre le côté de l'ordinateur, faisant immédiatement regretter à Tomek de l'avoir acheté.

— Tu sais où se trouve le frigo, lui répondit-il.

Elle le fusilla du regard. — Je suis occupée.

— Moi aussi.

— J'ai des devoirs de maths à faire !

— Et moi aussi. Comme calculer combien ton bracelet va me coûter à assurer au cas où tu le perdrais.

Son expression se décomposa. — Très drôle. Maintenant, est-ce que je peux avoir un Coca, s'il te plaît ? Tu peux t'en prendre un aussi, si tu veux.

— Me préparer le verre moi-même, pendant que j'y suis, c'est ça ? dit-il en se levant du canapé.

— Gros mot ! s'écria-t-elle.

Tomek grogna et plongea la main dans sa poche, trouva quelques pièces et les laissa tomber dans un bocal. Ces deux dernières semaines, ils avaient instauré un bocal à gros mots. C'était surtout pour Tomek, qui avait parfois du mal à contrôler sa bouche, mais il y avait eu quelques occasions où Kasia avait été forcée de mettre la main à la poche (qui était en réalité *sa* poche à lui) et de contribuer avec un peu d'argent (qui était en réalité *son* argent à lui) à la cagnotte. À la fin, quand il serait plein, ils dépenseraient sans doute cet argent pour commander une pizza ou un chinois, ce qui ressemblait plus à une récompense qu'à une punition, et semblait annuler le principe même du bocal à gros mots. Mais aucun d'eux ne s'en plaignait.

Tandis que Tomek ouvrait le frigo et attrapait la canette de soda, il sentit son téléphone vibrer. Il vérifia l'identité de l'appelant avant de répondre.

— À quoi dois-je ce plaisir ? dit-il.

— Tout le plaisir est pour toi, mon pote, répondit Nick d'une voix forte.

— Oh.

— Parce que je ne vais tirer aucun plaisir de ce que je m'apprête à te dire, petit.

Tomek jeta un coup d'œil vers Kasia, qui le regardait avec espoir. Il sortit une canette de Coca du frigo et la lui tendit avant de retourner dans la cuisine, où c'était plus calme et plus intime.

— Vas-y, dit-il à Nick.

— Je voulais te prévenir, poursuivit le commissaire. Pour que tu l'apprennes de quelqu'un que tu connais avant que ça ne devienne de notoriété publique. À partir de demain, Victoria reprendra le poste d'enquêteur principal de l'Opération Butterfly. Tu garderas un rôle d'adjoint, mais elle va faire venir le reste de l'équipe pour aider à l'enquête. Elle a exprimé ses inquiétudes quant au temps que prennent les choses et à la part du budget qui a été gaspillée inutilement en heures supplémentaires et en analyses médico-légales. Elle craint que tout cela ait été gâché et géré de façon inefficace, et cette fois, je suis d'accord avec elle. Désolé, c'est une sale chose à t'annoncer un dimanche, mais c'est comme ça, mon pote. Ce n'est rien de personnel. On fait juste ce qui est le mieux pour l'enquête.

Qu'il dirigeait. Qu'il menait depuis le début. Il était impossible de ne pas le prendre personnellement. Il se sentait trahi, poignardé dans le dos. On lui avait tiré le tapis sous les pieds, et il était tombé si durement sur son cul qu'il n'avait même pas entendu Nick terminer l'appel. Ce n'est que lorsqu'il entendit la tonalité dans son oreille qu'il revint finalement à lui.

— Tout va bien ? demanda timidement Kasia depuis le salon.

Les yeux de Tomek se posèrent sur le bocal à gros mots.

— Ouais, mentit-il. Tout... tout va bien. Allez, retourne à tes devoirs. Mais ne t'attends pas à ce que je t'aide parce que l'algèbre était l'une de mes matières les moins préférées.

CHAPITRE
QUARANTE-SEPT

Tomek remarqua immédiatement, dès qu'il entra dans le bureau le lendemain matin, tous les regards braqués sur lui. Pour une raison quelconque, il était parmi les derniers arrivés, et il eut donc le privilège d'affronter les regards gênés et réprobateurs de l'équipe pointés dans sa direction alors qu'il se dirigeait vers son bureau. Il pouvait aussi sentir leurs pensées qui lui martelaient le crâne. De la pitié, une énorme dose de pitié assaisonnée d'une généreuse portion de culpabilité.

Tomek n'en avait pas besoin. Il n'était pas d'humeur à la supporter. Et il n'était certainement pas d'humeur à avoir une conversation avec Victoria.

La conversation avec Victoria.

Mais il n'avait pas le choix ; une minute plus tard, elle sortit de son bureau et l'appela. Se sentant comme un enfant qu'on vient de faire sortir de classe pour l'emmener chez le directeur, Tomek se dirigea vers son bureau, sauf que cette fois, il n'y avait pas de moqueries de la part de ses camarades de classe.

— Bonjour, Tomek, dit Victoria en lui tenant la porte.

Tomek grogna un bonjour.

— Je vous en prie, asseyez-vous.

Il fit ce qu'on lui demandait.

— Je sais que c'est à peine le début d'un lundi matin, mais il y a quelque chose que je dois vous dire...

— Je sais, répondit-il. Nick me l'a dit.

— Je vois, dit-elle calmement. Si elle était déçue et contrariée par cette trahison, elle n'en laissait rien paraître. En fait, il y avait dans sa voix une résignation qui indiquait qu'elle savait que Nick serait le premier à lui annoncer la nouvelle. Et Nick vous a-t-il expliqué pourquoi ?

Tomek pinça les lèvres, se promit de ne rien dire, puis hocha la tête.

— Je vois. Et... a-t-il mentionné la partie concernant Abigail ?

Tomek inclina la tête sur le côté.

— Abigail ?

Soupirant, Victoria leva les yeux au ciel et marmonna :

— Bien sûr que non, le lâche.

— Qu'est-ce qu'Abigail a à voir avec tout ça ?

— Elle a téléphoné l'autre jour, expliqua Victoria, et a parlé à Martin. Elle lui a demandé des détails sur l'affaire et, dans ce qu'on ne peut décrire que comme un état de panique modérée, il lui a donné quelques informations.

— Martin a fait ça ?

Victoria leva une main pour l'apaiser.

— Ne vous inquiétez pas. C'est en train d'être réglé. Je m'en occupe.

Il serra le poing sur son genou, enfonçant ses ongles dans sa cuisse.

— Que lui a-t-il dit ?

— Les informations concernant les ailes d'ange et l'endroit où le corps d'Angelica Whitaker a été retrouvé. Et aussi qu'elle a été enlevée quelques minutes après avoir été déposée chez elle.

— Tout ça ?

— J'en ai bien peur. Et... Elle inspira brusquement. Il a peut-être aussi laissé échapper qu'elle est... comment dire ? Qu'elle a eu beaucoup de partenaires sexuels par le passé.

— Brillant.

— Certains commentaires sur les réseaux sociaux du *Southend Echo* ont été décevants, c'est le moins qu'on puisse dire.

— Des quadragénaires sympathisants du viol qui disent qu'elle l'a mérité d'une manière ou d'une autre ?

Elle baissa les yeux.

— J'en ai bien peur.

Tomek laissa échapper un long et profond soupir.

— Quand est-ce arrivé ?

— Samedi, répondit-elle.

Après The Nights of Eden. Après la dispute.

— Et Martin ?

Elle souffla, secouant la tête.

— Comme je l'ai dit, je m'en occupe.

Et ce fut tout sur le sujet. Il n'y avait rien de plus qu'il puisse faire. Rien à ajouter. Abigail, cette garce vindicative, l'avait contourné, était passée derrière son dos et avait profité d'un agent de police manifestement incompétent et inexpérimenté qui n'avait rien à voir avec l'enquête pour lui soutirer tout ce qu'il avait entendu et tout ce qu'elle voulait savoir. *Cette calculatrice, cette intrigante...*

Victoria tapa dans ses mains, le tirant de sa rêverie.

— Comme Nick vous l'a expliqué, je vais désormais superviser tout, donc vous me ferez directement vos rapports. À peu près comme vous l'avez fait depuis mon arrivée, simplement maintenant...

— Je retrouve mon ancien titre.

— En gros.

Tomek quitta la pièce d'un pas irrité et se dirigea directement vers le petit espace cuisine à l'arrière du bureau. Là, il se dirigea vers la machine à café. Tandis que la machine se mettait en marche, il s'appuya contre le plan de travail, fixant le siphon de l'évier voisin. Une seconde plus tard, son téléphone commença à vibrer.

Une partie de lui espérait que ce serait Abigail pour qu'il puisse lui lancer une attaque verbale et mettre officiellement fin à leur relation pour avoir réduit son implication dans l'Opération Butterfly. Une partie de lui voulait s'emporter et lui dire ses quatre vérités. Mais, à sa grande déception, ce n'était pas elle. C'était un numéro qu'il ne reconnaissait pas.

Avec hésitation, il répondit à l'appel et porta le téléphone à son oreille.

— DS Tomek Bowen à l'appareil.

— Détective, c'est bien vous !

L'accent français le trahit immédiatement.

— Bonjour, Florian. Tout va bien ?

— Aussi bien que possible. Je n'ai pas pu m'empêcher de penser à tout ça pendant tout le week-end.

— Parfois, il faut du temps pour assimiler.

— Comme je l'ai dit, je réfléchissais, continua l'homme, comme s'il n'écoutait pas du tout Tomek.

— Ah bon ?

— Et je me suis souvenu de ce que vous aviez dit à propos de vous appeler si je pensais que quelque chose pourrait être important.

— D'accord...

— Et j'y ai pensé tout le week-end, et j'espère que vous me pardonnerez de ne pas l'avoir mentionné plus tôt. Je ne pensais pas que c'était important, mais maintenant si...

— N'importe quand maintenant, Florian, dit Tomek en regardant sa montre.

— Bien sûr. Pardonnez-moi. Je n'ai pas été aussi nerveux depuis des années.

Tomek imagina l'artiste faisant les cent pas dans son atelier, entouré d'une douzaine de tableaux d'Angelica accrochés aux murs.

— C'est à propos d'Angelica... poursuivit l'homme.

— Oui, j'avais compris.

— À plus d'une occasion, elle et moi... nous... nous avons passé la soirée avec une autre femme. Tous les trois, dans l'une des chambres. Et... et je suis presque certain qu'elle a couché avec cette même femme seule à seule. Je ne sais pas si c'est important, mais... j'ai juste pensé que je devais vous le faire savoir.

CHAPITRE
QUARANTE-HUIT

Tomek pensait en effet que c'était important. Il trouvait même que c'était extrêmement important. Après avoir finalement raccroché avec Florian, son esprit s'était immédiatement tourné vers la scène de crime d'Angelica, vers son corps allongé face contre ciel sur le sol. Le maquillage, le rasage, le soin et l'attention — l'attention presque *féminine* — qui avaient été apportés au nettoyage et à la préservation de son corps après la mort. Puis son esprit l'avait transporté vers l'une des chambres. Avec Florian, avec Rachel, avec le lit à baldaquin au milieu de la pièce et les jouets sexuels posés dessus.

Le godemiché.

Tout ce temps, ils avaient conclu qu'elle avait été violée par un homme. Un homme qui avait porté un préservatif et nettoyé après son passage. Mais et si aucun pénis n'avait été impliqué ? Et si c'était un godemiché en caoutchouc de trente centimètres, comme celui qu'il avait vu sur le lit ?

Ce n'était pas impossible.

Après son appel avec Florian, Tomek avait envoyé Rachel et Chey interroger les amies les plus proches d'Angelica : Xanthia, Elodie et Zoë. Si la bisexualité d'Angelica allait au-delà de l'exploration et de l'expérimentation dans les chambres du Manoir Melback, Tomek voulait le savoir. Si elle avait eu d'autres partenaires sexuelles féminines que sa famille et eux ne connaissaient pas, ils devaient les retrouver et les interroger, car Tomek était convaincu qu'il y avait une piste à suivre. Une piste ténue, presque imperceptible, mais une piste tout de même (et après son précédent discours à Victoria sur le fait d'avoir retourné toutes les pierres et suivi toutes les pistes, il ne voulait pas que celle-ci vienne le mordre aux fesses). Pour prendre de l'avance, Tomek se dirigeait vers le manoir. Il était accompagné d'Oscar, le seul autre officier en qui il avait pleinement confiance actuellement, et l'un des derniers membres de son équipe d'origine. Jusque-là, aucun d'eux n'avait dit quoi que ce soit, ne voulant pas être celui qui aborderait l'éléphant dans l'habitacle, mais Tomek ne s'en formalisait pas. Parfois, il appréciait le silence, ce vide d'un long trajet. Cela l'aidait à remettre de l'ordre dans ses pensées. Et lorsqu'il arriva au Manoir Melback, trente minutes plus tard, il n'avait qu'une seule pensée en tête : Micky Tatton.

Après avoir fait ralentir la voiture jusqu'à l'arrêt complet sur le parking de l'autre côté du bâtiment, Tomek fut transporté à ce vendredi soir. Comme l'endroit paraissait différent de jour, maintenant qu'il était teinté de dépravation et de comportements licencieux dans son esprit. Il ne pouvait plus regarder le bâtiment de la même façon, ni le personnel qui avait vu des choses sur lesquelles ils avaient juré de garder le silence. Ils portaient tous un secret, et il se demandait combien d'autres ils pouvaient bien avoir.

Et en particulier, combien d'autres Micky Tatton pouvait en avoir.

Tomek et Oscar trouvèrent le propriétaire dehors, dans le parc du manoir. Il se tenait à l'intérieur d'un kiosque en bois situé au milieu d'un petit lac au sud de la propriété, en pleine conversation avec un membre du personnel. Le kiosque était peint en blanc lunaire, avec six poutres en bois le soutenant dans l'eau. De petites lanternes ornaient la passerelle, et des guirlandes de fleurs synthétiques s'enroulaient autour des piliers du kiosque. Dans l'eau, des nénuphars et des feuilles mortes flottaient à la surface, se déplaçant doucement dans la brise. Autour de la ligne d'eau se trouvait un arboretum de chênes, d'ormes et de bouleaux, leurs feuilles bourgeonnant alors que les graines du printemps commençaient à germer. À droite, une grande fontaine envoyait des panaches de vapeur d'eau dans l'air. Tomek trouva le bruit apaisant. Cela lui rappelait une fontaine qu'ils avaient eue pendant son enfance ; allongé dans le jardin en été, adolescent, laissant le soleil brûler son corps, entendant le doux ruissellement de l'eau de la fontaine près de sa tête, comme s'il était au milieu d'une forêt tropicale indonésienne.

Alors qu'ils approchaient, Micky Tatton, le propriétaire de l'hôtel, les aperçut, murmura quelque chose au membre du personnel, puis le renvoya. L'employée évita leur regard en les croisant sur l'étroite passerelle.

— Sergent, dit Micky. Quelle agréable surprise.

Il tendit la main à Tomek. Tomek la prit, puis s'écarta pour laisser passer Oscar.

— Et qui avons-nous là ? demanda Micky.

— Lieutenant Perez.

— Enchanté, répondit Tatton.

— Pas de mariages aujourd'hui ? demanda Tomek.

— Pas un lundi. Personne ne veut se marier un lundi, même si c'est considérablement moins cher.

— J'imagine que vous avez encore beaucoup de nettoyage à faire.

Le visage de Micky se crispa d'inconfort.

— Il y a toujours beaucoup de nettoyage à faire. Même les invités les plus bien élevés font plus de désordre qu'ils ne le réalisent.

— Je ne peux qu'imaginer combien de désordre font les invités les plus mal élevés, répliqua Tomek. Du coin de l'œil, il remarqua le visage d'Oscar qui se tordait de confusion polie.

Avant de répondre, Micky se tourna vers l'eau et fit un geste vers les arbres.

— Magnifique, n'est-ce pas ? C'est ma partie préférée de toute la propriété. Bien sûr, certains des éléments d'origine sont toujours là depuis sa création — comme les cheminées, les portes et certaines fenêtres — et vous avez les tunnels et certaines des chambres principales. Mais ici, dehors... ici, on se sent isolé de tout ça. C'est ici que nous créons des souvenirs pour les gens, et en étant ici, j'ai l'impression d'en faire partie d'une certaine manière.

Ainsi, non seulement il participait aux déviances sexuelles des gens, mais il essayait également de s'immiscer dans les souvenirs les plus heureux de la vie de ses clients. Cet homme était un maniaque du contrôle.

Il continua :

— Parfois, je viens ici pour réfléchir tranquillement. Et aussi pour chasser les fantômes !

— Chasser les fantômes ? demanda Tomek, incapable de cacher le cynisme dans sa voix.

— Si vous croyez à ce genre de choses, bien sûr. Moi j'y crois, mais beaucoup ne sont pas d'accord. En plus, c'est amusant pour les enfants, ça les divertit.

— Quel fantôme ? demanda Tomek, décidant de faire plaisir à l'homme.

— On dit que l'épouse de mon arrière-arrière-arrière-arrière-arrière-grand-père s'est suicidée ici il y a quelques centaines d'années. Selon la légende, elle n'était pas très heureuse de son mariage, et à cette époque elle ne voyait aucune issue, alors elle s'est tuée. Mais l'histoire raconte qu'elle aimait tellement le domaine qu'elle a décidé de rester, et je pense qu'elle voulait aussi se venger puisque son fantôme a été aperçu à plusieurs reprises. Je l'ai vue une fois, mais je sais qu'elle est passée par ici plus que ça. Parfois, je peux sentir sa présence dans la pièce.

— Était-elle dans les parages ce week-end ? demanda Tomek. Je ne peux pas imaginer qu'elle aurait été très heureuse de ce qu'elle a vu.

Le visage d'Oscar se tordit encore plus.

— Nous ne le saurons peut-être jamais. Ce n'est pas comme si j'avais installé des caméras de sécurité dans chacune des chambres... Micky s'éclaircit la gorge. Bref, messieurs, je m'égare. Je présume que vous êtes venus ici pour me poser d'autres questions sur Angelica ?

— Oui, dit Oscar. Il est venu à notre attention qu'elle a passé la nuit avec une femme pendant son séjour ici. Vous souvenez-vous de qui il s'agissait ?

Micky se pencha d'un côté, regardant derrière Tomek pour voir si quelqu'un était à proximité. Une fois qu'il fut certain que personne ne pouvait les entendre, Micky répondit :

— Ce n'est pas rare. Nos invités passent la nuit avec qui ils désirent.

— Oui, mais il y avait une invitée en particulier avec qui Angelica a passé la nuit seule, et à plus d'une occasion.

Micky croisa les bras sur sa poitrine.

— C'est Florian qui vous a dit ça, n'est-ce pas ?

— Florian ? répéta Tomek, les sonnettes d'alarme retentissant. Je croyais que vous ne connaissiez pas son nom ?

L'homme bégaya.

— Je...

— Qu'est-ce que vous savez d'autre sur lui ? Puis-je voir votre téléphone ?

La main de l'homme vola involontairement vers la poche de sa poitrine.

— Non. Absolument pas.

— Pourquoi pas ? Qu'avez-vous à cacher ?

— Vous ne pouvez pas demander à voir mon téléphone.

— Si, je peux. Je ne le prends pas de force. Je vous permets de me donner volontairement votre téléphone. Si vous me donnez la permission, il n'y a rien de mal à cela. Cependant, le fait que vous ne vouliez pas que je l'aie va me faire penser que vous cachez quelque chose. Ce qui, étant donné que vous nous avez menti en disant que vous ne connaissiez pas le nom de l'Homme-Âne...

— L'Homme-Âne ? interrompit Oscar, sa curiosité prenant le dessus.

— Je t'expliquerai plus tard, lui dit Tomek, puis revint rapidement à Micky. Le fait que vous m'ayez menti en disant que vous ne saviez pas qui était Florian me fait penser que vous avez quelque chose d'autre à cacher. Maintenant, je vais vous demander à nouveau, et cette fois je vais vous faciliter la tâche : connaissez-vous la femme dont parle Florian ?

L'homme hésita, un combat se jouant sur son visage. On voyait clairement qu'il connaissait la réponse, mais ne voulait pas la divulguer.

— J'ajouterais simplement que ne pas nous donner cette information, s'il s'avère plus tard que vous saviez ce que nous cherchions, signifie que vous entravez une enquête et pourrait vous conduire en prison, ajouta Oscar.

Ça marchait toujours.

— Très bien, dit l'homme avec humeur, puis il plongea la main dans sa poche et tendit son téléphone à Tomek. Elle s'appelle Emilia Solveig. Elle possède son propre salon de coiffure et de beauté à Southend. Elle vient aux Nuits d'Eden depuis environ un an maintenant. Je l'ai invitée à nous rejoindre après l'avoir croisée dans son salon. Il était tard, et j'avais besoin d'une coupe de cheveux. C'était le seul endroit ouvert.

— Et vous avez fini par parler de soirées sexuelles dérangées et d'orgies avec une parfaite inconnue ? dit Tomek délibérément fort. Sa voix traversa l'eau, mais fut rapidement noyée par le bruit de la fontaine.

— Chut ! Ne parlez pas si fort. Tout le monde ne sait pas ce qui se passe ici. Micky soupira profondément. Elle... elle était dans une situation difficile, d'accord. Je suis sûr qu'elle vous racontera tout quand vous la verrez.

CHAPITRE
QUARANTE-NEUF

Emilia Solveig avait trente-deux ans, avec de longs cheveux blonds bouclés en anglaises parfaitement définies. Son visage était couvert de maquillage, mais celui-ci avait été appliqué avec expertise, comme si elle y consacrait deux bonnes heures chaque matin et plusieurs années de sa vie à se former professionnellement. Elle était en train de couper les cheveux d'une cliente lorsque Tomek et Oscar entrèrent dans son salon. L'intérieur était une cacophonie de bruits : des basses lourdes en fond sonore, des sèche-cheveux soufflant de l'air chaud, de l'eau cascadant d'un pommeau de douche, et des bavardages bruyants, combinés au son des ciseaux qui coupaient et du papier d'aluminium qu'on déchirait. Tomek n'avait aucune idée de ce qui se passait, habitué à une simple coupe courte sur les côtés avec un léger raccourcissement sur le dessus, mais ceci était industriel à un tout autre niveau. Il y avait quatre clientes au total, chacune prise en charge par un membre du personnel, toutes à différentes étapes du processus de coiffure.

Emilia, à l'autre bout de la rangée de chaises, les remarqua dans le miroir et se tourna vers Tomek.

— Tout va bien, messieurs ? demanda-t-elle. Sur rendez-vous uniquement, les gars. Nous ne prenons pas les clients sans rendez-vous.

— Mais vous l'avez fait pour Micky Tatton, dit Tomek.

À ces mots, Emilia s'arrêta, posa ses ciseaux sur le comptoir et s'avança prudemment vers Tomek. Tandis qu'elle approchait, Tomek étudia son visage, essayant de déterminer s'il l'avait vue vendredi soir, s'il la reconnaissait sans son costume.

— Pourquoi vous prononcez ce nom ici ? demanda-t-elle, en gardant sa voix basse. Vous êtes qui ?

— La police, chuchota Tomek. Il garda sa carte professionnelle dans sa poche, de peur que ses clients ou collègues ne la voient. Nous nous demandions si nous pourrions vous poser quelques questions sur une de vos amies.

— Une amie ? Qui ?

— Angelica.

Le visage d'Emilia se figea. Ses lèvres s'entrouvrirent et son expression disparut derrière un mur de réflexion profonde.

— Angelica ? Elle... qu'est-ce qui s'est passé ?

— Pourrions-nous aller quelque part de plus privé ?

Emilia se retourna. — Il n'y a nulle part. Je...

Tomek lui donna l'opportunité de terminer avec sa cliente. Entre-temps, lui et Oscar étaient heureux de prendre place. Tomek observa le processus avec étonnement. La coupe, le lavage, le shampooing, le papier d'aluminium, la teinture. Tout ça pour rendre leurs cheveux plus beaux. Tomek ne pensait pas beaucoup aux siens. Juste les garder courts, appliquer un peu de gel de temps en temps, laisser la nature et le vent s'occuper du reste. Il réalisa qu'il avait la vie bien plus facile. Sans parler du prix. Il avait été stupéfait par le coût d'une coupe complète pour Kasia quand elle le lui avait demandé. Plus de deux cents livres pour une coupe complète, une teinture et le reste, peu importe ce que cela impliquait. Pour ce prix, avait-il plaisanté, il aurait besoin de prendre un crédit. Finalement, il avait opté pour l'achat d'une teinture en boîte au supermarché pour une fraction du prix, et l'avait supervisée pendant qu'elle le faisait elle-même. Au-delà de ça, tout ça lui échappait.

Vingt minutes plus tard, Emilia Solveig était prête. Elle prit son manteau accroché au mur derrière le comptoir et leur tint la porte ouverte.

— J'ai désespérément besoin d'un café, dit-elle alors qu'ils quittaient le salon. Bien que pour cette discussion, je crains d'avoir besoin de quelque chose de plus fort.

Tomek ne la contredit pas. Heureusement, le café où elle les emmena était juste à côté, et après quelques minutes d'attente, ils trouvèrent un petit banc dans un parc voisin.

— Tout d'abord, commença Tomek, merci de prendre le temps de nous parler. Nous apprécions que tout ceci soit un peu inattendu, et vous avez probablement beaucoup de questions. J'espère que nous pourrons répondre à certaines d'entre elles, mais nous espérons que vous pourrez répondre à toutes les nôtres.

— Bien sûr, répondit-elle, d'une voix faible.

— La semaine dernière, Angelica Whitaker, une femme que nous pensons que vous connaissez intimement, a été assassinée.

— Assassinée ?

— Assassinée, oui. Comment connaissez-vous Angelica ?

— Elle... Emilia but lentement sa boisson, prenant son temps pour tout assimiler. Nous nous sommes rencontrées au manoir, lors d'une des Nuits.

— Vous rappelez-vous quand ?

— Je pense que c'était sa première fois. Quelque part en septembre, peut-être. Je... nous nous sommes croisées au bar. Elle semblait nerveuse, un peu choquée par tout ça. J'ai essayé de lui parler, mais elle n'était pas très réceptive. Je pense qu'elle était un peu dépassée.

— Mais vous vous êtes rapprochées lors des rencontres suivantes ?

Emilia baissa la tête. — La deuxième fois, je l'ai croisée à nouveau – elle portait toujours la même tenue, donc je savais que c'était elle – et puis nous avons passé la nuit ensemble avec un homme déguisé en âne.

Florian.

Jusqu'ici tout concordait ; avant qu'ils ne viennent lui parler, Micky Tatton leur avait expliqué les grandes lignes de tout ce qu'il avait vu, recueilli ou surpris concernant la relation naissante entre Emilia et Angelica. C'était maintenant à Emilia d'ajouter la chair à l'ossature.

— Nous avons passé la nuit tous les trois. Je pense... je pense que c'était sa première fois avec une femme, je ne suis pas sûre. Mais elle a apprécié. Nous avons été doux avec elle. Prudents.

Juste au moment où Tomek ouvrait la bouche pour poser une question, un adolescent sur un vélo passa rapidement devant eux, diffusant de la musique depuis une enceinte accrochée à l'arrière de son vélo.

— Est-ce que vous avez déjà passé la nuit ensemble, seules ? demanda-t-il.

— Deux fois, dit-elle. C'était... Quel niveau de détail voulez-vous ?

— Autant que vous voulez bien partager, répondit Tomek, puis se prépara.

— C'était magique, répondit-elle. Parmi les meilleurs rapports que j'ai jamais eus avec une femme. Je ne sais pas ce que c'était, mais il y avait quelque chose de différent chez Angelica. Plus expérimentée, plus accomplie, plus... expérimentale. Elle était complètement différente de la première fois que je l'ai rencontrée, et tout cela en l'espace de quelques visites. Je ne sais pas si cela signifiait qu'elle expérimentait avec quelqu'un d'autre ou quoi, mais... Elle but une autre gorgée de café alors qu'elle s'interrompait. Après, nous nous asseyions et parlions, vous savez ? Apprenions à nous connaître à un niveau plus profond, plus personnel. Elle était... elle était spéciale, vous comprenez ? Je sais que ça semble idiot à dire, étant donné le contexte de notre rencontre et tout, mais...

— Vous avez commencé à développer des sentiments pour elle ? dit Tomek, pressentant déjà où cela menait.

— Oui. Elle était juste... tellement charismatique, vous voyez ? Elle me comprenait, me saisissait à un niveau plus profond. Comme je dis, je ne sais pas si c'était l'alcool ou la drogue, mais les choses sont devenues plus profondes pour moi. Un long soupir lourd quitta ses lèvres, et son regard tomba à ses pieds. Mais pas pour elle, continua-t-elle. J'ai obtenu son numéro et j'ai essayé de la rencontrer quelques fois en dehors des Nuits, mais ça n'a tout simplement pas... ça n'a pas marché. Elle était toujours trop occupée, et je dirigeais cet endroit. Elle m'a ignorée à quelques reprises. Mais j'ai toujours eu hâte de la revoir, de passer la nuit avec elle au manoir, vous comprenez ? Elle hésita, prit une autre gorgée. Et puis je l'ai vue avec une autre femme, une femme habillée en salopette noire avec un masque de soudeur. Je ne connais pas son nom ni à quoi elle ressemblait sous son costume, mais elle et Angelica sont devenues inséparables. Je n'ai plus passé une autre nuit avec elle après ça. Elle était partie, avait passé à autre chose.

Tomek ne savait pas quoi dire. Ce n'était pas vraiment le genre de chose pour lequel on consolait quelqu'un. Et même si c'était le cas, il n'avait pas la moindre idée de comment répondre. Et à en juger par le regard perplexe et perdu d'Oscar, lui non plus.

— Comment cela vous a-t-il fait vous sentir ? demanda finalement Tomek, tandis que les rouages de son cerveau commençaient à tourner. En colère ? Bouleversée ?

— Trahie, répondit Emilia.

— L'aimiez-vous ?

— Je... je crois que oui. Même si ça semble idiot de le dire.

— Pas si c'est ce que vous ressentiez, remarqua Tomek. Il décida de changer de sujet. Depuis combien de temps faites-vous de la coiffure et du maquillage ?

— Toute ma vie. C'était la seule chose dans laquelle j'étais bonne à l'école, alors j'ai obtenu mes qualifications et je dirige mon établissement depuis environ cinq ans maintenant. Avant cela, je faisais des coiffures et des maquillages pour quelques émissions de télévision sur BBC et ITV.

— Sympa, dit Tomek. Vous devez avoir beaucoup de patience pour ça. J'ai entendu dire que parfois, la coiffure et le maquillage peuvent prendre des heures.

Elle haussa les épaules en hochant la tête. — C'est possible. Mais une fois que vous savez ce que vous faites, vous pouvez considérablement réduire ce temps.

C'était maintenant au tour de Tomek de hocher la tête et de prendre une gorgée de sa boisson. Pendant un long moment, personne ne dit rien. Tomek observa un groupe de mamans pousser leurs poussettes à travers le champ. L'une d'elles lâcha un chien de sa laisse et, à l'aide d'une catapulte, lança une balle à cinquante mètres à travers l'herbe. Le chien traversa le champ en bondissant pour l'attraper, la saisissant finalement dans sa gueule avant de revenir en courant vers sa propriétaire.

— Nous devons demander, commença Oscar, brisant le silence. Mais que faisiez-vous vendredi soir dernier ? Pas celui qui vient de passer ; celui d'avant.

Emilia commença à jouer avec le gobelet entre ses mains, se recomposant. Trente secondes plus tard, elle répondit à la question.

— J'étais sortie avec mes amis. Nous étions au bar Memo à Southend. J'ai vu Angelica au bar, dansant avec des gars, mais je ne pense pas qu'elle m'ait reconnue. J'allais aller lui parler, mais pour être honnête, à ce moment-là, j'en avais fini avec elle. Je ne voulais plus rien avoir à faire avec elle.

Intéressant, pensa Tomek. Peut-être qu'Emilia en avait tellement fini avec elle, était si bouleversée et trahie par les actions d'Angelica, qu'elle avait réagi et l'avait tuée.

CHAPITRE
CINQUANTE

Tomek avait rarement ressenti une inquiétude sincère dans sa vie. Comme la fois où il s'était retrouvé face au meurtrier de son frère, ou quand on l'avait suspendu au-dessus d'une voie ferrée depuis un pont. Mais aucune de ces situations n'égalait l'inquiétude qu'il éprouva en voyant l'expression de l'agent Chey Carter à son retour au bureau. Le sourire narquois de l'agent était large, moqueur, flippant. Et pire encore, une lueur démoniaque brillait dans ses yeux, comme s'il était possédé par quelque chose et que Tomek était sa prochaine victime.

— Mon Dieu, dit Tomek. Qu'est-ce que tu as fait ? Soit tu as vraiment merdé, soit tu vas m'annoncer la meilleure nouvelle qui soit.

Chey ne dit rien. Au lieu de cela, il fit signe à Tomek de le suivre dans une petite salle. L'agent portait son ordinateur portable dans ses bras. Après avoir fermé la porte derrière eux, Tomek demanda :

— Tu ne viens pas me remettre ta démission, j'espère ?

— Quoi, et perdre toute chance de devenir ton meilleur ami ? Je ne crois pas, chef. Tu ne te débarrasseras pas de moi aussi facilement.

— Pas plus que de ce foutu sourire, répondit Tomek. Arrête. Ça me fout les jetons.

Le visage de l'agent redevint instantanément sérieux.

— Mieux ?

— Mieux. Beaucoup, beaucoup, beaucoup mieux. Ne souris plus jamais comme ça. Tu vas finir par te faire arrêter.

— Je serais plus que ravi que tu m'arrêtes, chef. Et d'après les histoires que j'entends sur ton week-end, tu pourrais être content de le faire.

Tomek retint sa respiration.

— Qu'est-ce que c'est censé vouloir dire ? Quelles histoires as-tu entendues ? Qu'est-ce que Rachel t'a raconté ?

Il savait que c'était une mauvaise idée de les mettre ensemble. On ne pouvait pas leur faire confiance. Rachel, c'était elle le problème. Elle avait beaucoup trop apprécié la soirée de vendredi. Il savait qu'elle voudrait raconter à toute l'équipe ce qu'ils avaient vu, et il avait été naïf de penser qu'ils pourraient garder ça secret, malgré leur accord.

— Rien de croustillant, chef. Juste que tu as attiré pas mal d'attention, répondit Chey.

Tomek bomba le torse et tenta de dissimuler son embarras.

— Je m'en suis bien sorti, merci.

— Rach aussi. Même si ce n'était pas le genre d'attention qu'elle recherchait, d'après ce qu'elle m'a dit.

— On y était strictement pour une affaire de police, Chey. Il ne s'est rien passé.

L'agent posa son ordinateur portable sur la table au milieu de la pièce et souleva l'écran.

— Tu crois que tu pourrais m'obtenir une invitation à l'une de ces soirées ?

Tomek ne répondit pas.

— Sur une base strictement professionnelle, bien sûr.

— Espèce de traînée, répliqua-t-il en ricanant. L'organisateur n'était déjà pas très enthousiaste à l'idée de nous avoir là-bas. Je n'imagine pas à quel point il sera ravi quand on commencera à se multiplier et que des personnes différentes débarqueront chaque mois.

Chey leva les yeux au ciel.

— Rabat-joie.

Puis le jeune homme reporta son attention sur son ordinateur portable et, tout en se connectant, il expliqua :

— On a reparlé aux amies d'Angelica, comme demandé. Et l'une d'entre elles, Xanthia, elle nous a donné un peu plus que ce qu'on espérait.

— D'accord.

Chey termina ce qu'il faisait sur l'ordinateur et leva les yeux vers Tomek.

— Il s'avère que Xanthia et Angelica avaient une petite histoire, expliqua-t-il. Du genre coup d'un soir sous l'emprise de l'alcool.

— Ouais, j'ai compris.

— Mais c'était plutôt du genre deux, trois nuits. Elles avaient passé quelques nuits ensemble après être sorties boire un verre en groupe. C'était toujours après une soirée, et elles n'en parlaient jamais à personne d'autre.

— C'était leur petit secret, dit Tomek, l'esprit en ébullition. Pouvait-il s'agir de l'autre personne à laquelle Emilia Solveig faisait référence ? La soudeuse ?

— C'était plus qu'un secret, poursuivit Chey. Pour Angelica, d'après ce qu'on m'a dit, ça ne s'était jamais produit. Elle niait à chaque fois que Xanthia essayait d'aborder le sujet, mais quand elles se retrouvaient ivres ensemble, les choses se reproduisaient. Et le lendemain, Angelica ne se souvenait de rien.

Les rouages de son cerveau s'activèrent plus rapidement maintenant.

— Xanthia aurait-elle pu droguer Angelica pour qu'elle oublie ?

Chey réfléchit un moment.

— Je... Je n'y avais pas pensé. Mais on peut creuser cette piste. Elle travaille dans une pharmacie, donc elle pourrait savoir comment accéder à ce genre de produits.

Une lueur de compréhension traversa le visage de Chey, et Tomek pouvait voir le jeune homme prendre mentalement note, créant un cadre de référence pour son apprentissage futur. Enfin, Tomek avait transmis un peu de sagesse à l'agent.

— C'est tout ? C'est ça qui expliquait le sourire sur ton visage, ou il y a autre chose ?

Le sourire réapparut. Tomek fut incapable de regarder l'homme dans les yeux.

— Autre chose, répondit Chey.

Désignant l'ordinateur portable, Tomek dit :

— Vas-y, montre-moi. Ton visage me rappelle certains types de vendredi soir, qui se tenaient au bord de la salle en se touchant.

Cela sembla le faire disparaître ; Chey appuya sur la touche Entrée de son clavier et, après que l'écran se fut illuminé, tourna l'appareil vers lui. À l'écran s'affichait le blog d'Angelica Whitaker. « Mon petit coin d'Internet » était inscrit en haut de la page, avec une petite image de plage sur la droite. En dessous se trouvait un article daté de deux semaines auparavant, intitulé « Où serais-je sans toi ? »

Tomek prit le contrôle de l'ordinateur portable et fit défiler la page, ses yeux parcourant l'article.

— Tu as la version résumée, ou tu veux que je lise tout ?

— Ni l'un ni l'autre, chef, dit Chey en reprenant l'ordinateur. Je veux que tu écoutes.

Surpris, et un peu vexé, Tomek se pencha en arrière dans sa chaise, croisa une jambe sur l'autre, et attendit patiemment l'explication.

— Tu m'as demandé d'imprimer tous les articles du blog, c'est ça ?

— Oui.

— Ce que j'ai fait. Et je les ai distribués à chaque membre de l'équipe pour qu'ils commencent à les lire, pas vrai ?

— Exact.

— Mais quand je suis revenu de ma rencontre avec Xanthia, j'ai réalisé qu'il y avait un petit problème avec l'impression. En fait, c'était un putain de problème majeur...

— C'était quoi, le problème ?

— ...mais je l'ai résolu, et...

— C'était quoi le problème, Chey ? insista Tomek.

L'homme soupira, se tourna vers l'écran et fit défiler la page jusqu'en bas. Quand il pivota l'appareil, Tomek remarqua l'erreur. Au bas de l'article se trouvait une section pour les commentaires. Un espace où des inconnus, ou des amis proches et des membres de la famille, pouvaient commenter leurs impressions sur ce qu'ils avaient lu dans le Petit Coin d'Internet d'Angelica.

— Cette partie n'apparaissait pas sur les impressions du blog.

— Donc notre équipe a lu un tas de conneries, en gros ?

Chey haussa les épaules.

— Pas entièrement. Il y a des choses importantes là-dedans, mais le vrai truc juteux, c'est ça.

L'agent tapota l'écran si fort que l'appareil faillit basculer en arrière. Il pointait le commentaire au bas de la page web.

— *Si fière de tout ce que tu as surmonté, mon ange. Tu as retrouvé tes ailes. Je pense toujours à toi.*

Les yeux de Chey s'élargirent de plaisir.

— Mon ange... continua Tomek, ses pensées partant dans tous les sens. Mon ange...

— Et il y en a plein d'autres comme ça, tous disant des choses similaires. Parfois Angelica répond, parfois non.

Tomek revint finalement à lui.

— Elle communique avec cette personne ?

Chey hocha la tête.

— Est-ce que ça veut dire qu'elle sait qui c'est ?

Un haussement d'épaules.

— Peut-être. Impossible de le savoir. On ne peut pas exactement lui demander.

Tomek réfléchit un moment, laissant ses pensées percoler dans sa tête. Puis il pointa le dernier mot du commentaire.

— Peut-on déterminer d'où viennent les messages ?

Le sourire revint sur le visage de Chey.

— J'espérais que tu me le demandes. J'ai examiné les articles des deux derniers mois et j'ai repéré une quinzaine de commentaires différents, chacun disant la même chose, alors je les ai envoyés au service numérique, et ils ont pu tracer l'adresse IP.

Tomek se sentit se pencher en avant involontairement.

— Et ?

Au moment où Chey allait répondre, la porte s'ouvrit. Rachel entra. Elle resta dans l'embrasure.

Chey continua, malgré tout.

— Les messages provenaient d'un ordinateur public de la bibliothèque de Hadleigh.

Tomek eut du mal à contenir son excitation. C'était maintenant à son tour d'arborer un sourire inquiétant.

— Bon boulot, mon pote. Tu me rappelles de plus en plus le jeune Tomek Bowen.

— Putain de merde, dit Rachel, toujours debout dans l'embrasure de la porte. C'est bien la dernière chose dont le monde a besoin.

CHAPITRE
CINQUANTE-ET-UN

Pendant le temps qu'il a fallu aux agents en uniforme pour trouver Shawn Wilkins à la bibliothèque de Hadleigh et l'emmener, Tomek et son équipe n'avaient pu examiner et analyser que les huit derniers mois de publications du blog « Le petit coin d'internet d'Angelica ». Au total, ils ont trouvé plus d'une centaine de commentaires de leur mystérieux commentateur, tous disant la même chose : « Mon ange a retrouvé ses ailes ». Les mots exacts que Shawn Wilkins avait postés sous les publications Instagram d'Angelica. Chey avait même pu intégrer les commentaires dans un logiciel en ligne qui les transformait en nuage de mots : une représentation visuelle de la fréquence à laquelle chaque mot apparaissait. Plus le mot était grand, plus il avait été utilisé. Sans surprise, « mon » et « ange » étaient en tête de liste, occupant la majeure partie de l'espace dans le nuage de mots. Tomek n'avait jamais vu ce logiciel auparavant et avait été dubitatif quant à son utilité au début, mais après avoir vu les résultats, il avait décidé de les imprimer et de les emporter avec lui dans la salle d'interrogatoire.

Depuis la dernière fois que Tomek l'avait vu, les cheveux de Shawn Wilkins étaient devenus désordonnés et négligés, comme s'il ne les avait pas lavés de toute la semaine. Dans la salle d'interrogatoire, il était avachi sur sa chaise, adossé contre le mur, sa tempe appuyée contre la surface. Ses yeux étaient injectés de sang, une fine ligne de barbe commençait à se former sur sa mâchoire, et les traces de sa rencontre avec Johnny Whitaker l'autre jour étaient encore visibles sur son nez.

— Bon après-midi, dit Tomek en entrant et en déposant un dossier sur la table.

L'homme grogna en réponse, évitant tout contact visuel.

Tomek tira la chaise de sous la table et croisa une jambe sur l'autre. La confiance bouillonnait en lui, et il était incapable de réprimer le sourire sur son visage.

— Comment allez-vous aujourd'hui, Shawn ? demanda-t-il, l'excitation transparaissant dans sa voix.

— Pourquoi suis-je ici ?

— Nous avons juste quelques questions supplémentaires à vous poser.

— Pourquoi fallait-il que vous veniez me chercher et m'ameniez ici ? demanda-t-il, ressemblant à un adolescent pétulant. Maintenant tout le monde au travail va savoir que je suis interrogé sur ces conneries.

Ça, c'était un problème de Shawn, rien à voir avec lui.

— J'espère que vous n'avez pas fait de scène, dit Tomek. Sinon cela ne ferait qu'alimenter les spéculations.

Shawn retroussa le nez vers Tomek, faisant la grimace. — Vous ne m'avez toujours pas dit pourquoi je suis ici.

— Tout en temps voulu, répondit Tomek en touchant le dossier sur la table. Tout en temps voulu. Tomek tira lentement le dossier vers lui et l'ouvrit sur son genou, le gardant hors de la vue de Shawn. Puis il regarda la première page. Là, devant lui, se trouvait la page d'accueil du blog d'Angelica. Tomek la sortit du dossier et la fit glisser sur la table. — Reconnaissez-vous ceci, Shawn ?

Shawn jeta un bref coup d'œil à la feuille. — Ouais.

— De quoi s'agit-il, s'il vous plaît ?

— Le blog d'Angelica.

— Et comment le connaissez-vous ?

— Parce que je l'ai déjà vu.

— Combien de fois diriez-vous que vous l'avez vu ?

Un haussement d'épaules. Nonchalant, dédaigneux, comme si on venait de lui demander s'il voulait prendre la prochaine tournée — seulement s'il le devait.

— Si vous deviez donner un chiffre, insista Tomek. Combien de fois ? Une douzaine ? Cinquante ? Cent ?

— J'sais pas.

— Donc on peut supposer que vous l'avez vu souvent ?

— Peut-être.

— Et comment avez-vous découvert ce petit coin d'Internet, Shawn ? Est-ce qu'Angelica vous a envoyé le lien directement, ou l'avez-vous trouvé par d'autres moyens ?

Shawn soupira profondément, lourdement. Si profondément que Tomek sentit l'air frôler ses articulations.

— Je l'ai vu dans l'une de ses publications Instagram, admit le harceleur. Il n'y a rien de mal à ça. Si elle avait voulu le rendre privé, elle aurait pu. Si elle ne voulait pas que les gens le trouvent, alors elle n'aurait pas dû le publier en ligne. C'est elle qui l'a mis là. Ce n'est pas comme si j'étais parti à sa recherche.

— Et c'est tout à fait vrai, dit Tomek.

— Hein ? marmonna Shawn, pris au dépourvu.

— Je suis d'accord. C'est un site web, les sites web sont faits pour être trouvés. Tout comme les pages de médias sociaux. Je n'ai pas de problème avec le fait que vous le regardiez, mais ce qui me pose problème, et sur quoi je voudrais un peu plus de clarté, c'est si vous avez déjà posté quelque chose dans les commentaires ? D'après ce que je comprends, ce site n'avait pas beaucoup de trafic, donc était-ce un autre de vos moyens de contacter Angelica, de lui faire savoir que vous la regardiez, que vous surveilliez sa vie ?

— Non ! La voix de l'homme remplit la petite pièce.

Tomek n'écoutait pas. Au lieu de cela, il sortit la feuille suivante du dossier et la posa sur la table. — Voici l'un des commentaires que nous avons vus : « J'aimerais être en toi en ce moment même, mon ange. » Posté à treize heures trente-deux le vingt-trois janvier. Des propos plutôt grotesques pour une heure du déjeuner, vous ne trouvez pas ? Il sortit une autre feuille, la lut, puis la posa sur la première. — Celui-ci est un peu plus modéré : « Tu es la chose la plus précieuse au monde pour moi, mon ange. » Également posté à une heure similaire. Et puis il y a celui-ci. Et celui-ci. Et celui-ci.

Et cela continua ainsi, chaque fois Tomek plaçant une impression sur la précédente, jusqu'à ce qu'il arrive à la dernière page - le nuage de mots.

— Vous aviez l'habitude d'appeler Angelica un ange, n'est-ce pas ? C'est une expression assez courante ici, dit-il, faisant un geste vers le nuage de mots. Je vous ai vu poster la même chose sur ses publications Instagram et dans ses messages directs. C'était une de vos expressions particulières, non ?

— Beaucoup de gens l'appelaient comme ça.

— Comment le savez-vous ?

Shawn ne répondit pas.

— Reconnaissez-vous l'un de ces commentaires ? demanda Tomek en étalant les feuilles sur la table.

— Non, répondit l'homme sèchement.

— Vous êtes sûr ?

— Oui. Il se pencha en avant sur son siège. Je ne les ai jamais vus de ma vie.

— Vous êtes sûr ? Ne trouvez-vous pas intéressant que tous les commentaires soient postés à peu près à la même heure ? À quelle heure prenez-vous habituellement votre déjeuner quand vous travaillez ?

— Vers treize heures.

— Intéressant. Et depuis combien de temps avez-vous dit que vous travailliez à la bibliothèque ?

— Quelques années.

— Encore plus intéressant.

Tomek ne dit rien pendant trente secondes. Il attendait que Shawn morde à son dernier commentaire, mais comme cela ne venait pas, il ajouta : — Voulez-vous savoir pourquoi ?

— Non.

— Eh bien, je vais vous le dire quand même. Voyez-vous, nous avons tracé l'adresse IP de ces commentaires, et devinez d'où ils sont postés.

Shawn ne dit rien. Soit il était incroyablement stupide et ne connaissait pas la réponse, soit il connaissait, en fait, la réponse et avait trop peur de l'admettre.

Tomek sortit une autre feuille. C'était une impression de la vue de rue de Google Maps. Il fit glisser le document hors du dossier et le posa délicatement, avant d'enfoncer son ongle au centre de la page.

— Juste là, dit-il. Ça vous dit quelque chose ?

Shawn n'avait pas besoin de voir le document pour savoir à quoi Tomek faisait référence.

— Quelque chose à dire à ce sujet ? demanda Tomek.

— Je n'ai pas posté ces commentaires. Ils ne venaient pas de moi.

— Vous travaillez à la bibliothèque. Vous êtes le seul à avoir un lien avec Angelica. Vous êtes le seul à l'avoir harcelée sur toutes les plateformes imaginables, et quand elle vous a bloqué sur les autres et a obtenu une ordonnance restrictive contre vous, vous avez pensé que vous la harcèleriez sur son blog, son petit coin d'Internet. C'est à peu près ça ?

Shawn frappa du poing contre le mur. — Je n'ai pas posté ces putains de commentaires !

— Comment pouvez-vous le prouver ?

Le visage de l'homme se tordit de colère.

— Y a-t-il des caméras de vidéosurveillance dans la bibliothèque que nous pourrions examiner ?

— Bien sûr que non. C'est une putain de bibliothèque. À peine assez d'argent pour continuer à fonctionner. D'ailleurs, personne ne veut voler des putains de livres.

— Donc pas de vidéosurveillance alors ?

— Non, d'accord ? Non, nous n'avons pas de putain de vidéosurveillance. Une autre claque sur le mur. Mais je n'ai pas posté ces commentaires, et je n'ai rien à voir avec le meurtre d'Angelica. Parce que si c'était le cas, vous auriez trouvé mon ADN sur elle, mais vous n'en avez pas, n'est-ce pas ? Vous n'avez pas un seul élément de preuve concret qui pointe vers moi. Maintenant, si c'est tout ce que vous avez, j'aimerais retourner à mon travail, s'il vous plaît, et ne revenez jamais sur mon lieu de travail. Vous m'entendez ?

— Ou quoi ? demanda Tomek alors que Shawn jetait la chaise derrière lui et le dominait de toute sa hauteur. Vous me tuerez aussi ?

CHAPITRE
CINQUANTE-DEUX

L'entretien avec Shawn Wilkins n'avait mené nulle part. Tomek n'avait pas obtenu le résultat qu'il espérait — une sorte d'aveu — et à la fin, Shawn avait menacé de déposer une plainte officielle auprès du Bureau indépendant de la déontologie policière concernant le comportement de Tomek et ce que Shawn avait qualifié de « harcèlement ». Après avoir été convaincu du contraire par Rachel, qui avait flatté son ego (et son bras) un peu, Shawn était sorti furieux du commissariat et avait regagné la bibliothèque.

Lorsqu'il retourna à son bureau, Tomek trouva Oscar assis à sa place. L'agent était en pleine conversation avec Anna, discutant du comportement du harceleur. À son arrivée, Oscar expliqua que les agents en uniforme qui avaient été envoyés à la bibliothèque pour effectuer une inspection des lieux avaient confirmé qu'aucune vidéosurveillance n'était conservée plus de quarante-huit heures et qu'il n'y avait aucun moyen de découvrir qui avait accédé à l'ordinateur et ce qu'ils avaient consulté. Il semblait donc qu'il n'existait aucune preuve tangible, matérielle, qui pourrait être utilisée pour inculper Shawn Wilkins. C'était comme ça depuis le début. Rien de concret. Le tueur avait fait un travail si exemplaire en tuant Angelica et en nettoyant la scène de crime sans laisser de trace que Tomek et l'équipe se retrouvaient à tâtonner dans le noir.

Tomek portait toujours le poids de l'enquête sur ses épaules. Même si elle avait été officiellement transférée à Victoria, il la considérait toujours comme la sienne. Il l'avait commencée, et maintenant il voulait la terminer. Le seul problème était le tribut que cela prélevait sur son corps. Il ne mangeait pas correctement. Il avait sauté quelques dîners et déjeuners, car il voulait travailler sans interruption. Il ne dormait pas bien non plus, son esprit lui montrant des images des ailes d'ange d'Angelica chaque fois qu'il fermait les yeux, et en se regardant dans le miroir de la salle de bain avant de partir ce jour-là, il réalisa pour la première fois l'effet que cela avait eu sur ses cheveux et sa barbe. Ce qui était autrefois une chevelure impeccable, presque noire et épaisse, et une barbe sombre et saisissante, était maintenant souillé par quelques cheveux gris. Une catastrophe.

Sur le chemin du retour, il s'arrêta au supermarché et acheta de la teinture pour cheveux et barbe. Sa soirée était toute tracée — après que Kasia soit allée se coucher, bien sûr. Il ne pourrait pas supporter les moqueries et les railleries qu'il recevrait sans aucun doute si elle le voyait. Lui, un homme de quarante ans, en train de teindre sa barbe et ses cheveux ? Où allait le monde ? Elle le dirait à ses amies, puis elles le diraient à d'autres amies, et finalement son secret serait révélé à tous les parents et aux enseignants.

Mais ses projets pour la soirée furent menacés par la silhouette qui se tenait devant sa maison, portant un manteau long et fin, et tenant une cigarette à la main.

— Depuis quand tu as commencé *ça* ? demanda Tomek, en pointant le bâtonnet de tabac.

Abigail souffla un gros nuage de fumée dans l'air.

— Depuis que j'ai découvert que j'allais être rédactrice en chef. Les promotions ne sont pas aussi fantastiques qu'on le dit.

Tu l'as dit.

— Qu'est-ce que tu fais ici, Abigail ?

— Mon nom complet, hein ? C'est comme ça que ça se passe ?

— Réponds à la question.

Elle tira une autre longue bouffée de la cigarette et laissa échapper la fumée de sa bouche en parlant.

— Je voulais te voir. J'espérais qu'on pourrait discuter.

— Pas là-dedans, dit-il, en faisant un geste vers la fenêtre du salon au premier étage. Pas après la dernière fois.

— D'accord. Où alors ?

Tomek leva la main, agita ses clés de voiture et déverrouilla la voiture. Derrière lui, les feux orange clignotèrent et un petit *bip* retentit. Quelques secondes plus tard, ils étaient à l'intérieur.

— J'ai essayé de t'appeler, dit-elle en fermant la porte derrière elle.

— Ah bon ?

Il savait qu'elle l'avait fait. Il avait vu les innombrables appels téléphoniques et les avait ignorés — certains, du moins. Les autres étaient arrivés alors qu'il était en entretien ou sur le terrain.

— J'ai été occupé, dit-il.

— C'est comme ça que ça va se passer ? demanda-t-elle, l'accusation dans son ton. J'appelle et tu m'ignores ? J'appelle et tu fais semblant que je n'existe pas ?

— J'ai dit que j'étais occupé, pas que je t'avais effacée de ma mémoire.

— C'est l'impression que ça donne, dit-elle, devenant progressivement de plus en plus indignée. Pendant ce temps, Tomek gardait sa voix calme, mesurée. Ils étaient dans un espace confiné, et bien que personne ne pourrait les entendre, il voulait avoir suffisamment d'espace pour se défendre si les choses devenaient... physiques.

— Il me semble que c'est moi qui voulais de l'espace, Abi. À quoi ressemble l'espace pour toi et que signifie-t-il ? Il sortit son téléphone et chargea le journal d'appels. Parce que là, je vois quinze appels téléphoniques au cours des trois derniers jours et toi debout juste devant ma porte d'entrée. Ça ne ressemble pas à me donner de l'espace.

À cela, Abigail n'avait rien à dire. L'odeur de fumée s'échappait de ses vêtements, de son haleine et de sa peau, et Tomek pouvait sentir qu'elle s'infiltrait dans le tissu de ses sièges, tachant l'intérieur de sa voiture. Il voulait en finir.

— En plus, poursuivit-il, qu'est-ce que j'entends à propos de toi qui vas derrière mon dos et demandes à Martin des informations — des informations qu'il n'était pas autorisé à donner — sur *mon* enquête ?

— Tu... tu as demandé de l'espace. Et... et c'était ma façon de te donner de l'espace. Je ne voulais pas t'embêter avec ça.

— Non, tu es allée encore plus loin et tu m'as sapé auprès de Victoria et Nick. Maintenant, ils ont fait revenir Victoria et m'ont rétrogradé au poste de SIO adjoint. C'est interférer avec ma vie à un tout autre niveau.

— Mais c'est ma carrière, dit-elle, semblant presque vaincue.

— Et c'est la mienne aussi.

Elle regarda ses genoux et commença à enfoncer son pouce dans sa paume.

— Où allons-nous à partir de maintenant ?

— Je ne sais pas.

— Je veux dire, à propos du travail. J'aurai toujours besoin de venir te voir pour des informations, et tu auras toujours besoin de venir me voir pour du soutien.

Tomek inspira profondément, se ressaisissant. Il n'arrivait pas à croire ce qu'il entendait. Elle était là, assise, jouant avec ses pouces, feignant l'innocence et la timidité, préoccupée par l'impact que cela aurait sur leur relation professionnelle, sur *sa* carrière.

— Laisse-moi te faciliter les choses alors, Abigail. Bien simplement. Toi et moi — c'est fini. C'est terminé. Plus de visites nocturnes, plus de dîners, plus de sexe. C'est fini. Et quant à notre relation professionnelle, rien ne change. Bien que je pense que, dans un avenir prévisible, nous devrions éviter de travailler ensemble autant que possible. Et si jamais tu reviens chez moi à l'improviste, je te rendrai la vie très difficile. Tomek se pencha à travers la voiture, atteignant par-dessus ses genoux, et ouvrit la porte pour elle. Bonne soirée Abigail, poursuivit-il. Profite de ta soirée.

CHAPITRE
CINQUANTE-TROIS

Tomek était resté dans la voiture pendant encore vingt minutes, respirant, réfléchissant, contrôlant sa colère, jusqu'à ce que les grondements de son estomac deviennent si bruyants et si agressifs, et les douleurs abdominales si intenses, qu'il avait été forcé de monter à l'appartement en quête de nourriture. Heureusement, il avait trouvé Kasia en train de préparer des haricots sur du pain grillé, et quand elle lui avait demandé s'il en voulait, il lui avait répondu qu'il tuerait pour en avoir. Il y avait quelque chose de délicieusement simple dans ces haricots sur toast qui excitait son estomac et lui-même. Peut-être que ça lui rappelait son enfance. Ou peut-être était-ce le craquant du pain légèrement grillé, la douceur de la dose peu diététique de sauce tomate, et le sel du cheddar fondu saupoudré par-dessus. Quoi qu'il en soit, c'était l'un des meilleurs repas qu'il avait pris depuis longtemps, bien supérieur au dîner qu'ils avaient eu pour célébrer la promotion d'Abigail.

Tomek y pensait encore en entrant au bureau le lendemain matin. En fait, il avait même envisagé de prendre la même chose au petit-déjeuner. Le seul problème était que, maintenant que son café préféré, le Morgana's, avait récemment fermé suite à une enquête sur un trafic d'êtres humains, Tomek cherchait un nouvel établissement pour se livrer aux délices savoureux du bacon gras et des spécialités « double crise cardiaque ». Au lieu de cela, en arrivant au bureau, il fut accueilli par un sachet déprimant de flocons d'avoine Quaker dans son tiroir, vestige d'une phase de régime historique qu'il avait traversée plusieurs années auparavant. Peu importe combien de fois il essayait de manger sainement, ça ne fonctionnait jamais. La seule chose qui l'empêchait de prendre sérieusement du poids était sa course quotidienne le long du front de mer et ses activités sportives du week-end — bien que la plupart d'entre elles soient tombées en désuétude ces derniers mois.

— C'est un bol de porridge à l'air bien triste, dit Chey alors que Tomek revenait à son bureau, à contrecœur, avec le bol de nourriture qui lui brûlait les mains. On dirait qu'un chien vient de vomir.

Tomek regarda le bol, puis Chey, puis à nouveau le bol. — Putain de merde. Pourquoi t'as dit ça ? Maintenant j'ai juste envie de te le balancer dessus.

Tomek fit semblant de jeter le bol vers Chey, et le jeune agent tressaillit pour l'éviter. En reculant, son pied heurta le côté d'une chaise de bureau et il chancela en arrière, tombant au sol. Le bureau éclata en un chœur de rires.

— Ça t'apprendra à te moquer de ma nourriture, dit Tomek en se dirigeant vers la cuisine pour vider le contenu du bol dans la poubelle.

Un instant plus tard, Oscar entra derrière lui, se tenant dans l'embrasure de la porte pour empêcher quiconque d'entrer.

— Bonjour, Sergent, dit-il, avec un ton empreint de prudence.

— Bonjour, Capitaine.

— Vous avez entendu les dernières nouvelles ?

— Que marcher sur trois fissures cassera le dos de ma mère ? Oui.

— Non. À propos de l'ADN.

Tomek s'arrêta dans son geste et posa le bol sur le comptoir de la cuisine.

— L'ADN ? Quel ADN ?

Tomek retint son souffle.

— L'ADN qui a été trouvé sur la scène de crime d'Angelica.

Les yeux de Tomek s'écarquillèrent. Il retint son souffle. — Nous avons les résultats ?

— Sept heures ce matin.

Tomek se rapprocha du policier.

— Et ?

— Nous avons une correspondance.

Enfin. Après toute sa persévérance.

Va te faire foutre, Nick. Et va te faire foutre, Victoria.

— Et ? dit-il. À qui appartient-il ? À Shawn ?

Oscar secoua la tête. Un sourire narquois se dessina sur son visage.

— L'ADN trouvé appartient à Johnny, Sergent. Johnny Whitaker.

CHAPITRE
CINQUANTE-QUATRE

Tomek engagea la voiture dans l'allée de Daphne et Roy Whitaker. Il bondit à l'extérieur avant même que le véhicule ne soit complètement arrêté en mode stationnement et, claquant la portière derrière lui, il sprinta à travers la cour jusqu'à la porte d'entrée des Whitaker. Il frappa du poing. Trois, quatre fois. Pas de réponse.

Il essaya de nouveau, cette fois en se penchant sur le côté et en pressant son visage contre les fenêtres du salon. Aucun mouvement.

D'abord l'hôpital, et maintenant ça.

Tomek ne savait pas où se trouvait Johnny Whitaker, et l'hôpital non plus. Selon l'infirmière de secteur, Johnny avait reçu son congé plusieurs heures auparavant, sans adresse de transfert ni communication faite à ses plus proches parents, qui se trouvaient être ses propres parents. Tomek avait formé une équipe et leur avait demandé de se rendre au Prince Albert, au cas où le frère d'Angelica serait retourné à son repaire habituel, mais ils n'avaient rien trouvé et étaient actuellement en route pour le rejoindre.

Tomek se retourna vers la porte d'entrée et la martela de nouveau. Toujours rien.

Au moment où il s'accroupissait pour ouvrir la boîte aux lettres et crier à travers, la porte s'ouvrit brusquement. Tomek entra sans attendre d'approbation, et sans attendre que sa présence soit remarquée.

— C'est quoi ce bordel ? hurla Daphne alors qu'elle était repoussée par l'intrusion soudaine et forcée de Tomek.

— Johnny, dit-il, presque à bout de souffle. Où est-il ?

— Qui ?

— Votre fils.

Pendant un moment, un long et douloureux moment, Daphne ne dit rien, se contentant de le fixer comme s'il lui avait demandé la racine carrée d'un million.

— Où est votre fils ? répéta Tomek. Nous devons lui parler.

Toujours rien. C'était peut-être le choc de sa présence soudaine. Ou peut-être la lente prise de conscience de ce que Tomek demandait : que la seule raison pour laquelle Tomek pourrait demander son fils — *encore* — était qu'ils avaient trouvé quelque chose, quelque chose qui le reliait à la mort de sa sœur.

— Hôpital... murmura-t-elle, son esprit à des kilomètres de là.

— Il a eu son congé. Il y a trois heures. Maintenant nous ne savons pas où le trouver. L'avez-vous vu ?

Lentement, fixant l'espace noir derrière lui, Daphne secoua la tête.

— Où est votre mari ?

— Dehors. Dans le jardin.

Presque comme sur un signal, Roy Whitaker apparut dans le couloir, portant une paire de gants de jardinage et un gilet polaire vert clair.

— Sergent... commença-t-il. Que faites-vous... ?

— Il veut savoir où est Johnny, répondit Daphne.

— Johnny ? Encore ? Pourquoi ?

— Parce que nous avons d'autres questions à lui poser.

— À propos de quoi ?

Tomek ne voulait pas entrer dans les détails maintenant, mais il réalisa rapidement que ce serait le seul moyen d'accélérer le processus.

— Des preuves, dit-il de façon cohérente, sa respiration redevenue normale. Nous avons trouvé son ADN sur la scène du crime d'Angelica. Nous voulons juste savoir comment il s'y est retrouvé.

Les mains de Daphne volèrent immédiatement vers sa bouche. Le regard de consternation et d'inquiétude de Roy se transforma en effroi et incrédulité.

— Johnny... Angelica... Non... Sûrement pas...

— Si, sûrement, dit Tomek.

Et ne m'appelez pas Shirley.

— Mais comment ? Quand ? Pourquoi ?

— Je ne sais pas, mais j'espère que votre fils pourra répondre à ces questions. Quand l'avez-vous vu pour la dernière fois ?

Roy retira ses gants et les posa sur une surface à proximité. — Pas depuis qu'il est parti l'autre jour. Comme je vous l'ai dit. L'avez-vous trouvé au pub ?

Tomek acquiesça et expliqua qu'ils l'avaient ensuite emmené à l'hôpital.

— Avez-vous essayé là-bas ? demanda Roy.

Putain de merde, ils tournaient en rond.

Tomek confirma qu'ils l'avaient fait, puis demanda : — Avez-vous une idée d'où il pourrait être ? Une idée quelconque ?

Les parents de Johnny se regardèrent, les yeux écarquillés, la bouche ouverte.

Puis ils secouèrent tous deux la tête et dirent non, ils n'avaient aucune idée d'où leur fils pouvait être.

Mais Tomek, lui, le savait. À cet instant précis, il savait exactement où le trouver.

CHAPITRE
CINQUANTE-CINQ

— Celui-ci, c'est un de mes préférés, expliqua-t-elle. Il est taillé dans ma pierre préférée, le saphir.

— Fait main ?

Elle acquiesça poliment. — Oui. Tout ce que vous voyez ici est fait main par moi. J'ai un petit atelier à l'arrière où je fabrique mes petites créations.

La femme plaça la bague à son doigt et la leva vers la lumière, l'admirant un instant. — Vous avez beaucoup de talent.

— Merci.

Rose en avait assez entendu. Cette femme lui faisait perdre son temps. Purement et simplement. Elle ne s'intéressait qu'à une chose et une seule : gaspiller le temps de Rose. Au fil des années, elle avait développé un talent, une capacité rusée à distinguer les conneries des « Je paierais n'importe quoi pour ces conneries ! » et elle pouvait généralement les repérer à des kilomètres. Cette femme, cependant, lui avait donné matière à accorder le bénéfice du doute. Il y avait quelque chose chez elle qui avait poussé Rose à remettre en question son instinct. Peut-être était-ce les vêtements de créateur, ou les cheveux fraîchement décolorés, ou le mari qui était clairement au-dessus de sa catégorie, bavant derrière chacun de ses pas, mais dès qu'elle avait montré les dents en voyant l'étiquette de prix attachée à la bague et avait commencé à poser ses putains de questions insipides, Rose avait décidé que le temps de la femme était écoulé. Il était temps de sortir et de revenir quand ils pourraient se permettre ses bijoux. Elle reprit la bague et commença à les traiter avec mépris, pour s'assurer qu'ils sachent qu'elle les avait percés à jour. Après quelques autres interactions, ils ont finalement compris et ont commencé à partir. Rose leur montra la sortie.

— Si vous avez besoin d'autre chose, vous savez où me trouver, dit Rose derrière un sourire forcé. Le couple se fondit rapidement dans la rue animée, se mêlant à l'arrière-plan des autres piétons. En fermant la porte derrière elle, elle murmura pour elle-même : « Putains d'idiots », et retourna à son crochet.

Elle avait terminé la poupée ange qu'elle avait fabriquée en mémoire d'Angelica, et passait maintenant à sa prochaine création : un petit policier, complet avec chapeau bleu et uniforme bleu, même si l'image qu'elle utilisait ressemblait plus à Facteur Pat qu'à M. Plod.

Elle était en train de sortir son matériel quand la porte de la boutique s'ouvrit. Avant d'accueillir le client, elle inspira profondément, activa le sourire agréable destiné aux clients qui devenait de plus en plus difficile à afficher, puis se tourna pour faire face au nouveau venu.

Elle se figea.

Là, debout dans l'encadrement de la porte, se tenait son mari. L'homme qu'elle avait l'impression de connaître à peine, les épaules voûtées, imposant, dominateur.

La première pensée de Rose ne fut pas pour sa sécurité, mais pour celle de ses créations. L'homme était un singe ambulant, et à en juger par ses joues pâles, hagards, légèrement jaunâtres – sans parler de la puanteur d'alcool qui suintait de ses pores – il était encore ivre.

— *Toi*, dit-il.

Elle ne pensait pas qu'il était possible de mal articuler un mot d'une syllabe, mais d'une manière ou d'une autre, il y parvint.

— Qu'est-ce que tu fous ici ? riposta-t-elle. Sors de ma boutique. Tu n'es pas le bienvenu ici.

Mais il ne tint pas compte de l'avertissement. Au lieu de cela, il ferma la porte derrière lui, claqua le verrou de la porte, puis verrouilla le pêne dormant. Les sons résonnèrent dans toute la boutique comme des coups de feu, ricochant dans ses oreilles.

Et puis ce fut le silence.

Ils n'étaient séparés que de quelques pas. Lui, pesant trois fois plus qu'elle. Elle, sans téléphone à portée de main ni les réflexes pour se déplacer plus vite que lui.

Johnny fit le premier mouvement. Malgré son état d'ébriété, il traversa le sol de la boutique en presque une seule enjambée, heurtant les vitrines au passage, et fut sur elle en un instant. Sans hésitation, il saisit sa chemise par le col, l'arracha de sa chaise et la traîna par les cheveux hors de l'arrière-boutique. Rose hurla alors qu'une douleur fulgurante enflammait son cuir chevelu. Il n'y avait rien qu'elle puisse faire, rien à quoi elle puisse penser à faire d'autre que tenir la main de Johnny pour atténuer la douleur brûlante.

Après avoir tâtonné avec les poignées de porte à l'arrière de la boutique, ils entrèrent dans un petit couloir. La porte à leur droite menait à l'appartement du dessus, où Rose avait passé presque toutes les nuits des derniers mois. Et pourtant, elle avait très peu à montrer pour cela. Il n'y avait pas encore de moquette. Le sol était en désordre et couvert d'outils et de sciure. Les murs avaient besoin d'être poncés, les plinthes posées et le plâtre raclé sur les surfaces. Les lumières, les radiateurs et les appareils de cuisine nécessitaient tous la visite d'un électricien, de même que les prises murales et le ventilateur d'extraction. La seule chose qui fonctionnait, cependant, était l'eau. Elle avait beaucoup d'eau courante, et la pièce la plus avancée de l'appartement était la salle de bain.

Mais Johnny ne semblait pas se soucier de cela. Il ne semblait se soucier de rien d'autre que de faire du mal à Rose.

Dès que la porte d'entrée de l'appartement claqua contre le mur adjacent, il la jeta au sol et la chevaucha. Son poids immense l'écrasait et la maintenait là. Il était beaucoup trop fort pour elle.

Et puis il enroula ses mains autour de sa gorge. Immédiatement, elle sentit l'air s'expulser de sa gorge et de ses poumons. Puis elle sentit sa respiration se resserrer, sa gorge s'écraser, ses poumons s'effondrer.

— Espèce de salope ! hurla Johnny. Il a fallu que tu le découvres, hein ? Il a fallu que tu foutes ma vie en l'air ! Je ne te pardonnerai jamais !

Il y avait un regard démoniaque dans ses yeux. Le même qu'elle avait vu une fois auparavant. Quand ils s'étaient mis ensemble et que Johnny l'avait protégée d'un sale type dans le train après une journée à Londres. La colère et la fureur avaient été dirigées contre quelqu'un d'autre cette fois-là, mais elles avaient été présentes tout de même. À l'époque, elle avait bêtement confondu cela avec de la sécurité, une forme de protection. Maintenant, elle se rendait compte que ce même niveau de protection était en train de la tuer, l'étouffant rapidement. Et il n'y avait rien qu'elle puisse faire à ce sujet.

CHAPITRE
CINQUANTE-SIX

S'il y avait une chose que Tomek détestait par-dessus tout dans sa ville natale de Leigh-on-Sea, c'était le stationnement. Il était absolument, sans équivoque, à cent pour cent certain d'avoir perdu plus d'une journée de sa vie à essayer de trouver une fichue place de parking, particulièrement le long de Leigh Broadway. Et maintenant, aujourd'hui plus que jamais, il n'y avait rien. Il avait fait des allers-retours, en haut et en bas, pendant cinq minutes, essayant de trouver un endroit convenable. Jusqu'à ce que, finalement, il fasse valoir son autorité et monte sur le trottoir devant la boutique. Il sortit de la voiture en un instant et se précipita vers la porte d'entrée de la bijouterie.

Elle était fermée à clé.

Lors des deux occasions où il s'y était rendu, elle n'avait jamais été verrouillée. Il vérifia l'heure : 13 h 37.

En plein milieu de l'après-midi. Whitaker's aurait dû être ouvert. Les vitrines étaient toujours garnies, alors où était Rose ?

Tomek frappa encore et encore, mais il savait que c'était futile. Qu'il était trop tard. Que Johnny était quelque part à l'intérieur. Il colla son visage contre la vitre mais ne vit rien, juste une boutique vide.

Puis il se souvint de l'appartement au-dessus. Tomek leva la tête, espérant voir les deux en train de discuter aimablement à travers la vitre, mais il savait que ce n'était pas possible.

Johnny était en colère, furieux même. Il avait déjà tué, et il pourrait très bien tuer à nouveau.

Derrière Tomek se trouvait un groupe d'agents en uniforme qui avaient suivi ses mouvements. Deux d'entre eux venaient de se garer à côté de lui et étaient en train de descendre de leur véhicule quand il leur ordonna d'essayer l'arrière de la boutique. Entre-temps, une autre paire d'officiers était arrivée à pied. L'un d'eux portait un bélier, un gros engin conçu pour détruire même les portes les plus solides. L'agent le souleva haut dans les airs et, avec l'aide de la pratique et d'une bonne musculature, laissa la gravité faire le reste. La porte n'eut besoin que d'un seul coup avant de céder.

Immédiatement, Tomek et le reste des agents se précipitèrent dans la boutique, se bousculant les uns les autres, se disputant la première entrée. L'intérieur était vide, désert. Au fond de la pièce, Tomek remarqua une porte ouverte. Il se dirigea droit vers elle et arriva dans un petit couloir qui lui rappelait son propre appartement – exigu, vieux et sentant l'humidité. La porte à sa droite immédiate était ouverte, et là, dans le couloir, il entendit des bruits de malaise et de lutte.

— Par ici ! cria-t-il aux agents.

Tomek fut le premier à y aller. Le premier à plonger et à monter les marches en courant. Il les gravit deux par deux jusqu'à ce qu'il arrive en haut et se précipite par la porte en haut des escaliers.

Il était là, Johnny Whitaker à califourchon sur sa femme, la maintenant au sol, lui écrasant la vie.

Tomek n'hésita pas. Il approcha l'homme par derrière, enroula un bras autour du cou de Johnny Whitaker, puis le verrouilla avec son autre bras et commença à serrer. Fort. Lui donnant un avant-goût de sa propre médecine. Étonnamment, l'homme résista plus longtemps que Tomek ne s'y attendait – dix secondes au lieu de cinq – avant de finalement relâcher son emprise sur la gorge de Rose et de tomber au sol. Tomek le maintint jusqu'à ce que l'homme perde connaissance et que les muscles de son haut du corps se relâchent.

CHAPITRE
CINQUANTE-SEPT

Quatre heures plus tard, Johnny Whitaker était enfin prêt à être interrogé. Un rapide test de son taux d'alcoolémie et un visionnage des images de vidéosurveillance avaient montré que depuis sa sortie de l'hôpital, la drag queen s'était rendue au Broadway, un pub situé juste en face de la bijouterie de Rose. Là, il avait trouvé une table près de la fenêtre, commandé cinq bières qu'il avait sirotées patiemment, attendant son heure, gardant un œil attentif sur l'entrée de la boutique. Quand Rose avait raccompagné son dernier client et que Johnny avait accumulé suffisamment de mépris et de frustration envers sa femme, il avait traversé la rue en titubant, était entré dans la boutique en trébuchant, et les avait enfermés tous les deux.

Tomek connaissait la suite.

Dans la salle d'interrogatoire se trouvaient Rachel, Johnny, qui avait l'air encore plus mal en point que la dernière fois que Tomek l'avait vu, et son avocat, assis sur une chaise isolée au fond de la pièce. Dans les coins de la salle, des caméras vidéo enregistraient l'entretien, et un enregistreur numérique était posé sur la table contre le mur. Rachel appuya sur le bouton On et commença l'enregistrement. Après avoir rempli les formalités, ce fut au tour de Tomek d'interroger Johnny.

— Que faisiez-vous à la bijouterie Whitaker cet après-midi ? demanda Tomek, luttant pour réprimer un bâillement qui venait de nulle part. La journée avait été longue, et il aurait bien besoin d'un verre à la fin de tout ça.

— Sans commentaire.

— Que s'est-il passé à l'intérieur de la boutique de votre femme, Johnny ?

— Sans commentaire.

— Pourquoi avez-vous verrouillé la porte ?

— Sans commentaire.

— Comment avez-vous eu accès à l'appartement au-dessus de la boutique ?

— Sans commentaire.

— Que s'est-il passé dans l'appartement au-dessus de la boutique ?

— Sans commentaire.

Le visage de Johnny était résolu, contracté en une boule serrée d'indignation et de mépris. Ses bras étaient croisés sur sa poitrine et ses épaules remontées, presque jusqu'à son cou. L'homme avait considérablement changé depuis que Tomek l'avait rencontré pour la première fois. Il était devenu une coquille vide, brisé. Il avait l'air de ne pas avoir mangé depuis des semaines, et de s'être uniquement nourri d'alcool.

— Pourquoi avez-vous étranglé votre femme, Johnny ?

L'homme ne broncha pas.

— Sans commentaire.

Tomek soupira intérieurement. La soirée allait être longue.

— Nous avons des preuves que vous l'avez fait. Plusieurs témoignages de policiers. Je l'ai vu de mes propres yeux. Pourquoi ne répondez-vous pas à la question ? Pourquoi avez-vous essayé de tuer votre femme ?

Johnny tendit le cou et siffla : « Sans commentaire », puis se recroquevilla.

— Est-ce parce qu'elle vous a démasqué, qu'elle a découvert votre secret ?

— Sans commentaire.

Tomek regarda ses notes, trouva la conversation qu'il avait eue avec Johnny dans son lit d'hôpital.

— Vous m'avez dit l'autre jour, et je cite : « Je jure devant Dieu, la prochaine fois que je la verrai... » Qu'entendiez-vous par là, Johnny ? La prochaine fois que vous la verriez, vous alliez la tuer ? Vouliez-vous la tuer parce que vous pensez qu'elle a ruiné votre vie ?

Rien. Le visage de l'homme était impassible.

— Parce que de mon point de vue, il semble que vous ayez fait tout ça vous-même. Tomek s'installa dans son siège, imitant la posture de Johnny. — C'est vous qui lui avez menti toutes ces années. C'est vous qui avez menti à vos parents... à votre sœur. Tomek laissa ce dernier commentaire flotter dans l'air avant de continuer. — Parlez-moi du moment où elle a découvert que vous étiez une drag queen.

Avant de répondre, Johnny se tourna lentement vers son avocat, lui lança un regard, puis reporta son attention sur Tomek. — Elle est venue à l'un de mes spectacles, dit-il. C'était complètement fortuit, une pure coïncidence. Elle ne savait pas que j'allais y être, et je n'avais absolument aucune idée qu'elle y serait non plus. C'était... c'était un choc.

— Qui a vu l'autre en premier ?

— En quoi est-ce pertinent ?

Tomek haussa les épaules. — Simple curiosité.

— Elle m'a vu, répondit Johnny avec un soupir. Il commença à se frotter les articulations avec le pouce. — Elle est venue me trouver dans les coulisses une fois que j'avais terminé. Heureusement, elle m'a épargné l'embarras de venir en backstage avec ses amis.

— Qu'a-t-elle dit ?

Plus de frottements. Plus agressivement cette fois, alors qu'il revivait les événements dans sa tête.

— J'attendais plus d'elle, vous savez. C'était la plus jeune, la plus libre. Celle qui avait réussi à échapper à toutes les conneries de papa et maman, malgré le fait qu'ils la détestaient pratiquement pour ça. Elle n'avait pas les mêmes chaînes religieuses qu'ils avaient essayé de me mettre. Elle n'avait pas à aller à l'église tous les dimanches comme moi. Elle n'avait à faire face à rien de tout ça, et je pensais que, parmi tous, elle serait la plus compréhensive. Mais elle était dégoûtée par moi. Elle a dit que ce que je faisais était immoral et contraire à l'éthique. Qu'elle allait le dire à papa et maman. Qu'elle allait le dire à Rose.

Il y avait une dureté dans sa voix, comme s'il retenait ses larmes.

— Et l'a-t-elle fait ?

Johnny secoua la tête.

— Parce que vous vous êtes assuré qu'elle ne le puisse pas, n'est-ce pas ?

— Non ! Absolument pas. L'homme frappa du poing sur la table. Tomek avait vu suffisamment de crétins pour anticiper ce genre de geste, et ne tressaillit pas. — Je sais où vous voulez en venir, mais je n'ai rien à voir avec ce qui est arrivé à Angelica. Je l'ai convaincue de ne rien dire à personne - c'était toujours une question d'argent avec elle, et beaucoup d'argent - mais elle me l'a toujours reproché. Comme le font les frères et sœurs. Elle a promis qu'elle ne dirait rien, et je l'ai crue. Je n'avais aucune raison de la tuer.

Tomek sortit une feuille de papier et la fit glisser sur la table. Curieux, Johnny se pencha et examina le document. Tomek pointa la feuille de son index.

— Ceci dit le contraire, expliqua-t-il.

— Qu'est-ce que c'est ?

— C'est une preuve reliant votre ADN à l'échantillon d'ADN qui a été trouvé sur la scène de crime de votre sœur.

— *Quoi* ?

— Quelle partie avez-vous besoin qu'on vous clarifie ? La durée possible de votre peine, parce que-

— Ce n'est pas mon putain d'ADN ! hurla Johnny. Ce n'est pas le mien. On m'a piégé. J'ai-

— Donc vous n'étiez pas à Park Road la nuit de son meurtre ?

— Non !

— Mais ceci dit que vous y étiez...

— Non ! Je n'y étais pas !

— Alors si vous n'y étiez pas, dites-moi ce que vous faisiez ?

Johnny ne dit rien.

— Vous ne pouvez toujours pas me le dire, n'est-ce pas ? Selon mes notes, vous avez terminé au club vers une heure du matin. À ce moment-là, Angelica était encore au Memo. Elle n'a été déposée qu'à une heure et demie, et elle n'est partie qu'environ à deux heures moins dix, ce qui vous aurait laissé amplement le temps de quitter Cool Cats and Kittens, et de conduire vers sa maison pour la récupérer.

— Je... je... je vous ai dit qu'on m'a piégé ! Ce n'était pas moi. Je n'étais pas là, je vous le promets. J'étais...

Tomek attendit, hochant lentement la tête. — Continuez.

Johnny laissa échapper un long souffle régulier. — J'étais avec quelqu'un. Un homme. Un client du club. Il... nous avons discuté après que j'ai terminé et nous sommes allés chez lui. Il... il a un appartement le long du front de mer à Westcliff. Nous... nous avons passé la nuit ensemble. Son nom... son nom est James Fry. Je peux vous donner tous ses coordonnées. Mais... je vous jure que ce n'était pas moi.

CHAPITRE
CINQUANTE-HUIT

Le Fork and Spoon empestait la sueur masculine et la bière éventée. Le propriétaire, Jim, un vieil ami de Tomek, avait laissé les standards se dégrader depuis sa dernière visite. Le mobilier était sale et délabré, la moquette tachée et négligée, et la sélection de bières pauvrement approvisionnée. Le seul signe de rénovation et d'innovation était le distributeur automatique dans le coin, qui émettait une lumière aussi vive et nocive pour la peau que le soleil. La machine était censée être une source de revenus supplémentaire pour le propriétaire, mais Tomek était certain d'avoir vu ce même paquet de Walkers au vinaigre suspendu au même endroit, légèrement en équilibre sur le bord, depuis son installation initiale. Au bar se trouvaient Sean, Rachel, Oscar et Chey. Tomek avait désespérément besoin d'un verre, alors tous les autres membres de l'équipe l'avaient accompagné. Il n'y avait pas de raison de célébrer, pas encore du moins ; l'alibi de Johnny devait encore être vérifié, mais ça s'annonçait bien. Ils avaient de l'ADN qui le reliait à la scène de crime. Impossible d'y échapper. De plus, il correspondait au profil : il savait tout sur Angelica ; il connaissait l'importance de l'église ; il savait que son surnom était Angel ; il savait comment appliquer du maquillage ; il possédait un pénis, donc aurait pu la violer sans difficulté. La seule préoccupation de Tomek, qui s'était rapidement amplifiée depuis que Johnny avait présenté son nouvel alibi, était que son problème de colère ne correspondait pas au profil du tueur. Johnny avait déjà prouvé qu'il était agressif et violent, comme le confirmaient les ecchymoses autour du cou de sa femme, mais il n'y avait aucune preuve physique sur le corps d'Angelica. Rien. Pas d'ecchymoses, pas de traumatisme contondant. Rien ne suggérait qu'il avait agi de façon sauvage. Tomek avait du mal à imaginer que le même homme qu'il avait vu à califourchon sur sa femme, les mains serrées autour de sa gorge, puisse drainer le sang de sa sœur, puis nettoyer délicatement son corps.

Cela le déconcertait.

Avant qu'il ne puisse y réfléchir davantage, l'équipe arriva du bar. Sean posa la boisson de Tomek devant lui et se faufila à côté de lui sur une chaise branlante.

— Merci pour le coup de main, mon pote. J'apprécie vraiment que tu aies porté les verres pour nous, plaisanta Sean.

— J'ai porté cette équipe pendant toute l'enquête. Il est temps que vous fassiez de même.

— Porté ? répliqua Anna en prenant une gorgée de son gin tonic. Ce n'est pas toi qui as passé tout ton temps avec Roy et Daphne. Jamais auparavant je n'ai vu un couple aussi distant et séparé l'un de l'autre. Et mes parents sont divorcés.

Tomek reposa son verre sur la table. — C'était si flagrant ?

— Tu n'imagines pas. Quelques fois, je suis arrivée et Daphne n'avait aucune idée d'où se trouvait Roy. Elle disait qu'il était juste sorti sans rien dire.

Les rouages commencèrent à tourner.

— Est-ce qu'il fait ça souvent ?

— Oui. Plusieurs fois par semaine depuis trente ans, apparemment. À toutes sortes d'heures.

— Elle sait ce qu'il fait ou où il va ?

Anna haussa les épaules. — Il va se promener, la plupart du temps.

— Se promener ?

— Oui, tu sais, quand on met un pied devant l'autre, interrompit Chey, provoquant des rires.

Tomek lui fit un doigt d'honneur, puis reprit sa conversation avec Anna.

— Il sort juste pour de longues promenades ?

— Oui, dit-elle. C'était dans tous mes rapports. Tu... tu ne les as pas...

Non, il ne l'avait pas fait. Il n'avait pas trouvé le temps de lire les résumés quotidiens de l'équipe, à cause de la distraction mentale qu'Abigail avait provoquée ces derniers jours. Ça, et la sensation d'être complètement dépassé. Passer au grade d'inspecteur, il s'en rendait compte maintenant, avait été un choc culturel auquel il ne s'attendait pas. Les projecteurs braqués sur lui, l'administration laborieuse, la sensation d'angoisse qui s'intensifiait dans son estomac de façon exponentielle à chaque jour qui passait sans succès. Et pour couronner le tout, il y avait le temps que cela lui prenait, l'empêchant d'être à la maison avec Kasia.

Sa fille était devenue une nouvelle responsabilité dans sa vie, et il n'était pas sûr d'être prêt pour une autre.

— On est sûrs que ce type n'est pas un harceleur ou un tueur en série ? demanda Rachel sincèrement.

Il fallut une seconde à Tomek pour revenir à lui. Il secoua la tête.

— Non. Non, nous ne le sommes pas.

Au moment où Rachel ouvrait la bouche pour répondre, Martin l'interrompit.

— Assez parlé du travail, dit-il. On fait ça toute la journée, tous les jours. Il prit une première gorgée de sa bière, la reposa, puis se tourna vers Tomek. J'ai vu ton amie l'autre jour.

— Laquelle ? répondit Sean. Il y en a eu pas mal au fil des ans.

— Celle qui écrit pour l'*Echo*.

— Ce n'est plus mon amie.

L'équipe se tourna soudainement vers lui, choquée.

— Depuis quand ? demanda Rachel.

— L'autre jour. Les choses sont devenues trop... transactionnelles, disons.

Rachel posa une main sur son épaule. — N'en dis pas plus.

— Je voulais m'excuser pour ça, poursuivit Martin, bien que personne ne lui prêtait attention. Elle m'a demandé des informations, et...

— Je sais, répondit Tomek.

— Tu sais ? Comment ?

— Parce que c'est l'une des raisons pour lesquelles Victoria a repris le rôle d'inspecteur.

— Merde. L'expression de l'homme devint vide, et il fixa le vide. C'est ma faute.

— C'est bon. Je vais bien, en toute honnêteté. Un moment d'épiphanie, si tu veux. Il prit une autre gorgée rapide de sa boisson, surpris de voir combien il en restait peu. Mais je resterais loin d'Abigail, si j'étais toi. Elle ne te veut que pour une chose et une seule.

— Ses cheveux longs horriblement beaux qui sont mieux que ceux de n'importe quelle femme que j'ai jamais vue ? plaisanta Rachel. Sans offense, Anna.

— Je ne m'en offusque pas. Je les raserais tous et me les donnerais si je pouvais.

— Marrant que tu dises ça, commença Martin en s'éclaircissant la gorge. Parce que la fille avec qui je sors veut que je les rase.

— Quoi !? s'exclama en chœur toute la table.

— Pourquoi veut-elle faire ça ? demanda Chey.

Mais avant que Martin ne puisse répondre, Rachel intervint et dit : — Whoa, attends, attends. Il y a quelques points que nous devons discuter. Premièrement : *petite amie* ? Depuis quand ?

— Non. Pas petite amie. Une fille que je vois.

— Arrête tes conneries. C'est la même chose. Depuis combien de temps ça dure, et pourquoi ne nous l'as-tu pas dit ?

— Parce que... je suppose que je n'y ai pas pensé.

Tomek pensait savoir pourquoi. Martin était l'une des plus récentes additions à l'équipe, ayant rejoint en même temps que Victoria, et une partie de lui s'était sentie exclue, légèrement ostracisée par l'équipe alors qu'il luttait pour se frayer un chemin dans une équipe déjà très soudée. Il était naturel qu'il ne se soit pas encore senti assez à l'aise pour partager des détails intimes de sa vie personnelle avec eux.

— Tu dois nous le dire, continua Rachel. Nous avons le droit de savoir. Nous sommes une famille de travail.

Pour la première fois depuis longtemps, Tomek vit un sourire sur le visage de l'homme.

— Dis-nous tout, insista Anna.

— Elle s'appelle Lauren. Elle travaille dans le marketing digital, vit à Leigh-on-Sea, et on s'est rencontrés... on s'est rencontrés en ligne.

— Charmant, dit Rachel en se penchant sur la table et caressant affectueusement son bras. Je suis contente pour toi. Tu l'aimes bien ?

Martin devint timide, comme un écolier. — Je pense que oui.

— Tu as rencontré sa famille ?

— Oui.

Un chœur de « *oooh* », très accentué et exagéré, vint de toute la table.

— Ça doit être sérieux, dit Chey.

— Ouais, mais son père est un connard.

— C'est parce que les pères *sont* des connards, dit Tomek. Je suis pareil avec Kasia. Surprotecteur. Et c'est mon travail de l'embarrasser, elle et tous ceux qui entrent dans sa vie.

Des pensées de Roy Whitaker traversèrent son esprit.

— Merci pour le conseil, dit Martin.

— En parlant de conseil, commença Rachel, c'est quoi cette histoire de cheveux ? Pourquoi veut-elle que tu les coupes ?

Martin regarda la table et commença à dessiner un cercle avec son doigt sur un sous-bock, sa queue de cheval tombant par hasard sur son épaule gauche. — Elle ne les aime tout simplement pas. Elle dit qu'ils sont trop longs. Que c'était à la mode seulement dans les années soixante-dix. Elle pense que je devrais tout raser et les envoyer à une association caritative.

Le découragement dans les épaules de Rachel était visible. Elle posa ses deux mains sur celles de Martin et le regarda dans les yeux.

— Tu sais ce que je dis à ça ?

— Quoi ?

— Ça me fait mal de le dire, mais je pense que tu devrais le savoir. C'est ce que font les familles. Elles nous disent quand les choses vont bien et quand les choses vont mal. Mais qu'elle aille se faire foutre, cette salope. Personne ne devrait te faire sentir moins bien dans ta peau. Si elle ne les aime pas, alors elle peut prendre la porte. Tu as besoin de quelqu'un qui te veut pour toi. Et pas juste quelqu'un qui va te mouler à sa propre image. Ah non.

— Qu'elle aille se faire foutre, cette salope, répéta Martin. Il le dit si doucement, si calmement, que Tomek faillit ne pas l'entendre. Ouais. Tu sais quoi ? Tu as raison. Qu'elle. Aille. Se. Faire. Foutre. Puis il vida le reste de sa pinte, claqua le verre sur la table et dit : Bien. Qui veut encore un verre ? La prochaine tournée est pour moi. Et j'ai envie de doubles.

CHAPITRE
CINQUANTE-NEUF

Tomek se sentait embarrassé par la violence de son mal de tête le lendemain. Maintenant, il comprenait ce que Johnny Whitaker avait ressenti toute la semaine dernière, à noyer son chagrin au fond d'une série de verres sans fond. Tomek s'était dit qu'il ne resterait que pour un seul — la tournée de Martin — mais un verre s'était transformé en deux, deux en trois, et au cinquième, il avait été contraint de rentrer à pied. Kasia, à son honneur, ne lui avait témoigné aucune compassion lorsqu'il avait franchi la porte en titubant à l'heure encore respectable de vingt et une heures, ni lorsqu'il avait émergé de sa chambre le lendemain matin après avoir fait la grasse matinée. Il n'avait plus vingt et un ans, et il ne trompait personne en pensant qu'il pouvait tenir le rythme de Chey et Rachel, qui étaient considérablement plus jeunes que lui. Le trajet jusqu'au parking du pub ce matin-là avait ressemblé à une marche honteuse, chaque pas lui rappelant son anxiété post-alcoolique, son angoisse et ses regrets. En traversant le bureau, cependant, son moral s'est légèrement amélioré en constatant que tout le monde était aussi mal en point que lui. Les cheveux de Rachel étaient détachés et en désordre, son maquillage encore plus. Chey était affalé sur sa chaise avec une grande bouteille de deux litres d'eau posée sous son menton, prête à être consommée à tout moment. Martin portait des lunettes de soleil, et Sean avait une boîte de paracétamol à côté de sa souris qui, à première vue, avait été vidée par le reste du personnel.

— Bonjour, l'équipe ! cria Tomek délibérément fort, ce qui déclencha un chœur de gémissements.

Soudain, il se sentit beaucoup mieux. Et tout bien considéré, il était probablement le moins affecté par la gueule de bois de tous. Peut-être qu'il pouvait encore prétendre avoir vingt et un ans après tout.

— J'espère que nous avons tous bien dormi, mais nous ne pouvons pas nous permettre de nous relâcher. Nous—

— Tomek, l'interrompit faiblement Sean. Je t'aime bien et tout, mais ferme-la, bordel.

Avant que Tomek ne puisse répondre, les téléphones fixes du bureau sonnèrent. Du coin de l'œil, il vit Rachel et Chey se couvrir les oreilles et se détourner des appareils. Après quelques instants, personne n'avait répondu, et personne ne semblait vouloir le faire.

— Je m'en occupe alors, c'est ça ?

Tomek tendit la main vers le téléphone le plus proche et décrocha.

— Allô ?

— Bonjour, dit la voix. C'est Sharon. Est-ce que l'un d'entre vous pourrait descendre ? Il y a une femme ici qui aimerait parler à quelqu'un au sujet de l'affaire Angelica Whitaker.

— A-t-elle précisé de quoi il s'agissait ?

Tomek pouvait imaginer Sharon secouant la tête. — Non, désolée.

— Pas de problème. Je descends tout de suite. Dis-lui que j'arrive dans deux minutes.

▬

Tomek avait d'abord pensé que la femme qui avait volé le cœur d'Angelica à Xanthia et Emilia Solveig était venue — ils n'avaient toujours pas réussi à trouver la mystérieuse soudeuse des soirées Les Nuits d'Eden — mais ce n'était pas du tout cela. La femme qui était entrée dans le commissariat ce matin-là avait une soixantaine d'années. Sylvie. Petite, menue, avec des cheveux blond décoloré, coiffés professionnellement. Elle portait un léger maquillage sur le visage et était habillée avec élégance. On devinait qu'elle avait été séduisante dans sa jeunesse, et après des années à continuer à prendre soin d'elle, elle l'était encore.

— J'espère que je ne vous ai pas interrompu, dit-elle.

— Pas du tout, répondit Tomek. Nous sommes toujours heureux de vous aider. Pour quelle raison êtes-vous venue ?

Tomek avait préparé une boîte de mouchoirs sur la table au cas où ce qu'elle voulait discuter serait douloureux et ferait remonter une multitude d'émotions à la surface. Elle tira un mouchoir de la boîte et commença à le manipuler, plus comme une forme de réconfort que pour essuyer d'éventuelles larmes.

— Je crois comprendre qu'une jeune femme nommée Angelica Whitaker a été assassinée la semaine dernière, dit-elle doucement.

— C'est exact.

— Avez-vous procédé à des arrestations ?

— Oui, répondit Tomek après une courte pause.

— Je me demandais si vous pourriez me dire qui vous avez arrêté ?

Tomek prit un autre moment. Cette fois pour s'empêcher de divulguer accidentellement le nom de Johnny Whitaker à une parfaite inconnue.

— Je ne peux pas partager cette information avec vous. C'est une affaire privée et confidentielle.

— Ah, je vois. Eh bien... Elle fit une petite déchirure dans le mouchoir. Si je vous dis un nom, voudriez-vous le noter ?

Tomek confirma qu'il n'y voyait pas d'inconvénient.

— Est-ce que le nom Roy Whitaker vous dit quelque chose ?

Tomek commença à écrire le nom alors qu'elle le prononçait, puis se reprit.

— Ce n'était pas dans notre accord. Ce n'était pas très loyal.

— Je sais, dit-elle. Veuillez me pardonner.

Tomek posa son stylo sur la table. — Pourquoi mentionnez-vous ce nom ?

— Parce que... Les larmes commencèrent à couler. Lentes, régulières, d'abord une seule larme. Elle approcha délicatement le mouchoir sous son œil par anticipation. Parce qu'il y a environ trente-cinq ans, nous travaillions ensemble. Il était pilote pour British Airways et j'étais hôtesse de l'air sur plusieurs de ses vols.

Cela expliquait son apparence soignée.

— Nous avons fait beaucoup de vols long-courriers ensemble. Bali, l'Indonésie, les Caraïbes. Et donc nous devions souvent passer quelques nuits dans les hôtels pour nous remettre du décalage horaire avant de rentrer. Un soir, nous avons bu au bar de l'hôtel à la Barbade et, eh bien, il a abusé de moi.

Tomek hocha lentement la tête, lui faisant comprendre qu'il l'écoutait attentivement.

— Abusé de vous, comment ?

— Il... un viol. Il m'a violée. Dans la chambre d'hôtel. Je ne m'en souviens pas entièrement, mais je sais que c'est arrivé. J'avais bu quelques verres, mais pas assez pour oublier ce qui s'était passé la veille.

— L'avez-vous confronté à ce sujet ?

Elle secoua la tête.

— En avez-vous parlé à quelqu'un ?

— Seulement à d'anciennes collègues, de nombreuses années plus tard.

— Est-ce que certaines d'entre elles avaient travaillé avec Roy ? Certaines ont-elles vécu quelque chose de similaire à vous ?

Sylvie hocha faiblement la tête.

— Six d'entre elles ont dit qu'il les avait violées aussi. Je ne suis pas seule. Je ne sais pas ce qui est arrivé à cette pauvre femme, et je suis désolée pour sa famille, mais pas pour cet homme. Cet homme est maléfique et dangereux. Et vous devez enquêter sur lui parce que je crains qu'il n'ait fait quelque chose de bien pire que tout ce qu'il a jamais fait auparavant.

CHAPITRE
SOIXANTE

Roy Whitaker était venu sans faire d'histoires. Il n'avait pas protesté. Il n'avait pas perdu son sang-froid ni tenté de s'échapper. Il s'était bien comporté, depuis sa porte d'entrée jusqu'à la salle d'interrogatoire où il se trouvait maintenant.

— Je serai bref, commença Tomek. Mais il n'avait aucunement l'intention d'être bref. Il voulait que l'homme reste assis et devienne de plus en plus agité au fur et à mesure que le temps passait. Est-ce que le nom de Sylvie Weiss vous dit quelque chose ?

— Sylvie... ? Weiss ?

— Vous la connaissez peut-être sous son nom de jeune fille : Greene.

— Sylvie Greene ? Oui, ça me dit quelque chose... La réticence dans sa voix était palpable.

— Pouvez-vous me dire d'où vous la connaissez ?

Roy hésita, passa sa main dans ses cheveux, puis les tapota à plusieurs reprises pour qu'ils restent bien en place. — Nous travaillions ensemble. Elle était hôtesse de l'air. Nous avons fait beaucoup de vols long-courriers ensemble, vers l'autre bout du monde.

— Est-ce que vous avez déjà séjourné dans des hôtels ensemble quand vous étiez à l'autre bout du monde ?

— Nous le faisions tous. C'était une exigence de la compagnie aérienne. Nous venions de voler pendant dix, onze, douze heures. Ils n'allaient pas nous faire repartir tout de suite. Nous avions besoin de repos, alors nous restions quelques nuits, puis nous revenions.

— Vous souvenez-vous de votre première rencontre avec Sylvie ?

— Pourquoi ?

Le ton de Roy s'élevait progressivement, tout comme son niveau d'inquiétude dans sa voix.

Tomek ignora la contre-question et continua. — Aviez-vous déjà rencontré Daphne à ce moment-là, ou Sylvie est-elle arrivée avant que vous ne rencontriez votre femme ?

— Je ne vois pas ce que ça a à voir avec quoi que ce soit.

— Vous souvenez-vous d'un séjour au Hilton à la Barbade ?

— Quoi ?

— L'été quatre-vingt-huit.

Roy secoua la tête d'incrédulité, comme s'il essayait de rassembler ses pensées.

— Je n'ai aucune putain d'idée de ce dont vous parlez !

— Donc vous ne vous souvenez pas d'avoir été au bar avec Sylvie au Hilton de la Barbade pendant l'été quatre-vingt-huit ?

Un long souffle vide s'échappa des lèvres de Roy. — Je pensais que vous m'aviez fait venir ici pour parler d'Angelica.

— C'est exact, mais d'abord je veux découvrir ce qui s'est passé entre vous et Sylvie dans la nuit du quinze juillet 1988.

Et puis la comédie cessa. L'expression confuse et incrédule disparut de son visage et fut remplacée par un regard sinistre.

— Elle est venue vous voir alors, n'est-ce pas ? demanda-t-il.

— Ce n'est pas pertinent. Répondez à la question : que s'est-il passé entre vous deux dans la nuit du quinze juillet ?

Roy ricana et croisa les bras sur sa poitrine. — Je parie qu'elle l'a fait, n'est-ce pas ? Elle a probablement des choses à dire, j'imagine. Elle vous les a probablement déjà dites, sinon pourquoi me poseriez-vous ces questions ? Il secoua la tête en ricanant légèrement. — Je n'ai jamais rien fait de ce dont elle m'accuse. Je ne sais pas ce qu'elle pense que j'ai fait, mais je ne l'ai pas fait.

— Et qu'en est-il de ce que six autres femmes disent que vous avez fait ?

— Pardon ?

Tomek fit avancer la conversation.

— Je comprends que vous aimez disparaître et quitter la maison au hasard pendant quelques heures d'affilée, est-ce exact ?

— Vous avez parlé à ma femme aussi ?

Tomek fit une grimace. — Il n'y a pas de problème avec ça, n'est-ce pas ? À moins que vous ne craigniez qu'elle puisse nous dire quelque chose.

Les murs de défense de Roy se levèrent à nouveau.

— Sans commentaire, dit-il.

— Où allez-vous quand vous quittez la maison seul ?

— Sans commentaire.

— Que faites-vous ?

— Sans commentaire.

— Avec qui vous retrouvez-vous ?

— Sans commentaire.

— Depuis combien de temps faites-vous cela ?

— Sans commentaire.

— Est-ce que ça a commencé après votre nuit avec Sylvie ? Rôder dans les rues la nuit...

— Je ne *rôde pas dans les rues*. Je ne suis pas un putain de tueur en série, si c'est ce que vous essayez d'insinuer. Les défenses du sexagénaire s'effondrèrent à nouveau. Et Tomek avait du mal à trouver l'équilibre pour le garder là où il le voulait.

— Que faites-vous alors ?

— Je marche. Je clarifie mes pensées. Parfois, je regarde le ciel et j'observe les avions qui passent.

Observer les avions ? C'est ce qu'il faisait au milieu de la nuit et pendant la journée, pendant des heures ? Tomek était dubitatif.

— Et la nuit du meurtre d'Angelica ? demanda-t-il.

— Sérieusement ? siffla Roy, choqué. Vous voulez aller dans cette direction ? J'ai déjà dit à votre équipe que j'étais chez moi, endormi avec ma femme à ce moment-là. Je n'ai rien à voir avec son meurtre. Je n'arrive pas à croire que vous puissiez m'accuser d'avoir quoi que ce soit à voir avec ce qui lui est arrivé. C'est déjà assez grave que Johnny ait été mêlé à tout ça.

— Vous avez raison, vous avez bien dit que vous dormiez. Mais étant donné ce que nous savons maintenant sur vos disparitions aléatoires et parfois inexplicables, je me demandais si vous pouviez me dire à nouveau où vous étiez la nuit de la mort de votre fille. Y a-t-il autre chose que vous voulez me dire ?

L'homme se laissa tomber dans son fauteuil et croisa à nouveau les bras. — Absolument pas. Je n'ai absolument rien à voir avec la mort de mon adorable ange. Je trouve cette insinuation abjecte. Premièrement, je dormais quand c'est arrivé. Deuxièmement, j'habite à une demi-heure de là, donc vous auriez vu ma voiture passer par les feux de circulation et les radars de vitesse. Vérifiez. Vous pouvez le faire.

Tomek ne dit rien. Il attendit.

— Deuxièmement, et ceci aurait dû être mon premier argument, en toute honnêteté : *pourquoi* ? Pourquoi aurais-je fait cela à ma fille ? Je l'aimais plus que tout. J'adorais le sol qu'elle foulait. Pourquoi l'aurais-je tuée ?

— Parce que vous, un méthodiste très dévot, n'approuviez pas plusieurs de ses habitudes. Vous ne supportiez pas qu'elle soit à nouveau enceinte, qu'elle ait des relations avec des hommes et des femmes, qu'elle prenne des drogues et abuse de l'alcool. Vous ne supportiez pas qu'elle soit dans une période sombre et qu'elle fasse toutes ces choses que vous méprisiez.

Tomek n'arrivait pas à croire qu'il venait de dire cela. Mais il pouvait sentir la direction que prenait la conversation – vers le bas – et il voulait donc tout mettre sur la table.

— Elle couchait avec des femmes ? Prenait de la drogue ? Mon Angelica ?

— Vous prétendez que vous ne le saviez pas ?

— Je vous *dis* que je ne le savais pas.

Tomek avala profondément. La pente descendante devenait de plus en plus raide.

— Mais même ainsi... poursuivit Roy. Je... Cela ne m'aurait pas dérangé. Pas le moins du monde. Je n'ai aucun problème avec ces choses-là.

D'après son ton, il était clair qu'il ne croyait pas un mot de ce qu'il venait de dire.

— Vous n'avez pas non plus de problème avec le viol, à ce qu'il paraît, dit Tomek. Les mots quittèrent sa bouche avant qu'il ne puisse les retenir, et il le regretta immédiatement.

— Pardon ? C'est de ça qu'il s'agit ? C'est ce que Sylvie raconte sur moi ? Absolument pas. Et vous la croyez, putain ? Vous n'avez aucune preuve contre moi concernant ses accusations. Et vous n'avez aucune preuve contre moi pour ce qui est arrivé à Angelica.

— Est-ce un aveu ?

Roy se retint avant de répondre. — Absolument pas. Je n'ai pas tué ma fille. Non seulement je n'ai pas de raison suffisante de le faire, mais j'étais aussi endormi pendant que cela se produisait, et je ne sais pas faire la moitié des choses que vous avez mentionnées comme lui étant arrivées.

— Que voulez-vous dire ? demanda Tomek.

Roy soupira, releva ses manches. — Je ne sais pas me maquiller. Pas du tout.

— Vous avez travaillé toute votre vie avec de magnifiques femmes qui portaient constamment du maquillage. Votre femme et votre fille faisaient de même. Il est possible que vous l'ayez appris par osmose.

— Par *osmose* ? Êtes-vous fou ?

— Vous savez peindre, dit Tomek, réalisant rapidement qu'il était en train de perdre, que la pente était devenue presque verticale et qu'il n'y avait aucun moyen de s'arrêter.

— Je sais peindre ? Qu'est-ce que ça a à voir avec quoi que ce soit ? Oh, vous voulez dire les *ailes* ? S'il vous plaît. Je peins des avions miniatures, ce n'est pas la même chose.

— Cela nécessite une main stable et de la patience, toutes qualités que possédait le tueur.

— Vous vous entendez parler ? Vous entendez les mots qui sortent de votre bouche ? Vous pensez vraiment que j'ai tué ma fille, et la seule raison pour laquelle vous me l'attribuez est que je sais utiliser un putain de pinceau ? Êtes-vous incompétent ?

Tomek ne dit rien. Il se sentait tomber en chute libre.

Roy continua : — De plus, je n'ai jamais rasé mon corps ; mes aisselles, mes bras, mes jambes, mes cuisses. Uniquement mon visage, et même là, je n'ai jamais eu beaucoup de barbe. Je n'ai jamais utilisé la drogue du viol ou peu importe ce que vous avez trouvé dans son système. Et je n'ai *jamais* violé personne de ma vie. Comment osez-vous essayer de me faire porter le chapeau alors que vous savez pertinemment que vous n'avez aucune preuve pour étayer ces accusations insensées et scandaleuses.

CHAPITRE
SOIXANTE-ET-UN

Tomek avait laissé l'homme partir, bien qu'il ne fût pas parti sans se battre. Pendant que Tomek l'escortait hors de la salle d'interrogatoire et du bâtiment, Roy Whitaker lui avait murmuré à l'oreille des menaces vides et des insultes : qu'il était un détective médiocre, qu'il finirait un jour dans un fossé pour avoir énervé la mauvaise personne, qu'il ne méritait pas d'être détective, et qu'il allait directement voir son avocat. Tomek encaissait les insultes ; il les avait toutes entendues auparavant, et pire encore. Mais cela ne les empêchait pas de le blesser profondément, bien en dessous de la surface. Il pouvait les sentir, lacérant son identité, son ego, sa confiance en lui-même. Mais la douleur était tellement atténuée, tellement assourdie après toutes ces années qu'il avait appris à l'ignorer, à la négliger jusqu'à ce qu'elle ne soit plus un problème. Jusqu'à ce qu'un jour, peut-être, elle remonte à la surface comme un cadavre flottant sur l'eau.

En fermant la porte derrière lui, Tomek poussa un profond soupir, libérant la tension et la pression dans ses épaules, son dos et son cou. Les dernières heures, à entendre les accusations de Sylvie, à les enquêter avec l'équipe et à parler avec Roy Whitaker, l'avaient épuisé mentalement, émotionnellement et physiquement. Et le mal de tête lancinant n'avait pas aidé non plus.

Il compta à rebours de dix avant de remonter à la salle des opérations, de retour vers la folie. Le trajet fut lent et laborieux tandis qu'il déambulait dans les couloirs, prenant son temps, réfléchissant à ce qu'il aurait pu faire différemment, ce qu'il aurait pu faire mieux. Mais, finalement, il décida qu'il n'y avait rien à changer. Son intuition que Roy Whitaker avait été impliqué dans la mort d'Angelica était fausse. Les preuves contre son fils, Johnny, étaient irréfutables – l'ADN trouvé sur la scène du crime, et l'alibi de dernière minute qui s'était avéré être un mensonge – et Tomek avait essayé de se convaincre du contraire.

Quand il revint enfin à la salle des opérations, environ deux minutes plus tard, il appela Oscar et lui demanda d'aller chercher Johnny Whitaker dans sa cellule. Il leur restait encore quelques heures sur l'horloge de garde à vue, mais Tomek ne voyait aucune raison de le garder plus longtemps. Pendant qu'Oscar se précipitait en bas, Tomek frappa à la porte de Victoria et entra sans attendre de réponse. Il la trouva au milieu d'un appel téléphonique. Elle s'excusa auprès de la personne au téléphone, puis raccrocha.

— Ça a intérêt à être important, dit-elle. Du nouveau avec Roy ?

Tomek secoua la tête.

— Et les vêtements ?

— Toujours rien. Après la découverte de l'ADN et l'arrestation de Johnny, Tomek avait ordonné à l'équipe d'inspecter la maison des Whitaker, à la recherche des vêtements et du portable disparus d'Angelica. La fouille n'avait rien donné. Je suppose qu'il s'en est débarrassé quelque part.

— D'accord. Pourquoi êtes-vous venu me voir ?

— Pour vous dire que j'aimerais inculper Johnny Whitaker pour le meurtre d'Angelica.

Victoria réfléchit un instant. — Vous avez complété toute la paperasse ?

Tomek hocha la tête.

— Et appelé le CPS ?

— Je m'apprête à le faire.

— Très bien. Et les preuves ?

— Inattaquables. À moins qu'il n'ait d'autres aventures d'un soir imaginaires.

— Alors il est tout à vous.

———

Tomek se sentait dévasté. Il n'éprouvait aucun plaisir, aucun enthousiasme. Tout semblait avoir été drainé de lui de la même façon que Johnny Whitaker avait drainé la vie du corps de sa sœur. Ils tenaient leur homme. Ils tenaient leur meurtrier. Alors pourquoi se sentait-il comme ça ? Était-ce parce qu'il avait tellement mal géré l'affaire avec Roy qu'il se sentait encore coupable, ou était-ce la mère de toutes les gueules de bois qui lui donnait un cas monumental d'anxiété post-ivresse, le remplissant d'un sentiment interminable d'effroi et de doute ? Il ne savait pas. Mais au moins il ne se sentait pas aussi mal que Johnny Whitaker. Après avoir expliqué à l'homme qu'il était inculpé pour le meurtre de sa sœur et qu'il serait placé en détention provisoire, l'homme s'était effondré dans une crise de larmes incontrôlable, suppliant Tomek de reconsidérer. Il n'y avait aucune chance, lui avait dit Tomek. C'était trop tard, le mal était fait. Il n'y avait pas moyen de s'y soustraire ; il devrait vivre avec ses actes pour le reste de sa vie. Au début, Tomek s'était attendu à ce que l'homme éclate de rage, se jette sur lui, l'agresse et essaie de le convaincre de changer d'avis à coups de poing, mais la réaction de Johnny Whitaker avait été différente. Une réaction de remords. À ce moment-là, son opinion sur l'homme changea.

— Y a-t-il quelqu'un que vous aimeriez appeler ? demanda Tomek au bureau de garde à vue. C'est votre dernière chance.

Johnny Whitaker se tenait debout dans le survêtement fourni par la police, les yeux rouges et brisé. Il fixait le mur d'un regard vide, son esprit complètement dépourvu de pensées.

— Voulez-vous appeler vos parents ?

Rien.

— Rose ?

Johnny tourna lentement la tête vers Tomek. — Absolument pas, putain.

CHAPITRE
SOIXANTE-DEUX

Tomek ne blâmait pas l'homme. Lui non plus n'aurait pas été d'humeur très bavarde. Mais il avait inculpé suffisamment de personnes pour savoir qu'elles finissaient par le regretter, qu'elles auraient tout donné pour avoir la possibilité de passer un dernier coup de téléphone en tant que personne libre.

Peu après l'enregistrement de Johnny, Tomek était parti pour annoncer la nouvelle à Rose. D'abord, il avait essayé la maison de Rose et Johnny, mais personne n'était là. Puis il s'était rappelé qu'elle serait dans l'appartement, occupée par d'interminables et épuisants travaux de rénovation. Suite à l'incident impliquant Rose et son mari, les lieux avaient été examinés à la recherche de preuves, mais ils avaient été rapidement libérés. Les nombreux témoignages de police avaient évité qu'ils ne s'attardent plus longtemps que nécessaire. Tomek ne lui avait pas parlé depuis cette nuit-là, mais il voulait être celui qui lui annoncerait en personne ce qui arrivait à son mari.

Par chance, comme si les dieux le regardaient avec bienveillance, il trouva une place de stationnement le long de Broadway, directement devant la bijouterie Whitaker, du premier coup. Il sauta sur le trottoir et se dirigea vers l'arrière de la boutique, entrant par la porte de service qui, à sa surprise, était déverrouillée, et s'arrêta dans le couloir. Juste devant lui se trouvait l'entrée de l'arrière-boutique. Tomek s'en souvenait depuis l'autre soir. À travers l'ouverture, il aperçut le petit espace bureau et le vestiaire. Les manteaux et les affaires d'Angelica Whitaker s'y trouvaient encore, suspendus à quelques crochets sur le mur. Tomek passa sa tête avec précaution, au cas où il déclencherait des détecteurs de mouvement ou des alarmes comme dans un film de *Mission : Impossible*. L'intérieur de la bijouterie était vide, immobile. Étrangement immobile, comme lorsqu'on pénètre dans un musée au beau milieu de la nuit. Et puis il l'entendit : le doux grondement d'une musique jouant à travers un haut-parleur, noyé par le bruit de coups et de perçages.

Tomek pivota sur lui-même et se dirigea vers l'escalier.

— Rose ? appela-t-il depuis la première marche, pour signaler sa présence. Rose ?

Pas de réponse.

Chey ne voulait rien d'autre que rentrer chez lui. Il ne s'était pas senti aussi mal depuis le week-end à Zante avec ses copains d'école. Là-bas, il avait eu le soleil, d'abondantes quantités de nourriture grasse, des boissons sucrées pour s'hydrater, et la plage magnifique pour lui faire oublier sa gueule de bois. Au lieu de cela, ici, il était entouré de personnes qu'il considérait comme beaucoup plus âgées que lui, dans un bureau étouffant qui faisait circuler un air vicié, et une machine à café qui, malgré tous les éloges que lui faisait le reste de l'équipe, crachait un café insipide. Tout ce qu'il voulait, c'était rentrer chez lui et avoir un long sommeil bien mérité. Mais le Conseil du comté de Castle Point en avait décidé autrement. Ils venaient d'envoyer plusieurs rames d'enregistrements de vidéosurveillance du parking de la bibliothèque d'Hadleigh. Il avait fallu une éternité pour qu'un pauvre fonctionnaire trouve les images, et même alors, ils n'avaient pu remonter que jusqu'à deux semaines, juste au moment du dernier commentaire sur *Le Petit Coin d'Internet* d'Angelica. Oui, il voulait rentrer chez lui, mais il voulait aussi terminer cela, le rayer de sa liste pour avoir une chose de moins à se soucier le lendemain matin, car il y aurait sûrement quelque chose de nouveau à son arrivée. Ou deux, ou trois.

Avec ce qu'il se disait être sa dernière tasse de café de la journée, Chey retourna à sa place et déverrouilla la machine. Sur l'écran apparaissait une image fixe du parking de la bibliothèque d'Hadleigh. Derrière se trouvait la London Road très fréquentée, et au-delà, le supermarché Morrisons. L'heure affichée à l'écran était 13 h 18, environ cinq minutes avant que le commentaire n'ait été posté depuis la bibliothèque.

Chey appuya sur lecture et regarda des dizaines, des centaines de voitures défiler sur la route, se précipitant pour atteindre le feu le plus proche. Jusqu'à ce qu'une voiture qui ressemblait remarquablement à celle des images granuleuses devant la maison d'Angelica Whitaker quitte la route et se gare dans un espace libre.

— Putain de merde, marmonna-t-il en voyant le conducteur sortir du véhicule. Tomek !?

Chey regarda autour de son écran, cherchant Tomek, mais le sergent n'était pas là.

— Quelqu'un sait où est Bowen ? cria-t-il au bureau à moitié vide, en se levant de son siège.

— Il est sorti, je crois, répondit Rachel.

— Je pense qu'il est allé annoncer la nouvelle à Rose Whitaker concernant son mari, ajouta Martin.

— Nom de Dieu.

———

Tomek retint son souffle en arrivant à la dernière marche. Prudemment, il passa la tête par la porte ouverte et frappa fort, mais le bruit fut noyé par le son des coups. Rose, vêtue d'une combinaison blanche couverte de peinture, lui tournait le dos et était en train de démolir une bibliothèque à coups de marteau.

— Rose ! appela Tomek.

Toujours pas de réponse.

Il ne voulait pas s'approcher d'elle. Pas tant qu'elle brandissait un marteau. Il pouvait seulement imaginer les dégâts qu'elle pourrait lui infliger si elle pensait qu'il était un agresseur. Ou, pire, son mari revenu pour un second round.

Au lieu de cela, il saisit un morceau de contreplaqué cassé et le lança doucement dans sa direction. Il heurta sa jambe gauche, et elle pivota sur place, brandissant le marteau à deux mains, prête et déterminée à l'utiliser. Dès qu'elle reconnut Tomek, la tension dans son corps se relâcha et elle abaissa l'objet à son côté. Avant de dire quoi que ce soit, elle se précipita vers le haut-parleur et éteignit la musique.

— Tomek, dit-elle en se dirigeant vers lui d'un pas nonchalant, écartant les cheveux de ses yeux. Que faites-vous ici ?

— Désolé de vous interrompre, dit-il. Je ne voulais pas m'approcher trop près, pas tant que vous aviez ça dans la main.

Rose regarda le marteau, puis le posa sur une boîte à outils.

— Vous êtes venu aider ?

— Pas vraiment, dit-il. Ce genre de chose n'a jamais été mon truc. Mon père construisait des maisons pour gagner sa vie, il avait sa propre entreprise de construction, donc c'est plutôt son domaine.

— Vous devriez l'inviter. Peut-être qu'il pourrait me donner un coup de main.

— Je verrai s'il est disponible. Tomek posa ses mains sur ses hanches et examina la pièce. En un jour depuis sa dernière visite, Rose avait réussi à vider entièrement la cuisine et à abattre un mur qui la reliait au salon, créant un bel espace ouvert. Vous avez été occupée.

— J'ai traversé beaucoup d'épreuves, répondit-elle. Il s'avère que détruire des choses est bon pour l'âme et le système immunitaire.

Tomek rit doucement.

— Vous êtes ici pour complimenter mon travail ?

— Non.

— Si vous n'êtes pas venu pour m'aider, commença-t-elle, et si vous n'êtes pas venu pour complimenter mon travail, alors pourquoi êtes-vous venu ?

— C'est à propos de Johnny.

À la mention du nom de son mari, la joie quitta son visage.

— Oh.

— Nous l'avons inculpé cet après-midi pour le meurtre d'Angelica et pour tentative de meurtre sur votre personne. Il est envoyé à la prison de Chelmsford, où il sera en détention provisoire jusqu'au procès. Nous n'avons pas encore de date, mais j'imagine que l'on attendra de vous que vous comparaissiez au tribunal, surtout après ce qu'il vous a fait.

Rose prit une serviette dans la boîte à outils et commença à s'essuyer les mains. Puis, sans rien dire, elle lui tourna le dos et se dirigea vers la cuisine. Tomek la suivit. À sa droite, il repéra un énorme trou dans le mur.

— Vous êtes tombée à travers par accident ? plaisanta-t-il.

Rose pointa du doigt une masse de l'autre côté du sol de la cuisine. — Non, mais ce gros engin l'a fait.

Debout dans ce qui avait été autrefois l'embrasure de la porte, Tomek observa le reste du squelette de la cuisine. Des cercles bruns parsemaient le sol, traces de déversements au fil des années. Des fils et des câbles dépassaient des murs à l'endroit où le four et la machine à laver s'étaient trouvés. Des outils et des débris jonchaient le sol en linoléum, et il y avait une grande boîte de l'autre côté de la cuisine.

Rose y jeta sa serviette. Tomek regarda la serviette tomber sur la boîte, puis regretta immédiatement de l'avoir fait.

Là, caché sous la serviette, se trouvait un objet qui lui coupa le souffle : un masque de soudeur et une combinaison noire. La tenue de la mystérieuse femme des soirées The Nights of Eden. La tenue de la femme avec qui Angelica avait passé plusieurs nuits. La femme qui l'avait enlevée à Emilia Solveig. En dessous, dépassant du tissu, il y avait quelque chose que Tomek reconnut instantanément. Une autre invitation de Micky Tatton pour The Nights of Eden. Adressée à Angelica.

Tomek ouvrit la bouche, mais bégaya.

— Tout va bien ? demanda Rose.

Il trébucha sur ses mots. Dans sa poche, son téléphone commença à vibrer.

— Vous... Ses pensées s'emballaient. Vous avez dit... Vous avez dit que la salle de bain était terminée ? Puis-je l'utiliser ?

— Vous ne m'avez même pas encore offert un verre, répliqua-t-elle.

— Ha. Désolé. Je...

— Bien sûr que vous pouvez. Pensez-vous pouvoir la trouver ?

Le téléphone cessa de sonner.

— Oui, je devrais y arriver.

Lentement, Tomek sortit en traînant les pieds. Tandis qu'il se dirigeait vers la salle de bain, la pièce, les murs, le sol étaient devenus noirs, se fondant en un seul. Sa tête était étourdie, légère. Son pouls battait dans ses oreilles, et pendant un moment, il crut que Rose avait remis la musique. Il se sentait comme arraché de son corps, ses membres bougeant librement et indépendamment les uns des autres, comme s'il n'était plus aux commandes.

Finalement, après ce qui lui avait semblé être la marche la plus longue du monde, Tomek entra dans la salle de bain et ferma la porte derrière lui. Elle avait raison. La salle de bain était terminée. Les carreaux blancs au sol, les toilettes et le lavabo en porcelaine côte à côte, la fenêtre au-dessus, la baignoire calée dans le coin, le meuble de rangement en osier dans l'autre coin. C'était comme entrer dans un autre monde. Un monde qui désorientait et troublait Tomek davantage.

Puis son téléphone sonna à nouveau, le tirant de ses pensées.

Il le sortit et répondit.

— C'était Rose, cria Chey dans son oreille. Rose était celle qui postait sur le blog d'Angelica depuis la bibliothèque. Tu dois sortir de là maintenant. Des agents en uniforme sont en route.

Au moment où Tomek allait répondre, il entendit le bruit d'une porte qui se fermait.

La porte d'entrée.

Elle s'échappait !

Tomek fourra son téléphone dans sa poche et ouvrit brusquement la porte de la salle de bain.

La lumière se reflétant sur la tête métallique du marteau attira d'abord son regard, et il réagit instinctivement, se baissant sous le coup, évitant le coup mortel à la tête. Rose, portant son masque de soudeur, rugit en levant le marteau pour l'abattre à nouveau sur lui. Mais il était trop rapide pour elle. Il tendit la main vers le marteau, la saisit, puis le lança loin d'eux. L'outil métallique traversa l'air et s'écrasa contre le mur de l'autre côté de la salle de bain, créant un grand trou. Sous son emprise, Rose utilisa son autre main pour frapper et griffer ses côtes et son visage. Elle était étonnamment forte, et ses ongles déchirèrent la peau de sa joue et de son cou. À contrecœur, Tomek relâcha sa prise sur son bras, et dès qu'il la lâcha, elle enroula ses deux bras autour de lui et le poussa en arrière, ses ongles s'enfonçant dans sa chair. Avant qu'il ne s'en rende compte, il était dans la baignoire, se cognant l'arrière de la tête contre le mur. Puis Rose ouvrit l'eau. Le jet d'eau le désorientait, l'étouffait. Elle maintint sa tête sous l'eau pendant quelques secondes avant de se retourner et de s'enfuir en courant. Utilisant ses mains, aveuglé par l'eau dans ses yeux, Tomek trouva une prise sur le côté de la baignoire et se hissa hors de là. Rose essayait de s'enfuir, mais Tomek avait d'autres projets. Il tendit une main, attrapa sa combinaison, enroula ses bras autour de sa taille, l'emprisonnant dans une étreinte d'ours, et souleva ses pieds du sol. Les bras et les jambes de Rose s'agitaient dans l'air. Puis ils trouvèrent appui sur les toilettes, et utilisant toute la force de ses jambes, elle le poussa en arrière. Ensemble, comme dans une scène de *Titanic*, ils trébuchèrent en arrière, le haut du dos de Tomek s'écrasant contre la cloison sèche, creusant un large trou. Alors qu'il tombait au sol, essoufflé et étourdi, ils furent aspergés de plâtre et d'éclats de peinture, Rose se dégagea de lui et se dirigea vers la sortie.

Reprenant ses esprits, ses mains parcourant la surface du sol, il trouva le marteau. Enroulant ses doigts autour du manche, il le leva, visa, et le lança. Le marteau fit une culbute dans les airs jusqu'à ce qu'il entre en contact avec l'arrière de la tête de Rose et l'envoie s'écraser contre le lavabo, qui céda sous son poids. Alors que son corps tombait au sol, l'eau jaillit de l'intérieur du lavabo et commença à gicler dans l'air, couvrant rapidement le sol et les murs. En quelques secondes, Tomek reprit son souffle et se traîna vers elle à quatre pattes. D'abord, il saisit le marteau et le jeta dans le salon, puis il retourna son corps et chercha un pouls.

Elle était vivante. Respirant, mais inconsciente.

Tomek s'effondra au sol, s'appuyant contre le côté de la baignoire, tandis que l'eau du tuyau cassé du lavabo continuait à l'arroser. Il resta assis là quelques instants, reprenant son souffle, haletant. Il se tourna pour regarder la destruction causée par leur altercation. La porcelaine brisée sur le sol. La flaque de sang provenant de la blessure à l'arrière de la tête de Rose se mélangeant et tourbillonnant avec le niveau d'eau montant. Le marteau, couvert de débris de la cloison sèche derrière lui. Et puis il le vit, scintillant sous la lumière.

Lentement, il se mit debout et s'avança vers l'objet, tenant ses côtes et massant le côté de son visage.

Lors de l'agression, Tomek avait creusé un énorme trou dans la cloison sèche à côté de la baignoire, et à l'intérieur se trouvait un grand sac plastique Ziplock. Il le sortit et examina son contenu. À l'intérieur se trouvaient la robe et les sous-vêtements qu'Angelica portait la nuit de sa mort. Son téléphone portable. Un godemiché de trente centimètres qui avait été utilisé pour la violer. Un costume d'ange blanc et une paire d'ailes. Un pinceau encore couvert de sang. Un long tube en plastique fin, et une grande boîte de peinture, couverte de sang séché.

Des preuves du meurtre qui avait eu lieu ici.

Des preuves que Rose avait tué Angelica, probablement dans cette pièce même, vidé son corps de son sang, l'avait violée, nettoyée, puis appliqué une couche de maquillage sur son visage.

Alors qu'il continuait à regarder le sac, la porte d'entrée de l'appartement s'ouvrit brutalement et, peu après, plusieurs officiers s'y engouffrèrent. Chey fut le premier à arriver dans la salle de bain. Il s'arrêta brusquement sur le seuil et observa la scène.

— Elle est morte ? demanda-t-il abruptement.

— Non, répondit Tomek, mais Angelica l'est à cause d'elle.

CHAPITRE
SOIXANTE-TROIS

Après deux jours d'interrogatoire intensif, Rose avait finalement cédé et tout avoué. Depuis qu'elle avait posé les yeux sur sa belle-sœur pour la première fois, elle était devenue obsédée par elle, fascinée par sa beauté et la bonté de son âme. Au fil des années, ce désir et cette convoitise n'avaient fait que croître, et alors qu'elle se sentait s'éloigner de Johnny, ses sentiments n'en étaient devenus que plus intenses. Mais ce n'est que lorsqu'Angelica lui avait parlé des soirées The Nights of Eden que Rose avait trouvé un prétexte pour faire passer leur relation au niveau supérieur. Elle avait subtilisé une invitation dans le manteau d'Angelica un après-midi et l'avait utilisée pour accéder à la soirée. De là, sous l'apparence d'une soudeuse, elle avait approché Angelica, et ensemble, elles avaient partagé un lit pour la nuit. Angelica avait été surprise de voir sa belle-sœur là-bas, mais cela ne l'avait pas dérangée le moins du monde. Par conséquent, leur relation s'était développée en secret, se retrouvant chaque mois pour faire l'amour, passer du temps ensemble et profiter du réconfort de la compagnie l'une de l'autre. Angelica avait nourri les mêmes sentiments intenses, avait expliqué Rose, mais dès qu'elle avait appris l'existence du bébé, Rose avait décidé que leur relation ne pouvait plus continuer. Angelica lui avait menti, l'avait trahie. Le bébé allait tout changer, tout ruiner, et Rose ne pouvait pas le tolérer. Si elle ne pouvait pas l'avoir, personne ne l'aurait. Alors, le soir de la mort d'Angelica, Rose lui avait envoyé un message sur WhatsApp, sachant qu'elle serait en état d'ébriété, l'avait récupérée, emmenée à l'appartement, puis l'avait tuée. Heureusement, du moins à son avis, elle avait reçu un coup de main d'Adam Egglington, qui avait réussi à glisser de la drogue du viol à Angelica quand celle-ci ne prêtait pas attention, et dont les effets avaient commencé à se faire sentir quelques minutes après leur arrivée à l'appartement. Le reste de la soirée s'était déroulé avec délicatesse et l'affection qu'Angelica méritait, leur avait raconté Rose.

Tomek était capable de reconstituer le reste, et il cessa donc de regarder la retransmission en direct dans la salle des opérations. Il quitta la pièce et se dirigea vers son bureau, rongé par la culpabilité. Il était à son bureau depuis quelques instants quand Victoria l'appela de l'autre côté du bureau.

— Tu as un moment ? demanda-t-elle.

Tomek confirma que oui, puis se dirigea lentement vers elle.

— Assieds-toi, dit Victoria alors qu'il fermait la porte derrière lui.

Tomek fit ce qu'on lui demandait.

— Comment te sens-tu ?

Il remarqua la douceur et la sensibilité dans son ton.

— J'ai connu mieux, répondit-il.

— Qu'est-ce qui te tracasse ?

— J'ai failli envoyer un innocent en prison.

Victoria mordit sa lèvre inférieure.

— Ces choses arrivent, dit-elle. Tu dois juste être reconnaissant d'avoir attrapé la bonne personne au bon moment.

Tomek n'y voyait pas beaucoup de consolation.

— As-tu besoin de prendre des congés ? demanda Victoria.

Il s'arrêta pour y réfléchir. Des congés ? Pour laisser les pensées et la culpabilité s'installer ? Non merci.

— Ça ira.

— Eh bien, si jamais tu as besoin de quelqu'un ou de quelque chose, tu sais à qui parler.

— Nick ?

— Va te faire foutre, dit-elle en étouffant un petit rire. *Moi*. Je suis prête à discuter si tu as besoin de quoi que ce soit. Je suis aussi là pour t'aider à travailler sur les améliorations que tu peux apporter pour devenir un meilleur inspecteur.

Le regard de Tomek tomba sur la table.

— À ce sujet…, commença-t-il. J'ai réfléchi.

À cela et à tout le reste.

— Et ?

— Et je ne pense pas être prêt à devenir inspecteur. Ne te méprends pas, je suis reconnaissant pour l'opportunité que tu m'as donnée, mais je vais devoir passer mon tour pour l'instant. J'ai failli mettre un innocent en prison, et je ne pense pas pouvoir vivre avec la possibilité de refaire la même erreur.

CHAPITRE
SOIXANTE-QUATRE

Tomek était assis dans un coin du Fork and Spoon, faisant tourner son verre de bière entre ses mains tout en regardant le match de foot à la télévision. Au comptoir, deux types portant des jeans qui semblaient ne pas avoir été lavés depuis des années sirotaient lentement leurs verres, hurlant et jurant contre les joueurs sur le terrain, comme s'ils pouvaient les entendre à plusieurs centaines de kilomètres de distance.

Tomek finit sa dernière gorgée, puis se dirigea vers le bar.

— Putain, fais la passe, espèce d'enfoiré ! hurla l'homme le plus proche de lui. Puis un instant plus tard : Putain, fais la passe ! Tu gagnes 100 000 euros par semaine et t'es incapable de faire une putain de passe !

Tomek l'ignora et attendit que le propriétaire, Jim, vienne le servir. Quelques secondes plus tard, ce dernier arriva, tendant la main vers le verre de Tomek.

— La même chose, mon pote ?

— S'il te plaît, Jim.

Jim prit le verre et commença à tirer la pression. Tomek observa le liquide épais et jaune monter lentement dans le verre, les bulles remontant à la surface.

— Un penny pour tes pensées ? demanda Jim en posant le verre devant lui.

À côté de Tomek, le fan de foot continuait de hurler des obscénités à l'écran.

— Tu ne voudrais pas savoir, répondit-il, puis il se tourna vers l'espace du pub où se trouvait autrefois le distributeur automatique. Tentative commerciale infructueuse, n'est-ce pas ?

— Tu n'imagines même pas, répondit Jim. Je te jure, si jamais j'attrape le connard qui me l'a vendu, je lui pète les rotules.

— Ce n'est pas le genre de chose qu'on avoue à un flic, Jim. Mais je fermerai les yeux pour cette fois.

— T'es flic ? hurla le fan de foot en tournant le haut de son corps vers Tomek.

— Malheureusement, oui, répondit Tomek. Quelqu'un, quelque part, a décidé que c'était une bonne idée de faire de moi un policier.

Au début, Tomek s'attendait à ce que l'homme lui mette un coup ou commence une altercation, mais la réalité fut bien différente. L'homme posa sa bière sur le comptoir, puis donna une tape dans le dos de Tomek. — Beau boulot. Mon père travaillait avec les chiens policiers dans les années 70 et 80. J'ai beaucoup de respect pour toi et le travail que vous faites.

— Merci, répondit Tomek, légèrement abasourdi.

— Tu as travaillé sur cette affaire de meurtre avec la jeune fille dans l'église ?

— Ouais.

— J'ai vu que vous avez arrêté quelqu'un. Bien joué. C'est vraiment horrible ce qui est arrivé à cette fille.

— Merci, dit Tomek. J'étais l'enquêteur principal pendant un moment.

L'homme tendit sa main. Elle était moite et humide, mais Tomek n'en tint pas rigueur.

— Du bon travail. Le monde aurait besoin de beaucoup plus de gens comme toi.

Tomek sourit maladroitement. Il ne savait pas quoi dire. Ce n'était pas souvent qu'il recevait des compliments, encore moins d'une personne étrangère.

Un instant plus tard, Jim plaça le terminal de paiement devant Tomek.

— Prêt quand tu l'es, dit-il.

Alors que Tomek cherchait sa carte dans son portefeuille, l'homme l'arrêta et dit : — Celle-là est pour moi, d'accord ?

— Non, je ne peux pas accepter.

— N'importe quoi. C'est la moindre des choses.

À ce moment-là, Tomek se sentit vraiment touché. Qu'un parfait inconnu apprécie le travail qu'il faisait, comprenne et reconnaisse le tribut que cela lui coûtait, c'était quelque chose qu'il n'avait jamais expérimenté auparavant. Et après avoir laissé l'homme plonger la main dans sa poche et tendre quelques billets, Tomek resta au bar, regardant le match avec lui. Il se joignit aux frustrations de l'homme face à l'incapacité totale des joueurs à faire des passes, et ensemble ils hurlèrent contre la télévision pendant dix minutes jusqu'à la mi-temps.

Juste au moment où le sifflet retentit, Tomek sentit son téléphone vibrer dans sa poche.

Il leva un doigt vers son nouvel ami, s'excusa et s'éloigna. Il répondit à l'appel sans vérifier l'identité de l'appelant et porta son téléphone à son oreille.

Pendant quelques secondes, il n'y eut que du silence.

Puis vint le son d'une respiration lourde.

Puis : — Bonjour, Tomek. Pourquoi n'as-tu pas essayé de m'appeler ? J'attends près de mon téléphone depuis des semaines maintenant. Comment vas-tu ? J'ai une petite surprise pour toi quand tu rentreras chez toi. Elle devrait être arrivée par la poste aujourd'hui.

LAISSER UN AVIS

Et voilà. Fin.

Eh bien, je dis " nous "... je veux dire vous. Merci.

Merci d'être arrivé jusqu'ici et de m'avoir accompagné pendant que j'imaginais ces histoires folles et étranges, puis que je les traduisais sur papier (ou plutôt, en fichiers numériques).

Amazon regorge de millions de livres (littéralement, et je n'utilise pas ce terme à la légère), et il est donc souvent difficile de trouver sa prochaine lecture. On veut juste savoir quel livre se plonger. Mais parfois, on n'a pas le temps de tous les éplucher, alors que faire ?

Consultez les critiques, bien sûr.

On les utilise dans tous les aspects de notre vie.

Au restaurant. Au cinéma. Sur notre prochain téléviseur. Sur nos écouteurs. Presque tout est régi par les pensées des autres.

C'est fou, non ?

Mais que se passe-t-il quand on tombe sur un livre sans critique ? On risque de le fuir. Difficile de se fier à un livre.

Votre temps est précieux. Votre temps est précieux. Vous ne voulez pas perdre votre temps avec des histoires décevantes. Personne ne le souhaite. Et je ne vous le souhaite pas. Parfois, j'ai peur que la même chose arrive à cette histoire.

Mais il existe une solution.

Une critique est très utile. Et elle me donne la confiance nécessaire pour continuer à alimenter les pensées les plus folles qui me trottent dans la tête. Si vous avez un moment de libre, j'apprécierais vraiment que vous laissiez un commentaire. Il n'est pas nécessaire qu'il soit long ; juste quelques mots sur ce que vous avez pensé du livre.

Merci.

Votre aimable auteur,

Jack Probyn

ÉGALEMENT PAR JACK PROBYN

La série d'enquêtes criminelles du DS Tomek Bowen :

LIVRE 1 : LA JUSTICE DE LA MORT

Southend-on-Sea, Essex : Le Détective Sergent Tomek Bowen – déterminé, tenace et hanté par la mort de son frère – est appelé sur l'une des scènes de crime les plus choquantes qu'il ait jamais vues. Un homme a été rituellement assassiné et abandonné dans un jardin ouvrier près de l'aéroport local. Les premières investigations indiquent que cet homme avait un passé. Un passé qui lui a valu de nombreux ennemis.

Télécharger La Justice de la Mort

LIVRE 2 : L'ÉTREINTE DE LA MORT

Annabelle Lake pensait reconnaître la Ford Fiesta qui attendait devant son école, ainsi que son conducteur. Elle se trompait. Son corps est retrouvé quelque temps plus tard, suspendu à une balançoire dans une aire de jeux locale sur l'île de Canvey.

Télécharger L'Étreinte de la Mort

LIVRE 3 : LE TOUCHER DE LA MORT

Lorsque le brouillard se dissipe un matin de décembre dans l'Essex, le corps d'une adolescente est découvert gisant face contre terre dans un champ. L'affaire atterrit rapidement sur le bureau du DS Tomek Bowen qui, tout en essayant de jongler avec sa nouvelle vie de parent célibataire d'une fille de treize ans, doit déterrer l'enchaînement mortel des événements et faire éclater la vérité au grand jour.

Télécharger Le Toucher de la Mort